# Total imprevisto

Pode o amor em sua forma
mais pura curar um
coração partido?

# Total imprevisto

HELÔ DELGADO

1ª Edição

Santa Catarina - 2020

Qualis

Esta é uma obra de ficção. Nomes, personagens, lugares, datas e acontecimentos descritos são produto da imaginação da autora.
Qualquer semelhança com a realidade é mera coincidência.

| | |
|---|---|
| *Editora Responsável* | Simone Fraga |
| *Produção Editorial* | |
| *Preparação de Texto* | |
| *Revisão Ortográfica* | Raquel Barboza dos Santos<br>Simone Fraga |
| *Capa* | One Minute Design |
| *Projeto Gráfico* | Qualis Editora |
| *Diagramação* | Marcos Jundurian |
| *Imagens Internas* | Shutterstock |

DADOS INTERNACIONAIS PARA CATALOGAÇÃO NA PUBLICAÇÃO (CIP)

D352t
Delgado, Helô - 1985 -
Total imprevisto / Helô Delgado. — [1. ed.] —
Florianópolis, SC: Qualis Editora, 2020.
256 p. : il. ; 23 cm.

ISBN impresso 978-65-87383-30-9
ISBN digital 978-65-87383-27-9

1. Literatura Nacional 2. Romance Brasileiro 3. Drama 4. Ficção
I. Título

CDD – B869.3
CDU – 821.134.3(81)

1ª edição – 2020

Qualis

Qualis Editora e Comércio de Livros Ltda
Caixa Postal 6540
Florianópolis - Santa Catarina - SC -
Cep.88036-972

www.qualiseditora.com
www.facebook.com/qualiseditora
@qualiseditora
@qualiseditora
contato@qualiseditora.com

# PRÓLOGO

## Dez anos antes...

— Sim! — Afirmo subindo e descendo a cabeça. Minhas pálpebras encharcam de lágrimas. A emoção é tanta que não consigo me conter por mais que cinco minutos.

Por incrível que pareça, aquele homem loiro, de olhos verdes determinados, vestindo terno cinza claro e com estatura poucos centímetros maior do que a minha, traz um sorriso aos meus lábios. Meu futuro marido me fita com brilho no olhar, correspondendo à expectativa de uma vida juntos e felizes, como espero e planejo desde que o conheci.

— Você, Vinícius Rabelo Pereira, aceita Catarina Albuquerque como sua esposa, a fim de amá-la e respeitá-la, ser fiel e não deixá-la na mão nem que um raio caia em cima de sua casa e...

— Ariel! — vocifero, entredentes, para minha prima que, por um momento de insanidade, julguei ser a melhor opção para celebrar o dia mais importante da minha vida.

A loira, de cabelo comprido e corpo violão, limpa a garganta e me encara com uma expressão divertida.

— Na saúde, na doença e blá, blá, blá... — Ariel exagera ao gesticular.

Reviro os olhos e solto o ar numa bufada, o que causa um sorriso maravilhoso em Vinícius.

— É claro que sim! — ele responde, me olhando com promessas em cada pedacinho de sua feição.

— Eu nem terminei! — Minha prima faz uma pausa dramática e limpa a garganta. — Então, como estava dizendo, eu, a poderosa e digníssima mestre de cerimônia, que está aqui por pura solidariedade ao casal, já que não vou ganhar nenhum tostão por ser parente da noi... AI! — Piso com tudo em seu pé para que cale a boca e dê sequência à solenidade. — Calma, também não precisa me aleijar!

Fecho os olhos e respiro fundo pela enésima vez. *Sem gracinhas, foi só o que pedi!*

— Onde eu estava mesmo? Ah, é! Eu vos declaro: marido e...

Antes que possa dar sequência à ladainha, Vinícius me agarra e lasca um beijo apaixonado em meus lábios. Eu me perco em suas carícias por alguns segundos, esquecendo-me que temos uma modesta plateia ao redor. Porque nosso amor é assim, arrebatador e certeiro. Capaz de mover montanhas, rios e...

— Vocês estão pagando mico, só avisando — Ariel sussurra em meu ouvido esquerdo e abro um dos olhos para atestar a veracidade da informação. Vinícius sorri, ainda com os lábios grudados aos meus, quando percebe que, realmente, para quem vê de fora, a cena não está muito bonita.

Certo.

Solto os ombros do meu marido com delicadeza e ele retira a palma da mão do meu traseiro. Nem me pergunte, porque não sei como ou quando foi parar lá. Um pouco envergonhada, levanto o rosto e observo os convidados que se revezam entre rir e bater palmas para o mais novo casal de pombinhos. Entre eles estão minhas tias, tios, primos, primas e amigos mais próximos. Todos convidados meus. Vinícius não tem família, então convidou apenas nosso único padrinho, seu amigo Pedro.

Para meu desespero, além de sorrir e aplaudir, minhas tias também choram, posso apostar que duvidavam que eu iria ceder e me casar. Feminista, independente e bem-sucedida, bem que adiei ao máximo a possibilidade de me envolver com alguém, mas não fui capaz de evitar me apaixonar por Vinícius, com sua lábia e seu sorriso travesso. O sentimento me pegou de surpresa e me deixou caidinha, passei a agir como aquelas mulheres que só sabem falar sobre o namorado.

E hoje estou aqui, suspirando pelo homem com quem vou dividir o resto dos meus dias, imaginando tudo o que está por vir e como será nossa rotina.

— Gente, vai lá, vocês têm que cumprimentar todo mundo! — Ariel implica atrás de mim, nos instigando a dar um passo adiante.

— Querida! Você está tão linda de noiva! — Tia Janete é a primeira a se aproximar, seu abraço aperta tanto o corpete do meu vestido branco sem alças que mal consigo respirar.

— Obrigada, tia.

— E você, meu filho! Quando te vi pela primeira vez, soube que seria especial pra minha sobrinha! — Ela o abraça e segura suas mãos ao se afastar. — Mal posso esperar para ter a casa cheia de sobrinhos! Não demorem para ter filhos, ser mãe velha não é...

— Tia! Já falamos sobre isso!

— Tá legal, você diz que não quer ter filhos, mas essa sua cabecinha vai mudar. — Ela pisca para mim e acena, se despedindo ao se sentar com as irmãs e cunhadas.

— Elas são persistentes — comenta Vinícius ao vê-la se afastar.

— E como! Mas foram alertadas sobre a nossa decisão.

Dou um sorriso reafirmando um assunto que já conversamos algumas vezes. Meu recém-marido cerra os lábios e assente antes de virar o rosto para cumprimentar outra tia, Mirna.

Graças aos céus, Vinícius não é muito ligado a crianças. Não tenho nenhum interesse em ser mãe e deixei claro desde o início do relacionamento. Após o noivado, passamos dias planejando uma vida repleta de viagens, metas e compromissos que não envolvem uma futura gestação. Para meu alívio! Tanto eu quanto ele não desejamos uma criança com o potencial de arruinar parte de nossos planos.

Voltando para a cerimônia, me perco em abraços e beijos calorosos dos meus familiares, por horas, com meu marido sempre perto de mim, atendendo a todos com carinho e educação. Só conseguimos um tempo a sós na valsa, quando somos o centro de todos os olhares e rodopiamos juntinhos pelo salão.

— Você foi a melhor escolha que fiz na vida. — Ele resvala os lábios em minha testa.

— Posso afirmar a mesma coisa. — Sorrio e intensifico o abraço em sua cintura.

— Mal vejo a hora de tê-la em meus braços, sozinha, longe desta centena de curiosos.

— Eu também. — Suspiro exalando amor e esperança.

— Amo você. Com todo o meu coração. Com tudo o que tenho. Com tudo o que sou.

— Eu também — repito, pronta para dar início a uma nova fase da minha vida.

# Um

Após duas semanas em São Paulo, e tomada pela exaustão, não vejo a hora de chegar em casa. Meu corpo precisa com urgência da água revigorante da hidromassagem na minha suíte. Foram quinze dias de trabalho árduo, os quais passei me desdobrando entre reuniões com os representantes das quatro filiais internacionais da multinacional.

Quando assumi um dos cargos de gerência, depois de muita dedicação como supervisora da área de comércio exterior, eu sabia com exatidão onde estava me metendo. A responsabilidade seria triplicada, principalmente, porque precisaria me deslocar a cada duas semanas para uma das filiais, o que implicaria em viagens constantes e reuniões intermináveis – muitas vezes no exterior –, para resolver com diplomacia conflitos entre dois projetos.

Eu amo o meu trabalho, é tudo o que almejava e exatamente onde gostaria de estar. Não penso duas vezes sempre que recebo um chamado, e embarco no primeiro avião para Portugal, Estados Unidos, Austrália, Argentina, ou dirijo até a unidade de São Paulo, na qual permaneço por duas semanas ao mês. Nas outras duas, volto para casa, feliz, envolvida em *home office*, aguardando meu marido chegar após atender clientes para lá de exigentes.

Vinícius é o marido mais compreensivo que eu poderia ter encontrado. Em mais de dez anos de casados, quase nunca reclamou do meu relacionamento intensivo com o trabalho, me incentivando a não perder o ritmo; vibrando a cada telefonema, mensagem e chamada de vídeo que trocamos quando estou longe.

Nós levamos uma vida muito confortável em uma casa espaçosa nas extremidades da cidade. Para construí-la, unimos dois terrenos – um deles exclusivo para lazer – e só concluímos ao completarmos dois anos de casados. Com meu cargo elevado na empresa e seu empenho descomunal no escritório de contabilidade, nossa renda familiar basta e sobra para viajarmos e conhecermos o país que quisermos nas férias.

Os cálculos não permanecem apenas no escritório, fazem parte também da personalidade de Vinícius. Na verdade, faz parte da nossa personalidade enquanto casal. Depois de uma década, posso afirmar que nosso casamento foi um sucesso. Meu coração reconhece cada olhar e demonstração de carinho. Vinícius ainda me admira e não permite que nosso relacionamento esfrie.

Tudo o que planejamos, concretizamos. Ele montou o escritório e abocanhou diversas pessoas jurídicas importantes. Eu sempre acreditei em sua competência e honestidade, tanto que foi reconhecido sem demora e passou a ser procurado por clientes renomados de cidades vizinhas. Foi necessário que contratasse mais três contadores e dois advogados para dar conta de toda a burocracia que envolve empresas de grande porte, e o faz com excelência. Eu me orgulho de suas conquistas, assim como ele valoriza minha carreira.

O escritório fica perto de casa e Vinícius pode ir e vir quando quer, com um dos esportivos ou SUV – adquirida ao adotarmos nosso primeiro animal de estimação, Estevão, um lindíssimo São Bernardo. Não me recordo com exatidão da data em que Bela nos adotou e se apossou da casinha de madeira de Estevão. No início, a gata arisca de pelagem acinzentada e olhos azuis dava o ar da graça quando bem entendia, sem aceitar qualquer tentativa de aproximação. Aos poucos, as visitas furtivas começaram a se estender por horas, dias e semanas, até que resolveu ficar e nunca mais se foi.

Os dois formam uma dupla e tanto, alegrando nossos dias. Eles se dão superbem, o Estevão protege a Bela, como se tivessem dividido a placenta. Ela, pequena e corajosa, se aventura em lugares inimagináveis, enquanto ele fica de prontidão, aguardando que a bichana volte para o seu lado. Após alguns arranhões, por parte da Bela, e rosnados, cortesia de Estevão, eles resolveram o problema da casa invadida e passaram a dormir juntos – ela em cima dele.

Não vejo a hora de chegar e poder descansar nos braços do meu marido, receber o carinho de Bela – quando e se ela quiser – e ser banhada pela baba de Estevão, após ele tentar me derrubar no chão com suas patas enormes. Somos muito felizes, nós quatro, eu tenho plena consciência disso e aproveito da melhor forma possível. Minha família é constituída por amor e carinho e não há nada do que eu sinta falta.

Sorrio quando subo o morro e vislumbro o contorno de casa. Lar doce lar. Eu amo o meu trabalho, mas nada supera o conforto da minha cama.

Ao manobrar para estacionar ao lado da SUV, ouço os latidos desesperados de Estevão que, com sua audição supersônica, reconhece o ronco do motor a quilômetros de distância. Olho de relance para o conversível a poucos metros da entrada. É ótimo saber que Vinícius já chegou, darei vazão aos meus anseios e finalmente ficarei ao seu lado, seja tomando uma taça de vinho nas cadeiras de descanso na varanda do nosso quarto ou dividindo os seis jatos de hidromassagem.

Abro a porta com a expectativa de ser recebida por Bela roçando meus calcanhares, porém, sou surpreendida por tia Janete apressada em minha direção.

— Querida! Faz séculos que estou te aguardando! Ariel entrou em trabalho de parto e passei aqui pra te levar ao hospital. — Ela me dá um abraço de tamanduá, quase quebrando as costelas, e sorri exageradamente.

Lá se vai meu tão sonhado descanso e relaxamento.

— Cesárea? — Tento a sorte, erguendo as sobrancelhas, mesmo sabendo que a natureba da minha prima brigaria até o último milésimo de segundo por um parto normal.

— Claro que não, sua boba! — Tia Janete nega com a cabeça. — Ariel deu entrada no pronto socorro com dois centímetros de dilatação! — conta, animada.

*Dois centímetros.* Posso não entender bulhufas de parto normal, mas sei que para nascer é necessário muito mais do que dois centímetros. Vinte seria o ideal, completamente sem dor e tranquilo... Ela nem precisa dizer, imagino que vai pedir que eu a acompanhe. Justo hoje que eu queria tanto tirar o *scarpin*, tomar um analgésico para dor de cabeça e me jogar na cama. Ou, talvez, me livrar do maldito salto-alto, encher uma taça de vinho e repousar a cabeça no ombro do meu marido.

— Sei... — Pauso para calcular mentalmente. Uma cesárea demoraria em torno de uma hora, suponho. Parto normal deve ser o dobro desse tempo, certo? — ... Então, daqui umas duas horas?

Tia Janete me encara com semblante de indignação antes de soltar uma tremenda gargalhada.

— Você não entende nada mesmo sobre maternidade, né, menina? Se ela tá lá, com dois centímetros, precisa esperar até nove para fazer força e expulsar seu priminho de dentro do útero.

— Nove?! — Ah, não! É muito pior do que imaginei. — E quanto tempo pode demorar? — Não quero ser requisitada para acompanhá-la, mas sei que não há alternativa. Tudo bem, confesso que estou levemente curiosa sobre o que Ariel está vivendo, só que...

Deixo que meus olhos passem pelos cômodos em busca de Vinícius e Bela. Estevão não pode entrar em casa devido ao seu tamanho. Queria tanto vê-los.

— Algumas horas.

— *Algumas horas*? — Ai, Jesus, ela vai querer que eu fique lá. Por horas.

— Umas dez, no máximo. Vai depender do ritmo das contrações, do organismo dela e da disposição do bebê — diz meu marido, finalmente adentrando o hall, segurando Bela nos braços.

Meu corpo responde à sua presença na mesma hora. Sou incapaz de conter o sorriso. *Senti sua falta*, falo somente com os lábios. Vinícius assente e me manda um beijo casto pelo ar, evitando se aproximar de nós duas. O fato de Vinícius ter ciência desse tipo de informação nem se registra direito em minha cabeça. Provavelmente aprendeu em algum dos *reality shows* que acompanha. Existe um sobre gravidez, não?

— Dez horas?! — Desvio o olhar, boquiaberta, e volto a atenção ao fato absurdo que tia Janete empurra para cima de mim. — Minha nossa! É tempo demais para ficar no hospital, tia!

— Ela é sua prima mais próxima, Catarina, sua melhor amiga. Você não pode deixá-la sozinha numa hora dessas — repreende e com razão.

Ariel sempre esteve ao meu lado em todas as etapas da minha vida. Ela que celebrou meu casamento, pelo amor de Deus! Mesmo que tenha saído totalmente diferente do que planejei, exerceu a função designada.

Solto a respiração, me rendendo.

— Tudo bem. Dá dois minutos para eu tomar um banho rápido e me trocar, aí vamos para o hospital — comento, já de saída.

— Não demore!

Escuto a voz de tia Janete ficando mais fraca a cada degrau que subo rumo ao meu antro de relaxamento, que agora me será negado. Sei que Vinicius me segue, pois ouço o som do seu sapato misturado aos *cliques* do salto do meu *scarpin*.

— Eu queria passar a noite aqui. — Fecho a porta com o trinco e me viro.

— Eu sei, mas sua tia está certa, Ariel precisa de você.

— Ela não precisou de mim quando deixou aquele babaca do seu amigo irresponsável colocar um filho dentro dela. — Prossigo até o *closet* e retiro o vestido social azul-marinho.

— Você ama sua prima, não fale assim.

Seus dedos acariciam e massageiam minhas omoplatas. É disso que estou falando! É o que necessito e almejava ao percorrer a rodovia por quase três horas.

— Eu sei, mas também te amo e preciso de um momento com meu marido. — Franzo as sobrancelhas para enfatizar a frustração.

Mesmo de costas, sei que ele sorri, aguardando que eu termine de me despir. Uma pena não sobrar tempo para matar a saudade.

— Teremos nosso momento amanhã, posso chegar mais tarde ou nem ir ao escritório, é só remanejar a agenda.

— Pode mesmo fazer isso? — Viro-me para ele, sentindo suas mãos me abandonarem, esperando que confirme.

— Lógico que sim. Vou ligar para Patrícia agora mesmo e pedir que libere o meu dia. Está bom pra você?

— Não... — Meneio a cabeça, chateada. Eu quero mais, quero hoje. — Mas é o que temos, né? — Dou um selinho em seus lábios antes de entrar no box e acionar uma das duas duchas.

— Vou descer e entreter sua tia. Da última vez que veio aqui, deixou a porta da cozinha aberta e Estevão arruinou tudo o que tinha na despensa.

Dou uma risada ao lembrar do seu desespero ao me contar o desastre que ficou a cozinha, enquanto ensaboo o corpo e enxáguo o cabelo.

Em vinte minutos estou pronta, com o cabelo curto semisseco, vestindo calça jeans que disfarça meu quadril largo, blusinha estampada com tecido leve e um chinelo de dedo com pingente de brilhantes no pés – aproveitando o clima ameno antes da chegada do inverno. Na empresa, o uniforme é formal e elegante, em casa, prefiro adotar um estilo mais casual, porém sem perder a classe. Por isso, me maquio rapidamente, visto o relógio e uma bolsa básica, ambos de grifes, e desço ao encontro de minha tia, afoita, andando de um lado para o outro na sala de visitas.

— Quer que eu vá com vocês? — Vinícius aparece quando estou pegando a chave do carro na bolsa do escritório.

— Não tem necessidade. De manhã devo estar em casa.

Ele me abraça e me beija. Sigo até a porta com o barulho da sola emborrachada do sapato da minha tia.

— Mando notícias — prometo e destravo o esportivo.

— Não sei por que você anda num carro tão masculino... — É o que escuto quando ela se senta no banco do passageiro. Depois, estica o pescoço e fita os assentos traseiros do meu possante, em couro preto e vermelho. — Olha só pra isso! É uma caixa de sapatos! Não cabe nem um bebê-conforto, que dirá uma cadeirinha!

— Tia, primeiro, meu carro não é masculino, ele é lindo e eu o amo. Segundo, pra que eu colocaria um bebê-conforto aqui dentro? A senhora está ficando maluca! — Engato a ré e prossigo para os portões eletrônicos.

— Tá bom, tá bom, já sei! *Eu não vou ser mãe, por nada neste mundo engravido* — remeda, repetindo as frases que enjoou de ouvir sempre que alguém insiste em perguntar quando eu e Vinícius teremos filhos. — Mas nunca se sabe, pode ser que um dia desperte em você a vontade de ser mãe. Duvido que vai colocar um bebê nesse carro chique.

— Nem morta! Nem em sonho! Nunca uma criança chegará perto dele. — Bato a mão direita no painel do carro para me livrar do mau agouro. — E nem vou comentar sobre o desejo irrefreável de ser mãe, porque a senhora já sabe.

— É, sei.

Tia Janete revira os olhos e encara a janela. Permanecemos em silêncio por algumas quadras.

— Como será que ela está?

— Com dor.

— Deve ser insuportável.

— A gente suporta. Uma mãe suporta tudo — argumenta a poucos segundos de estacionarmos perto do hospital.

O trajeto da recepção até o quarto é rápido e silencioso. Alguns médicos, enfermeiros e funcionários passam por nós, mas não se dão ao trabalho de olharem para o lado, compenetrados, cada um em sua função. Assim que pisamos no andar em que Ariel está internada, localizamos o quarto sem necessidade de procurar.

— CALA ESSA BOCA, PEDRO!

O berro ecoa pelo longo corredor e volto para minha tia de soslaio. Tia Janete cerra os lábios em uma careta.

— Eu não vou entrar aí, não! Ariel já é brava sem sentir dor nenhuma, imagina com um treco gigantesco saindo de dentro dela? — Dou um passo para trás e balanço a cabeça.

— Catarina, ela só precisa saber que estamos aqui. Para dar apoio...

— CADÊ A MINHA MÃE? — Ariel grita novamente.

— Eu tenho que ir. — Tia Janete me lança um olhar desolado e seus lábios tremem um pouquinho.

Porcaria. Ela é como uma mãe para mim. Vou ter que entrar.

— Tá legal, vou junto.

Pego a sua mão com insegurança e forço a maçaneta, que abre sem ranger. Ao entrarmos, um frio gélido percorre minha espinha. Finalmente descobri o que significa caos.

# Dois

O parto de Ariel foi a pior experiência da minha vida. Pior do que quando caí de moto aos dezenove anos, estourei o cotovelo, passei por cirurgia de reparação, usei tipoia por dois meses e fui a inúmeras sessões de fisioterapia. Pior do que ter destruído meu primeiro carro zero assim que saí da concessionária, sendo esmagada em um engavetamento, quando o veículo ainda não havia sido emplacado. Pior do que ser perfeccionista e ter sido reprovada no exame teórico da autoescola por achar que seria muito fácil e não me importar em abrir o livro didático. Todas essas situações foram horríveis, contudo, não se comparam ao meu choque ao presenciar um parto normal.

Normal o caramba! Aquilo é do demônio!

Minha prima sofreu por horas. Seu estado de espírito se alterava entre fúria, risadas e falas desconexas. Gritou e xingou a tia Janete, o Pedro e até eu. Andou pelo quarto, agachou e levantou, sentou em uma bola de Pilates... tudo para acelerar o processo de expulsão que parecia não acontecer nunca. A impressão que dava era que meu priminho queria morar eternamente dentro da barriga da mãe, o que comprovei quando, finalmente, após muito suor, força e xingamentos, nasceu berrando aos quatro ventos, indignado por ter escorregado para fora de seu ninho.

Enzo é um bebê grande, vermelho e muito cabeludo, que veio ao mundo exatamente sete horas e quinze minutos após o início do trabalho de parto. Os médicos tiveram a audácia de dizer que tinha sido um parto tranquilo. Se aquilo foi tranquilo, imagino como devem ser os complicados. A experiência só serviu para concretizar a resolução de nunca ser mãe.

Jamais.

Não que eu tenha algo contra crianças ou bebês. Não é bem assim. Adoro pegar no colo, cantar, falar com voz infantilizada, ensinar e incentivar a fazer coisa errada, como qualquer boa tia. Amo os pequenos seres humanos da minha família, amo ainda mais quando vão para suas casas e posso ficar na tranquilidade da minha. Crianças são muito legais por algumas horas, mais do que isso não é para mim. Além disso, na minha vida profissional não existe espaço para o luxo da licença-maternidade ou de faltas por motivo de doença de filhos.

Depois de passar parte da madrugada revezando a poltrona desconfortável com minha tia, decidi ir embora. Ariel embalava o pequeno Enzo — que não é tão pequeno assim – em seus braços e estava tão sorridente que nem demonstrava ter enfrentado um furacão há poucos minutos. Em pé, ao lado da cama barulhenta do hospital, Pedro e tia Janete precisavam de um babador, o que eu providenciaria na minha próxima visita à família feliz.

Tirei algumas fotos com o celular – que substituo sempre que um novo modelo é lançado — e me despedi. Acordada há mais de trinta horas, anseio chegar em casa e desmaiar ao lado do Vinícius. É madrugada e aposto que ele está dormindo há tempos. Nossa rotina foi estabelecida desde o primeiro dia em que passamos a morar juntos e raramente muda. As exceções acontecem em feriados e quando temos algum compromisso social da empresa ou do escritório.

É tão tarde que não ouço os latidos de Estevão quando desço do carro, nem sou cumprimentada por Bela assim que abro a porta. Lâmpadas amarelas iluminam cômodos específicos. Dou um pulo cozinha para tomar suco antes de subir. Sorrio feito boba ao encontrar o recado de Vinícius na porta da geladeira, indicando que fez um lanche e deixou dentro do micro-ondas. Não estou com fome, mas ler o bilhete carinhoso abre meu apetite. Depois de comer, subo tentando fazer o mínimo de barulho, visto um pijaminha preto ousado e deito perto do meu marido, que ronca baixinho. Entrelaço minhas pernas nas dele e deixo que a exaustão tome o meu corpo.

Acordo horas mais tarde, com Vinícius acariciando meu cabelo curto. Solto um gemido de satisfação e me aproximo, ávida por contato. Ele não me desaponta, correspondendo e intensificando as carícias. Passamos grande parte da manhã na cama, perdidos um no outro, matando a saudade dos dias afastados.

Nossa rotina é assim: vivemos duas semanas juntos e duas com vários quilômetros entre nós. Mantemos contato, só que é diferente de estar aqui, ao vivo. De longe parece que as coisas esfriam. Eu sinto que Vinícius se distancia, às vezes, chegamos até a ficar um tempo sem conversar e, como não quero demonstrar carência ou incomodá-lo com paranoias, não questiono. Deve ser preocupação sem fundamento criada por minha imaginação, afinal, amamo-nos e ficar longe pode fazer com que isso aconteça. O que é comum ocorrer com qualquer casal, tenho certeza.

Depois de um café da manhã estilo norte-americano caprichado, com direito a panquecas, bacon e uma generosa xícara de café, meu celular toca e corro para atender. Não posso esquecer de que não estou em lua-de-mel, mas em horário de trabalho, mesmo em *home office*. Como suspeitei, o rosto conhecido me cumprimenta. Não levou dois minutos para que a manhã dos meus sonhos se diluísse. Guardo o aparelho na bolsa e volto para perto de Vinícius, que coloca a louça suja na máquina.

— Oscar?

Assinto sem proferir uma única palavra. Meu chefe realmente estragou o clima.

— O que ele quer?

— Tenho que voltar para São Paulo.

— Sério? O que aconteceu? — Ele programa a máquina e se vira para mim.

— Não assinei a planilha da reunião de ontem — confesso com pesar.

— Mas isso é fácil de ser resolvido. Faz uma assinatura digital, não precisa viajar.

É impressão minha ou sua voz parece distante e fria? Deve ser impressão. Cerro os lábios e meneio a cabeça.

— Impossível. A documentação será encaminhada para a central de Lisboa ainda hoje e a assinatura não pode ser digitalizada.

— Que droga, Catarina!

Ele segue até a porta que do quintal e a abre, permitindo a entrada de Bela. A gata vem rebolando seu estreito quadril até minhas canelas e enrola o rabo em minha perna.

— Você mal chegou!

— Eu sei! Eu sei… — Caminho até Vinícius tomando cuidado para não pisotear Bela. Levo a mão ao seu rosto, mas ele se afasta do contato. — Volto hoje ainda. Só preciso assinar

— Eu não devia ter desmarcado meus compromissos. Seu trabalho sempre vem em primeiro lugar. — Vinícius se retira da cozinha balançando a cabeça, me deixando para trás, estacada com a gata entre meus pés.

Ele tem razão, entretanto, não sei como ou o quê argumentar. Fui uma tola ao sair às pressas da empresa para chegar cedo em casa. Não assinei a planilha por pura distração. Um erro idiota que não me conformo de ter cometido. Por isso não questionei Oscar, e como poderia? O erro foi meu, somente eu serei capaz de consertar. O mesmo pode ser dito sobre a reação de Vinícius. Não é justo tirar folga para ficar comigo enquanto viajo para corrigir um problema em outra cidade.

Pego Bela no colo e vou apressada atrás do meu marido. Tenho que, ao menos, tentar resolver nosso pequeno impasse antes de pegar estrada. Será insuportável dirigir por três horas desse jeito.

Vinícius procura por Estevão no quintal. Não é difícil encontrá-lo, ao perceber que estou dando bobeira, vem correndo em minha direção. Geralmente, eu me preparo para o baque de seu abraço, mas, hoje, sou pega desprevenida e jogada no chão. Não satisfeito, se põe a lamber meu rosto, me dando um banho de saliva entre baforadas de mau hálito.

— O que você ando[illegible]comendo, grandão? Esterco?

Tento segurá-l[illegible]ir que faça muito estrago no meu cabelo, porém é inútil. Estevão é g[illegible]ácil no quesito força. Pelo canto do olho vejo os pés de Viníc[illegible]

— [illegible]bia? — sua voz expressa rancor, o que ele não consegue ou n[illegible]

— Eu [illegible]ento e afago as orelhas de Estevão. Quando o gigante se acalma, levan[illegible]ça e fito o belo rosto do meu marido, que fica mais bonito a cada aniversári[illegible]. — Vou fazer o possível para voltar ainda hoje. Aí, podemos…

— Não se dê o trabalho. — Ele mantém os braços cruzados. — Durma em São Paulo.

— Mas eu quero…

— Não, Catarina. É o melhor a fazer. Amanhã você volta e nossos ânimos já se acalmaram.

Permaneço olhando para ele sem saber o que fazer, como justificar ou se devo pedir perdão.

— Me Desculpa, eu não queria que fosse assim.

— Mas é seu trabalho, certo? Inadiável, como sempre.

— Dessa vez pisei na bola, tenho que consertar. Nem sei como Oscar não me deu uma advertência. Você entende? — Suplico com o olhar, em dez anos de casados, claro que houve desentendimentos, nunca me sinto bem após essas ocasiões.

— Entendo. — Ele solta os braços, ainda me encarando com firmeza. — Só estou decepcionado. Amanhã é outro dia, podemos conversar melhor.

Com isso, Vinícius me dá as costas pela segunda vez em menos de quinze minutos e se afasta, desaparecendo para dentro da cozinha. Solto o corpo no gramado e abraço Estevão com força, que responde com um latido.

— Ele vai entender. Vai voltar a si — digo em voz alta, querendo realmente acreditar que Vinícius compreenderá. Recebo uma lambida generosa na lateral do rosto. — Eu sei, também te amo. E não vou demorar pra voltar. Prometo.

Gasto mais uns cinco minutos com meus *pets* antes de entrar e me trocar. Nesse período, escuto um carro dando partida e sei que Vinícius não está mais em casa. Suspiro profundamente, pensando em como as coisas não saíram conforme o planejado.

Não perco nenhum segundo a mais que o necessário e pego a estrada. Estou tão acostumada a dirigir para São Paulo que é um percurso tranquilo. Mesmo que Vinícius seja contra, voltarei ainda hoje. Quero passar todas as horas do próximo dia ao lado da minha família, posso e devo me esforçar para que isso se torne realidade.

Por esse motivo, em menos de três horas, chego no escritório e assino a porcaria da planilha. Oscar, que deveria estar uma fera por minha desatenção ter atrasado o cronograma do projeto, foi compreensivo e não se opôs quando pedi para ficar um dia a mais em Andradas, para compensar este que precisei voltar.

Exatamente cinco minutos após ter colocado os pés dentro da minha sala, saio pelas portas automáticas com a famosa logomarca da empresa, conhecida mundialmente. Sem demora, dou partida no esportivo e encaro quase três horas de direção, parando apenas para comer algo rapidamente em uma lanchonete, afinal não sou de ferro.

Também não aviso Vinícius sobre meu retorno. A necessidade de me redimir é enorme, contarei com a surpresa e a sorte para me ajudarem em meu segundo pedido de desculpas.

Quando estou perto do portal de entrada da cidade, passo por um acidente. Não entendo direito como aconteceu, mas é nítido que um carro foi destruído por um caminhão. Com a falta de claridade, o que dá para deduzir é que o caminhão perdeu o controle na curva e esmagou o veículo.

O cenário me provoca um calafrio desconfortável e faz com que eu me lembre do alerta de Vinícius, pedindo que eu ficasse em São Paulo para evitar colocar minha vida em risco. Respiro fundo. Esse tipo de infortúnio pode acontecer com qualquer pessoa, independentemente dos cuidados que cada motorista toma ao assumir a direção. Solto o ar lentamente e dirijo pelo restante do caminho mais apreensiva. E se fosse eu a atingida pelo monstrengo em alta velocidade?

Só relaxo a postura quando chego – pela terceira vez em menos de dois dias – na fachada de casa. Sã e salva.

Confiro o relógio ao sair do possante. Não são nem dez horas da noite, tenho altas chances de encontrar meu marido a caminho da cama e dar início ao que planejei para que ele me perdoe. Quero muito colocar uma pedra na discussão.

Seguindo o *script*, Estevão late e Bela – que a esta hora já está trancada para fora – começa a miar. Subo os degraus ao som da sinfonia desafinada de meus companheiros de quatro patas.

Paro na porta, estranhando o vazio. O quarto permanece da mesma forma que deixei: cama impecável, vestido de ontem largado no chão, perto dos *scarpins*. Não avisto o celular nem a carteira de Vinícius na mesinha de cabeceira. Tampouco o carregador que fica plugado na tomada. Parece que não está em casa, o que é ridículo, meu marido é caseiro demais para sair sozinho à noite.

— Amor? — Dou dois passos em direção ao banheiro, talvez esteja com a hidromassagem desativada, o que explica o silêncio. — Vinícius? — tento novamente antes de alcançar a maçaneta da porta.

Escuro e vazio.

Deixo minha bolsa aos pés da cama e desço as escadas correndo. Deve estar na varanda tomando um vinho, o que amo fazer quando a noite está bonita. Mas não, a porta de vidro travada e um breu profundo me cumprimenta quando viro as costas para o quintal. Nada. Nenhum cômodo iluminado, nenhuma das lâmpadas intermediárias acesa. Vinícius realmente não está aqui.

Sentindo-me uma boba, vou até a garagem, o primeiro lugar que deveria ter conferido. Bingo, falta um sedan ao lado do SUV.

Desolada, volto para o quarto e procuro meu celular. Vinícius pode ter mandado mensagem avisando que sairia. Na pressa de voltar logo, não lembrei de ver se recebi algum recado. Mais uma vez, nada. A tela bloqueada só exibe mensagens do grupo da família, da empresa e de Oscar. Ariel também mandou algumas imagens do Enzo com seu mais novo macacãozinho. Nenhuma mensagem do Vinícius.

Solto o ar carregado de resignação. Não posso culpá-lo e longe de mim argumentar que esperava que fosse diferente. Ele realmente ficou chateado comigo, o que é uma droga.

Tomar banho é o que me resta. Empilho a roupa no chão e aciono a ducha quente, pensando em tudo o que conversamos antes e na minha porcentagem de culpa no sumiço do meu marido. Por mais que eu tente desvendar a gravidade do que ocorreu, não chego a nenhuma conclusão satisfatória. Por fim, fico entre duas alternativas. Primeira: ele foi ao escritório e acabou se ocupando além do horário do expediente. Segunda: foi visitar Pedro e Ariel para dar as boas-vindas ao Enzo.

Sem querer bancar a possessiva, não mando mensagem para ninguém. Confio em meu marido, ele vai chegar e esclarecer tudo – o que não diminui o desconforto de ter que me deitar sozinha. Apesar da sensação ruim, visto uma camisola diferente da de ontem, igualmente sensual e sofisticada, e me deito com a intenção de surpreendê-lo. Ele verá o carro na porta, porém nada melhor do que agradar um homem visualmente. O truque faz milagres.

Perco a noção de quanto tempo espero sem me deixar levar pelo sono. O que parece ser minutos depois, sou acordada com o barulho ensurdecedor do interfone ressoando pela casa.

# Três

Antes de me levantar para atender a pessoa desesperada que pretende estourar meus tímpanos, noto que Vinícius ainda não chegou. Deduzo que dormi pouco tempo e quase infarto ao ver na tela do celular que já são 6h14.

Já é manhã?

Esfrego os olhos e, com passos vacilantes e trêmulos, alcanço o interfone mais próximo. A imagem de uma mulher desconhecida preenche a pequena tela do receptor e a voz feminina explica que precisa dar uma palavrinha comigo com urgência. Ela me chama pelo nome completo. Considero desligar o aparelho e amaldiçoá-la por interfonar a essa hora, mas como meu marido não voltou é melhor atendê-la e acabar logo com o problema. Visto um robe que combina com a sofisticação da minha camisola de grife e desço para recebê-la no portão. Aperto o controle para destravá-lo, porém, não solto a trava de segurança, permitindo que tenha acesso a apenas um vão de abertura.

— Pois não?

— Catarina Albuquerque?

A senhora de meia-idade de cabelos cor de areia e olhos castanhos, usando o que claramente são roupas de loja de departamento, me encara com seriedade. Assumo a mesma postura reticente.

— A própria. Posso saber o que trouxe a senhora aqui a essa hora da manhã? — Cruzo os braços para demonstrar o quanto infeliz sua atitude me deixou.

— É você mesma?

— Claro que sou eu! — respondo, irritada.

Ela olha para baixo e bate os pés antes de dar sequência, perdendo a postura de firmeza.

— Sinto muito incomodá-la, mas eu não tinha a quem recorrer. — Suas mãos se agitam freneticamente em frente ao corpo. — Ana Maria morreu e com o namorado dela em coma, não tem ninguém para ficar com as meninas e…

Levanto as duas mãos.

— Olha, não sei quem está procurando, não conheço nenhuma Ana Maria. A senhora confundiu as coisas e as pessoas.

— Confundi não. É a senhora mesmo, Catarina Albuquerque, Campo das Araras, número 47. Aqui, ó.

Ela ergue o papel onde meu endereço e nome estão anotados com uma letra masculina. Dou um passo à frente e solto a trava de segurança, transformando o pequeno vão num espaço amplo para analisar melhor o pequeno rascunho. Reconheço a caligrafia de Vinícius de imediato. Ela nota minha surpresa e desce o papel.

— A instrução que me deram era pra trazer as meninas pra cá se acontecesse alguma coisa com eles.

Analiso sua feição, confusa, porque não tenho ideia do que está falando.

Meninas?

— Não posso ficar com elas, sou só a vizinha da Ana, não tenho dinheiro pra mais duas bocas dentro de casa. Então fica com você. — Empurra um carrinho de bebê e o encosta no portão. — A mala está aqui, perto do bebê-conforto.

Simples assim, sem esperar que eu responda ou reaja, ela gira os calcanhares e entra num carro caindo aos pedaços. Em choque, observo a senhora dar a partida no veículo mais velho do que eu. Arregalo os olhos quando me toco de que deixou o carrinho para trás.

— Espere! — grito ao me apressar, escancarando o portão, mas ela não escuta ou finge que não, e começa a se afastar. — Espere aí!

Saio na calçada e dou uma pequena corrida, bem no meio da rua, atrás do carro em movimento. Nem sei porque faço isso, tenho plena consciência de que nunca conseguirei alcançá-la.

Paro quando a velharia cruza a esquina e some do meu perímetro visual. Seguro a cabeça, inconformada. *Que mulher louca!* Algo muito errado aconteceu e ela se confundiu. Sim, meu nome estava realmente naquele papel e a caligrafia lembra a do Vinícius, mas também posso estar enganada e ter acreditado na semelhança, quando na verdade não existe nenhuma.

Dou meia-volta e fico como uma estátua assimilando a cena. Aquela maluca abandonou um carrinho de bebê e um bebê-conforto na minha rua.

Que tipo de pessoa faz isso?

Nem cogito a possibilidade de estarem vazios, me recordo de ela ter dito *meninas*.

Ah, meu Deus!

A doida abandonou dois bebês na porta da minha casa!

Levo os olhos de um lado ao outro como se alguém fosse cair do céu e me dizer o que fazer. Não posso ignorar duas vidas. Com o coração na boca, inspiro devagar com intenção de acalmar os nervos. Posso não entender o que aconteceu, mas uma coisa eu sei, elas não podem ficar aqui, tenho que levá-las para dentro. Não existe outra opção.

Aproximo-me devagar, com a barra do robe e da camisola esvoaçando com a leve brisa do outono, e espio dentro do carrinho. Uma menina miudinha de cabelo loiro escuro com no máximo três anos – ou seriam dois? –, cochila no assento acolchoado do carrinho.

Desvio o olhar para o chão, para o bebê-conforto que abriga um ser humano quase careca, exibindo apenas um chumaço de fios. É tão pequeno que juro ser menor que o Enzo. Só a cabeça é visível, o cobertor cor de rosa é o único vestígio que se trata de uma menina. Inclino a cabeça para observar. A menor não parece confortável, apesar de também estar dormindo.

Pondero por alguns segundos o que fazer. Preciso levá-las para dentro, pelo menos até às 8h e procurar o serviço de assistência social. Ou, talvez, posso colocá-las no carro e dirigir até o CRAS mais próximo. Uma boa ideia, mas tenho que me trocar, não tem cabimento dirigir por aí vestindo pijama...

Se Vinícius estivesse em casa, saberia como me ajudar. Ele é infinitamente mais jeitoso com decisões inesperadas.

Mordo os lábios, pensativa. Como levar, sozinha, tudo isso para dentro? Dá para empurrar o carrinho enquanto seguro o bebê conforto e a mala com a outra mão? Não custa tentar.

Com certa estranheza e nem um pouco familiarizada com o mecanismo do carrinho, seguro a alça e testo empurrá-lo. Para minha sorte, as rodinhas não emperram e deslizam tranquilamente pela calçada. Solto o carrinho e pego a cestinha onde dorme a menor. Tento segurar a mala com a mesma mão, falhando miseravelmente.

Como as mães conseguem equilibrar milhões de coisas sem que nada caia? Preciso de, no mínimo, quatro braços!

Deixo os questionamentos de lado e boto a mão na massa. Vai ter que ser um de cada vez. Estudo os três objetos e começo pela cestinha. Com a bebê em segurança dentro do limite de minha propriedade, volto e empurro o carrinho. É um pouco mais difícil, porque existe um degrau alto na entrada, então, preciso manobrar e quase acordo a menina com o solavanco para erguer a geringonça.

Carrinho de bebê tem que ser mais prático. Vou sugerir ao Oscar que a empresa invista em tecnologia para aprimorar a parafernália. Ganharemos rios de dinheiro.

Estaciono o miniveículo ao lado do bebê-conforto e, por fim, busco a mala — que está mais pesada do que eu esperava.

Limpo as mãos na camisola, como se estivessem sujas, e bato o portão. Aciono a trava de segurança e encaro os objetos que, claramente, não combinam com o cenário.

Primeira parte resolvida.

Com cuidado, levo um por um até o hall. Suspiro, aliviada por não ter despertado as meninas. Crianças dormindo são uma gracinha... Acordadas? Não vou me desesperar. Eu não as conheço, então, não faço ideia de como são as personalidades. Bebê tem personalidade? Acho que sim, mas a menor é muito miúda para ter desenvolvido um terço do que se tornará.

Meu dia começa somente depois de tomar café, então deixo as duas em seus respectivos "berços" e vou para a cozinha. Sorte que Estevão está calmo e não late, seria complicado lidar com um berreiro e latidos ao mesmo tempo. Com uma olhadela para o quintal, noto que Bela já está grudada no vidro para entrar. *Melhor não, querida, temos visita.* Desculpo-me com um semblante implorando por perdão.

Encaixo a cápsula na cafeteira expressa, presente do último dia dos namorados. Ah, Vinícius... cadê você?

Não espero que o café fique pronto e saio em busca do celular. Como ainda não tenho notícia de seu paradeiro, nem mensagem ou chamada não atendida, ligo repetidamente para seu número. Algo muito grave deve ter ocorrido. Será que não me procurou porque era para eu estar em São Paulo e não queria me preocupar?

Cansada de cair no correio de voz, mudo a estratégia. Envio uma mensagem para Ariel e ligo para tia Mirna – que não gosta de tecnologia e insiste no telefone fixo em plena era da mobilidade. Ariel responde na mesma hora, não viu Vinícius na última semana, muito menos ontem, quando estava internada. Tia Mirna não atende, a preguiçosa deve estar dormindo.

Mais preocupada, como nunca estive, troco de roupa rapidamente, colocando um vestido simples de um designer famoso, enfio o celular no bolso e desço para reabastecer os reservatórios de comida e água para Estevão e Bela. No caminho, quase passo por cima da cestinha, esquecendo-me, por completo, que há bebês desconhecidos dentro de casa. Feliz por não me espatifar em cima do trambolho, encosto-me à parede e adio a ida ao quintal por alguns minutos.

Petrificada, observo a menor se remexer e emitir um barulho parecido com o miado da Bela. Meu coração acelera. *Não, você não pode acordar*! Relutante, balanço a alça do porta-bebês para frente e para trás, bem devagar. O embalo vai fazer com que ela pare. *Tem que fazer*. Continuo por um tempo, até que se acalme e fique imóvel.

Ufa!

Quem disse que não consigo lidar com bebês?

E, outra coisa importante, a menina não tem uma chupeta? Procuro em volta do rolinho de cobertas, sem sucesso. Seja lá quem fique responsável por ela, terá que providenciar. Não que eu entenda de bebês, mas é de conhecimento público que o pequeno utensílio serve como pacificador.

Sem mais divagações, retomo o caminho para o quintal. Mal alcanço a moldura da porta da cozinha e um berro estrondoso me paralisa. Eu me arrepio, horrorizada. Um choro, que mais parece um urro, ecoa pelas paredes da casa. Para meu desespero, não parece ser o único barulho, não leva dois segundos para que a voz infantil pergunte:

— MA-MÃE? MA-MÃAAAAAE?

Ah, não!

*Não, não, não, não*!

Volto correndo, tropeçando em meus pés. Ao chegar no hall, com o coração na boca, vejo a menor quase roxa de tanto se esgoelar, enquanto a maior se senta no carrinho, aos prantos, olhando de um lado para o outro.

# QUATRO

Se tem uma coisa que deveria existir, mas que ninguém teve a ideia genial de criar, é um manual cientificamente comprovado de como cuidar de crianças. Livros de autoajuda abarrotam as estantes de livrarias e vendem mais do que água, só que se você conseguir me apontar um título sequer que tenha o poder de mudar a forma de pensar das pessoas, ou resolver problemas com eficácia, tenha certeza de que o autor ganhará um prêmio aclamado por responsabilidade social.

Eu estou no meio de um pandemônio. Bem no centro de um furacão. Dois bebês me encaram, enraivecidos e indignados diante da minha inexperiência com miniaturas de seres humanos.

A menorzinha tem poderes que deve ter herdado da Mulher Elástico. Ela se desvencilha do cobertor fofinho e agita as mãos e pernas freneticamente, como se brigasse com unhas e dentes contra algum ser invisível. Sua irmã também não parece nada feliz, se debatendo contra o cinto de segurança. Não, me equivoquei, ela está retirando o cinto. Mas como, com esse tamanho, consegue destravar sozinha?

Continuo estacada, observando-a descer do carrinho, abrir o zíper da mala e pegar uma caixinha. Sem demora e ainda com lágrimas demarcando o rosto, tira de lá uma chupeta, colocando com jeitinho na boca da irmã, que suga o silicone ferozmente. Ela cospe algumas vezes, tenta recusar, faz careta, porém, logo cede e se aquieta, mexendo apenas os músculos da bochecha.

Ainda sem me mover, observo a menina caminhar até mim e, como se não fosse o bastante para me impressionar, diz entre lágrimas:

— Lili quer *mama*, cadê a mamãe?

— Oi? — respondo, espantada por uma pessoa tão pequena saber falar. Meus primos demoraram séculos para emitirem os primeiros *gugu-dada*.

— Lili tá com fome, tem que *mama*. A mamãe? — sua voz sai embargada.

Ah, meu Deus. Não vou contar para a garotinha que sua mãe faleceu. Nem sei se é verdade.

— É... sua mãe... — desvio o olhar tentando achar uma saída — ... saiu. E deixou vocês comigo — solto a mentira sem firmeza. — Você está com fome?

Ela limpa uma lágrima, nitidamente se esforçando para parar de chorar, e me encara, forçando uma linha reta nos lábios trêmulos. Não tem dois anos, é impossível. Errei feio ao calcular sua idade.

— Como *cê* chama?

Eu me agacho para igualar nossa altura e fitar seus olhos de frente — técnica que aperfeiçoei com meus clientes e deve funcionar com criança.

O tiro sai pela culatra. Ao me abaixar, ela curva o corpo para o lado e espicha o pescoço, reparando no que há atrás de mim. Talvez técnicas corporativas não funcionem muito bem com os pequenos.

— Catarina. E você? — respondo, ainda agachada, sem desistir de criar um vínculo. Mesmo sabendo que ficarão comigo por poucas horas, não desejo que sejam tumultuadas.

— Juliana. — Ela endireita a postura e crava os olhos verdes em mim, fazendo a pior pergunta que poderia: — Você é amiga da mamãe?

Droga. E se for esperta o suficiente para captar a mentira? Não consigo mentir olhando nos olhos, nem para uma criança.

— É... bem...

Juliana continua me analisando, aguardando com os olhinhos suplicantes. Estou enrascada. Algo me diz que sua confiança depende da resposta e que devo contar a verdade, mas, por outro lado, sua reação pode ser péssima e não terá como remediar.

— Não, sua mãe é uma pessoa legal?

Ela me estuda e limpa as bochechas marcadas pela umidade das lágrimas. Começo a preparar uma justificativa quando, para meu espanto, a pequena assente.

— É a melhor do mundo *inteilo.* — Ergue o rosto, toda orgulhosa.

— Tenho certeza que sim.

Com um sorriso, me levanto lentamente. Como reflexo, ela também sorri e, lá dentro, sinto aquela conhecida sensação de vitória. Graças aos céus!

— Espera, você esqueceu da minha pergunta! Está com fome?

Oferecer comida é a melhor estratégia para desviar o assunto, não importa a idade.

— Aham — ela confirma minha suspeita e remexe as pernas.

— E, deixa eu adivinhar, precisa usar o banheiro? — Mal termino a frase e a pequena agita a cabeça para cima e para baixo. — Ali, na segunda porta.

Mostro o corredor e fico atenta quando Juliana não fecha a porta. Espero o barulho da descarga, mas não escuto nada.

— *Plonto*!

— Tá legal, estou te esperando.

— Já *teiminei.*

— Tudo bem.

Aguardo mais uns segundos e nada de Juliana aparecer.

— *Catalina*? — chama com a voz baixinha.

— Oi?

— Não sei limpar.

— Ah! Caramba — resmungo baixinho. Limpar criança está completamente fora da minha zona de conforto. Nunca limpei nenhuma, nem meus sobrinhos, até porque, as mães existem para essa finalidade. Mesmo contrariada, a conforto: — Tudo bem. Espere aí, estou indo.

Dou uma última espiada na bebê que voltou a cochilar e vou para o banheiro. Encontro a menina sentada com os cotovelos apoiados nos joelhos, fitando a pia em silêncio. Assim que me vê, Juliana dá um sorriso sem jeito. É de cortar o coração. Duas meninas sozinhas, sem ter alguém que possa cuidar delas, de acordo com a senhora louca. Quase órfãs. O que será dela e da irmã sem a mãe? Tão novinhas para passarem pelo luto, imagine a falta que sentirão. Eu, que perdi minha mãe aos 22, ainda tenho dificuldade de aceitar... Pelo menos, pude aproveitar sua companhia por mais de duas décadas. A tal Ana não viu a filha falar o R de forma correta, não viu a bebê sequer falar.

Quem irá cuidar delas depois que eu as levar para o centro de assistência social? Será que o pai tem chance de sair do coma?

Talvez seja melhor passar primeiro no hospital e procurar notícia sobre seu estado de saúde, para depois tomar uma atitude em relação às meninas. O difícil é que desconheço seu nome e não sei nada sobre ele, a não ser que a doida varrida tenha deixado algum documento na mala roxa. Tenho que conferir o quanto antes.

— *Catalina*? — Juliana chama minha atenção.

Com o peito apertado e me sentindo bem desconfortável, alcanço o rolo de papel higiênico de folhas triplas e faço algo inédito: limpo os resquícios das necessidades básicas de uma criança. Não é uma tarefa tão difícil. Vinícius dará uma boa risada quando ficar sabendo do meu sufoco.

— Prontinho. — Jogo no lixo e dou a descarga.

Afasto-me e deixo que ela se vista. Na minha opinião, independência deve ser estimulada desde o nascimento. Sem me decepcionar, Juliana sobe a calcinha estampada e a calça laranja. Demora um pouco no zíper, se embaralhando no processo.

— *Me ajuda*? — Pede, olhando de mim para a calça.

Certo, algumas tarefas são mais complicadas que outras. Nem tudo precisa ser feito com destreza nessa idade. Eu me ajoelho, fecho o zíper e dou uma piscadela.

— *Obligada*.

Analisado as duas pequenas esmeraldas, lembro-me de supor que ela tinha três ou dois anos.

— Quantos anos você tem?

— *Quatlo*.

— E sua irmã? — Tento a sorte. Vai que ela sabe quantos meses de vida tem a bebê?

— Nenhum.

— Nenhum o quê?

— Nenhum ano, ué! Ela é neném! — Juliana constata o óbvio, meneando a cabeça devagar, como se eu fosse a maior tapada que a menina já conheceu.

Começo a rir.

— Ah, sim, ela tem meses. E você sabe quantos meses sua irmãzinha tem?

— Quinze? — Ela franze as sobrancelhas ao pensar na minha pergunta.

Antes que possa se esforçar demais a ponto de recordar da falta de sua mãe e retomar a choradeira, eu me levanto e abro a torneira da pia.

— Vamos lavar as mãos?

— Não *pleciso*. Não sujei. — Ela ergue as duas mãozinhas, mostrando as palmas.

— Mocinha, sabia que existem bichinhos muito pequenos no vaso, tão pequeninos que não conseguimos ver?

Uso a mesma tática que vi minha tia usar com um de seus netos. Juliana aproxima as mãos do rosto e aperta os olhos, estudando as palmas.

— São muito pequenos? — pergunta, ainda verificando as mãos.

— Sim, minúsculos e transparentes. Eles têm poderes mágicos que impedem que a gente enxergue. Rastejam por sua pele e você nem sente.

Sem precisar falar mais nada, ela se vira para mim com o rosto retorcido em uma expressão de asco e me dá as mãos.

— *Tila* todos daí. Não gosto de bichos invisíveis com *podeles* mágicos.

— Pode deixar que meu sabonete é especial, não vai ficar nenhum bichinho em você. — Ajudo-a na higienização, ou melhor, na eliminação dos germes e bactérias. — Pronto.

Ela analisa as mãozinhas, virando-as para cima e para baixo.

— Tem *ceiteza*?

— Claro que sim!

Ao sairmos do toalete, sou surpreendida com a mãozinha gelada envolvendo a minha. Encaro a junção de nossas mãos e respiro fundo. Eu preciso — com urgência — resolver essa inconveniência. Não posso e não quero criar vínculos com crianças que nunca mais verei.

Vou com ela até a cozinha, ajudo a se sentar na banqueta e preparo um misto quente. Aproveito e coloco para fazer mais um café na minha supermáquina. Enquanto não fica pronto, pego uma caixinha de achocolatado – Vinícius adora e nunca ficamos sem – e deixo na frente dela.

— Papai também gosta desse, é seu *plefelido*.

— Seu pai é um homem sábio, esse é o melhor do universo!

Sorrio e vou pegar minha xícara com o líquido dos deuses. Ao voltar para a bancada, Juliana está tentando abrir o plástico do canudo.

— Precisa de ajuda?

— Não, eu sei — diz, determinada.

Continuo observando até que ela, de fato, abre o saquinho, exibindo um sorriso triunfante. Sorrio em retorno e começo a bebericar meu café, quase queimando a boca com o primeiro gole. Quando Juliana chega na metade do lanche, ouço resmungos vindo do hall.

Santa Rita!

A menorzinha!

Solto a xícara de qualquer jeito em cima do balcão e saio apressada para o corredor. Quando alcanço o bebê-conforto, a neném já chora a plenos pulmões, com o rostinho tão vermelho que me comove.

E agora? O que faço para acalmá-la? Bebês tinham que vir com tecla SAP!

Passo alguns segundos em dúvida, ponderando se pego-a no colo ou reviro a mala em busca de algo que possa me ajudar. Opto pela segunda alternativa. Deito a mala no chão e deslizo o zíper até que esteja completamente aberta. A primeira coisa que fisga a minha atenção é uma pasta fumê. Deixo-a onde está e remexo o conteúdo da bolsa. Roupas coloridas, fraldas de pano e descartáveis, outra caixinha com chupeta de silicone, bichinho de pelúcia, mais um cobertor cor-de-rosa, um chocalho de borracha com formato de mão, uma boneca de pano encardida e, finalmente, uma frasqueira. Peço aos céus, com toda minha crença, que dentro tenha uma chuquinha. Se não for pedir muito, acompanhada de fórmula para bebês.

Sou intolerante a lactose e não tenho nada para substituir o leite. A não ser achocolatado, só que eu nunca daria um alimento industrializado para uma criança desse tamanho.

Ufa! Admiro a mamadeira e o potinho com três divisórias repletas de pó amarelado. Coloco ambos no bebê-conforto e carrego a pequenina até a cozinha. Ela ainda berra e esperneia, incontrolável, quando apoio o trambolho no piso. Com a mamadeira e o potinho de plástico em mãos, vou para a pia. Por mais inteligente que pareça, duvido seriamente que Juliana saiba a quantidade de água necessária para fazer a mistura. Calculo que, provavelmente, 200ml possa ser a medida padrão, então encho a garrafinha e enfio no micro-ondas, ajustando o tempo em trinta segundos. Não faço ideia se é a temperatura adequada, mas não ficará quente nem fria.

— Mamãe fica *blava* com papai *pla* não esquentar a *dedêla* da Lili no *miclo-ondas*.

Olho para Juliana, que observa a cena compenetrada, absorvendo todos os detalhes. Ignoro sua fala e pego a mamadeira assim que o micro-ondas apita, acrescento o pó antes de rosquear a tampa e começo a chacoalhar.

Mas que merda! Como não vi que a tampa estava meio aberta?

Juliana ri baixinho e meu sangue ferve com vontade de... Deixa para lá.

Não me dou o trabalho de limpar o rosto, a roupa e o chão. Em vez disso, com a certeza de que fechei direito, agito mais uma vez a chuquinha e volto ao bebê-conforto. Coloco a mamadeira no balcão e me agacho para soltar das travas do cinto de segurança. Desajeitada, passo a mão por baixo das pequenas pernas da bebê e encaixo outra em seu pescoço. Não preciso fazer força, ela pesa como uma pena, menos até que a Bela. Com uma sensação esquisita, encosto a menina em mim, na altura do estômago e tento segurá-la com apenas uma das mãos. Parece funcionar.

Aproximo a chuquinha de sua boca que – Jesus! – treina para ser a próxima Adele. Nem preciso forçar, assim que o bico de silicone toca seus lábios, começa a sugar.

— Estava morrendo de fome, né? Quando foi a última vez que mamou? — penso em voz alta, observando o minúsculo rostinho, sentindo-me vitoriosa pela segunda vez.

Quem diria que eu, Catarina Albuquerque, empresária do alto-escalão de uma multinacional, sei cuidar de bebês?

# Cinco

Juliana continua rindo enquanto seguro a mamadeira que sua irmã devora. Apesar de estar com o humor nada agradável, não posso negar que a cena deve ser hilária. Uma mulher madura e inexperiente com crianças, cuidando de duas ao mesmo tempo, sem ao menos ter escovado os cabelos ou os dentes quando caiu da cama. A risadinha diminui e, de repente, ela se lança da banqueta alta. Meu coração sobe para a garganta e quase solto a bebê por reflexo, na tentativa de segurá-la. Não devia ter me preocupado, a menina aterrissa com destreza, demonstrando que, além de ser boa com palavras, também é excelente em coordenação motora e controle corporal. Em segundos, cruza a cozinha e gruda as mãos e o rosto na porta de vidro do quintal.

— Você tem um gato!

— Uma gata. E ela deve estar com fome, igual sua irmã — respondo com a palpitação em nível máximo, procurando não demonstrar meu desespero momentâneo.

Indiferente ao meu tormento interno, Juliana continua vidrada na gata que desfila de um lado para o outro diante das portas duplas. Bela não pode nos ver, porém nos ouve perfeitamente e, com certeza, está curiosa para conhecer as visitas. A bichana adora se exibir para qualquer pessoa, diferente de Estevão, um cão muito carente, mas tremendamente tímido. Como se entendesse o que conversamos, ouço o miado baixinho. Juliana vira para mim em expectativa.

— É menina?

— Sim. Seu nome é Bela.

Seus olhos brilham em reconhecimento.

— Igual a Bela e a *Fela*?

— Exatamente. — Vou para a porta e paro ao lado dela. — Também tenho uma fera, só que ele tem muita vergonha.

— *Jula*? — Juliana grita e volta a colar a testa no vidro, ignorando os esforços de Bela em ser admirada, à procura de Estevão. — Não *tô* vendo.

— Ele deve estar escondido na sombra.

— Como ele é?

— Grande e peludo.

A menina ri.

— Igual a *Fela*. Posso *ablir* a *poita*? *Pla* ela *entlar*?

A pequena em meus braços dá pequenos solavancos, engasgando. Afasto a mamadeira depressa e tento segurá-la na vertical, o que não é tão fácil quanto vemos na TV. Fico morrendo de medo de machucá-la sem querer, então só inclino o corpo, ficando toda torta, em vez de mudar a posição da bebê.

— Você é *englaçada* — a visita mirim comenta, agitando os ombros no ritmo da risada.

Espero que a bebê pare de tossir para voltá-la à posição anterior. Quando ela me encara como se estivesse fascinada, reparo que a cor de seus olhos é indefinida, meio cinza escuro. Ela é muito pequenininha, deve ter no máximo três meses. Mas quem sou eu para acertar? Ficou comprovado que não entendo nada.

Seus dedos agarram a alça da minha camisola e uma pontada esquisita atinge meu peito. Solto um suspiro longo e pisco algumas vezes, incapaz de definir o sentimento.

— Ela deve estar molhada — a *grande conhecedora de bebês* me informa.

— Não está. — Olho para a roupa sequinha. — Mamou tudo.

— Não, *Catalina*, *plecisa tlocar* a *flalda*. Mamãe *semple tloca* quando a Lili *acoida*.

Ahhhhh! Lembro-me das fraldas que vi na mala.

— Você não sabe trocar, né? — Vai que sabe mais do que deixa transparecer naquele rostinho angelical?

Juliana balança a cabeça com veemência.

— Mamãe não deixa. Você deixa?

Ela me aguarda com expectativa e não sei o que responder. Deixar que ela faça algo contra uma regra da mãe não é certo, entretanto também não sei trocar fralda, e a menina, sem dúvida, presenciou algumas trocas.

— Vamos fazer o seguinte: você pode me ajudar.

Funciona, Juliana assente com um mega sorriso e tiro proveito da situação, sem deixar que ela perceba a minha falta de experiência.

— Pode começar pegando tudo o que vou usar para trocar sua irmã.

Com isso, a pequena corre rumo ao hall. Vou em seu encalço, pronta para absorver qualquer conhecimento que a menina tenha e que possa me auxiliar no meu novo desafio. Observo-a vasculhar o interior da mala e, em minutos, equilibrar nos braços curtos: uma fralda descartável, um pote de plástico retangular, um grande tubo de pomada e o que parece ser um tecido enrolado.

— *Plonto*! Peguei tudinho!

Subo as escadas e peço que me siga. Não tenho um lugar específico em mente, então vou ao meu quarto e deito a bebê com cuidado bem no centro da cama *king size*.

— Nossa! É aqui que você *doime*? Sua cama é gigante!

Dou uma risadinha e fito a menina que organiza as coisas ao lado da irmã. Coço o queixo, *fingindo* não saber o que fazer.

— O que fazemos primeiro?

Ela pega o tecido enrolado e começa a estendê-lo na cama.

— Mamãe coloca isso embaixo da Lili.

Certo.

Ajeito Lili em cima do quadrado, descobrindo que se trata de um tipo de protetor com uma cobertura plástica para não sujar a cama ou a bebê.

— Depois *tloca.*

Okay.

Abro os botões do macacão amarelinho. Até aqui, fácil. Prossigo tirando sua roupa, notando o quanto a bebê é vulnerável ao mundo cruel que a cerca. *Como as mães são capazes de dormir em paz com uma coisinha frágil dessas em casa?* É responsabilidade demais!

Suas pernas e braços miúdos balançam, inquietos. O próximo passo é abrir a fralda, o que faço bem devagar. Já ouvi histórias trágicas de mães que foram bombardeadas quando limpavam os filhos. Todo cuidado é pouco.

Para minha sorte, a fralda está pesada, mas não encontro surpresas desagradáveis. Juliana estende a mão com um lenço umedecido, desempenhando sua função de forma exímia. Pego a toalhinha fina e começo a limpar a miudinha, que esboça um baita sorriso ao sentir o toque gelado.

— Acho que a Lili gosta de você.

É... não. A neném – que está comendo os dedos da mão –, acaba de me ver pela primeira vez. Se gosta de mim é porque dei comida e estou limpando sua sujeira. Cuidar de suas necessidades básicas não implica em afeto.

Depois de limpinha, Juliana me entrega a fralda descartável e ajuda a prendê-la na irmã. Quando encaixo os pezinhos no macacão, ela segura a minha mão, impedindo-me de continuar.

— Ihhhh, esqueceu a pomada.

Bufo e desfaço todos os passos que havia concluído para aplicar a bendita pomada. Enquanto rosqueio a tampa, lembro-me de meu marido e seu estranho sumiço. Anoto mentalmente que preciso ligar no escritório assim que terminar. Também me dou conta de que é a primeira manhã, em muitos anos, que não penso no meu trabalho, algo inteiramente fora do comum.

Absorta em divagações, não percebo que deixei a fralda aberta. O que me faz acordar é a risadinha inconfundível da minha ajudante. Olho correndo para a neném tentando comer o pé e vejo que, embaixo dela, minha cama está manchada. Como assim? Onde está o protetor, forro – sei lá o nome do treco – que estava aqui?

Estudando a cena, noto que a neném não está no lugar em que eu a tinha deixado. Ela "subiu" na cama, não me pergunte como, e está bem longe da proteção que sua irmã me ensinou a usar.

— Ah, não! Você não fez isso! Me diz que não é xixi no lençol que custa mais caro que seu bebê-conforto!

A risadinha da Juliana confirma minhas suspeitas e meu peito ferve de nervoso.

— Que merda! — reclamo em voz alta, sem me importar com a presença de pequenas pessoas no recinto.

Na mesma hora, escuto um som esganiçado de indignação.

— *Catalina* falou *feiúla*. Não pode falar *feiúla*! Tem que pedir desculpa!

Com uma careta, volto a olhar para a garotinha que se acha a dona da razão.

— Sua irmã arruinou meu lençol! Isso se não tiver sujado o colchão!

*Ai, meu precioso colchão!*

— Ainda não pediu desculpa.

Ela me fuzila com o olhar e me tira do sério. Tenho um lençol para limpar, um colchão para desinfetar e uma neném sem fralda bem no centro da minha cama. A última coisa com a qual me preocuparia é um pedido de desculpas para uma...

— Estou *espelando*.

... criança que, pelo visto, não me deixará em paz até que eu deixe o orgulho de lado e ceda ao seu pedido. Contrariada, respiro fundo e avalio a pose de emburrada de Juliana com os braços cruzados.

— Desculpa.

— Tá desculpada. Não fala mais isso — a pequena tem a ousadia de exigir.

— Certo...

Volto a fitar a neném, que ainda é um risco em potencial. Subo na cama, tomando cuidado para não encostar na extensa mancha úmida e bastante visível, com o objetivo de alcançar a miudinha e terminar o que comecei. Desta vez, fico mais atenta e concluo o processo com destreza. Ponto para mim.

Desço da cama e retiro o lençol, deixando a menininha longe da sujeira. Não quero mais complicações.

Segurando o amontoado de roupa que vai direto para a máquina de lavar, observo Juliana parada ao lado da cama, bem no local onde Vinícius dorme. Ela analisa uma foto nossa, tirada alguns anos atrás, exposta em um porta-retrato.

— O papai! — ela diz e demoro para assimilar o que sua fala implica. — Papai fala feiúla. Mamãe *semple* fica *blava*. Mas ele não fala *meida*, fala puta que *paliu*. Puta que *paliu* é muito, muito feio. Mamãe diz que tem que lavar a boca dele com sabão.

Sua irmã parece concordar com o discurso, ranhetando na cama. Dessa vez, fui mais esperta e montei uma muralha com travesseiros ao seu redor, quero ver sair rolando e causar outro acidente.

— *Catalina* é amiga do papai? — Ela aponta o pequeno indicador para a foto.

— Esse é meu marido.

— Nãaaaaaaao... — Juliana balança a cabeça. — É o papai.

Agora quem ri sou eu.

— Você está confundindo as coisas, menina. Seu pai deve ser parecido com ele. — Dou as costas com intuito de levar a roupa para a lavanderia.

— *Hu-hum*... — insiste em negar.

— Tudo bem — concordo para não estender a discussão.

Posso ser despreparada para lidar com pequenos seres humanos, porém sei que será inútil argumentar com uma criança de quatro anos algo tão complexo quanto semelhanças de fisionomia.

— Você fica aqui um minutinho com sua irmã enquanto levo isso pra baixo? — Mostro a trouxa de roupa.

Não é perigoso deixar as duas aqui por segundos, certo?

— Aham — Juliana assente e se senta no colchão, conversando com a irmã sem demora.

Desço a escada pensando no que se tornou a minha manhã. Eu tinha tantos planos para hoje e, aparentemente, não os colocarei em prática, até porque, Vinícius tem que estar presente para que eu consiga realizá-los.

Assim que adentro a cozinha e avisto Estevão, decido que a roupa suja pode esperar um pouco. Na lavanderia, deixo os lençóis úmidos em cima da tampa da máquina e equilibro o enorme pacote de ração e a latinha de Bela nos braços. Abro a porta para o quintal e os dois me acompanham até o quartinho onde ficam as tigelas, esperando que eu reabasteça com comida e água. Faço um carinho rápido em cada um antes de voltar e retomar meus planos.

Deus do céu! Como as mulheres dão conta de serem mães, trabalharem, dar atenção para o marido, casa, filhos e animais de estimação? Sobra tempo para cuidarem de si? Alguma dessas funções provavelmente é malfeita, não há nenhuma possibilidade de uma pessoa dar conta de organizar seu tempo com todas essas atribuições e ainda ser capaz de descansar.

Fecho a porta de vidro e encaro o chão sujo com gotículas de fórmula infantil. *Merda.* Melhor limpar antes que Bela encontre e limpe por mim. Entro na lavanderia e me deparo com o monte de lençol recém depositado em cima da máquina. *Droga.* Meneio a cabeça imaginando como as mulheres sofrem. Minha resolução em não ser mãe é a melhor escolha que fiz, disso não tenho dúvida!

Jogo tudo no tambor da máquina, programando o ciclo para lavar e secar. Em seguida, com rodo e pano de chão úmido, vou me ocupar com o piso da cozinha. Em menos de três minutos está brilhando. Bem, não tanto, mas fiz o melhor que pude. Afundo o pano no balde, enchendo-o de alvejante.

Pronto, feito.

Aproveitando que a casa está em silêncio, tenho duas coisas para me preocupar: encontrar Vinícius e resolver o que fazer com as meninas. Pego o celular no balcão e vou para a sala. Ligo a TV por puro hábito e, crente de que tudo está tranquilo no andar de cima, fito o celular com ressalva.

Primeiro procuro por meu marido, tomada pelo medo de que possa ter acontecido algo ruim. Tenho o costume de não ficar pensando em coisas desse tipo, ciente de que me preocupar excessivamente só aumenta a produção de cortisol — um veneno. Porém, Vinícius sumiu há horas, serei incapaz de manter a calma por muito tempo.

A ligação não é direcionada para correio de voz, em vez disso, escuto aquela mensagem clássica e automática das operadoras de celular: "Este número se encontra desligado ou fora da área de serviço". Minha pulsação dispara, o que tento controlar de imediato. Inspiro profundamente e expiro com pesar, antes de discar para o escritório, que toca até desligar. É cedo, ninguém deve ter chegado.

Meio perdida sobre o que fazer e preocupada com seu paradeiro, encaro a TV que veicula o noticiário local. A imagem da colisão que vi na rodovia me instiga a aumentar o volume. Por mais que eu não goste de ficar sabendo dos pormenores de acidentes fatais, algo me diz que devo ouvir.

*Duas pessoas morreram ontem à noite em um grave acidente entre um caminhão carreta e um conversível, na rodovia que liga Espírito Santo do Pinhal e Andradas. De acordo com testemunhas, o caminhão se encontrava em alta velocidade e perdeu a direção em uma curva íngreme. O motorista do caminhão, Josias Marques da Silva, de 53 anos, e a mulher que ocupava o assento do passageiro no veículo atingido, Ana Maria Vasconcelos Garcia, de 32 anos, foram socorridos, porém não resistiram aos ferimentos, falecendo no local. O motorista do veículo, Vinícius Rabelo Pereira, de 37 anos, sofreu múltiplas escoriações e foi transferido para a Santa Casa de Poços de Caldas na madrugada de hoje, onde está internado em estado grave. As autoridades…*

Pasma, solto o celular e o controle remoto. Meu coração palpita a mil por hora, minha respiração se torna ofegante e todos os nervos da minha pele param de responder. Levo as mãos à cabeça, sem acreditar nas imagens e na notícia que acabo de ouvir.

*Não.*

*Definitivamente, não!*

# Seis

Com as mãos trêmulas, inclino o corpo para pegar o celular, que toca no volume máximo. Ao mesmo tempo, Juliana entra na sala carregando a pequenininha. *Santa Quitéria*! Meu peito se aperta e esqueço o telefone. Com as pernas bambas e inseguras, me desequilibro, mas, mesmo com parte do psicológico extremamente abalado, alcanço a menina em dois segundos e tiro Lili de seus braços.

Pelo amor de Deus! Uma menina de quatro anos desceu a escada com uma bebê! Sei que a responsabilidade não é minha, mas seria péssimo se acontecesse algo debaixo do meu teto.

— Você não pode descer a escada com ela no colo! — a bronca sai sem nenhum planejamento e acabo descarregando na pequena todo o meu descontrole emocional.

Juliana me lança um olhar chateado e começa a chorar.

— Eu *quelo* a minha mãe!

A neném, acordada, treme loucamente e morde a mãozinha com afinco. Não, espera, quem está tremendo sou eu. E se *eu* deixá-la cair?

O pensamento mal passa por minha mente quando um cheiro estranho e azedo penetra meu nariz, mas não tenho cabeça para verificar do que se trata.

Perdida no caos e sem conseguir raciocinar, colo Lili no peito e pego o celular, conferindo quem me ligou. Deve ser um engano. Vinícius não sofreu um acidente e está internado. É absurdo.

Do nada, tia Mirna se materializa na sala de estar, se deparando com a bebê chacoalhando em meus braços, uma criança em prantos e eu, encarando a tela negra do celular. Num rompante, atravessa o cômodo direto para a garotinha infeliz, pega-a no colo e fala baixinho em seu ouvido. Juliana não reluta, seu desespero é praticamente idêntico ao meu, com a diferença de que estou na minha casa, perto de pessoas que conheço, enquanto ela foi abandonada por uma idosa sem noção.

— Ai, querida, por que não me ligou antes? Eu viria assim que ficasse sabendo!

Tia Mirna fala como se eu não tivesse explodido sua linha telefônica à procura do meu marido.

— E como eu faria isso, tia? — esbravejo ao olhar dela para as meninas. A presença das pequenas justifica por si só o meu problema. — Vinícius evaporou e essas duas foram deixadas aqui! Eu nem tive tempo de reagir!

— Cadê a minha mãe? Eu *quelo* a minha mãe!

Juliana volta a chorar quando me ouve gritando. Tenho que me acalmar, porém, minha paciência está escapulindo por meus poros.

— Calma, Catarina! Tudo vai se ajeitar — tenta me tranquilizar enquanto abraça Juliana.

— Ajeitar?

Para completar a cena caótica, a neném resolve ecoar os berros da irmã, Estevão uiva e Bela acompanha a melodia com longos miados. Com os tímpanos implorando por socorro, começo a balançar a pequena em meus braços. É a única alternativa viável no momento e costuma acalmar os bebês, certo?

— E como se ajeita isso? — Olho de uma para outra e fuzilo tia Mirna antes de falar baixo: — Se não percebeu, tem duas crianças que eu nunca vi na minha casa. Se não fosse o bastante, o nome do meu marido acabou de aparecer no noticiário, como se ele tivesse se envolvido em um acidente de carro!

Termino a frase com dentes trincados. Meus lábios se descontrolam e mal consigo fechá-los.

— Catarina, você precisa se acalmar.

— Me Acalmar? Eu nem sei porque elas estão aqui, e Vinícius pode estar passando por uma situação crítica sem que eu esteja ao seu lado para dar apoio! — reclamo ao deambular pela sala, agitando Lili no colo. O cheiro azedo que invadiu minhas narinas há poucos minutos volta com força e parece vir da fralda. Não tenho estrutura para lidar com isso.

— Ei, mocinha, não precisa chorar, estamos aqui pra te ajudar, tá bom? — Tia Mirna tenta, inutilmente, fazer com que Juliana cesse a choradeira.

Ela me lança um olhar sério que interpreto na hora, está me censurando por discutir na frente das crianças. Rá! *Eu* tenho que ter noção do que fazer? Meu mundo foi atingido por um asteroide e devo me comportar de outra forma? Agito a cabeça em negativa. Não dá.

Tia Mirna me encara com um olhar mortal, a expressão mais séria que já vi em seu rosto.

— Catarina, deixe de agir como uma criança mimada e escute com atenção o que vou dizer. Sua vida está prestes a mudar, não existe outra maneira de te contar tudo sem fazer um baita estrago.

Seu alerta me estagna, embora eu continue balançando os braços num ritmo irregular, bem desajeitado. Não levo jeito com crianças, esse bebê não tinha que estar no meu colo.

— Você está me assustando.

— Eu também ficaria assustada se estivesse em seu lugar. Sente-se.

— Eu não preciso…

— Senta, Catarina! Não quero correr o risco de ver um bebê cair no chão por um reflexo seu!

Seu tom de voz me apavora. Não vejo outra alternativa a não ser seguir a ordem e me calar. Um pouco relutante e com os nervos aflorados, sento-me no sofá e arrumo a menininha, apoiando-a confortavelmente sobre minhas pernas. Prendo a atenção na minha tia à espera das palavras que podem virar o meu mundo de cabeça para baixo.

— Quando você não estava em casa, seu marido também não estava. Durante todos esses anos, desde que começou a trabalhar duas semanas longe da cidade, ele tem mantido uma vida dupla.

Solto uma risada ensandecida, sem compreender bulhufas do que ela diz.

— Fica firme.

Minha tia se acomoda ao meu lado com Juliana no colo. Seus olhos me observam com tristeza. No fundo, sei que minha vida nunca mais será a mesma, porém, me nego a aceitar. Sua expressão me aterroriza mais do que qualquer coisa. Mais do que estar sentada com um bebê no colo. Mais do que ter que lidar com duas crianças desconhecidas. Mais do que a ideia de que meu marido está no hospital.

É difícil respirar. Engolir, então, praticamente inútil perante as paredes rígidas que travam a minha garganta.

*Eu sei.*

Sei que suas palavras acabarão comigo e desejo, do fundo da minha alma, que ela desembuche e coloque um ponto final na tortura. Como se me ouvisse, titia respira fundo e solta de uma vez, com a voz fraca e vacilante:

— Vinícius se envolveu com outra mulher.

Meneio a cabeça cerrando os lábios, me recusando a processar tal informação. Os picos da minha frequência cardíaca sem dúvida *pifariam* aparelhos de cardiologia.

*Não.*

Ele jamais faria isso. Outra mulher seria…

— Vinícius tinha outra família, querida. Quando você não estava aqui, ele morava com Ana Maria — tia Mirna insiste e trinco os dentes.

— Ana *Malia* é o nome da mamãe — Juliana, que parou de chorar, entra na conversa no pior momento possível.

— Sim, princesa, é o nome da sua mãe. — Esboça um sorriso falso para a menina.

— D-de jeito nenhum — titubeio ao me esforçar para emitir palavras sensatas. — Vinícius nunca faria…

— Faria — continua, acariciando os fios loiros de Juliana, sem olhar para mim. — Ele faria e fez. Juliana e Alice são filhas dele.

O quê?

Não…

Ele não…

Uma incontrolável vontade de chorar me acerta em cheio. A bomba de proporções devastadoras dilacera, eliminando meu lado racional. Sem sentir meu corpo e por trás das lágrimas que luto para controlar, minha tia me fita com um semblante de pena.

Pena uma ova!

Meu marido não fez isso comigo! Não fez!

— Ele me ama! Isso não tem o menor cabimento! — digo sem muita convicção.

Juliana arregala os olhos e me encara com as duas pequenas esmeraldas brilhando... duas pequenas esmeraldas que lembram vagamente as íris do Vinícius.

*Não*. Na-na-ni-na-não.

— Isso é ridículo! Ele jamais faria algo assim!

Tia Mirna inclina o rosto e fico à espera de que concorde com o meu argumento, revelando a brincadeira de mau gosto. Só que, em vez de me responder, ela puxa o ar pelo nariz ruidosamente, fazendo careta.

— Que cheiro é esse?

— Lili fez cocô. Eu *tlouxe* ela *pla tlocar*, mas a *Catalina* ficou *blava poique* desci a escada com a Lili.

Eu estava certa, o azedo vinha da bebê. Com esse mistério solucionado, só falta colocar bom senso na cabeça da minha tia e explicar que sua versão dos fatos é pura ficção.

— Precisamos trocá-la imediatamente! — Titia senta Juliana ao seu lado e tira a bebê dos meus braços. — Cadê a fralda e o trocador?

— Lá em cima. Posso ajudar? — Juliana se anima e, com isso, as três se retiram da sala. — Só não tem *flalda*, tá na mala.

— Você está em condições de pegar a fralda, Catarina? — tia Mirna indaga, me tirando do transe.

Assinto no automático e me levanto, praticamente arrastando os pés atrás delas. Perfeito, só me falta perder o controle dos movimentos. Não preciso disso, essa história de filhas é mentira. Não há porque me desesperar.

— Ótimo! Vou começar a limpá-la e você traz a fralda.

Enquanto elas sobem os degraus que levam ao quarto, sigo por outra direção, indo para o hall.

O tempo é engraçado. Apenas uma hora, no máximo duas, transcorreram desde que as meninas foram deixadas aqui, no entanto, a impressão é de que estão comigo há séculos. Vasculho a mala roxa, procurando pela fralda descartável entre a parafernália, com ciência de que me ocupar com coisas aleatórias pode amenizar a descarga emocional que me toma.

Que insanidade...

Quanta asneira saiu da boca da minha tia.

Vida dupla...

Bem capaz!

Lentamente, permito que minha racionalidade analise os fatos, fazendo com que meu choque inicial seja reconsiderado. Eu e meu marido nos damos perfeitamente bem. Nunca temos problemas sérios, somente discussões pontuais como a do dia anterior, completamente justificáveis. Desde o instante em que nos conhecemos, resolvemos nossos impasses tão logo surgem. Não deixamos nada para depois, evitando criar desavenças e motivos para nos distanciar. Além disso, temos uma vida excelente, combinamos em tudo, gostamos das mesmas coisas...

Quando recebi a proposta na multinacional, ele foi o primeiro a me apoiar. Quando resolvi que não teríamos filhos, Vinícius nunca se opôs, jamais forçou a barra. Ele entende minha posição executiva e tem seu próprio plano de carreira para o escritório, tanto que cresceu formidavelmente.

Não faz sentido algum ter outra vida, outra mulher. É o mais completo absurdo que já escutei.

— *Catalina*?

No alto da escada vejo Juliana entrelaçando os dedos diante do corpo.

— A *flalda*.

— Já vou!

Convencida de que tudo não passa de um gigantesco engano, pego o pacote antes de me virar para subir. Com o pé direito no primeiro degrau, lembro-me da pasta de plástico fumê. Não preciso vê-la... posso subir e ignorar.

*Meia dúzia de papéis não vai mudar nada, vai?*

A identidade dos pais das meninas pode estar lá e quero saber quem são. Comprovar que Vinícius não tem nada a ver com isso. Mordo o interior da boca, apreensiva. Eu quero. Sei que quero. *Mas e se...* Não, é ridículo.

A curiosidade fala mais alto que o receio e volto até a mala. Aperto a canaleta com firmeza entre meus dedos, alcanço o segundo andar, ofegante, e entro às pressas no quarto. Nem me dou o trabalho de observar o que acontece em cima da cama, coloco o pacote de fraldas num local visível e passo direto, trancando a porta do banheiro, assolada pelo medo. Inspiro uma boa porção de ar e me sento na borda banheira. Sozinha, já não me sinto tão segura de minhas convicções.

E se acreditei que estivéssemos bem, quando na verdade Vinícius era infeliz ao meu lado? E se ele realmente se envolveu com outra pessoa e não teve como se afastar ao descobrir que seria pai? E se não me ama como diz amar? E se escondeu a vontade de ter filhos e sentiu necessidade de formar uma família fora de casa?

Se tudo é real, por que diabos ficou ao meu lado por todo esse tempo?

Antes de abrir a temida pasta e me deparar com seu conteúdo medonho, fecho os olhos e rezo para todos os santos que conheço. Rezo para que ele não tenha feito o que tia Mirna afirmou. Rezo para que as meninas do outro lado da porta não sejam suas filhas. Rezo para que ele não tenha procurado afago nos braços de outra mulher. Rezo para que ele não tenha me sujeitado a essa situação.

Conto até dez, recompondo-me. Fito a pasta por mais um segundo e resolvo largar de ser trouxa.

Dane-se!

Independentemente do que encontrar ali dentro, vou enfrentar a situação com a cabeça erguida. Nunca fui mulher de ficar me lamentando ou sofrendo em vão, e não vou começar agora.

Abro-a sem pensar em mais nada. Ao soltar o primeiro elástico, um envelope pardo com o meu nome escorrega pelo piso. Analiso de longe a letra cursiva rebuscada, muito semelhante à do meu marido, me dando conta de que meu pior pesadelo está prestes a começar.

# SETE

*Catarina,*

*Se você recebeu essa carta é porque algo muito sério aconteceu comigo. É estranho me pronunciar quando não sei o que está acontecendo. Eu posso estar passando por uma situação crítica, na qual não respondo por mim e, mais complicado que isso, deve ter ocorrido algo igualmente grave com Ana Maria. Deixei instruções para que somente assim, na minha falta e na dela, você tenha acesso a esta pasta.*

*Sei que está se perguntando quem é Ana Maria. É a pergunta mais difícil que tenho que responder.*

*Eu te devo uma explicação, mesmo não querendo e sabendo que destruirá tudo o que construímos.*

*Não existe um jeito simples de explicar como tudo ocorreu, mas a questão é que amei duas mulheres ao mesmo tempo. Amei você desde o dia em que nos conhecemos. Sei que éramos felizes e que nosso sentimento sempre foi verdadeiro, sei que te amo e amei cada momento que passamos juntos. Quando nos casamos, você se tornou o centro da minha existência, me dando motivo para prosseguir e perseguir meus sonhos. Juntos alcançamos um patamar que nunca imaginei ser possível. Construímos um mini império e vivíamos felizes dentro de sua muralha. Conseguimos traçar metas e aniquilá-las sem muito esforço.*

*Não sei muito bem como ou quando aconteceu, porém, a cada nova conquista, minha vida deixava de ter graça. Não se sinta mal por essas palavras. Somente as usei por desconhecer outras que descrevam exatamente o que vivenciei. Eu me sentia inferior, deprimido, cada vez mais envolvido com o trabalho e menos com nosso relacionamento. Nunca deixei de te amar, ainda te amo ao colocar essas palavras no papel, odiando cada letra, cada frase, criando justificativas para o quê não pode ser justificado.*

*Não quero que você se sinta mal e pense no que errou, pois o erro nunca foi seu. E ouso dizer que também não foi meu.*

*Conheci Ana Maria por acaso, em uma reunião de negócios em Poços de Caldas. Ela estava no mesmo restaurante em que o pessoal do escritório se encontrava para abstrair após um longo dia de trabalho. Era uma das atendentes do estabelecimento. Fui me envolvendo aos poucos. Não quero esmiuçar os detalhes, você não merece isso. Resumindo, Ana Maria sempre soube que eu era casado e não se importou. Ela é adepta ao poliamor e me ensinou que é possível amar duas pessoas ao mesmo tempo, se dedicando a ambas. No início, me senti péssimo, acreditava que estava te traindo e que eu era um homem sem caráter. Após longas conversas, passei a pensar diferente, o poliamor começou a fazer sentido. Acreditei que podia amar vocês duas, senti que podia. Afinal, o amor é um sentimento bom, não deveria ser contrariado ou inibido.*

*Tenho plena consciência de que você considera isso tudo uma grande bobagem. Até chegamos a conversar sobre poliamor, toquei no assunto algumas vezes, para sondar sua opinião. Você foi categórica: pode funcionar para os outros, mas não para mim. Como não queria te perder, não tive opção a não ser me fechar.*

*Eu sabia que você seria contra ou teria muita dificuldade em aceitar minha nova condição, por isso, mantive o relacionamento com Ana Maria em segredo. Apesar de minha intenção nunca ter sido te trair, sua rotina de trabalho facilitou a dinâmica. Duas semanas com você; duas semanas com ela, na casa dela, que também acabou se tornando minha.*

*Hoje entendo que deveria ter tido coragem e falado abertamente sobre o que sentia, logo quando comecei a mudar. Os dias foram passando, a situação se intensificando, até que o inevitável ocorreu. Alguns meses depois de me conciliar entre duas realidades, recebi a notícia de que seria pai pela primeira vez. Foi um susto, você, como mais ninguém, sabe que filhos nunca foram uma prioridade para mim. A perspectiva de ter bebê como meu dependente me apavorou. A barriga cresceu, o quarto foi montado, quando vi, eu tinha uma filha.*

*Juliana nasceu e eu me perdi. Tentei, desde o início, ser um pai presente, não queria que faltasse nada a elas. Por isso, continuei agindo às suas costas, vivendo duas semanas na casa da minha segunda mulher, com um bebê. A essa altura do campeonato, não podia ser diferente. Eu não podia abandoná-las, muito menos revelar.*

*Por puro egoísmo, fui incapaz de abrir mão do que construímos juntos, do nosso amor, de Estevão e de Bela, da nossa casa, das nossas conquistas. Não pense que foi fácil viver me dividindo, porque não foi. Eu não me arrependo de ter amado Ana Maria, porém, me sinto desconfortável por ter feito isso sem seu conhecimento.*

*No momento em que escrevo estas duras palavras, Ana se encontra no terceiro mês de gestação. Ainda não sabemos o sexo. Saber que serei pai pela segunda vez é ainda mais difícil do que a primeira.*

*Mas amor nunca é demais. E eu não queria perder o seu. Nem o dela, principalmente considerando que há um novo bebê a caminho.*

*Não vou me estender, pois sei que só fará com que você perca ainda mais a crença em mim ou em meus sentimentos. Isso, se tudo já não estiver arruinado. Sei que sou culpado, não vou me lamentar. E se recebeu esta carta antes ficar sabendo pela minha própria boca, tenho um grande favor a pedir:*

*Se algo grave acontecer comigo e com Ana Maria, Juliana será levada até você. Como sabe, não tenho parentes vivos, não tenho com quem contar, fora vocês duas. Ana Maria tem um irmão que mora no exterior e mal tem contato conosco. Por isso, em uma situação drástica, deixei ao encargo dos advogados da contabilidade que entrassem em contato com vocês dois. Caso não receba a pasta pelas mãos deles, é porque outras intercorrências aconteceram. De qualquer forma, Jack deverá retornar ao país quando souber que algo não está certo, mas, até que ele volte, preciso que você fique com a minha filha.*

*Desculpe mais uma vez.*

*Você não imagina o quanto sofro ao ter que lhe pedir esse favor.*

*Se não nos encontrarmos mais, saiba que te amo muito e que não consigo imaginar uma vida em que você não exista. Espero que esta carta nunca chegue às suas mãos.*

*Vinícius*

Mas que grande filho da...

Amasso o papel em minha mão, fervendo de raiva, brigando com meus olhos para que não desabe em choro. O combate dura segundos, lágrimas escorrem por minha face e não há nada que eu possa fazer para evitá-las.

Inacreditável. Vivi um relacionamento falso. E pensar que durante anos, Vinícius teve um relacionamento duplo, uma vida dupla. Minha vida é uma mentira.

Poliamor?!

Canalha. Amoral. Cafajeste.

Egoísta e covarde!

Tenho milhões de adjetivos, advérbios e substantivos para esmiuçar o caráter mesquinho do meu marido. Espera... *marido*? Chamo de marido o *ser* que brincou com meus sentimentos?

Tomada por um surto de fúria, arremesso a pasta na parede e observo os documentos se espalharem pelo piso. Uma dor lacerante se irradia por meu interior. Não basta ter arrumado outra mulher, precisou ter constituído uma vida, uma família com ela! Eu sou insignificante e quero sumir de tanta humilhação. Com os dedos tremendo e incapaz de controlar os movimentos involuntários, observo a banheira de relance. Ideias incomuns surgem na minha mente, cuja a finalidade é de acabar com o sentimento que me domina neste momento.

Balanço a cabeça com agressividade. Onde estou com a cabeça? Francamente, cogitando a possibilidade de... De jeito nenhum! Sou mais do que isso. Não acabarei assim por causa de um relacionamento conjugal despedaçado. Mesmo que meus pensamentos estejam em frangalhos, que minha autoestima tenha levado um golpe certeiro e minha autoconfiança se encontre totalmente fragilizada, não sou de ficar chorando pelos cantos. Na realidade, não sou nem de chorar.

Levo as mãos ao rosto e seco o vestígio das lágrimas. Concentro-me, respirando devagar, retomando a consciência. Aos poucos, o aperto no peito se esvai. Meu coração ainda grita, sinto seus batimentos frenéticos contra o esterno. Por mais que me esforce, minha cabeça ferve e meus dedos sofrem espasmos.

Droga.

Apoio as mãos na borda da banheira e me levanto devagar, cambaleando até a pia de mármore branco. Encaro meu reflexo no espelho com um olhar mortal. A mesma Catarina me fuzila de volta, analisando os contornos do rosto oval, o cabelo preto com corte assimétrico, a testa e as sobrancelhas franzidas, o nariz arrebitado e pequeno, os lábios unidos em uma linha fina e decepcionada. Não ajuda estar vestindo a camisola preta que escolhi com tanto carinho para agradar meu marido na noite anterior.

Deus! A noite anterior parece ter acontecido há tanto tempo e não há meras horas. E pensar que a única coisa que eu desejava era conversar com Vinícius e pedir desculpa por colocar meu trabalho em primeiro lugar.

Como fui idiota!

Pisco devagar, querendo sentir um mísero fragmento da determinação que sempre tive. Passo a mão pelo cabelo, me recompondo da melhor forma possível. Ao descer o olhar para a camisola e ver as manchas de fórmula infantil, quase sou levada para os confins do desespero e da lamentação.

Santa Rita de Cássia! Tenho duas meninas sob minha responsabilidade.

Abaixo o olhar para os documentos, sabendo que preciso pegá-los, porém, sem um pingo de vontade de fazê-lo.

De repente, o ar do banheiro se torna escasso, o cômodo se encolhe e eu me sinto minúscula em insignificância. O que fui para Vinícius em todos esses anos de casada?

Eu preciso tomar uma atitude, tenho que sair daqui antes que enlouqueça.

Resolvida e muito irritada, puxo a camisola ridícula e, tal como os documentos, jogo-a longe. Pensando bem, seu destino será o lixo, então pego o tecido de grife espatifado no chão e não poupo esforços para lançá-lo com fúria no cesto ao lado do vaso sanitário. Não me dou o trabalho de trocar de calcinha antes de vestir a calça jeans que estava amontoada entre as roupas do dia anterior. Coloco também uma blusa de alcinha azul marinho, sem me importar em pegar um sutiã. Meus seios são pequenos e nada chamativos, não faz diferença. Aproximo-me da pia novamente e lavo o rosto. Sem dar a mínima para qualquer tipo de maquiagem, abro a porta do banheiro e passo pelo *closet*, pegando um par de sapatilhas vermelhas caríssimas da coleção de um designer qualquer.

O quarto está vazio, tia Mirna e as meninas sumiram. Ótimo. Facilita minha fuga.

Desço as escadas correndo, convicta de que preciso agir neste exato momento, antes que minha resolução escoe pelo ralo e eu acabe me definhando em sofrimento. Arranco a chave do esportivo de dentro da bolsa e, assim que posiciono a alça no ombro, me deparo com uma pequena figura me observando no canto da sala de visitas. Com o coração em pane por saber que a menina é filha do Vinícius, paraliso, analisando as características do seu pequeno corpo que lembram a genética do meu marido. A tonalidade do cabelo e dos olhos entrega fácil a paternidade, fui muito cega, na verdade, creio que não queria ver, não queria pensar na possibilidade.

— Aonde você vai? — a menininha me pergunta com o pescoço inclinado, na defensiva, como se adivinhasse que sou algum tipo de ameaça.

Não a julgo por agir assim, estou mesmo sendo grosseira e sem tato. Uma lástima, as duas crianças não têm culpa dos deslizes do pai.

— Preciso sair.

Seguro a alça de couro e a chave com mais força, como se precisasse me proteger da pequena. Uma reação absurda.

— E a minha mãe? — Juliana me escrutina com esperança de que eu possa aliviar sua preocupação.

*Minha mãe!*

O ar de meus pulmões é instantaneamente sugado para fora do meu corpo. Uma leve tontura oscila meu equilíbrio, mas não vou ceder. Ela é uma criança. Só uma criança.

Jesus, o que fiz para merecer isso?

Dou dois passos para frente e me agacho, insegura, evitando comparar o tom de suas íris as do pai, antes de pronunciar:

— Querida...

Ah, por que raios me aproximei? O que vou falar para a menina? Paro sem saber como proceder. Não sou a pessoa mais indicada para contar o infortúnio que aconteceu com a vaca da sua mãe. Fico em cima do muro. Falo mal de seu pai? Xingo sua mãe? Amaldiçoo os dois crápulas ao mesmo tempo? Ou envolvo meus braços ao seu redor e me entrego às lágrimas?

— Juliana? — Tia Mirna aparece e capta a atenção da garotinha de imediato. — Quer conhecer o Estevão e a Bela?

*Ah, tia, a senhora é uma santa*! Tirou meia tonelada das minhas costas.

Os olhinhos dela brilham ao sair correndo para a cozinha, feliz por, finalmente, conhecer meus animais de estimação. Levanto-me um pouco menos determinada, mas sei o que devo fazer.

— Vai sair? — Minha tia me fita com um semblante desolado no rosto. Em seus braços, balança a bebê que dorme tranquilamente.

— Preciso de um pouco de ar.

— Imagino. Liguei para a Janete vir pra cá, pra me ajudar com as meninas enquanto você... enfim. — Ela olha para a menininha em seu colo. — Catarina, por mais difícil que seja, não faça nenhuma bobagem.

Não permito que ela termine, viro o corpo e caminho até o hall.

— Não vou.

Não me passa despercebido que minha tia expressa semblante de culpa. Temos que conversar, quero saber quando e como ela ficou por dentro de tudo, principalmente por qual motivo distorcido não me contou antes.

— Só preciso espairecer.

— Fica com Deus!

Sem responder, fecho a porta e sigo reto para o portão, sabendo que, neste momento, tenho um turbilhão de problemas nas mãos, problemas que não tenho absolutamente a menor ideia de como resolver. Mas, antes que eu possa enfrentar minha nova e amarga realidade, tenho um assunto a tratar.

# Oito

Piso fundo no acelerador no instante em que acesso à rodovia. A estrada que liga Andradas a Poços de Caldas é repleta de curvas e a maioria dos carros que trafegam por aqui pertencem aos moradores de cidades interioranas. Claro que caminhões, ônibus e outros tipos de veículos grandes também passam pela via. Meu carro voa pelo cenário montanhoso típico do sul de Minas, com vista para plantações de banana, eucalipto, café e extensas estufas de flores.

Levo menos de meia hora para percorrer o caminho que leva em torno de quarenta e cinco minutos. Fui negligente e imprudente, ignorando por completo a minha segurança. Saí de casa afobada, com uma necessidade enorme de me distanciar do pesadelo. É muito difícil de acreditar. A realidade me sufoca de tal forma que ficar enclausurada na minha própria residência beira o insuportável. *Minha* casa, meu reduto, meu refúgio, meu local preferido no mundo, ficou pequeno demais após o peso que se instalou em meu coração.

Inconformada, estaciono o carro e esmurro o volante, segurando o impulso de me debulhar em lágrimas. Sinto uma necessidade sobre-humana de explodir, de extravasar e colocar para fora a raiva acumulada. E pensar que ontem me crucifiquei por ter cometido um pequeno erro no trabalho. Fico irritadíssima por ter me esforçado para voltar no mesmo dia, ávida para acertar as coisas com Vinícius. Uma tola completa! Enquanto colocava minha vida em risco nas rodovias do interior do estado de São Paulo, com a intenção de surpreendê-lo, meu marido estava com a amante, fazendo sei lá o quê.

Recuso-me a chamá-la de outra forma. Poliamor o caramba! Ana Amélia – ou seja lá qual o nome da desgraçada – é a *amante* dele. Sou monogâmica e, de acordo com o meu ponto de vista, essa palhaçada de amar duas pessoas ao mesmo tempo é inconcebível, principalmente quando a outra pessoa – no caso, eu – é enganada na maior cara de pau! Não foi à toa que ele escolheu omitir. Poligamia, relacionamentos liberais e poliamor podem ser muito bem aceitos por quem os pratica, inclusive respeito quem escolhe viver assim, mas o relacionamento tem que ser transparente para que ambos os parceiros aceitem tal arranjo. O que não é o meu caso, muito menos o do traste do meu marido.

Poliamor!

Como essa palavra amarga minha boca.

Respiro fundo uma porção de vezes antes de me sentir equilibrada para sair do carro. Abro a porta do motorista e me inclino para alcançar a bolsa no banco do passageiro, porém, dou um pulo com o barulho de colisão e metal amassando perto de mim. Muito perto de mim.

Arrumo a postura depressa, virando o pescoço como um chicote para entender o que aconteceu. A porta do meu carro foi parcialmente destruída por um motoqueiro filho da mãe.

E o imbecil nem teve a decência de cair!

Não, o infeliz guia lentamente a motocicleta, com o guidão e a roda dianteira fora do eixo, até estacionar a poucos metros do meu carro.

Fecho os olhos, bufando, e levo a mão à têmpora. Minha cabeça, que está tão quente quanto uma panela de pressão, fervilha ainda mais.

Era só o que me faltava.

— Seu desgramado! Não vê por onde anda? — grito a plenos pulmões enquanto ele tira o capacete e desce da moto.

Com calma calculada, o rapaz apoia o capacete no guidão e crava os olhos em mim, dando passos largos até ficar à minha frente. Ele é bem alto e, de perto, muito mais ameaçador do que parecia à distância. Os olhos castanhos, rosto com traços fortes e cabelo desarrumado não me desarmam. Na altura do campeonato, nada será capaz de diminuir minha escala de fúria.

— Você destruiu a minha porta!

Coloco uma mão na cintura e ergo o indicador da outra bem no meio do peito dele. Assim que encosto, noto que seu peitoral se infla igual a um galo se preparando para a briga. Não serei intimidada por ombros largos e posição de ataque.

Ele pega meu pulso, afastando o dedo do peito como se eu fosse uma sujeira inconveniente e lança um olhar gélido em minha direção, separando os lábios para me responder entredentes:

— Não tenho culpa se você arreganhou a porta bem na hora em que eu manobrava. Se alguma coisa aqui precisa de reparo, é você e a sua visão.

Ah, vá! Não aceita que errou e quer jogar o problema para cima de mim? Ele está muito enganado se pensa que vai me abalar com sua voz grave e ameaçadora, mesmo vindo de um cara grandão como ele.

— Está insinuando que a culpa foi minha?

Puxo o braço que ele ainda segura e cruzo à minha frente.

Ele arfa e passa a mão no cabelo escuro.

— Escuta, o estrago na moto foi bem maior do que o do seu querido carro. Se não for acionar o seguro, sugiro que caia fora daqui antes que eu resolva tomar providências.

— Providências?

Bato o pé no lugar e espero que ele me dê uma resposta coerente.

— Olha só, estou tendo um dia de merda, não durmo há mais de quarenta horas e não pretendo ficar discutindo com uma moça metida a madame diante de um hospital.

Ele enfia a mão no bolso da calça jeans desgastada e tira de lá uma carteira nova e de grife. Em menos de dois segundos, me oferece um cartão branco.

Mantenho os braços cruzados e encaro o cartão com descaso, sem querer me aproximar do pequeno pedaço de papel.

— Sugiro que você pare de bancar a birrenta e pegue o cartão para que a gente resolva mais tarde. Não tenho tempo nem paciência pra aguentar frescura e estou sem cabeça para lidar com isso agora. Vai por mim.

Percebendo que insistir num diálogo plausível está fora de cogitação, desconsidero a parte em que ele me chama de birrenta, moça metida a madame, e que deixou implícito que minha atitude é pura frescura, e arranco o bendito papel de sua mão. Enfio no bolso de trás da calça com total intenção de entrar em contato com o grosseirão em outra hora.

— Discutir com alguém de cabeça pequena não me levará a lugar algum — comento com amargura, enquanto tento fechar a porta do carro.

O motivo que me trouxe aqui continua permeando minha mente, o que me deixa impaciente.

Ele observa minha luta com o carro e se aproxima, revirando os olhos, com intuito de ajudar.

— Não preciso de ajuda.

Forço a porta a permanecer fechada, mas ela abre. O cara simplesmente me ignora e coloca ambas as palmas das mãos na lataria contorcida. Com um empurrão certeiro, o trinco se fecha e meu problema é sanado. Viro-me para ele com o olhar pingando ódio, soltando fogo pelas ventas.

— Não espere que eu vá agradecer.

— De jeito nenhum, educação é o que menos espero da madame. — Ele me dá as costas e segue para a porta do hospital.

Suspiro, consternada com a sucessão de acontecimentos massacrando o meu dia. As crianças, o canalha e, agora, tenho que lidar com um arrogante. Mordo os lábios, segurando para não desabar.

*Você é forte, Catarina, erga a cabeça e faça o que precisa.*

Repetindo o pensamento motivacional e sem a menor inclinação de levar o incidente adiante, apresso o passo, fazendo questão de passar na frente dele. Infantilidade, sei disso, mas quero sair logo daqui. O quanto antes terminar meu martírio, melhor, tenho problemas demais me aguardando em casa.

Problemas que medem menos de um metro, comem e bebem.

Além do casamento destruído, do marido em coma e do par de chifres cabulosos que adornam a minha cabeça. Se fossem visíveis, seriam como os chifres dos carneiros, daqueles que vão se torcendo infinitamente.

Eu devo ter cuspido na cruz! Não basta meu bolo ter várias camadas de caldas, marshmallow e chantilly, precisa da cereja. Tinha que aparecer um ser irracional e mal-educado para arrebentar a meu carro e, ainda por cima, jogar a culpa em mim.

Marcho para a recepção e peço informações sobre as visitas da UTI. Depois de solicitar uma série de dados para cadastro, o recepcionista enrola, mas permite a entrada e permanência de dez minutos, desde que eu tome as devidas precauções. Sem demora, aceito tudo o que ele explica e sigo pelos corredores até a área de atendimento intensivo.

Enquanto minha adrenalina abaixa, reflito no que vim fazer neste lugar. Uma necessidade esmagadora de ver Vinícius na maca do hospital, esse é o motivo, tenho que ter a certeza de que tudo não passa de um tremendo pesadelo.

Olho para a porta de vidro fosco que me separa da fria realidade que foi despejada em mim. Amante. Filhas. Acidente. Coma. Poliamor. Sem querer pensar nas outras intercorrências e nas consequências, dou um passo para frente e me preparo para entrar. Lavo as mãos na antessala, guardo meus pertences e visto um jaleco fornecido pelo hospital. Uma enfermeira de baixa estatura me guia até o leito e se retira, propiciando alguns minutos de silêncio.

Não é tão simples ter privacidade no cubículo, por isso, faço uma força de outro mundo para controlar meus canais lacrimais. Claro que é um esforço inútil. Meus olhos marejam ao ver a realidade deitada na maca.

Meu *ex-marido*.

Desvio o olhar sem querer acreditar que tudo é real. Não há possibilidade de me esconder, meu peito se agita, a pele esfria, o cheiro me entristece. Minha cabeça gira com o mal-estar e desconforto, com dificuldade em aceitar tudo o que aconteceu.

Ouço os aparelhos ligados a outros pacientes, assim como o *bip* que ressoa ao lado dele. Observando seu corpo à distância, é relativamente fácil me desvincular e transferir o sentimento para outro lugar. Só que eu sei que não posso fazer isso, me distanciar e fingir que tudo está bem não é uma opção. Eu não fujo dos meus problemas. Nunca. Engulo meu orgulho ferido e minha humilhação e me aproximo do leito.

Vinícius dorme. Não digo que é um sono tranquilo, porque vários fios e cabos cruzam o chão, conectando-o às máquinas. Minha garganta aperta ao observar o tubo de oxigênio e a sonda que o alimenta. Um monitor exibe a frequência cardíaca e respiratória. Ele parece estável, porém, sou leiga para afirmar. A falta de movimento nos corredores é um indício de que tudo está sob controle.

Não sei quais danos internos Vinícius sofreu, não tenho consciência da extensão ou gravidade de seus ferimentos. Sofreu um derrame? Um infarto? Mais de uma parada cardíaca? Parada respiratória? Fraturas?

É indescritível a sensação de incapacidade. Estar ao seu lado e não saber ou poder fazer alguma coisa, me incomoda. E meu psicológico está em colapso de tão confuso.

O homem que prometi amar e respeitar estraçalhou minhas expectativas. Reduziu a pó a perspectiva de uma vida longa e feliz. Com gosto amargo nos lábios, fecho os punhos até sentir as unhas de gel me machucarem.

*Ah, Vinícius... por que fez isso com a gente?*

Um pouco trêmula, toco seu cabelo com cuidado para não relar na faixa que cobre parte da testa. Lágrimas inconvenientes embaçam meus olhos. Como pode? Horas atrás estávamos bem e agora... Meneio a cabeça, inconformada.

Ele está bem machucado, com lacerações no rosto e uma coloração não muito natural, meio azulada. O lençol oculta o restante do seu corpo, e mesmo sabendo que legalmente sou sua esposa, não me sinto no direito de espiar. Meu peito dói de observá-lo. Meu marido, *ex*-marido, a pessoa com quem passei dez maravilhosos anos. O parceiro com quem dividia a minha vida. Tudo escorrendo pelo ralo.

Meu coração se aperta como se espinhos o esmagasse, fincando as pontas afiadas e fazendo sangrar. Ele não merece uma molécula de minha consideração e ainda assim, me sinto como uma idiota de tão comovida ao vê-lo no leito, sozinho e frio. Meus sentimentos se despedaçam. Seu estado físico reflete o meu interior: destruído. Eu quero gritar e chorar ao mesmo tempo.

— Seu filho da puta — gaguejo. — Como teve a capacidade de fazer isso comigo?

Meus dedos se entrelaçam nos seus fios loiros e interrompo a carícia, louca de vontade de puxá-los com força. Ele não vai sentir mesmo, e vamos combinar, merece. Só que não sou assim, não consigo ser.

— *Poliamor*?

Minha risada forçada ressoa pelas paredes insossas.

— Sério que vai jogar essa desculpinha pra cima de mim? Não sei como, nem onde errei, Vinícius, mas, francamente, precisava ter me enganado? Está cansado de saber que o que eu mais prezo é a transparência. Você simplesmente foi lá e acabou com tudo!

Faço uma pausa, recobrando o bom senso.

— Não imagina como magoa ter sido traída, principalmente, por ter escondido. Não sei o que é pior. Por que não me contou desde o início? Por que foi egoísta e optou por ter duas vidas paralelas? Duas vidas, duas casas, duas mulheres… duas…

O discurso morre em meus lábios à medida em que processo o que falei. Meu coração martela feroz, gelo se espalha por meu peito, dificultando a respiração. Encaro o semblante pacífico do rosto machucado. Eu quero brigar, gritar e ter algum tipo de reação como resposta. Quero que ele retruque, que me dê argumentos, independentemente de serem fúteis. Enfrentar um corpo semivivo não é o bastante para o tamanho da mágoa no meu coração.

— Não vou chorar por você — minha voz sai um pouco mais firme. — Chorei pela traição e estou assustada, como estou! Só que, como você me conhece, sabe que não banco a coitadinha. Aliás, como conseguiria fazer isso? Você deixou duas filhas comigo! Filhas, Vinícius! É muita cara de pau.

Solto a respiração com pesar e me afasto dele. Não quero proximidade física, nem quando está vegetando.

— Sinceramente, não sei o que sentir.

Uma enfermeira aparece na abertura do cubículo para avisar que eu preciso me retirar e interrompe meu monólogo. Agradeço e volto a analisá-lo, aproveitando para me livrar da umidade em meu rosto.

— Só tenho mais uma coisa a dizer, Vinícius. Não quero que morra. Espero que sobreviva e que viva muitos anos, com uma saúde de ferro, porque você tem muito a explicar, duas filhas para cuidar… e um divórcio para assinar.

Com a ponta dos dedos, toco minhas pálpebras, apenas para me certificar de que não existe nenhum resquício de lágrima, e sussurro:

— Não sei se consegue me ouvir, mas fica o aviso: se sair daqui com vida, não espere minha compaixão.

Sem mais, giro meus calcanhares e saio sem olhar para trás.

# Nove

Após conversar com o médico plantonista e descobrir que o estado de saúde de Vinícius é grave, porém estável, retorno ao carro com a mente meio aérea. Meus sentimentos são conflitantes. Por mais angustiante que seja vê-lo naquela situação, meu rancor não permite que eu ultrapassasse a mágoa e aceite seus erros simplesmente por ele estar inacessível e lutando para sobreviver.

Eu o amava, ainda o amo, mas não é o suficiente para aceitar a humilhação que me corrói por dentro, nem os olhares de pena que enfrentarei ao me deparar com todas as pessoas que nos conhecem. Eu queria ser de ferro e não parar para pensar no que os outros dirão quando me virem desfilando por aí com duas crianças, resultado de um relacionamento extraconjugal do meu marido. Um relacionamento que só terminou por causa de um acidente, não por livre e espontâneo acordo. Um acidente que, se eu não tivesse viajado com urgência, não teria acontecido, e eu não teria descoberto a mesquinharia da sua vida dupla.

Eu não me sinto culpada pelo que aconteceu, nem ficarei me remoendo pensando nos "e se". Tenho maturidade para compreender que não temos controle sobre certos aspectos. *Ah, não*! O caso do Vinícius não faz parte dessa parcela de aspectos incontroláveis. Ele teve total controle, tanto que escondeu com proeza. Escondeu dois partos, pelo amor de Deus! Duas gestações! Duas crianças que estão sob o meu teto e que terei que me desdobrar para cuidar. Justo eu que nunca levei jeito para ser mãe; nunca *quis* ser mãe.

Os longos minutos que desperdiço na estrada são deliberados. Quanto mais demoro para chegar, mais tempo tenho para refletir no que fazer e como evitar constrangimento. Já descartei a opção de entrar em contato com o Centro de Assistência Social. A única atitude que tomariam seria levar as meninas para um abrigo até que a situação se resolva. Concordo que seria o certo, mas não sou tão desumana a ponto de deixá-las desamparadas. Eu tenho coração, mesmo que ele esteja em pedaços. Jogá-las nas mãos do Estado está fora de cogitação.

Na carta do meu ex, foi mencionado um parente da mãe das meninas. Tio, primo, algo do tipo. Talvez seja a solução, entrar em contato com o fulano e resolver o que seria melhor para elas. Ainda tenho uns dias de folga, posso bancar a babá por um tempo bem curto, tipo, uns dois dias.

Chego em casa determinada a pegar os papéis que ficaram no banheiro, entrar em contato com o "tio do momento" e, *tcharan*! Fim dos meus problemas. Quer dizer, quase todos, Vinícius ainda está internado sem previsão de alta.

Ao apertar o botão do controle da garagem, meu celular começa a tocar. Apoio o aparelho no ombro, enquanto manobro.

— Catarina de Deus! Eu fiquei sabendo! — Ariel berra do outro lado da linha. — Desgraçado de uma figa! Eu quero esganar o imbecil…

Deixo que Ariel continue xingando, desligo o carro e pego a bolsa para descer, concordando com tudo o que ela diz. Quando levo a mão à maçaneta, me lembro do estrago na lataria. No hospital, precisei entrar pela porta do passageiro para não correr o risco de não conseguir fechá-la.

— Merda! Canalha arrogante!

— Canalha mesmo! — Ariel reforça.

— Não, não estou falando do Vinícius.

— Não?

— Um idiota destruiu a porta do meu carro. Merda de porta!

Pulo no assento do lado para sair.

— Quando? Você não está em casa?

— Não, Ariel! Fui no hospital, lá que um motoqueiro estúpido passou por mim sem me ver.

— Não me diga que foi chorar no leito do Vinícius?!

— Nada disso. Eu tinha que ir, não sei, tinha que falar umas verdades, mesmo que ele não possa me ouvir.

— Ai, prima, não sei nem o que dizer.

Fico muda por um tempo.

— Não liga pra minha vida. Como está o Enzo?

— Ah, não. Você não vai mudar de assunto.

Bufo, enchendo as bochechas, e ela ri.

— O que pretende fazer?

— Sinceramente? Não sei.

— E as meninas? Mamãe disse que estão na sua casa.

— É, estão aqui. Já cheguei, na verdade, estou protelando na porta, com medo de entrar.

— Imagino. Meu Deus, se eu não tivesse um recém-nascido nos braços, pode apostar que estaria do seu lado.

— Você está do meu lado.

— Não, eu estaria aí, agora mesmo, segurando sua mão e te dando apoio.

— Eu sei, Ariel, não se preocupe comigo, sou adulta. O Enzo precisa mais de você do que eu, fica tranquila.

— Mesmo? Eu queria muito te abraçar.

— Está abraçando…

Com o silêncio que se segue, fito a entrada do sobrado e solto a respiração, retomando a coragem.

— Preciso entrar, nos falamos mais tarde?

— É óbvio! Me Manda uma mensagem quando puder.

— Pode deixar.

— Eu te amo, prima.

— Eu também.

Guardo o aparelho e ergo a cabeça, analisando as paredes revestidas de pedra que compõem a fachada de casa. Dou o primeiro passo com intuito de enfrentar minha realidade, com total consciência de que a nitidez do meu futuro fora tomada por uma névoa densa.

Ignoro meu celular, que começa a tocar de novo, determinada a não deixar que passe mais um segundo sem que eu tente organizar essa baderna. Abro a grande porta de carvalho, já escutando um choro alto da bebê que, obviamente, quer muito alguma coisa.

Abandono minha bolsa com o celular escandaloso no aparato do hall e corro para a cozinha, desconsiderando a apreensão que se espalha dentro de mim por ter de encarar as filhas do Vinícius.

*Filhas do Vinícius*... meneio a cabeça.

A imagem que encontro é cômica, para não dizer outra coisa. Tia Mirna balança o corpinho de Lili – virado para baixo, apoiando a barriga nas mãos –, chacoalhando a menininha para cima e para baixo sem parar, o que parece bem desconfortável.

— Se eu fosse a menina também estaria chorando — comento, chamando a atenção da minha tia.

— Virgem santa! Quase me mata de susto, Catarina!

Com a ferida aberta no peito, me aproximo de tia Mirna e levanto os braços para que me passe a bebê. Apesar de ainda não entender nada, posso ao menos tentar acalmá-la. Além disso, será um começo para que eu me acostume com a situação até que seu tio apareça. Ressabiada, me entrega o pacotinho de roupa amarela e eu, mesmo com falta de jeito, a encosto em meu busto. Um sexto sentido me diz que será uma posição mais confortável para nós duas.

Um turbilhão percorre cada milímetro de mim. *Filha do meu marido*. Alice é filha do meu marido. Mesmo sem querer, o pensamento me invade e me preenche. Tê-la nos braços intensifica a dor, alastrando a mágoa.

A menina grita e esperneia, como se desse voz à minha dor.

— Ei. — Engulo a amargura e tento tranquilizá-la. — Shhhh... calminha, está tudo bem. Está tudo bem — abaixo o tom de voz, mantendo uma frequência mais amena e balanço levemente meu corpo para frente e para trás, como se imitasse o movimento de uma caminhada. — Viu só, não precisa chorar — emendo quando seu pranto começa a espaçar.

Olho para minha tia em busca de alguma confirmação de que não estou fazendo nada errado e recebo um sorriso de aprovação.

— Já mamou? Trocou?

— Há meia hora.

Tia Mirna vem até mim e passa a mão no ralo cabelo loiro da menina. Seu gesto faz com que meu olhar se desvie para o rosto da bolotinha de pele rosada. Ela tem o nariz arrebitado e bem pequeno, os olhos amarronzados e a boca vermelha, assim como as maçãs do rosto, devido ao choro. É a primeira vez que presto atenção em seu rostinho. É um bebê muito bonito, tipo aqueles de comercial da televisão.

— Acho que está com cólica.

— Cólica?

Ela é muito nova para isso, não?

— É normal em bebês pequenos, principalmente se não estão acostumados com mamadeira. Quando mamam no peito...

— Humm — interrompo sua fala. Não quero ser lembrada de sua mãe e o que ela representa em minha vida. — Posso dar algum remédio?

— Ah, não, minha filha. Tem remédio pra isso não. Só um aconchego mesmo. Vou pedir pra Janete benzer.

Se vai funcionar, tenho minhas dúvidas, mas não me oponho.

— Ela vai chorar assim sempre que mamar?

— Não sei. Quando você era pequena, esgoelava de dor. Sua mãe tinha uma almofadinha com sementes de erva-doce, dizia que te acalmava quando colocava na barriga.

— Onde acho essa almofada? — Encaro minha tia. — Em loja de bebê? Farmácia?

— Ah, não acha. Isso é mania de gente velha, como eu.

Eu já devia ter imaginado que seria inútil. Um saquinho com sementes de erva? Benzer? Eu acredito muito na ciência e na biologia para crer que essas mandingas realmente funcionem, então, nem levo a sério. É o tipo de dica que só seguirei em último caso, somente se esgotarem todas as outras opções. Talvez seja uma boa ideia levar a bebê no pediatra.

Passo os olhos ao redor, sem encontrar vestígio da maiorzinha.

— Cadê a Juliana?

— No quintal, com Estevão.

— Tia Janete está com ela?

— Não, ela não pôde vir e...

Não deixo que ela termine a frase, saio correndo pela porta de vidro. Com o coração saltando entre os pulmões e um frio gélido na barriga, aperto Alice em meu colo ao me apressar pelo quintal. Meu cachorro é um gigante, quase um bezerro, vai esmagar a criança em dois tempos. Avanço pelo gramado, preparada para me deparar com uma cena digna de filme do Alfred Hitchcock, com pedaços de corpo e sangue para todo lado. Só que não é o que encontro. Juliana, deitada no canto próximo à parede, imita a posição preguiçosa de Estevão – barriga para baixo, braços e pernas encolhidos embaixo do corpo. Com a cabeça virada para ele, ela diz alguma coisa que sou incapaz de ouvir. Bela desfila em volta deles, como se estudasse a nova pessoa da casa com olhos atentos e rabo empinado.

Não vou mentir, observar a interação entre eles e perceber que não fazem mal um ao outro, alivia o peso que, momentaneamente, ocupou meu coração.

Então, é mais ou menos isso que as mães sentem quando um filho está em perigo? Como se corresse uma maratona sem ter saído do lugar? Bem, não sou mãe, não devo sentir essas coisas.

Juliana percebe que não está sozinha e se levanta.

— Conheci seu *cacholo*. Ele é igualzinho a *Fela*! Só não é *blavo*, é um molenga que só fica deitado! — Ela me fita com expectativa, esperando um retorno, mas como não sou ágil, trata de dar sequência ao monólogo: — A *Fela* é muito *blava*, ela não gosta de gente.

Concordo com um leve movimento de cabeça.

— Não mesmo. Ela fica ordenando todo mundo.

— *Oidenando*?

— É, mandando. Na xícara, no bule, no relógio...

Os olhos da pequena brilham.

— Já viu o filme?

— Mas é claro! Adoro A Bela e a Fera.

*Humm*. E não é que consigo me virar com crianças? Ainda é cedo, muito cedo para afirmar qualquer coisa, mas, talvez eu me saia melhor do que a encomenda.

— Você já viu?

— Não. Papai ia me levar no cinema, mas tinha que *tlabalhar*. Ele *tlabalha* muito. *Doime fola* de vez em quando.

Fecho as pálpebras com força e inspiro profundamente. Minha traqueia se contorce e um gosto horrível surge em minha boca. Ela é pequena demais para entender o quanto sua simples fala mexe comigo. "Papai" dormia fora, porque estava com a esposa, "papai" não a levou para ver *A Bela e a Fera*, porque estava comigo, "papai" era ausente, porque não podia te dar atenção o tempo todo. Solto o ar devagar, policiando meus instintos. Abro os olhos, ponderando o quanto "papai" é um canalha que não fez mal apenas para mim. É nítido que deixou a amante na mão com as duas meninas para se dedicar a um casamento de mentirinha.

— Quer assistir? — Engulo a mágoa e guardo o ressentimento para depois, terei muito tempo para retomar e remoer cada decepção.

— Você tem?

Na verdade, não sei se tenho, mas darei um jeito, nem que seja necessário comprar pela TV à cabo. A ansiedade da menina é palpável.

Arrumo a bebê no colo para segurá-la apenas com uma mão, e estendo a outra para Juliana. Sua mãozinha agarra a minha com firmeza.

— Devo ter. Se não tiver, vou arrumar. Prometo.

Fico de frente para minha casa e avisto tia Mirna com seus olhos marejados segurando a beirada da porta de vidro.

— Não começa — alerto, imaginando o que está pensando.

— Não vou falar uma palavra — ela responde com a voz baixa carregada de emoção. — Só que você daria uma supermãe.

— São seis palavras... — Muito inadequadas para o momento.

— Que seja, vai ver que estou certa.

Não quero nem sonhar em ser mãe, principalmente cuidando das filhas do meu ex-marido. Minha tia não tem um pingo de tato. Se antes de tudo desmoronar eu não me considerava apta, agora então, nem pensar!

Solto a respiração pesada e seguro as duas meninas com ainda mais apreço, buscando conforto na ingenuidade de quem nunca sofreu de verdade. Não sei por quanto tempo terei que cuidar delas, e tia Mirna não poderia estar mais errada. Eu não nasci para ser mãe, não levo jeito para a coisa, muito menos para cuidar de duas filhas que nem são minhas. No fundo, sei que vou fazer o melhor no curto período de tempo que tenho com elas, porque sou uma pessoa decente. Mesmo que eu precise fingir esquecer que são filhas do meu *ex*-marido.

Em vez de ficar me estressando, vou assistir *A Bela e a Fera* na companhia de uma garotinha bem inteligente e de um bebê que – às duras penas – se acalmou. O resto decifro depois.

Jesus, como meu mundo está mudando! Onde já se viu, eu, a louca por controle, não me preocupar com o que fazer após um filme de duzentos e poucos minutos? Começo a rir sozinha e entro na cozinha com as pequenas. É só um filme, poucas horas, que mal tem?

# Dez

Que mal tem?

Ficar duas horas sentada diante da TV com a menina é desafiador. Logo nos primeiros quinze minutos, Alice arma um berreiro que deixa qualquer vocalista de *heavy metal* com inveja. A bebezinha tem cordas vocais poderosas, o que demonstra por quase meia hora. Ainda bem que Juliana é compreensiva e aceita numa boa quando preciso me retirar para acalmar sua irmã.

É uma provação, não tenho dúvida! A pequenina recusa a mamadeira, a chupeta e não está com a fralda suja. Como tia Mirna foi embora, tenho que me virar sozinha. Deve ser cólica, de novo. Apalpo seu abdômen e constato a rigidez. Durinho.

*Bem, o que eu faria se fosse o meu estômago*?

Tomaria um analgésico milagroso e resolveria, esperando efeito da medicação deitada de bruços, o que não vai funcionar com ela. Levo Alice para o meu quarto e, devagar, deito a pequenina de bruços em cima da cama e me afasto. Observo de longe seu corpinho se contorcer e, em um átimo, afundar a cabeça no colchão. *Ah, não*! Nem pensei que ela poderia se sufocar.

Depressa, tiro-a de lá, desesperada por seu desconforto não ter fim. Pelos soluços, está tão chateada quanto antes. Perdida sobre como agir, vou para o banheiro. Sinto a falta dos documentos de imediato, não estão mais espalhados pelo chão. Antes que eu pondere onde foram parar, Alice gruda a mãozinha no decote da minha blusa, revelando parte do meu busto. Tento me desvencilhar, mas ela puxa o tecido com muita força, como se quisesse rasgar.

— Oh, menina, nós vamos dar um jeito.

Estudando a palidez do ambiente, cravo os olhos na banheira.

Será?

— O que acha de um banho morninho?

Ela chora e eu quase imito sua manifestação de desprazer. Como eu queria poder sentar e chorar até que meus dutos lacrimais secassem!

— Eu sei, pequena, também não estou nada feliz. Acho que um banho pode ajudar. Você concorda?

Com cuidado, sento-me na borda de louça, abro a torneira e aguardo até que a água esteja com a temperatura agradável. Enquanto escorre em abundância, observo a bebê, sentindo um incômodo por meu corpo. *Filha do Vinícius*, minha mente traiçoeira repete sem pausa. *Você segura a filha do Vinícius com outra mulher.*

— Se eu pudesse, acabaria com a raça do seu pai — resmungo, já me arrependendo de ter desabafado com um bebê.

Por mais indigesta que seja a minha situação, a delas também não é um mar de rosas. Alice franze as sobrancelhas como se compreendesse.

— Mas vamos resolver, viu? Pode deixar que nada vai acontecer com você e sua irmã.

Quando a água preenche parte da banheira, fito a bebê e, mandando a insegurança e meu amadorismo para os ares, chamo Juliana para me dar uma mão. Ela, com certeza, já viu a mãe dando banho na pequena. Em dois tempos, a garotinha está no quarto com os bracinhos cheios de roupinhas de bebê.

— Posso nadar também? — pede, ao me ver despir a irmã. — Lá em casa não tem *banheila*.

Observo sua postura ansiosa e olhinhos suplicantes, esperando que eu me pronuncie. Vou ficar aqui o tempo todo, acho que não tem problema.

— Pode, mas pegue uma roupa limpa pra hora que você sair.

Não preciso pedir duas vezes, Juliana sai do cômodo, como um raio, voltando com mais uma trouxa de roupas nos braços, o mais rápido permitido por suas pernas curtas.

Com Alice aos berros, me aproximo da borda e, em câmera lenta, molho os pés da bebê. Cuidadosamente e morrendo de medo de deixar a menininha cair, vou progredindo até que a água morna toque sua barriga. É complicado, faço a maior bagunça e molho minha roupa inteira no processo, mas funciona. Aos pouquinhos, o choro diminui, até não passar de um resmungo baixinho.

Levanto o rosto no momento em que Juliana chega ao meu lado e sorrio para a garotinha, feliz por ter conseguido acalmar sua irmã pela segunda vez. Ela me aguarda com expectativa e assinto, uma permissão silenciosa.

— Já viu a neve, *Catalina*? — pergunta a matraquinha, que não parou de falar por nem um segundo desde que entrou no banho.

— Já. É gelada. — Massageio o abdômen de Alice embaixo d'água e ela mantém os olhos fixos em mim, como se agradecesse o alívio.

— Lógico que é! — Juliana revira os olhos.

Minha resposta foi muito óbvia, claramente espera mais de mim, então, emendo:

— Mas nunca construí um boneco de neve.

— Nunca?

Nego com a cabeça e ela me encara com descrença, como se fosse inconcebível ter contato com neve e não fazer nada útil com o gelo.

— Eu estava trabalhando, não pude brincar na neve.

— Você *tlabalha* muito, né? Igual o papai. Ele *plometeu* me levar na neve. Disse que vai me levar um dia...

Alfinetes minúsculos e transparentes acertam meu peito, causando uma dor sobrenatural. Não basta saber que estou cuidando das filhas *dele*, tenho que ouvir sobre *ele* e fingir que não me afeta. Não sei até quando vou suportar manter a fachada. Pisco algumas vezes para absorver e esconder meus sentimentos mais do que magoados, e levo a conversa adiante, de forma totalmente deliberada:

— Seu pai parece ser muito legal — engasgo um pouco, mas sou capaz de terminar a frase.

— Ele é o melhor pai do mundo!

*Tenho minhas dúvidas.*

Analiso as semelhanças genéticas entre eles. Imaginar Vinícius com as meninas nos braços é uma tortura inevitável. Ele, com um enorme sorriso no rosto, observando as filhas com um semblante fraternal e afetuoso. Na minha imaginação fértil, Juliana sorri, com seu cabelo cobrindo os olhos, enquanto Alice mexe as mãozinhas pegando algo invisível que flutua diante do rosto. Angustiada, a cena desfoca e lágrimas tomam conta das minhas pálpebras. Sentindo a escassez de ar em meus pulmões, balanço a cabeça, desviando a reação involuntária e, com cuidado redobrado, suspendo a bebê da água morna.

— Agora podemos te trocar, né? Passou aquela dor horrível?

Fito seus olhinhos acinzentados esperando... bem, não sei o que esperava, mas com certeza não era um sorriso. Os cantinhos de sua boca minúscula se curvam para cima, fazendo com que as bochechas gordinhas se sobressaiam, revelando duas covinhas idênticas. A gengiva banguela e o brilho no olhar completa o que interpreto como um sinal de agradecimento.

Sou incapaz de conter o soluço que vem acompanhado por uma lágrima. Permito que escorra, não pretendo trancafiar meus sentimentos, estou farta de viver em uma bolha onde nada pode me atingir.

Talvez minha concepção de vida perfeita seja um engano. Eu eliminei certas opções que a sociedade julga serem essenciais, pela necessidade de realização profissional e medo de futuras frustrações. Entre elas, está a maternidade. Para mim, não há nada no mundo mais assustador do que ser totalmente responsável por um ser humano. Principalmente por saber dos riscos envolvidos, afinal, a vida tem fim.

— *Catalina*? Você tá *cholando*?

— Estou — digo a verdade, porque mentir é uma bobagem sem tamanho. Com Alice pingando em meus braços, encosto a menininha no peito e me levanto para alcançar uma toalha. — É o que fazemos quando estamos tristes, não é mesmo?

Envolvo a pequenina em uma toalha de adulto felpuda, evidentemente muito grande para seu corpinho. Preciso comprar toalhas menores.

— Eu também *cholo* quando fico *tliste.*

— E não tem nenhuma vergonha nisso. Chorar é normal e faz bem.

Juliana assente em silêncio.

— Vai ficar aí mais um pouco? Tenho que vestir sua irmã.

— Posso?

Confiro a altura do nível da água para não colocá-la em perigo.

— Claro, se esfriar, me chame. Vou deixar uma toalha aqui. — Aponto para outra toalha igualmente grande em cima da pia e me retiro do banheiro, esboçando um sorriso fraco.

Acomodo Alice em meu colchão, ao lado da pilha de roupas que sua irmã trouxe. Analiso a bebê com atenção, pensando em como começar. Melhor proceder da mesma forma que faço comigo. Pego um dos cantos da toalha e seco a pequena penugem de cabelo.

— Você é bem esperta, né? Qual sua idade mesmo? Dois anos?

Ela ri e sorrio como uma boba.

— Ah, você gosta de conversa fiada?

A pequena se remexe dentro da toalha, exibindo as gengivas rosadas.

— Que bom que passou a dor, sabia que você tem um sorriso lindo?

Seco seu pescoço e dou sequência, abrindo a toalha e descendo por seu corpinho delicado. Seus braços e dedos são tão finos que tenho medo de quebrá-los. Muito frágeis. Sua barriga é redonda e estufada, várias dobrinhas marcam as pernas rechonchudas... E os pés? Tão pequenininhos! É um bebê típico de propaganda de fraldas.

— E agora, mocinha? O que vestimos primeiro? Uma blusinha ou a fralda?

Fralda. Definitivamente. Melhor evitar que molhe a cama de novo.

Vendo seus olhinhos risonhos, cantarolo uma música infantil que passa por minha cabeça. Ela se diverte comendo um dos pés que acabei de secar. Pego a fralda descartável e ajeito embaixo do bumbum. Passo a pomada com delicadeza e fecho o lacre, prestando atenção para não apertá-la na região abdominal. A roupinha cor de rosa que Juliana escolheu vem em seguida.

— Prontinho! — profiro para ninguém, orgulhosa por ter dado conta do recado.

A menininha respira profundamente, com os olhinhos fechados. É, talvez eu tenha demorado um século para terminar uma simples tarefa que as mães tiram de letra, tanto que ela capotou. Ou sou extremamente entediante e ela não gostou da minha música. O que importa é que Alice finalmente conseguiu relaxar.

Ao vê-la quietinha e sonolenta, bate uma sensação de orgulho bem estranha... Eu não deveria sentir nada, porém, não posso deixar de pensar que estou me saindo bem. No auge do estresse emocional, até que não estou fazendo um péssimo trabalho como mãe substituta.

Caramba! É exatamente isso o que sou, não? Uma mãe substituta.

Deixo Alice em uma posição confortável bem no centro da cama e trato de trocar de roupa. Minha blusinha e calça jeans encharcadas caem no chão com um abafado *ploft*. O som é a prova concreta de que tenho que pensar em outra forma de dar banho na bebê. Agachada ao lado da banheira não rola. Seria gasto desnecessário comprar uma banheira infantil? Claro que sim, a estadia aqui é provisória.

Com um vestido longo estampado, da última coleção de verão, volto para o banheiro com o intuito de resgatar Juliana da banheira.

— Vamos, mocinha? Sua irmã desmaiou e *A Bela e a Fera* nos aguardam.

Em um segundo, a menina salta pela borda e meu coração quase executa um duplo *twist* carpado. Eu vejo, *juro que vejo*, Juliana se estatelando no chão.

Com o corpo molhado, seus pés deslizam no piso frio e se desequilibra, quase me enfartando. A tempo, seguro seu corpo antes que possa atingir a beirada da banheira. *Jesus amado!*

Solto um suspiro, perplexa com minha reação exacerbada. Oras! Sou muito nova para bater as botas! E, aparentemente, meu coração não concorda com isso, acelerando mais que um carro de Fórmula 1.

— Nunca pule no banheiro. Nunca! — repreendo em voz baixa para suas pupilas assustadas.

Ela balança a cabeça para cima e para baixo, sem discutir.

— Mamãe diz a mesma coisa.

— Ela está certa. — Para meu desgosto. — Pular no banheiro é um perigo!

Auxilio Juliana a ficar em pé e envolvo seu corpo com a toalha. Juntas, vamos para o quarto, deixando um rastro de pegadas úmidas no caminho. A toalha é tão comprida que se arrasta pelo chão, resvalando a umidade e marcando o carpete de madeira com uma trilha brilhante.

Trocadas, penteadas e prontas, pego Alice adormecida e descemos para a sala. Juliana me mostra como ajustar o carrinho na posição mais confortável, cubro a bebê com uma mini coberta lilás e conduzo o carrinho para perto do sofá. Mal me sento e meu estômago protesta, roncando alto. Minha nova amiga falante começa a rir.

— Tem alguém com fome.

— Espertinha. Você almoçou?

Juliana assente.

— Faz tempo, tia Mirna fez *macalão*.

Tia?

Ligo a TV e quase caio de costas ao ver que passa das quatro horas da tarde. O tempo voou! Não é à toa que minha barriga ronca, está há mais de seis horas sem alimento. Na verdade, nem lembro qual foi minha última refeição.

— Preciso comer. Vou deixar o filme passando e vou pra cozinha. Quer alguma coisa?

— Pipoca.

— Tá bom.

Pipoca sei fazer sem erro, o micro-ondas funciona que é uma beleza!

Meu Deus, que bizarro! O dia passou num piscar de olhos e não fiz quase nada. No meio dessa loucura, não dei atenção para Bela e Estevão. Com uma olhada rápida pelo quintal, vejo que estão bem, tia Mirna, como uma santa, deve ter cuidado dos dois, que agora estão esparramados na grama, lado a lado, tomando sol.

Volto para a despensa e pego um pacotinho de pipoca sabor natural. Descasco uma banana enquanto aguardo, é o mais saudável que consigo ser em um curto período de tempo. Quando volto para a sala com a tigela de vidro cheia de pipoca quentinha, me deparo com *A Bela e a Fera* abandonadas na TV e Juliana dormindo.

Lógico que a menina dormiria depois de um banho caprichado.

Sem ter cabeça para mais nada, sento-me ao lado delas com o pote de pipoca nas mãos. Comendo no automático, o filme passa na tela e não presto a mínima atenção. Meu cérebro não permite descanso, fazendo questão de me lembrar que fui traída e tenho que lidar com os frutos da pulada de cerca.

Depois das notícias terríveis, é o primeiro momento em que tenho sossego, então, aprecio os poucos minutos de tranquilidade. Na TV, a Fera dá indícios de afeto pela Bela. Amor. Amor correspondido. Conto de fadas.

É impressão minha ou a pipoca está com um gosto ruim?

Quando tento não pensar no idiota do Vinícius pela quinquagésima vez, o interfone toca. De acordo com as últimas horas, minha vida está começando a ter um padrão incontrolável de surpresas indesejáveis, por isso, não me surpreendo ao ser interrompida. Seria mais fácil e rápido atender pelo interfone, mas, por medo de acordar minhas visitas, deixo a vasilha na mesa de centro e vou descalça até o portão, com a barra do vestido tocando a grama.

Meu humor piora consideravelmente quando vejo *quem* está me aguardando. Ao abrir o portão, dou de cara com o imbecil que arrebentou a porta do meu carro. Lentes espelhadas de óculos de aviador cobrem seus olhos, porém, eu reconheceria aquele rosto bem contornado e cabelo bagunçado em qualquer lugar.

Ah, que maravilha! Meu dia não está agitado o suficiente?

Cruzo os braços e o encaro, tentando me recordar se tinha lhe dado meu endereço ou qualquer informação a meu respeito.

— O que faz aqui?

— O que *eu* faço aqui? Te pergunto a mesma coisa!

Ele não se move, e eu até acharia sua voz bonita em outra situação.

— Bem, esta é a minha casa, como você pode ver. — Abro os braços, resignada. — Então quem tem que perguntar alguma coisa sou eu!

Mesmo através das lentes, noto que franze as sobrancelhas, intrigado.

— *Você* mora aqui? — Ele aponta para mim, incrédulo.

Mas será possível?

— Moro. Veio pagar o estrago que fez no meu carro? — Ergo uma sobrancelha.

Com uma risada, meneia a cabeça. Sua mão direita sobe ao rosto e ele segura a ponte do nariz, levantando os óculos alguns milímetros. Seus olhos estão fechados, como se tentasse organizar os pensamentos antes de me responder.

— Não.

Ele solta a respiração com pesar e fico confusa. Se não está aqui pelo carro…

— Por mais que eu queira que não seja o caso, você deve ser a Catarina. Catarina Albuquerque, certo?

Não respondo e desço o olhar por seu corpo, reparando nos detalhes. Não, nunca o vi. De onde ele me conhece? Não estou entendendo nada e é melhor que esclareça logo, duas crianças dormem na sala e não tenho intenção de deixá-las sem supervisão de um adulto.

— Escuta, como vou explicar... Minha irmã era uma peste e sempre deixou problemas por onde passou. Acho que você deve estar com dois grandes problemas aí dentro e que precisa de mim.

O estrupício aponta para a minha casa no momento em que ligo os pontos.

Irmã?

Espere aí... como ele sabe dos meus "dois problemas"?

Começo a rir, indignada.

— Quem é você?

— Jack, irmão da Ana Maria.

# Onze

Boquiaberta, minha circulação sanguínea congela e todas as sinapses do meu sistema nervoso entram em pane por alguns segundos. Estaco e emudeço diante do tal Jack. Irmão da *outra*. Ah, como o universo adora conspirar contra mim e pregar peças na minha existência.

Eu esperava que o tio das meninas fosse alguém educado e com o mínimo de noção, um adulto responsável e prestativo, de preferência, baixinho e com uma considerável barriguinha de chope. Poderia usar um bigode curvado para cima, completando o visual insípido, e vestir roupas velhas cheirando a poeira e naftalina. Eu não imaginava, nunca, que seria um motoqueiro que impõe presença, imprudente e arrogante.

Mas, ultimamente a sorte não é minha amiga. O tio do momento é um modelo saído diretamente de uma revista de *bad boys*. Não daquele tipo de modelo de grife de cueca boxer... Não, ele faz parte do catálogo dos fodões. Além dos óculos – que acredito serem usados intencionalmente –, veste uma camiseta preta um número menor do que o permitido pelo código das mulheres indefesas e necessitadas; além de uma calça jeans surrada e rasgada em lugares estratégicos com caimento, digamos, interessante. É óbvio que um coturno preto e algumas pulseiras de couro fazem parte do visual, junto a um cabelo castanho desarrumado e barba por fazer. É exatamente o tipo de homem que possui uma lista quilométrica de conquistas, não que isso tenha alguma relevância para mim. Uma coisa é fato: Ariel ficará pasma quando eu contar que o tal tio é praticamente a personificação do *sex appeal*.

Cerro os lábios, constrangida, caindo na realidade de que estou encarando-o mais do que o aceitável. Eu me recomponho e me esforço para não deixar que essa segunda impressão sobre ele transpareça em minhas feições.

No meio do tumulto, não cheguei a ter tempo suficiente para ponderar sobre tudo de forma racional, muito menos sobre como seria o primeiro contato que eu teria com o único parente das pequenas, mas ter que lidar com ele, ao vivo, é demais para os meus botões.

— Catarina?

Meus tímpanos registram o som grave de sua voz e, instantaneamente, meu emocional é acariciado, tal como um cãozinho carente demandando atenção. *Mas que porcaria*! De todas as reações instintivas, minha racionalidade se recusa a aceitar que meu corpo se sinta atraído por ele. Estou interpretando os sinais da forma errada. Jamais me sentiria dessa forma por alguém como ele, principalmente, após tudo o que tenho passado, com o coração em pedaços e longe de me sentir apta para embarcar em alguma coisa. Certeza que essa reação inescrupulosa se trata apenas de uma distração criada por meu organismo, como um mecanismo de defesa. Isso. É somente algum tipo de desvio que a psicanálise deve explicar.

Em vez de me preocupar com esse fútil detalhe, me concentro em ser racional e focar meu pensamento nas duas quase órfãs adormecidas na sala.

Meu cérebro se nega a compreender que aquele homem é o responsável por elas perante a lei. Eu quero mais... tempo? É apavorante compreender que me sinto assim, almejando mais tempo com as crianças que arruinaram meu casamento. Certo, não estou sendo justa. As meninas não são culpadas de nada, quem destruiu tudo foi Vinícius e Ana Maria. Talvez eu também tenha um pouco de culpa no cartório, mas, jamais Juliana e Alice.

Não. Em hipótese alguma.

— É você, não é? Diga que me enganei e que minhas sobrinhas não estão aí dentro, que errei o endereço.

Recobrando a função motora, passo a mão em meu cabelo úmido e deixo meus braços e ombros caírem, um evidente sinal de rendição.

— Droga! É você.

Jack dá um murro no ar, como se pudesse descontar sua frustração ao atingir milhões de partículas de oxigênio e gás carbônico.

Para meu alívio, ele parece tão desconcertado quanto eu.

— Você não errou o endereço.

— Então precisamos conversar.

Assinto e ele não move um músculo sequer. Mesmo parado, incólume, dá a impressão de que estou sendo avaliada da cabeça aos pés.

— Quer fazer isso aqui ou prefere entrar?

Inclino a cabeça e encaro meu reflexo naquelas lentes estúpidas. Se tem uma coisa que abomino é conversar com pessoas com óculos escuros. Olhos são expressivos, através deles sou capaz de interpretar mil vezes melhor suas intenções. Anos de experiência na empresa me ensinaram a ler e compreender o que uma pessoa deseja antes mesmo de escutá-la.

— Está se convidando para entrar na *minha* casa?

Cruzo os braços e aguardo.

Ele ri.

— Acho que podemos evitar um escândalo, concorda?

Jack dá um passo para frente, tentando passar ao meu lado, pelo portão. Levanto a mão instantaneamente e travo o braço em seu peitoral, impedindo-o.

— Sério mesmo que vai entrar sem convite?

Exasperado, ele segura o meu braço.

— Não acho que você vai querer discutir sobre o futuro das minhas sobrinhas na calçada. Sei que elas não devem significar nada para você e que nem sabia que existiam até poucas horas, só que são filhas da minha irmã e...

— Acredite, se dependesse de mim, você nem teria sobrinhas! — impossível evitar o desgosto nas palavras. — Mas como não fui consultada em nenhum momento, sinta-se em casa! — finalizo com amargura, fechando os lábios em linha reta.

Estico o braço sarcasticamente para o jardim. Deixo que entre, bato o portão com mais força do que o necessário e me viro para encontrá-lo parado com as mãos na cintura, virando a cabeça para lá e parar cá, analisando a arquitetura. Permaneço quieta, fitando seus ombros largos dentro da camiseta justa. Devia ser proibido vender esse tipo de roupa.

Pasma com o rumo dos meus pensamentos, pisco algumas vezes e sigo para a porta. Não sei como agir com uma pessoa desagradável sobre uma situação extremamente incômoda. Escuto os passos ao meu encalço quando entro no hall e continuo andando rumo à cozinha. Estou tão nervosa que meu vestido longo enrosca em meus pés, quase me embaralho e espatifo no chão. Se meu chefe pudesse me ver, eu seria demitida. Demonstrações de insegurança acabam com qualquer gerência.

Ao chegarmos na cozinha, encosto o quadril no balcão, apoio as mãos na cintura e me concentro em encará-lo. O silêncio é tamanho que ouviríamos uma agulha caindo.

— Bela casa... — sibila e entra batendo os coturnos no piso.

— Obrigada.

Jack mantém os óculos sobre o nariz empinado, o que me irrita e me decepciona na mesma proporção.

— Tenho algo muito sério para falar com você — antecipa, como se não pudesse desperdiçar um segundo.

— Não quer ver suas sobrinhas primeiro?

Ergo as sobrancelhas, estranhando que um tio não demonstre interesse em vê-las. No lugar dele, eu estaria preocupadíssima com o estado emocional das duas.

— Não, não agora. Olha, como posso explicar tudo? — Jack balança a cabeça e passa a mão no cabelo, suspirando. — Minha relação com a Ana era delicada. Tivemos alguns impasses e mal tive contato com suas filhas. Só conheci a mais velha, nem sabia que teve outra.

Não me contenho e expiro arfando, inconformada.

— Inacreditável! — Agito a cabeça em negativa. — Você tem, *tinha* uma irmã com filhas pequenas e nem ao menos sabia da existência de uma delas? Que belo tio você é...

Jack dá um passo em minha direção e aponta o indicador, assumindo uma postura ofensiva.

— Não fale sobre o que não sabe.

— *Okay*! — Levanto as mãos em um gesto de desculpas. — Mas tem que entender que é estranho. Como vou confiar que as meninas fiquem bem com um tio que nem as conhece?

— Sobre isso que precisamos conversar. Não moro no Brasil, venho raramente pra cá. Só estou aqui hoje porque passava pelo país quando o acidente aconteceu e consegui uma folga para poder acompanhar o... enterro... — Jack titubeia.

Falar sobre a morte *dela* é difícil para ele. E como não seria? Faleceu há menos de vinte e quatro horas, impossível ele ter saído do luto, independentemente de ter uma boa relação com a irmã ou não. Isso faz com que eu tenha um pouco de empatia pelo cara, apesar de ser um desconhecido perante as sobrinhas e um tremendo prepotente.

— Enfim, não posso levá-las comigo agora, não vai dar tempo de organizar a papelada burocrática. Tenho um voo na madrugada e...

— Mal chegou e já vai embora? E o que devo fazer com elas?

Arregalo os olhos na expectativa de ele não estar falando sério. Sei que provavelmente me oporia se ele dissesse que as levaria embora para outro país, mas isso é somente um detalhe e não vem ao caso.

— Não confio em você. Não a conheço e depois do que aconteceu na porta do hospital, sei que sua sanidade não é lá grande coisa, mas...

— Como é? — dou um semigrito esganiçado e abaixo a voz ao me recordar de que não estamos sozinhos. — Eu não tenho nenhum problema mental!

Ele bufa e, mais uma vez, passa a mão no cabelo. Deve ser tique nervoso.

— É o que você diz, mas não tenho como comprovar e estou de mãos atadas. Apesar disso e dos nossos problemas, Ana jamais deixaria as filhas com alguém irresponsável.

Pasma, apenas ouço a ladainha.

— Preciso que fique com elas por uns dias — finaliza, implorando, ou penso que o faz.

— Espera aí. Primeiro me chama de louca e agora quer que eu fique com suas sobrinhas? — Ergo as sobrancelhas.

Jack engole em seco e seu pomo de Adão sobe e desce. Ele passa o indicador e polegar nos cantos da boca. Bom saber que nós dois estamos desconcertados.

— Desculpe, começamos errado. Eu não pediria se não fosse importante. Preciso que fique com as meninas por uns dias.

— Uns dias... quantos?

Seus pés passeiam pela cozinha de um lado para o outro.

— Não sei, uma semana, talvez mais.

— Não sabe? — o desgosto permeia o tom da minha voz. — *Talvez* uma semana *ou mais*? Você é pior do que eu pensava!

— Não é isso, Catarina — Jack fala entredentes. — Sou autônomo, não posso deixar meu trabalho na mão. Fui pego desprevenido, preciso voltar e organizar tudo para recebê-las. Eu nunca abandonaria minhas sobrinhas.

— Para mim, deixá-las aqui caracteriza um abandono.

Sei que sou ácida, entretanto, não consigo entender o que ele tem de tão importante fora do país que seja mais urgente que duas vidas.

Jack me fuzila através das lentes escuras e, pela primeira vez, agradeço por não poder ver suas pupilas. Só o semblante agressivo é o suficiente para fazer com que eu poupe os comentários irônicos. Com receio do que virá a seguir, abaixo os braços e saio de perto da bancada. Aproximo-me dele devagar e mantenho uma distância segura, porém, sou capaz de sentir a fragrância amadeirada. Droga, por que diabos me distraio com seu perfume?

— Desculpa por ser tão…

— Intransigente — conclui minha linha de raciocínio.

— Não era bem isso que eu ia dizer.

— Mas é como está agindo — ele me corta mais uma vez.

— Já te disseram o quanto você é impossível? — retruco irritada.

Jack não me deixa dar a última palavra! Respiro fundo para me acalmar antes de prosseguir:

— Eu entendo que perder a irmã deve ser complicado, que criar duas crianças também deve ser, mas não posso ficar com elas — tento explicar sem entrar em pânico.

Cogitar ter que cuidar de duas meninas sem ter nenhuma afinidade com questões maternas me apavora. Eu não cometeria essa loucura. Deixar dois pequenos seres humanos aos meus cuidados é insano e um risco para as crianças.

— E por que não? São só uns dias, vou voltar! — Ele não desvia os olhos, como se estivesse tentando me passar uma segurança que não sinto. — Elas já estão aqui, te conhecem… Você não vai conseguir trabalhar com tudo o que está acontecendo, com seu marido no…

— *Ex*-marido! — a necessidade de esclarecer os fatos toma conta de mim.

— *Ex*? Quando se divorciaram? — Jack finalmente tira os óculos e seu olhar de curiosidade se prende ao meu rosto.

Pupilas… grandes pupilas negras me encaram, cercadas por uma tonalidade cor de mel capaz de adoçar qualquer mulher com hormônios ativos. Porcaria. Por que não deixou os óculos no lugar?

— Não interessa o que fizemos ou deixamos de fazer! Não posso cuidar das meninas porque…

*Não quero assumir que não consigo brincar de casinha*, por mais que seja um fato, é o mesmo que admitir um fracasso. E eu jamais fracasso.

— Porque…?

— Eu não sei o que fazer, tá legal? Não tive filhos e não sei nem trocar fralda direito! — explodo e jogo as cartas na mesa. — Como vou sobreviver dias cuidando de duas meninas pequenas?

Sem perceber, começo a gesticular e minha respiração se agita, minhas mãos tremem. Para completar, meus olhos lacrimejam. Maravilha.

— Ei, ei, ei… não precisa ficar assim. Vou te ajudar.

— Ajudar como? Indo embora do país?

Minha voz soa dependente até para meus ouvidos. Merda.

Jack leva as duas mãos ao meu rosto e me segura, fazendo com que eu olhe diretamente em seus olhos. Uma de suas mãos inicia um leve movimento na altura da minha mandíbula. Eu sei o que ele está tentando fazer, mantendo a conexão visual para transferir a calma e criar um vínculo de confiança. Está me manipulando. Mesmo assim, deixo-me ser conduzida e, aos poucos, meus batimentos e respiração voltam ao ritmo normal. Ele mantém os olhos fixos aos meus e quando percebe que me acalmei, dá um sorriso e uma piscadela. Ele *pisca*! Para mim!

— Vou te passar todos os meus contatos, não apenas o profissional. Eu preciso que você faça isso, pelo bem delas. Minha vida em Las Vegas é...

— Las Vegas? Você mora em Las Vegas? — indago chocada.

Que tipo de homem mora em Las Vegas?

Jack me fita com um semblante divertido. Aparentemente, está achando graça no rumo da conversa. Se eu pudesse escolher, preferia que ele voltasse a usar os óculos, porque o olhar intenso que me lança é... irritante.

— Você não sabe nada sobre mim? — Ele esboça um sorriso irônico que repuxa um dos cantos da boca.

Não que eu esteja prestando atenção.

— Se eu não sei de nada sobre você? Não sabia de *nada* sobre *nada* até essa manhã! — respondo, exausta.

— *Okay*... — O sorriso se alarga ainda mais. — Como eu dizia, moro em Las Vegas, tenho negócios lá que não posso deixar sem supervisão. Por isso, preciso voltar. Devo resolver tudo em, no máximo, duas semanas. Prometo.

— Negócios? E que tipo de negócios são esses? — Inclino a cabeça e estudo sua expressão.

Imitando uma câmera lenta, vou descendo o olhar de propósito, medindo cada parte de seu corpo milimetricamente. Um puta corpo, digno de um...

— Espera! — Mordo o lábio inferior impedindo uma risada. — Não vá me dizer que é *stripper*!

— Como? — Jack cospe as palavras, furioso.

— Ué, Las Vegas e com um corpo de modelo... — Fecho os lábios antes que comece a rir para valer.

Jack expira tão alto, sem esconder que está perdendo a paciência.

— Carros! Trabalho com carros!

— Ah! Posa para calendários automotivos? — Meus ombros sacodem de tanto rir.

— Rá, rá, rá. — Ele se aproxima e me escrutina. — Por mais que nosso diálogo me divirta e que eu goste de saber que você me imagina seminu, posando ao lado de um carro, preciso mesmo ir.

Jack pega uma mecha do meu cabelo. Eu devo me afastar, não tinha que estar fazendo piadinhas indevidas com o cunhado do meu *ex*-marido. Ignorando as batidas aceleradas do meu coração, dou um passo para trás, colocando espaço entre nós. Não preciso de mais uma complicação, muito menos horas após descobrir que, de casada e feliz, meu *status* se tornou quase viúva, candidata a divorciada, separada e traída.

Ah, como posso me esquecer do principal: madrasta.

— Domingo — digo no impulso, me arrependendo assim que a palavra sai de meus lábios.

— O que tem domingo?

— É o prazo que posso te dar.

# Doze

Seguimos para a sala para que Jack veja as sobrinhas antes de partir.

Domingo.

Não acredito que garanti para um completo desconhecido que tomarei conta de duas crianças até o fim de semana. Não é assim que acontecem as decisões erradas? São tomadas no calor do momento? Pois é exatamente dessa forma que me senti ao confirmar para Jack que me responsabilizaria pelas meninas por um tempo determinado.

*Eu*. Catarina Albuquerque. Bancando a mãe substituta. Parte dois.

Fui incapaz de negar o pedido do homem mais inescrupuloso que já conheci. Irritante, irônico, sarcástico e mandão. Apesar dos defeitos, ele me acalmou quando estive à beira das lágrimas, o que não compreendo. Com seu olhar hipnótico e toque carinhoso, fez eu me sentir mais segura do que estive nas últimas horas. Como se voltasse a ser eu mesma e não o protótipo de mulher esbarrando numa crise de nervos, chorona e despedaçada, que insiste em ocupar o meu corpo sem ter sido convidada.

Talvez seja um reflexo de uma das fases do luto.

A raiva.

Estou furiosa e com plena consciência da bomba que tenho em mãos. Juliana não tem ideia de que perdeu a mãe e que o pai está em coma. E quem vai contar para ela? Eu? Claro que sim, quem mais poderia? O tio que mal chegou e já está de saída?

Minha cabeça dói ao me dar conta de que nenhuma outra pessoa poderá conversar com ela sobre a tragédia. A tensão me toma e hiperventilo, quase me deixo ser carregada pelo pânico. Quase. Ainda existe um fio de racionalidade ao qual me agarro com afinco. Essa postura humilhante não é nada parecida com a minha personalidade.

Cruzo os braços e levanto os ombros assim que entramos na sala, mandando a insegurança para o quinto dos infernos. Se for necessário contar para uma menina de quatro anos que sua família nunca mais será a mesma, é o que farei.

Jack se aproxima do sofá onde Juliana dorme e passa o dorso dos dedos na face da menina.

— Ela cresceu tanto — comenta baixinho.

Eu não quero interromper seu momento com a sobrinha, mas estou me coçando para saber quando foi a última vez em que a viu.

— Não a via há três anos. Mal a reconheço — acrescenta, balançando a cabeça. Sua voz soa levemente insegura, sem qualquer traço da prepotência de antes.

É como se nossos pensamentos estivessem interligados, no entanto, permaneço quieta. É um momento dele, não vou interferir, por mais que a ideia me agrade.

— E essa é a Alice? Nossa, quanto tempo perdi!

Jack admira a bebê por um tempo antes de olhar para mim, me fitando por alguns minutos. Eu deveria me incomodar com a falta de palavras e a intensidade com que me observa, mas correspondo, analisando seus traços. Talvez o uso dos óculos seja uma defesa, ele não quer demonstrar o quanto seus sentimentos estão confusos. Talvez queira realmente ficar com as sobrinhas. Ou talvez seja gratidão pelo que me dispus a fazer por eles.

Sem emitir barulho, ele caminha até a porta onde estou encostada e assente. No hall, pego meu telefone e seguimos para o portão em completo silêncio. Temos muito o que conversar e, ao mesmo tempo, nada que dissermos será o bastante. Meu coração dispara, antecipando a tensão da despedida, ciente de que depois que partir, serei só eu e as meninas.

— Aqui — ofereço o celular com a tela desbloqueada —, coloque seus dados e o que achar relevante.

Jack suspira e pega o aparelho sem desviar os olhos de mim. O clima estranho entre nós parece ter sumido.

— Meu número pessoal. É melhor, nenhuma outra pessoa tem acesso.

Concordo com um movimento de cabeça, mesmo sem entender por que outra pessoa mexeria em seu aparelho celular. A não ser que…

— Você é casado? Por isso está com medo de que alguém veja que estou te ligando ou mandando mensagem? É só explicar pra sua esposa, garanto que ela vai entender, até porque, terá que conviver com as meninas.

Ele abre a boca e me encara como se tivesse nascido uma segunda cabeça em meu corpo, antes de cair na gargalhada. Acho que meu palpite sobre seu *status* de relacionamento está longe de ser o correto.

Jack sorri e me belisco para não ficar reparando na perfeição do alinhamento de seus dentes. Bem que um deles podia ser quebrado. Ou torto.

— Não sou casado, não se preocupe. Pode sonhar com seu calendário sem se sentir culpada. Não estará cobiçando um homem comprometido.

— Idiota! — xingo, mas também sorrio. Ele é impossível.

— Só é um pouco difícil falar comigo por outros meios, redes sociais nem pensar, então, rasgue o cartão que te entreguei mais cedo.

Cartão? Que car… Ah, é! Meu carro. Temos essa pendência para resolver.

— Não se preocupe que vou dar um jeito — Jack promete sem que eu precise perguntar.

Como ele faz isso? Não é a primeira vez que adivinha o que estou pensando.

— Não hesite em me mandar mensagem, *okay*?

— Certo.

— Estou falando sério. Se não me procurar no espaço de duas horas, vou te infernizar.

Inclino a cabeça e fecho os lábios, aceitando o desafio. *Gostaria de saber como...*

— Não me tente, Catarina. Ou vai descobrir exatamente *como* posso te infernizar.

Droga! Falei em voz alta. Eu não me reconheço perto desse homem. Recuperando meu bom-senso, volto ao que é relevante. É bom esclarecer as coisas antes que ele suma do mapa.

— Para sua informação, não estou fazendo isso por você.

— Sei disso.

— Muito menos por Vinícius e pela...

*Argh*, como é difícil sequer pensar nos dois!

— Por...

Fecho as pálpebras e suspiro, apertando a ponte do nariz com os dedos. Desobstruo a garganta, engolindo o tormento e continuo:

— Vai levar tempo para me acostumar, desculpe.

Jack coloca a mão em meu braço e seus lábios se contorcem. É reconfortante e perturbador.

— Eu sei. — Ele aperta de leve meu bíceps.

— É pelas meninas — esclareço. — Elas não merecem, não posso deixar que meu orgulho...

— *Catalina*? — a voz de Juliana ressoa às minhas costas.

Como uma faca aquecida deslizando em manteiga, o clima é dissolvido na hora. Jack se afasta e leva com ele o carinho que fazia em meu braço.

— É melhor que não me veja. Só ficará mais confusa.

Concordo e me encosto no portão.

— Ela sabe sobre a mãe?

— Não.

— Merda. Se for muito difícil, me chama pelo... — ele começa, mas meus ouvidos estão atentos a outro som.

— *Catalina*?

— Estou aqui fora — grito para que Juliana me escute. — Até domingo, Jack.

Bato o portão, porém, antes de fechar o trinco, vislumbro a frustração estampada em seu rosto. Engraçado. Jack parecia tão confiante quando pediu que eu ficasse com as sobrinhas e, agora, exibe uma expressão de descontentamento, como se sua vontade fosse ficar e enfrentar o desafio comigo.

Acho que estou me iludindo.

— A Lili *acoidou*.

— Vamos lá.

Apoio a mão nas costas da pequena e a conduzo para dentro, ciente de que meus pensamentos ficaram lá fora, com o cunhado do meu marido, tio das meninas que, por um tempo pré-estabelecido, estão sob minha responsabilidade.

Apesar da apreensão, ergo o queixo e assumo uma nova postura. Vou fazer o melhor para as duas. Não duvido nem um minuto disso. Quando Jack voltar, encontrará as sobrinhas saudáveis e bem cuidadas. Será uma despedida tranquila e suave. Não há necessidade de criar vínculo, afinal, posso ficar com elas como uma profissional. E, sem falsa modéstia, tudo em que me empenho faço com perfeição. Vou tirar de letra!

Ou quero acreditar nisso.

O decorrer do meu dia é... bem, quem estou querendo enganar? Um caos! Juliana termina de assistir *A Bela e a Fera* sozinha, pois Alice tem outra crise de cólica, quinze minutos após devorar uma mamadeira. Dou mais um banho na pequena, só que o efeito não é tão mágico e imediato quanto o anterior. A bebê está tão brava que grita horrores. Se eu tivesse vizinhos próximos, aposto que teriam chamado o Conselho Tutelar para investigar o motivo do berreiro que a minúscula traqueia reproduz.

Minha sorte é que Juliana entende. Ela demanda atenção, mas, no momento certo. Terei que procurar ajuda profissional para entender melhor como funciona o organismo da Alice. As buscas na internet causam aflição. Os resultados são construtivos, explicando sobre distensão abdominal e falta de maturidade dos órgãos internos dos bebês. Aliás, considero-me praticamente graduada em primeira infância depois da pesquisa. Em poucos minutos, aprendo que a alimentação precisa ser muito bem planejada, por exemplo:

1) Excesso de açúcar não cai bem. Nada de doce.
2) Jamais, em hipótese alguma, dê mel antes de completar um ano. Algo envolvendo bactéria.
3) Leite de vaca é proibido, tenho que me ater à fórmula, que de acordo com alguns blogs de maternidade, custam o olho da cara. Acha? Mais de cinquenta reais em algo que desaparece da despensa!
4) Evite ovo. Alguns bebês não podem tomar vacina por terem alergia a ovo. *Como diabos vou saber se Alice é alérgica a ovo?*

E esse terrorismo foi o resultado de uma breve pesquisa sobre alimentação. Nem vou começar a destrinchar os perigos que cercam uma criança. Atravessar a rua, a quantidade de vírus aos quais são expostas ao frequentar a escola, quedas e machucados... *E se cai e bate a cabeça*?

Como as mães não enlouquecem está fora da minha compreensão.

E por que diabos estou pensando nesse monte de ladainha? Meu status de madrasta é provisório. Balanço a cabeça recobrando a sanidade. Claro que nem preciso me preocupar com tudo isso, pois elas vão embora daqui uns dias. Tenho que manter o foco.

Deu para perceber por que não nasci para ser mãe?

Voltando ao que interessa, deito Alice no *bebê-desconforto* e Juliana me ensina a prender um brinquedo musical na alça do pequeno casulo. Funciona, a bebê fica entretida e aproveitamos para jantar, preparando um lanche improvisado. Depois, brincamos com Bela e Estevão, que ficam felizes da vida em me ver.

Já é tarde quando subimos para dormir. Apesar de ter um quarto extra para visitas, não quero deixá-las sozinhas. Depois do vislumbre do show de horrores pela internet, não pretendo ficar nenhum segundo longe delas.

— Posso ajudar? — Juliana oferece assim que nos deparamos com minha cama sem lençol.

— Claro. — Sorrio, concordando.

Gradativamente, meu respeito pela garotinha aumenta, ainda mais quando percebo o quanto ela se prontifica sempre que me encontro em apuros. Juntas, arrumamos a cama com roupa limpa e deitamos sua irmã bem no centro do colchão – entre dois travesseiros para não sair rolando.

Nós nos trocamos para deitar, ela escolhe uma camisola rosa e eu um pijama um pouco curto demais e inadequado para os olhos de uma menor de idade – dá um desconto que é o modelo que menos revela partes do meu corpo. Paro ao seu lado para desejar boa noite e ela me surpreende com um choroso:

— Cadê minha mãe?

Não é a primeira vez, Juliana perguntou repetidamente, mas consegui distraí-la sem dificuldade. Ora com Estevão, ora com o jantar, ora com o filme. Eu sabia que estava chegando o momento em que teria que lhe contar. Protelei o máximo que pude; levando em consideração a experiência que tenho com crianças, a probabilidade de ser uma tragédia é altíssima. Por isso, respiro fundo, limpo a garganta e ignoro as pontadas excruciantes no peito. Chegou a hora de ser honesta.

Sem saber qual a melhor forma de abordar o assunto, faço o que minha mãe costumava fazer comigo quando era pequena. Ela sempre conversou de igual para igual, como se a diferença de idade não importasse. E é exatamente assim que começo, colocando a mão em sua cabeça e acariciando os fios loiros – amassados por ter cochilado com o cabelo úmido. Pelo canto do olho, observo o sono tranquilo de Alice, e dou início:

— Juliana, eu tenho que te contar uma coisa séria sobre seus pais.

Minha fala chama sua atenção e a menina vira o rosto para mim instantaneamente.

— O papai e a mamãe *folam embola*?

Sua pergunta assertiva me pega de surpresa. Aperto sua mão e a conduzo para se sentar na cama.

— Por que você acha isso?

— A vovó *mola* no céu. No dia que ela foi *embola*, mamãe ficou muito *tliste*. Ela disse que *plecisava* me contar uma coisa *sélia*.

Emudeço por um segundo, considerando suas palavras.

— Faz tempo que a vovó foi pro céu? — Procuro manter os olhos presos aos dela.

— Não sei.

É melhor não estender o assunto. Falar na morte de outra pessoa pode ser pior para ela.

— Sabe, Juju, não podemos escolher quando alguém que a gente ama vai pro céu.

— Eu sei, foi o que a mamãe disse.

Acaricio sua mãozinha sobre a minha perna, almejando a segurança que nós duas necessitamos, sentindo meu coração diminuindo cada vez mais.

— Quando o papai do céu quer que alguém fique com ele, não existe outra opção.

Ela me escuta e seus lábios começam a tremer. Respiro fundo, me esforçando para ficar firme. Sem me distrair, continuo:

— E, dessa vez, ele chamou a mamãe.

— *Plo* céu? A mamãe foi *plo* céu? — choraminga e me seguro para não ceder ao emocional despedaçado.

Ela precisa de mim, tenho que ser forte.

Devagar, concordo com um movimento de cabeça. Juliana me encara e seus olhinhos lacrimejando parte meu coração. Creio que é o primeiro momento em que consigo abstrair e lidar com a situação pensando mais na menina do que em mim. Tudo dói. O peito, a barriga, a cabeça. Como dói.

Ver o sofrimento em seu rosto acaba comigo, instigando um desejo absurdo de fazer o impossível para apagá-lo. E agora, sentada na cama que dividi com o pai delas por todos esses anos, algo acontece dentro de mim. Um sentimento esquisito e acolhedor. Uma certeza que ainda não sei identificar, somente compreender. Farei o que estiver ao meu alcance para que elas fiquem bem.

As lágrimas escorrem por seu rostinho.

— E o pa… pa-pai?

— Está no hospital.

Ela limpa a umidade com a mão, sem soltar o meu aperto, e continua me olhando. Juliana é muito corajosa. Quero poupá-la, só que é melhor contar tudo de uma vez, quanto menos expectativa tiver, mais fácil será. Acho. Mesmo que me doa saber que seu sofrimento será profundo.

— Sabe, Juju, você e sua irmã são duas meninas de muita sorte. Tenho certeza que seus pais eram maravilhosos.

Ela me ouve atentamente, absorvendo palavra por palavra.

— Ontem à noite, o papai e a mamãe sofreram um acidente de carro. Eles ficaram muito machucados e o papai do céu não queria que eles sofressem, então levou sua mãe com ele. Se ela ficasse aqui, ia sentir muita dor.

Paro para respirar e deixar que ela elabore. Tento explicar da forma mais infantil possível sem desvalorizar sua inteligência, o que é complexo. Tenho certeza que testemunhar o sofrimento cru de uma criança que perde os pais é um dos momentos mais difíceis que enfrentei.

— Quanto ao seu pai, o papai do céu não tem certeza se vai levá-lo. Ele também machucou bastante, mas ainda não foi embora.

— Eu posso ver ele? — Ela funga.

— Não, querida. Acho que o papai do céu também vem buscá-lo.

Eu me compadeço quando seu esforço para conter os soluços desaba e não consigo evitar que um pensamento idiota perpasse minha mente. Juliana não é minha filha, mas se parece tanto comigo com a tentativa esconder como está sofrendo. Com apenas quatro anos, mantém a postura para parecer forte. Sem pensar duas vezes, puxo-a para perto de mim, abraçando seu corpo que treme junto ao meu.

Temos mais em comum do que imaginei.

Sem pais, sem esperança... perdidas.

— Eles te amam muito e você não está sozinha — garanto com o rosto encostado em seu cabelo, lágrimas escorrem por minha face molhando seus fios. — Não vou deixar que você e sua irmã fiquem sozinhas. Nunca.

# Treze

Juliana se afunda no meu abraço e chora. Suas lágrimas encharcam minha roupa à medida em que agarra o tecido do meu pijama. É um cenário em que sou incapaz de me conter nem se eu quisesse. Ter a filha do meu marido, *ex*-marido, em meus braços enquanto ela sofre pelo luto de seus pais é valioso. Um momento de cumplicidade entre duas almas que sofrem por motivos distintos, dando vazão a tudo o que nos aflige.

Eu desabo. Pelo fim do meu casamento, pela decepção com meu marido, pela dor da traição. Por entender tarde demais que dediquei muito tempo ao profissional e não percebi que meu relacionamento desmoronou. Abraçada à garotinha, penso nas ocasiões em que eu poderia ter prestado mais atenção ao que acontecia ao meu redor.

Com amargor, compreendo que Vinícius quase não conversava comigo, que deixamos de ter assuntos em comum, que nossos objetivos foram conquistados e novas expectativas não foram criadas. Envolvida pelos braços de sua filha, choro pelo fracasso, por ter permitido que meu casamento escapasse entre os vãos dos meus dedos.

E, por incrível que pareça, dói saber que duas crianças se tornaram órfãs e que não sou cotada como uma possibilidade de ficar com elas. É insensato e confuso, não passa de calor do momento, mas, nesse instante, eu gostaria de poder cuidar das duas. Gostaria de ser a âncora que as ajudará a se adaptarem à nova realidade, de acompanhar o crescimento e poder dar-lhes ferramentas para construírem um bom futuro.

Enquanto minha cabeça é bombardeada, Juliana chora pela perda da mãe, por ter a certeza de que nunca mais a verá, não terá mais sua presença, não poderá abraçá-la ou contar com ela. Sofre pela incerteza do que acontecerá com seu pai, que também pode ir para o céu.

Ficamos abraçadas por alguns minutos, até que Juju começa a subir no meu colo e, por instinto, embalo seu corpo até que caia no sono. Seco seus olhos com meu polegar antes de deitá-la na cama. Ajeito as cobertas em cima das duas e vou para o meu lado do colchão, encarando o porta-retrato com uma foto minha e do Vinícius. Eu poderia matá-lo se não estivesse quase morto.

— Como você teve a capacidade de fazer isso? — falo em voz baixa.

Balançando a cabeça, pego a foto. Minha vontade é de jogá-la com toda força contra a parede para que se espatife em milhões de pedacinhos. Se não estivesse em uma cama de hospital entre a vida e a morte, eu iria querer que se sentisse da mesma forma que me sinto, estraçalhada por dentro.

— Tudo isso é fruto da sua falta de caráter.

Com raiva e esgotada, enfio o porta-retrato dentro da gaveta. Não quero vê-la, não quero vê-lo. E é melhor que suas filhas não vejam o pai ao meu lado, será ainda mais confuso do que já é para Juliana.

Amanhã cedinho vou tirar todas as fotos espalhadas pela casa. Vou eliminar Vinícius da minha vida. A ideia seria mais facilmente executada se eu não tivesse duas vidas ao meu lado como um lembrete ambulante das consequências de sua traição. Mas isso só serve de combustível. A mágoa e a ira me instigam.

Não me interessa o Vinícius, mesmo que se recupere, para mim ele não existe mais.

Acordo num sobressalto ao ouvir um insistente choro de bebê. Esfrego os olhos sensíveis e inchados.

Espera, choro de bebê?

Alice!

Levanto depressa e pego a bebezinha no colo, encontro sua chupeta entre os lençóis e coloco sobre seus lábios. Ela a abocanha na mesma hora e começa a sugar. Fome. Preciso arrumar a mamadeira.

Com a pequena em meus braços, rodeio a cama meio cambaleante. Deveria ter deixado uma mamadeira pronta, mas como adivinharia que ela acordaria desse jeito? Olho para Juliana roncando baixinho e desço as escadas com Alice ainda entretida com a chupeta.

— Está faminta, né?

Vejo de relance que não são nem duas horas da manhã. Três horas foi o tempo que dormiu.

Equilibro a menina em apenas um dos braços, enquanto mensuro a água e a fórmula. Não vou perder tempo esquentando no fogão, ela não vai morrer por tomar água aquecida no micro-ondas.

— Tá quase pronta, aí você mama — falo para a pequena que me encara meio vesga. — Você acorda sempre chorando de madrugada?

Ela sorri e cospe o bico.

— Não, ainda não, só mais um pouquinho.

Tento forçar a chupeta em sua boca novamente, mas sou rejeitada. Sorte que o micro-ondas apita.

— Está mesmo com fome, hein?

Agito a mamadeira, lembrando-me de vedar a tampa corretamente.

— Prontinho.

Assim que mostro a mamadeira, ela agita os braços e as pernas, querendo mamar sem demora. Em segundos, Alice se esbalda e procuro um guardanapo para limpar o que escorre pelos cantos de sua boca. *Agora entendi a utilidade das toalhinhas de pano...* Mais um item para minha lista de compras.

Aliás, não me lembro de ter visto uma embalagem com fórmula, somente o potinho que descansa vazio no balcão. *Ah, meu Deus, como não atentei a isso?* Vou com a pequena até a mala e, equilibrando-a em um braço, passo a procurar, extremamente preocupada. Se mamar a cada três horas for um padrão, estou lascada!

Reviro a bolsa e, para meu alívio, encontro mais um pote com divisórias. Graças aos céus!

Com o coração bem mais tranquilo, aguardo que Alice devore a última gota e a coloco na vertical, encostando sua cabeça em meu ombro à espera do arroto. Sei que é importante para evitar cólicas... E como eu quero muito, muito mesmo, que elas sumam, estou disposta a fazer qualquer simpatia para evitá-las, inclusive testar a tal bolsinha de pano com ervas que minha tia recomendou. Dou uns tapinhas de leve em suas costas até que escuto o barulho digno de adulto.

— Que isso, menina! Tenha modos!

Começo a rir e a ajeito numa posição melhor.

— Vamos subir? Estou morrendo de sono.

Assim que piso no primeiro degrau, meu plano sai pela culatra. Sinto uma movimentação duvidosa bem no local em que a seguro. O lugar onde só havia pano e fralda, é preenchido por um volume estranho de consistência mole. Não demoro para sentir o cheiro que acompanha o presente.

— Que horror! O que você comeu? Carniça?

O rosto dela fica tão vermelho que me assusta. De acordo com os ruídos, a fralda não vai aguentar a bomba. É muita mer...

— Jesus amado! Vamos logo tirar isso daí! — comento, horrorizada.

Além de estar prestes a encontrar uma sujeira sem tamanho, não terei a ajuda da Juju. Ah, que inveja! A menina dorme sem nenhuma preocupação, enquanto tenho que enfrentar uma possível intoxicação por gases mortais.

Puxo a mala para a sala e, com uma olhada rápida, não encontro trocador, mas acho um bocado de fraldas de pano. Vai ter que ser. Pego umas quatro e forro o sofá, imaginando a trabalheira para limpar um estofado manchado de cocô.

Deito Alice sobre os panos de algodão e arrumo a fralda descartável com o pacotinho de lenço umedecido em meu colo. Vou soltando sua roupinha e conversando com ela ao mesmo tempo. Ela é bonitinha, esbanja sorrisos, principalmente quando fica só de fralda.

Agora é só abrir com cuidado e...

*Ave Maria*!

Como um corpo minúsculo consegue produzir essa proeza? Dividida entre tapar o nariz, sair correndo e vomitar, trato de respirar pela boca e ignorar o que meus olhos veem. Passar mal agora será o inferno na Terra. Afasto a fralda e dou início à limpeza com um monte de lencinhos na mão, fazendo uma lambança. O negócio está tão feio que sobe até pelas costas da menininha.

— Alice! Onde já se viu?!

Seu sorriso banguela me desafia.

Termino de limpar com dificuldade, virando seu corpinho para os lados para garantir que tudo está nos trinques, vestindo uma fralda nova, prestando atenção redobrada para não apertar ou deixar frouxa. Descarto a roupinha e a fralda usada, com cuidado para que nada fique sujo.

*Tenho que comprar mais roupas.* E uns cinquenta pacotes para repor o tanto de fralda e lenço umedecido que ela usa por dia. De preferência, de uma marca melhor, que segure o conteúdo dentro dela, sem o risco de escorrer pelas bordas.

Termino de trocá-la e guardo a bagunça. Alice continua sorrindo.

— Você precisa dormir, mocinha! Temos muito o que fazer amanhã.

Com a pequenina nos braços, jogo a trouxinha de roupa imunda no lixo e volto devagar para meu quarto, pensando em como ainda não inventaram roupas descartáveis para bebê. Será uma mina de ouro.

Suspiro quando, finalmente, minhas costas encontram a cama. Alice brinca com um mordedor, babando litros, e fico olhando para seu rostinho de anjo. Não sei quanto tempo ela vai demorar para dormir, mas estou exausta. *Dorme logo, por favor.* Suplico com o olhar.

A bebê pegou no sono em minutos, o que agradeci aos céus. Porém, minha felicidade e sossego não duraram muito, pois fui acordada mais duas vezes. Minha noite teve tudo, menos preciosas horas de sono. Pelo menos, a fralda borrada que acompanhou a primeira mamadeira não se repetiu.

Cedo, Juliana desperta primeiro e me chama. Onde foi parar a vontade de levantar? Quero ficar o dia todo de molho.

Minha consciência leva um tempo para se ajustar à realidade. Meu marido sumiu, me deixando com duas enteadas. Abro os olhos e sou atropelada pela traição e tragédia. A vontade de chorar me assalta, permeando meu bom-senso, implorando que eu afunde o rosto no travesseiro e sucumba ao sono mais profundo, para bem longe dessa encrenca. Meu corpo dói, minha disposição está zerada e meu coração sangra. Tudo consequência do atrevimento dele.

Certo, se eu parar para pensar e analisar os últimos meses, sei que nem tudo é culpa do Vinícius. Mas minha maturidade psicológica, muitas vezes elogiada por meus superiores no trabalho, está pouco se lixando para a minha parcela de culpa no fracasso do meu casamento e completamente inclinada a esquartejar meu marido. *Ex*-marido.

— *Catalina*? — Juliana chama baixinho.

— Oi? — imito a voz baixa e tento não realizar movimentos bruscos.

Estico o corpo o máximo que posso, sem incomodar o sono de Alice, me espreguiçando e levando as mãos aos olhos. O que eu menos preciso é que a bebê acorde e me ocupe antes da minha tão almejada xícara de café.

— *Pleciso* fazer xixi.

— Pode ir.

Eu sento e vejo que Alice permanece desmaiada, roncando levemente.

— E se eu quiser fazer cocô?

Os fios loiros do cabelo de Juliana estão uma bagunça em volta de seu rostinho preocupado.

— Vem, vou com você.

Levanto da cama e estendo a mão para a menina que, sem qualquer sinal de desconforto, segura com firmeza e me acompanha. Quando saímos do banheiro, ajudo-a com a troca de roupa. Percebo que, algumas vezes, quando nossos olhares se encontram, ela sorri. Retribuo, sentindo algo diferente em meu interior. O desespero estacionado em mim está se dissipando... e seu lugar está sendo ocupado por outras sensações que eu não compreendo direito.

— Você *palece* uma *plincesa* — Juliana comenta ao passar a mão no tecido do meu pijama enquanto penteio seu cabelo.

— Acha mesmo?

Olho para baixo e vejo o tecido fino e transparente que não foi feito para os olhos curiosos das crianças. Não posso esquecer do robe.

— Aham! — Ela balança a cabeça para cima e para baixo, bagunçando a trança que eu tentava fazer. — A ma...

*A mamãe*. Por mais que eu não queira saber absolutamente nada sobre Ana Maria, engulo o gosto desagradável em minha boca e me simpatizo com a menina. Ela está de luto. Mal consegue falar em sua mãe sem gaguejar.

Prendo o elástico na trança e ajoelho em sua frente, segurando seus braços com carinho.

— Juju, pode falar, querida.

Ela fecha os lábios com força e meneia a cabeça. Respiro fundo e recomeço, colocando uma mecha que caiu do penteado atrás de sua orelha:

— Você pode falar sobre a sua mãe sempre que quiser. Eu também não tenho mãe, sabia?

Os olhos dela lacrimejam, porém, ela não diz uma palavra, sequer derrama uma lágrima.

— Vamos fazer o seguinte. Eu sei que é difícil lembrar da mamãe e do papai sem sentir uma dor bem aqui. — Levo minha mão até seu coração. — Quero que você me prometa que vai chorar quando sentir vontade. Que vai gritar quando quiser. Que vai falar sobre eles sempre que precisar.

Juliana assente e permanece quieta. É nítido seu esforço em não demonstrar tristeza.

— Me Fala uma coisa, Você gosta de panqueca?

— A ma...

Inclino a cabeça para o lado e espero que ela termine.

— A ma-mamãe nunca fez.

Dou um sorriso e me levanto, pegando-a no colo. Suas pernas envolvem minha cintura e equilibro seu peso no antebraço esquerdo, encontrando uma posição confortável para nós duas. Não é tão difícil se adequar ao manejo de uma criança.

— E se a gente descer até a cozinha para preparar umas panquecas pro café da manhã? Depois podemos brincar um pouco com a Bela e o Estevão.

Ela ergue uma sobrancelha, ainda incerta de minhas boas intenções.

— Eu juro que sei fazer a melhor panqueca do mundo!

Juliana mexe no meu cabelo curto e sorri, assentindo. Interpreto como um bom sinal. Parece que meu plano de diminuir seu sofrimento está funcionando.

— Perfeito!

Ergo a palma da mão e mostro para ela.

— Vamos lá, a cozinha nos aguarda! — emendo, assim que ela bate a mãozinha contra a minha.

Nós terminávamos as panquecas quando ouvimos um resmungo e, sem demora, fui buscar Alice, que se diverte no bebê-conforto após ter devorado a mamadeira. Eu já tomei duas xícaras de café para amenizar o sono que insiste em querer me possuir. Juliana comeu três panquecas com creme de avelã e tomou um dos achocolatados, repetindo sem parar que tinha visto no celular do papai um moço tomar banho numa banheira "cheinha de chocolate".

Em dado momento, resolvi arriscar e deixar a porta que leva ao quintal aberta, querendo testar a presença das meninas e dos meus companheiros no mesmo ambiente. Foi uma boa decisão. Bela passeia pela cozinha, analisando de longe as duas visitas. Certeza que está avaliando se são um perigo ou não à sua existência. Estevão nos observa pelo vão da porta, respeitando as regras, descansando a cabeça sobre as patas à espera de que alguém se aproxime para brincar. Enquanto Bela mantém uma postura calculista, como uma madame, Estevão é um bebezão.

— É isso aí, Estevão! Você é um bebê babão! — digo, apontando para ele, fazendo Juliana rir e cuspir parte do achocolatado.

Depois de limpar a sujeira na bancada com um guardanapo, entorno o que resta do suco detox, absorta na quantidade de quinquilharias que preciso comprar para que as meninas tenham uma boa estadia em minha casa – começando pela fórmula. Pensando nisso, convido Juju para dar uma volta e ela aceita. Tenho uma lista enorme de coisas a adequar pensando nas pequenas. Espero que ela goste do que planejei.

Distraída, mal me lembro da existência do celular, esquecendo completamente do meu trabalho por algumas horas. Oscar vai me matar quando eu responder suas mensagens, aposto que recebi várias.

Eu não sei como interpretar isso. Esse tipo de comportamento negligente é inédito, estranho não depender do telefone. Meu chefe entenderá, se trata de um caso isolado, por isso, não me importo em buscar o aparelho no instante em que lembro dele... Mas faço outra coisa. Ao terminar de arrumar a bagunça na cozinha, deixo as meninas na sala com a TV ligada e corro até meu quarto em busca da pasta de documentos, herança do meu digníssimo *ex*-marido.

Solto os elásticos e reviro os olhos para a carta amarrotada que minha tia obviamente alisou e guardou junto à papelada. Volto para o hall e espalho os documentos em cima do aparato. Folheio várias cópias autenticadas de certidões de nascimento, identidades, cartões de vacina, passaportes e outros papéis que eu não entendo muito bem para que servem.

Alice tem cinco meses. Bom saber.

Faço um esforço de outro mundo para não relacionar sua data de nascimento com o que eu estava fazendo na época. Em vão. Austrália. Ela nasceu quando eu estava em uma conferência em Melbourne.

Solto o ar e agito a cabeça. Não vou chorar.

Continuo vasculhando até que um dos papéis se destaca. Comprovante de relacionamento estável. Trinco os dentes. Mais essa?

Impressionante como a cada minuto sou capaz de sentir mais asco e desprezo pelo meu marido. Como pode algo assim? Há dois dias eu o amava e não tinha nenhuma dúvida de que morreríamos juntos. Hoje? Não quero vê-lo de jeito nenhum!

Enfio o papel idiota na pasta e vislumbro outro, pequeno e escrito à mão, com uma caligrafia arredondada e feminina. Ana Maria. Travando a mandíbula para não gritar, pego com receio, me deparando com o nome, e-mail e o telefone do Jackison...

Jackison?

É esse o verdadeiro nome daquele homem metido a modelo?

Começo a rir sozinha. Ele não deve gostar de ser chamado pelo nome de batismo.

Ah, Jack...

Isso me dá uma ideia maquiavélica. Alcanço minha bolsa e procuro meu celular que, obviamente, está com a bateria descarregada, então, aguardo alguns minutos até conseguir acessar o aplicativo. Tão logo a tela acende, sou bombardeada por uma infinidade de notificações. Passo o olho pelos grupos e, entre incontáveis mensagens do pessoal da empresa, um novo contato capta meu interesse:

***Jack - modelo dos seus sonhos*** 😎

Convencido. Desde quando é um homem "dos meus sonhos"?

Solto uma risada ao ver que até seu nome é acompanhado pelo emoji com óculos escuros. Ainda rindo, encaro o balãozinho avisando que recebi vinte mensagens.

*Vinte mensagens*?!
Ignoro todas as outras notificações.

*18:03 Ei, sou eu. Como estão as meninas? Estou a caminho de São Paulo.*

*18:11 Desculpe por ter saído correndo.*

*18:19 Você deve estar ocupada, chame quando puder.*

*20:30 Catarina?*

*20:42 Catarina?*

*20:43 Está ocupada com as meninas? Vou entender seu silêncio como um bom sinal.*

*21:56 Preciso ficar preocupado?*

*22:05 Ignore a última mensagem. Mandei errado.*

*22:40 Catarina, é sério, RESPONDA.*

*23:26 Meu voo sai às 5h. É melhor que apareça antes disso.*

*23:31 Vou ficar fora de área por mais de 15hs. Só avisando.*

*00:02* 😠

*01:16 Como vc é difícil! Custa pegar o celular?*

*02:00 Olha, sei q deve estar dormindo, mas dê sinal de vida.*

*03:47 CATARINA!*

*03:50 Vou cancelar o voo.*

*04:42 Se ñ responder na próxima meia hr, juro q desço do avião e volto em Andradas pra saber o q tá acontecendo.*

*05:01 Ok, tempo esgotado. Saindo do aeroporto.*

*05:03 Chego por volta das 8h.*

*05:07 Espero que esteja tudo bem.*

Pisco.

Pisco novamente.

Pisco mais uma vez.

Eu entendi direito? Jack surtou porque não respondi às suas mensagens?

Quando começo a digitar, o som de um *ping* anuncia a chegada da vigésima primeira:

*08:23 Estou na porta, é melhor atender o interfone!*

# QUATORZE

Solto o celular quando o aparelho apita pela segunda vez, mas não antes de ler:

*08:23 Finalmente ficou on. Pode abrir, por favor?*

Ele só pode ser maluco! O que está fazendo aqui?

— Juju, vou atender a porta, fica boazinha que já volto! — grito e saio às pressas pelo gramado.

Mal viro a chave e Jack passa por mim como um tornado, batendo o portão num estrondo. Minha frequência cardíaca acelera na hora.

— Por que não respondeu? Aconteceu alguma coisa? Está tudo bem com as meninas?

— Não! Sim! — Meneio a cabeça. — Quero dizer, não! Não aconteceu nada, tudo normal — respondo ainda em choque por ele ter cancelado seu retorno a Las Vegas e estar aqui, como uma estátua enfurecida diante de mim. Sei muito bem o quanto é dispendioso e burocrático cancelar ou adiar uma passagem em qualquer companhia aérea do mundo.

— Mesmo? — Através das lentes escuras, Jack procura em minha expressão algum sinal de problema. — Você me diria se algo estivesse errado, certo?

— Claro que sim! — Ou não... o que nunca admitirei em voz alta. — Você é doido! Para quê esse desespero? Não precisava ter cancelado o voo, estou me virando bem, só não tive tempo de pegar o celular!

Ele começa a rir, emitindo um ruído profundo e rouco, ao mesmo tempo em que balança os ombros para cima e para baixo.

— Ah, cara! — Jack tira os óculos e passa a mão no rosto, mantendo-a no queixo por alguns segundos. — Nunca imaginei ter que passar por isso. Pensei em tanta besteira que... Olha, não dá pra explicar! Tinha que ver com meus próprios olhos que vocês estavam bem.

*Vocês*. Claramente as sobrinhas, não eu. Óbvio que não estou inclusa nas duas sílabas.

Se bem que... seria estranho apreciar que um total desconhecido se importe comigo? Não no sentido romântico, mas, parando para pensar, ninguém da minha família me procurou nas últimas horas… e ele está aqui. Desistiu do compromisso que não podia adiar. É errado que meu coração se aqueça com essa ideia?

Evidente que não esqueci da bagunça que nos envolve e que a grande preocupação de Jack é consequência de sua própria irresponsabilidade. Onde já se viu deixar crianças, ainda por cima pequenas, com uma pessoa aleatória? Embora eu seja oficialmente a esposa do cunhado dele, não passo de uma qualquer.

Limpo a garganta e tento fazer o meu melhor: dispensá-lo.

— Então, agora que já viu, pode ir embora.

No segundo seguinte, Jack abaixa a cabeça e lança um olhar tenebroso. Não me resta nada além de sustentar a carranca. As pupilas dilatadas destacam as íris cor de mel, olheiras demarcam suas pálpebras, os lábios unidos e franzidos estão cercados por uma barba curta. O cabelo amassado pelo capacete oculta parte das marcas de expressão que surgem em sua testa. O perfume de sua colônia invade minhas narinas, obrigando-me a admitir mais um detalhe: o cara tem bom gosto. E cheira bem. Não que isso seja importante.

Tudo relacionado a ele emana testosterona e estilo. A moto, a atitude, a roupa, o cabelo, os óculos… os coturnos. Ele é um homem bonito. Atraente. Arrogante, teimoso e posso apostar que tem um lado extremamente dominador. Não *a la* protagonistas macho alfa, com chicotes, algemas e toda aquela pompa de contrato submisso. Jack passa a impressão de segurança e autoconfiança, de ser um homem que sabe o que faz e que "tem pegada". Óbvio que não existe interesse nenhum da minha parte, acabo de me tornar viúva após um relacionamento que data mais de uma década. É só uma reflexão.

Enquanto divago em terreno que não devo nem sequer sonhar em pisar, percebo que Jack continua me analisando, seus olhos tomados por uma intensidade fora do normal. Ele permanece assim por mais alguns milésimos de segundos, até inclinar um pouco a cabeça e morder os lábios, como se segurasse uma risada.

— O que foi? — Olho ao meu redor, procurando o que é tão engraçado… até compreender.

Ah. Meu. Deus.

Eu ainda uso o quase inexistente pijama e, sim, esqueci de vestir o robe. Arregalo os olhos e, inutilmente, tento me cobrir com os braços.

— Ah, Jesus!

Minha aflição é o suficiente para que ele solte a risada que tentava omitir.

— É isso que você veste pra dormir quando tem duas crianças em casa? — censura com ironia. — O que usa quando está sozinha?

— Você é sempre mal-educado desse jeito?

Desisto de tentar me cobrir, escolhendo ocultar apenas os seios. Minha calcinha é estilo sunga, o que me deixa, de certa forma, decente. Mas, no fundo, desejo que o chão se abra para que eu possa me esconder até que alguma roupa surja com um passe de mágica.

— Só perto de você. Acho que você desperta algo especial em mim, Catarina.

Fuzilo seu rosto, incrédula.

— Não vá me dizer que está apaixonado. Você nem me conhece! — Ataco, desesperada para manter a conversa num nível divertido no qual eu não seja o foco.

Minha frase só faz com que ele caia na risada novamente.

— Nãaaaoooo. Eu disse que *desperta*... sabe? Aquela parte do homem estava adormecida até você me receber vestida assim.

— Mas é muita cara de pau ficar me desrespeitando!

— Isso não é um desrespeito, é um elogio!

— Tá bom, sei muito bem como é o seu tipo.

— Meu tipo? — Jack cruza os braços abaixo dos peitorais, me desafiando.

Dou um passo para frente e enfio o indicador entre aquelas sobrancelhas espessas e arqueadas para cima. Arranco seus óculos e, segurando o acessório, aponto o dedo para ele.

— Um tremendo conquistador. *Playboy*. Que tem um caderninho com lista de mulheres. Um galinha que se acha "o bonitão" e tem uma fila de pretendentes... Se acredita que vai conseguir algo comigo falando desse jeito, esquece. Não existe possibilidade de haver nada entre a gente.

De forma calculada, Jack coloca a mão ao redor da minha, ainda em riste, e a abaixa lentamente.

— Convencida, não? Eu não estou dando em cima de você. Não estou aqui à procura de problemas, quero só resolver os que já tenho. E você, Catarina — ele desce o olhar por meu corpo mais uma vez —, é a definição de pro-ble-ma no meu dicionário.

Eu me envergonho por prestar atenção em seus lábios enquanto Jack praticamente pausa ao pronunciar cada sílaba. Desvio o olhar no mesmo segundo, me deparando com nossas mãos unidas. A imagem me desconcerta. A mão dele envolve a minha criando um contraste deslumbrante. Minha pele clara e dedos finos são ocultados por dedos fortes e decorados. Eu não tinha reparado nas tatuagens. As letras H-O-P-E que adornam as falanges são simples e clássicas. Cativada, inclino a cabeça para acompanhar os desenhos intricados que se entrelaçam na porção interna do seu antebraço. São escuras e bem distintas. Interrompo minha investigação antes de colocar tudo a perder, evitando o impulso de puxar o braço dele para analisar bem de perto.

Irritada por pensar assim e por me distrair com facilidade na presença dele, desvinculo minha mão de seu aperto, devolvo os óculos e dou um passo para trás. Eu preciso de espaço. Aquela sensação incômoda que me toma sempre que estou ao seu lado começa a aparecer. Coração acelerado, mãos suando, temperatura do corpo aumentando e ritmo instável de respiração. Todos os sintomas inconvenientes. Eu me sinto atraída pelo irmão da amante do meu ex-atual-marido. Não posso permitir que "interesse" seja adicionado à equação, porque, aí sim, se eu ficar curiosa sobre qualquer aspecto da vida dele, nem que seja apenas relacionado a tatuagens, estarei lascada.

Mas por que isso agora? Por que preciso adicionar uma atração indesejada a uma equação totalmente complexa?

— Então pare com as gracinhas! — concluo para o meu próprio bem. Quanto mais racional formos, melhor para a situação que vivemos. — Eu não sei se... — Paro de falar antes de soltar mais do que devo.

— Não sabe o quê? — Jack instiga.

Ele não é burro. Percebe muito bem o efeito que causa em mim, como... meu interesse nas tatuagens. Até um idiota teria notado. Talvez eu seja mesmo um tanto quanto convencida, porém, embora não tenha como afirmar com certeza, posso jurar que a atração não é via de mão única. Jack também sente algo quando está perto de mim. Identifico os sinais em suas expressões, na forma como movimenta o corpo, na respiração e entonação de sua voz.

Ter essa compreensão é terrível, ainda mais pelo andar desenfreado da carruagem. Solto o ar numa baforada e delibero por dois segundos antes de alternar a rota da conversa.

— O que vai fazer agora?

— Como assim? — Jack enfia as mãos nos bolsos da calça jeans escura.

— Com as meninas. Você voltou. Vai levá-las?

Ele sorri e ergue as sobrancelhas.

— Catarina, entendo a importância desse assunto, também quero resolver o quanto antes, mas, por favor, você pode trocar de roupa?

Sem dúvida nenhuma, meu rosto se transforma num pimentão daqueles mais vermelhos. Droga. Ele me desnorteia tanto que esqueci do pijama. Dou alguns passos rumo à entrada e, como Jack não me segue, paro e me viro, pegando-o no flagra levantando a cabeça depressa.

— Vamos?

Ele assente.

— Você fica com as meninas enquanto me troco?

— C-claro — Jack titubeia e finalmente me segue.

Seguimos para a sala, onde Alice brinca distraída no bebê-conforto com o brinquedinho musical e Juliana se encontra deitada de ponta cabeça no sofá, batendo os pés descalços no encosto. As duas viram o rosto assim que ouvem nossa entrada. Juliana desce as pernas num ímpeto e se levanta.

— Tio Jack! — grita ao correr até ele e abraçar suas pernas.

Franzo as sobrancelhas e o encaro. Ainda bem que os óculos estão pendurados na gola da camiseta, posso ver sua expressão, tão surpresa quanto a minha.

— Pensei que ela não o conhecia.

Não foi isso que ele falou ontem? Que a última vez em que viu a sobrinha, ela tinha cerca de um ano de idade?

— Pensei que não me reconheceria. — Jack se agacha, correspondendo ao abraço caloroso da pequena. — Ei, mocinha, como você cresceu!

Contenho a risada, ou penso que contenho, já que Jack levanta o olhar para mim, deixando clara sua insatisfação com meu divertimento. Seu semblante parece tão furioso que não deixo passar e boto lenha na fogueira.

*Cli-chê*. Aponto para ele e pronuncio cada sílaba bem devagar, sem emitir som, querendo que me entenda. Jack apenas revira os olhos.

A empolgação de Juliana é tanta que dá pequenos pulinhos nos braços do tio. Alice observa a cena em silêncio, mas balança os braços e pernas, inquieta, como se pedisse que alguém a tirasse do trambolho. Nitidamente, quer participar da farra. Incapaz de me segurar, vou até a bebê.

— Vem cá, também quer atenção, né? — comento ao içá-la do bebê-conforto e acomodá-la junto a mim. Levo o polegar ao canto de seus lábios, limpo um resquício de fórmula e seco o dedo na minha roupa. — Prontinho. Agora sim, está linda!

Quando me viro para Jack, vejo que ele me fita, atento aos meus atos, e não sei muito bem como me sentir em relação a isso. Encabulada, me aproximo e entrego a bebê. Jack não me diz nada, somente mantém os olhos fixos aos meus e esboça um fraco sorriso. De aceitação, acho. Retribuo o meio-sorriso com os lábios cerrados e um movimento rápido de cabeça.

Entendo que seria inteligente deixá-los sozinhos e me trocar, porém, meu corpo não concorda com meu lado racional. Isso é um problema. Meus impulsos têm se tornado um bocado incoerentes perante a minha personalidade controladora, a confusão na minha mente e na minha atitude só aumenta. É algo que preciso mudar.

— Vou me trocar — aviso, almejando um pouco de solidão e calmaria. Preciso parar e refletir, nem que seja por poucos minutos.

Ele abre um pouco mais o sorriso e assente, tentando equilibrar as duas meninas no mesmo abraço. Ao me distanciar, lembro de uma coisa... Não posso sair daqui sem provocá-lo. Diabolicamente, recupero o sarcasmo.

— Volto logo, *Jackison*.

Imóvel como uma pedra, Jack vira o rosto para mim e, se pudesse, lançaria facas pelos olhos. Sorrio ao vê-lo cerrando os dentes, compreendendo a impossibilidade de retrucar de imediato.

É o meu *bem-feito*. Minha vingança por ter mencionado sua masculinidade mais cedo. Um aviso: se quer brincar com fogo, vai se queimar.

Dou as costas e subo direto para o quarto. Meu ombro sacode com a imensa vontade de rir. Jesus, o que acontece comigo? Eu me divirto com um reencontro entre familiares que não se viam há tempos e sinto atração por um homem apenas um dia após descobrir o fim do meu casamento.

Quem é essa pessoa e o que ela fez com a Catarina que moldei por uma vida toda?

A casa está silenciosa quando desço – devidamente vestida, obrigada. Penso que os encontrarei na sala, compenetrados na TV, mas me engano, nenhum vestígio dos três. Sem querer me apavorar, porém, já com a cabeça em pânico, corro para a cozinha, onde também não estão. Através do vidro, avisto Estevão e Bella deitados ao sol. Sozinhos.

Com as mãos apoiadas na cintura, cogito a possibilidade de Jack ter... não, ele não faria isso.

Volto para o corredor e noto a porta da frente parcialmente aberta, sem sinal do carrinho e do bebê-conforto. Um calafrio percorre minha espinha. *Não*. Jack não seria alguém tão sem escrúpulos... Não sumiria com as sobrinhas sem ao menos me comunicar. As mensagens que li há pouco corroboram minha crença, ele está tão perdido quanto eu, não se arriscaria sozinho com duas crianças.

Se bem que não exerço exatamente um papel na vida delas. Sou a madrasta, óbvio, mas excluindo esse mero detalhe, não tenho função. E isso não me agrada. A ideia de não as ver nunca mais faz com que meu coração martele violentamente e suba até a minha boca.

Apresso-me até a entrada e abro a porta de supetão, batendo o trinco com força na parede. O barulho assusta Juliana e seu grito facilita em localizá-las ao lado do meu carro, com a porta do motorista escancarada. O bebê-conforto descansa vazio no chão, perto do veículo.

Graças aos céus!

Minha respiração gradativamente retoma o ritmo normal quando vejo Alice e Juliana deitadas na grama, em cima da coberta lilás da bebê. A mais velha ri de alguma coisa enquanto a pequena tenta arrancar um pedaço de grama com a mão gordinha.

— Você quase me matou de susto! — reclamo, com a mão sobre o esterno.

A cabeça de Jack surge por trás da porta amassada.

— Por quê? Não fiz nada de errado. — Ele sorri de lado e pisca, fingindo inocência.

Ainda é cedo para tirar conclusões, mas acho que posso confiar nele. Acho.

Cruzo os braços e cerro os olhos. Apesar da minha postura denunciar que levei um baita susto, não estou com nenhum pingo de vontade de assumir que me apavorei ao pensar que ele deu no pé com as meninas. Disfarçando a afobação, me encosto na lateral do carro e observo seu interesse no metal destruído ao redor da maçaneta.

— Está avaliando o estrago que fez? Porque caprichou — direciono o assunto para fatos que podem ser controlados. Melhor isso do que discutir sobre a minha preocupação desnecessária.

Ele me lança um olhar torto, o terceiro em menos de meia hora.

— O que acha que está fazendo no meu carro? Deu um trabalhão para fechar ontem, não devia ter aberto até que eu chamasse um especialista.

Jack sorri exibindo todos os dentes, vitorioso, e passa a mão na lataria.

— Relaxa, sei muito bem o que fazer com ele.

— Não acho que um mecânico saiba resolver isso.

— Mas que porra, você gosta de implicar com tudo, mulher!

— Ahhh! Tio Jack falou *palavlão*! — Juliana se senta na coberta, furiosa. — Não pode falar *palavlão*! É muito feio!

Mordo o lábio para não rir, o que é quase impossível. Mal sabe Jack que passei pela mesma coisa ontem. Olho para ele, arqueando as sobrancelhas, me divertindo com sua falta de jeito.

— Eu não falei palavrão!

Ele me fita de relance e levanto os ombros, deixando claro que não irei ajudá-lo.

— Eu disse "que porcaria" ...

— Nãaaooo! Você tá mentindo! É muito feio mentir e muita *feiúla* falar *pola*. Tem que pedir desculpa.

Ela cruza os braços e encara o tio cheia de atitude. Eu gosto disso.

Desconcertado por ser corrigido por uma criança, Jack limpa a garganta.

— É... desculpa, princesa. Não vou mais falar palavrão.

— Nem mentir! — completa Juju.

— Nem mentir.

Ele cruza os dois indicadores sobre a boca e os beija.

Torço meus lábios e dou uma batidinha no ombro dele.

— Bem-vindo ao meu mundo.

Adoto sua tática e pisco, ganhando um sorriso que não deveria me animar.

— Seu mundo... — Jack desce do carro e fica à minha frente. — Desde quando tem experiência com crianças? Ontem mesmo estava quase surtando por ter que ficar com as duas anjinhas por uns dias.

Anjinhas. Aham. Elas são mesmo muito fofas e bonitinhas, só que dão um trabalho do cão! Isso porque fiquei apenas um dia, *um dia*, com as duas. Eu não sei se ele tem filhos, então posso estar apostando alto, porém, algo me diz que acertei quando supus que não passa de um solteirão conquistador.

— E você? Por acaso é "o especialista"? — rebato, fazendo aspas com os dedos.

Jack meneia a cabeça e estala a língua.

— Gosto muito delas, mais ainda quando estão bem longe de mim. — Jack ri ao ver minha expressão de inconformismo. — Estou brincando. Adoro crianças e, respondendo à sua pergunta, não sei nada sobre elas.

— Então temos um problema — comento, observando as meninas distraídas com coisas miúdas entre a grama.

— Dos grandes. — Jack volta a atenção para o carro, deixando-me atônita. — Ao menos seu carro tem conserto.

— Não me diga que *você* vai consertá-lo! Se estragar mais do que já está, vai ter que...

— Eu não disse que trabalho com carros? — Ele me lança um olhar arrebatador.

— Pois é, mas isso aí não é trabalho pra mecânico. —Aponto para a lataria estraçalhada.

— De onde tirou que sou mecânico? — Jack ergue as sobrancelhas, esperando uma resposta, com uma atitude um tanto petulante.

— E não é? — Eu realmente estou confusa.

— Trabalho com restauração. Seu carro vai ficar novo em folha, em quatro dias, se eu tiver as ferramentas certas.

Espere aí...

— Quatro dias? Como conseguirá essa proeza se você vai embora?

Jack se afasta do carro e limpa as mãos uma na outra antes de se voltar para mim.

— Eu ia, mas depois do que você me fez passar na madrugada, mudei de ideia. Não sei se posso confiar em você, já que não responde ao celular. Resolvi ficar aqui. —Ele dá de ombros, como se seu argumento fosse algo normal.

Ignoro o comentário sobre sua suposta falta de confiança e me atento ao que importa.

— Ficar aqui? Num hotel?

É nesse momento que sinto ter cavado a minha cova. Bem, na verdade, cavaram para mim, não tive como evitar o trem desgovernado que descarrilou a minha vida. O sentimento de incredulidade me possui quando escuto sua risada antes da resposta:

— Hotel? Bem capaz! Vou ficar aqui, na sua casa.

# QUINZE

— Como é que é?

Enquanto meu pobre cérebro elabora a ideia de ter Jack perambulando por meus corredores, o maldito sorri. Procuro acalmar o frenesi dos meus nervos e correspondo com uma carranca.

— Enlouqueceu?

Não há necessidade de explicar os pormenores, Jack tem noção, assim como eu, do quanto isso é absurdo. Minha casa. Até parece!

— Você precisa de alguém para ajudar com as meninas.

Fato. Ele pode me conhecer há pouco mais que trinta horas, mas me interpretou corretamente.

— E você se considera apto para ocupar esse lugar? — Cruzo os braços e nego com a cabeça.

— Eu *sou* sua melhor opção. Isso não é arrogância, você vai ficar maluca se tentar cuidar delas sem ajuda.

— Diz isso como se tivesse muito conhecimento de causa.

— Catarina, seja sensata. Seu marido…

— *Ex*-marido.

Faço questão de corrigir, mesmo sentindo uma bola gigantesca se apossando da minha traqueia.

— Certo, ex… — Jack abaixa a voz, olhando de relance para as sobrinhas antes de prosseguir: — Bem, Vinícius está fora de cena e não sabemos se sairá dessa. Eu não tenho capacidade de cuidar de duas meninas sozinho. Minha vida é no exterior. Não tenho ninguém a quem recorrer, não moro aqui. E preciso de tempo para regularizar a documentação e resolver juridicamente a questão da guarda. Podemos nos ajudar nisso.

Não é complicado entender sua linha de raciocínio, mas ainda penso que deve existir uma alternativa. Eu levo uma vida muito reservada, abrir a casa e receber duas crianças é complexo. Isso sem pensar na dor de cabeça que terei no trabalho quando conversar com meu chefe. Ser obrigada a conviver com um adulto desconhecido seria surreal. Principalmente por já ter compreendido que, de uma maneira extremamente indevida, sinto-me "incomodada" com a presença dele.

— Eu tenho família, sabia? E bem grande. Minhas tias podem me auxiliar. — Sim! Eu deveria ter pensado nisso antes, desnecessário o cara ficar comigo, posso, também, contratar uma babá temporária.

Jack balança a cabeça, se preparando para responder quando a voz suave da Juliana corta nossa discussão. Automaticamente, nos viramos para a menina que, deitada de bruços com as pernas para cima e cruzadas na altura das canelas, começa a cantar para a irmã. A cena faz meu peito explodir com algo indescritível, um calor esquisito bem no meio do esterno. Inclinando o pescoço de um lado para o outro, Juliana segura as mãozinhas da bebê e mexe com elas, seguindo o ritmo da melodia, deixando a menininha hipnotizada. Sua voz infantil entoa uma trilha sonora que desconheço, cantando algo sobre bolacha de água e sal.

— Tudo bem, eu queria que fosse de outra forma, mas, já que insiste, pode juntar as coisas que vamos embora — Jack sussurra, me surpreendendo.

Viro para ele no mesmo instante.

— Claro que não!

— Não vou deixá-las aqui sozinhas com você. Não confio o suficiente para que cuide delas.

Com o sangue fervendo, abro e fecho a boca algumas vezes, inconformada.

— Mas fez isso ontem! — esbravejo entredentes.

— Fiz, por desespero. Tive muito tempo para pensar, não quero que fiquem longe de mim.

— Não vou permitir que as leve.

Eu sei, esse *era* o meu maior desejo, só que... ah, como é complicado!

Raiva, muita raiva me consome. E medo.

— Não confio em você.

— Então somos dois. — Ele me fita, irredutível.

Desvio os olhos para as duas pequenas vidas no gramado e prossigo:

— E seu compromisso em Las Vegas? Mal podia ficar um dia no Brasil...

— Catarina, não adianta tentar me afastar. Sou, por direito, o responsável por elas. Sua dedicação será temporária. Pretendo criar um vínculo desde já e você pode muito bem facilitar o processo.

Com essas palavras, Jack retoma minha atenção. O sorriso forçado que eu exibia se desfaz instantaneamente, meus lábios se afrouxam e um peso se instala no mesmo lugar que, segundos antes, fora preenchido por algo muito mais agradável. Ansiedade. Os argumentos verdadeiros de Jack me deixam ansiosa. Mas por quê? O que ele disse é exatamente o que quero, não? Que a papelada seja resolvida o mais depressa possível para que eu possa deixar toda essa insanidade para trás e seguir a minha vida como uma mulher divorciada e bem sucedida profissionalmente.

Então... por que não consigo respirar direito?

Sem estar preparada para assumir qualquer sentimento que eu tenha desenvolvido recentemente, tiro alguns segundos para ponderar. É loucura permitir que ele fique em minha casa. Bem, sua irmã não o deixaria responsável pelas filhas se Jack fosse uma pessoa de má índole. Mas… na minha casa? E se suas intenções não forem legítimas? *Não*. Meu sexto sentido diz que ele está sendo honesto, mas o mesmo sexto sentido falhou ao julgar o caráter do Vinícius. Como confiar?

— Por que não fica em um hotel? Pode vir passar os dias aqui.

Jack nega, enfático.

— Se eu sair daqui, elas vão comigo.

Merda.

Trinco os dentes, pensativa.

— Não faz isso.

— Catarina, são poucos dias, duas semanas, no máximo.

— Duas semanas?!

— *No máximo*. Tenho um contato na Vara da Infância, não vai demorar para que a guarda provisória seja liberada. Assim que sair, vou emitir um visto de urgência, tudo de acordo com as exigências da justiça e burocracia americana. Já consultei um especialista. Nesse tempo, não quero que elas fiquem longe de mim. É simples.

Não. Não tem nada simples.

Por que estou tão relutante com a ideia de Jack levá-las embora? Seria a solução para meu problema. Voltaria a trabalhar em dois tempos, seguindo minha vida como se nada tivesse acontecido.

*Simples*.

Com o peito e a garganta apertados, solto a respiração, mal acreditando no que vou dizer.

— Tudo bem.

Jack se levanta e apoia o braço estupidamente tatuado no capô do meu querido carro. O movimento faz com que o foco da minha visão se perca e meus olhos se tornem completamente indecisos. Não sabem se correspondem à intensidade lançada por aquelas íris âmbar, se encaram a barba malfeita, se acompanham o contorno de seus ombros ou se analisam a musculatura de seu braço e as ridículas tatuagens.

— Como? — indaga ao curvar um dos cantos dos lábios para cima.

— Pode ficar aqui.

Ah, meu Deus.

Ah. Meu. Deus.

Louca, sei disso.

— Tem certeza? — Jack me fita franzindo os olhos.

— Aham — concordo antes que possa mudar de ideia.

— Não vai me despachar como se eu fosse um inseto? — desafia com um toque de divertimento.

Por mais que a apreensão ainda seja palpável, o toque de humor volta a permear, aliviando parte das minhas paranoias. Ainda tenho dúvidas, mas, talvez sua presença seja interessante. Num sentido prático, óbvio. Meu medo e receio de ficar responsável por duas crianças é lentamente substituído por algo que não sei nomear.

— Temos que pensar nelas, não?

— *Catalina*? — Juliana puxa a perna da minha calça pantalona, interrompendo o clima.

— Oi?

— Tem um telefone tocando — esclarece e, na mesma hora, ouço o toque anunciando Oscar.

— Pode ir que fico com elas — Jack propõe, se afastando do carro, pegando a mão da sobrinha e guiando-a para o gramado, ao lado da Alice.

Como uma estátua, observo os dois se sentarem na coberta. Bem, Jack fica de fora do tecido felpudo, direto na grama. Com a sola dos pés no chão, dobra os joelhos para cima, apoiando os braços nas pernas. A pose evidencia seu jeitão de *bad boy*, um contraste com a explosão colorida das duas *pessoinhas* ao seu lado.

— O telefone — Jack pontua, me tirando do transe.

Encabulada, dou as costas para os três e corro para dentro, ignorando todas as preocupações que ameaçam assombrar meus pensamentos.

Viro o celular nas mãos algumas vezes, como se o movimento tivesse o poder de transformar as inúmeras chamadas perdidas em fumaça. Enfrentar Oscar nunca é uma tarefa fácil. Meu chefe geralmente é uma boa pessoa. Porém, quando algo o deixa transtornado, se transforma em um caminhão em alta-velocidade numa rodovia perigosa. Nesses casos, sua paciência chega ao limite, o desastre se torna iminente e o alvo de sua ira sofre consequências nada agradáveis.

Inquieta, não destravo a tela e começo a bater o aparelho repetidamente na minha palma. No auge da indecisão, sinto vibrar e fecho os olhos, prevendo a crise que será lançada em mim. Oscar não perderia minutos de sua vida atribulada para me ligar mais de quinze vezes em um curto período de tempo.

Contando os segundos que supostamente facilitariam o adiamento do meu futuro problema, suspiro aliviada quando o celular para de vibrar e o som de duas mensagens invade meus tímpanos. Espio a tela sem desbloquear.

**Ariel**: *PELO AMOR DE DEUS! EU NÃO NASCI PRA ISSO!*

**Ariel**: *Por que fui inventar de ter filho? Me Ajuda!!!*

Sorrio na mesma hora. Não é novidade o desespero de minha prima. Tudo o que ela se propõe a fazer vem com uma carga extra de drama. Cuidar de um recém-nascido deve atingir níveis estratosféricos de insegurança em sua cabecinha avoada. Eu quero confortá-la, ver meu priminho e testemunhar de camarote como tem se saído como mãe de primeira viagem, mas não sei se é uma boa ideia. Ariel, Pedro, Vinícius e eu temos um longo passado juntos.

Sei que não posso confundir as coisas, minha família não tem nada a ver com as puladas de cerca do meu marido. *Ex*-marido. Só que é difícil explicar esse detalhe para o meu coração, que insiste em se agarrar nos mais inusitados gatilhos, lembrando-me de como perdi anos de investimento e dedicação no relacionamento dos meus sonhos, apenas para vê-lo destroçado pela falta de caráter do homem com quem eu dividia a minha vida.

Deixo o celular de lado, ativando o modo silencioso. Vou visitá-la, enfrentar o desconforto com a cabeça erguida. Também não pretendo retornar as chamadas de Oscar, mesmo que essa rebeldia tenha um custo. É uma questão de prioridades e, pela primeira vez em mais de uma década, meus conflitos pessoais tomam a dianteira.

Desprezar a tempestade travada em meu peito é impossível, mesmo me considerando PHD em respirar fundo e seguir adiante, pronta para a próxima rasteira do destino. Seguro a cabeça, me esforçando para pensar. O que mais preciso é de um pouco de paz. É fácil manter a pose e tentar fingir que nada mudou no seu dia a dia quando você passa a viver em uma realidade paralela, na qual um cara bonitão e duas crianças indefesas, magicamente, precisam de você. O difícil é esquecer de quem o cara é irmão e de que forma as meninas vieram ao mundo.

Encontro a chave da SUV e olho com pesar para o chaveiro do meu amado esportivo. Eu quero sair, respirar, mas será que posso deixar as meninas com ele? Posso confiar nele? Completamente indecisa, pondero se sair é mesmo o melhor a fazer. Para minha sanidade, sem dúvida.

Com a chave em punho, sigo para o jardim e volto a observar as meninas e o Senhor Eu Me Acho no gramado. Um sorriso escapa meus lábios. Jack, ainda sentado no chão, segura Alice adormecida em seu colo. A pequena parece tranquila nos braços do tio, enquanto Juliana tagarela animadamente.

É... a preocupação foi desnecessária, ele não é um risco para as sobrinhas.

A cena é tão linda que precisa ser lembrada. Sem consciência dos meus atos, pego o celular e acesso a câmera. *Click, click, click.* Insatisfeita com a qualidade das fotos, ativo o *zoom*, regulo o enquadre e tento um ângulo diferente. *Click.* Agora sim. Só por garantia, aperto o botão de disparo de novo, com total intenção de registrar o momento em família.

Para benefício de Jack, claro, não tenho motivo para guardar qualquer foto deles.

Pouco depois, Juliana vê que estou parada, em pé, como uma espiã, e me aponta, mudando o foco da atenção do tio. Jack me encara e franze as sobrancelhas. Sem perder tempo com explicações, jogo o celular na bolsa, assumindo cara de paisagem. Em segundos, eles se levantam, e eu não fico reparando no jeito como aquele protótipo de modelo se equilibra com Alice nos braços.

*Okay*, ovários, sosseguem, ceder aos impulsos biológicos não é a minha intenção e vocês sabem disso.

— Vai sair? — A voz profunda de Jack corta meus pensamentos. Ele indica, com um movimento de cabeça, a minha bolsa.

— Não sei. Eu queria... — Suspiro, incapaz de responder de outra forma.

— Vai. Fica tranquila. Não vamos a lugar nenhum.

Aperto a alça da bolsa e, antes que possa dar o primeiro passo, Juliana se levanta.

— Posso ir junto?

Ela segura as duas mãos apertadas uma à outra, perto da boca.

— É... Eu... É...

Enquanto me desconcentro perante seus olhos redondos, brilhantes e ansiosos, sem conseguir articular uma resposta, escuto a risadinha baixa de Jack. Evidente que acha graça da saia justa. Volto a fitá-lo, implorando por ajuda. Ele tem que inventar uma desculpa, já provou ser um encantador de bebês, pode ser, também, um bom manipulador de meninas inofensivas.

— Acho uma excelente ideia, Juju!

O babaca me deixa boquiaberta.

— Oba! Aonde a gente vai?

Juliana começa a dar pulinhos e pressinto que não serei capaz de me desvencilhar de sua empolgação. Passo os olhos de um para outro com vontade de trucidar Jack. Lá se vai meu momento de paz. Eu só queria fingir, por algumas horas, que minha vida não colidiu com um *iceberg* e se tornou um transoceânico naufragado.

— Visitar a minha prima — respondo a primeira coisa que passa por minha cabeça.

— Ela tem filhos? — a curiosa questiona.

— Tem, mas é bem pequenininho.

— Menor que a Lili?

— Sim, menor que ela.

— Então tem que falar baixinho e não fazer *balulho*, né? E tomar muuuuiiiito cuidado, *poique* neném pequeno pode quebrar.

Contenho um sorriso e Jack limpa a garganta.

— Bem, já que vocês estão de saída, vou colocar Alice no carrinho. Ela está cansada de ficar no colo.

*Ou ele se cansou de niná-la.*

— Podem ir, prometo me comportar. — Ele faz um sinal para que a gente saia logo.

Ainda sem entender como me enfiei nessa, pego a mão de Juliana e a conduzo para o portão. Antes de cruzá-lo, falo por cima do ombro:

— Jack, a fórmula dá só para mais uma mamadeira, vou trazer mais. Ah, e depois que Alice estiver deitada, confere a ração e a água no quintal, por favor? Estevão e Bela devem estar com fome.

Bato o portão sem parar para ver sua reação. Sorrio ao imaginar as boas-vindas que Estevão proporcionará à nova visita. Já comentei que meu São Bernardo pensa que tem o peso de uma pena e a estatura de um esquilo? Bem que eu queria ficar e testemunhar a palhaçada, mas tenho a missão de levar uma adorável menina de quatro anos para conhecer meu priminho recém-nascido.

De repente, um passeio com Juliana não parece mais tão assustador.

# Dezesseis

Uma hora e meia depois, encosto na frente do prédio que mora Ariel, localizado próximo à praça central. Em dias normais, levo cinco minutos, porém… quem diria que passear de carro com uma menina seria um desafio? Demoramos um tempão, porque tive que conversar com Juliana logo que abri a porta do passageiro. A garotinha cruzou os braços e se recusou a entrar. Bateu o pé, teimando que só iria se tivesse cadeirinha. Seu poder argumentativo foi tão poderoso que me peguei pensando se ela realmente tem apenas 4 anos, já que se agarra a uma discussão como uma pré-adolescente. Com peso na consciência, consegui convencê-la de que passaríamos na loja para comprar.

Achei que seria rápido. Entrar, escolher, pagar e pronto, mas… existem vários modelos, o que causou mais uma calorosa discussão. Com a mãozinha colada à minha, Juliana avaliou uma por uma e fez várias perguntas à atendente. Deu o que fazer para chegarmos a um acordo. Eu queria preta, Juliana vermelha. Fiquei atenta à garantia de proteção, Juliana ao tamanho e estética. *Não sou mais um bebê!,* foi o que disse ao me ver analisando um modelo com travas e cintos mais complexos. Adquirimos uma intermediária.

E quando estava prestes a pagar, avistei as banheiras. Juliana me garantiu que Alice precisava de uma, então nos perdemos entre a meia dúzia disposta no interior da loja. Também não nos esquecemos dos brinquedos. No final, saímos de lá com: cadeirinha; banheira; um móbile próprio para carrinho; três mordedores emborrachados; um chocalho *soft*; uma boneca que "fala de verdade" e alguns vestidos que eram muito lindos.

Claro que passar na farmácia era de extrema necessidade. Após guardarmos as compras no porta-malas, fomos a pé para a drogaria… outra perdição. Depois que um atendente me ajudou na escolha da fórmula, avaliamos as diversas marcas de artigos infantis, fraldas descartáveis, chuquinhas, pomadas e toda a parafernália. Abarrotamos o interior do carro com sacolas. Pode ter sido exagero, mas, ao meu ver, era necessário.

Enquanto aguardamos o elevador, Juliana conversa com a boneca falante e a abraça com tanto carinho que dá gosto. Distraída, ela parece calma, não voltou a falar sobre os pais. Será que fingir que nada aconteceu é normal?

Meu peito se aquece quando ela balança a boneca. Talvez eu esteja começando a entender o apelo sobre ser mãe. Sabe quando dizem que não existe sentimento maior? É ambíguo e assustador. É diferente de quando me sentei no chão para brincar com priminhos, sem o fardo da responsabilidade. Essa menina espoleta depende de mim.

Não me esqueci que seu tio *teoricamente* é o responsável e, em poucos dias, ela e Alice estarão bem distantes daqui, no entanto, a necessidade de protegê-la parece ter se intrincado em minha alma. Ela é muito nova para sofrer, precisa de boas e novas lembranças que possam superar – ou amenizar – a tragédia que aconteceu com seus pais.

Difícil compreender, complexo de explicar. Acho que, no fundo, eu me sinto grata. Irônico, não? Sentir gratidão por ter perdido meu marido e meu casamento e ter a oportunidade de conviver alguns dias com duas crianças. Um ex-marido que eu amava... ou... circunstâncias me levaram a acreditar que amava?

— Aleluia! Por que demorou tanto?

A voz aguda da minha prima ressoa pelo corredor. A cabeleira loira presa por uma presilha não impede que fios escapem por todos os lados. Olheiras profundas enfeitam o seu rosto e uma de suas bochechas exibe marcas de quem acabou de acordar. Instantaneamente, Ariel nota a presença do projeto de gente grudada à minha mão.

— Ah... Oi... você é a...?

— Oi, meu nome é Juliana. Cadê o neném?

Ariel leva três segundos para somar dois mais dois, arregalar os olhos e encarar a menina. Juliana chega mais perto, insegura.

— A gente veio ver o neném. Ela que teve o neném?

— Sim, essa é Ariel, minha prima. Não se assuste com sua cara feia, ela está sem dormir e muito cansada, porque o Enzo chora bastante.

Juliana aceita a desculpa fajuta e volta a fitar Ariel, absorvendo a bagunça que está a minha prima.

— A mamãe também não *doimiu* quando a Lili nasceu. Ela *cholou* muito *poique* o papai tinha que viajar.

Eu inspiro com tanta força que tenho medo de sobrecarregar e acabar explodindo os meus pulmões. Uma porcaria ter que passar por isso. Tudo bem que, talvez, eu esteja chegando à conclusão de que meu amor por Vinícius tenha sido mero comodismo, mas, mesmo assim, dói. Dói tanto que minha garganta se comprime e o ar sai com dificuldade, queimando o meu interior.

Ariel, visivelmente desconcertada, olha de mim para a menina diversas vezes, sem saber como proceder.

— Eu sei — falo para as duas, uma resposta singela com dupla interpretação.

Implorando com o olhar, comunico à Ariel por telepatia todo o pesar que tenho enfrentado. Ao mesmo tempo, concordo com a frase de Juliana, sei que ele "tinha que viajar" para brincar de felizes para sempre com sua esposa oficial na cidade vizinha. Sem interesse em perpetuar o clima pesado, tento um assunto mais fofo:

— Onde está o Enzo?

Passo por minha prima, puxando Juju para o apartamento. Ariel fecha a porta e se joga no sofá azul. Como sou de casa, levo Juliana para se sentar ao meu lado no outro sofá, ajeitando as almofadas multicoloridas. Com a boneca no colo, ela se acomoda, deixando os pés pendurados, balançando. Sem pensar duas vezes, coloco meu braço em volta do seu ombro e seguro sua mão. Ariel observa a cena com interesse, mas evita demonstrar o que sente. Aproveito para estudá-la, incapaz de omitir o sorriso. É divertido vê-la com a aparência desgrenhada. Minha prima é linda, sempre preocupada com o visual, mas o que vejo é uma mulher totalmente oposta à que conheço.

— Ele não me dá sossego! Chora, mama, chora, mama... Finalmente dormiu.

— Onde está o Pedro?

— Foi buscar a mamãe. Como pode? Meu filho tem só três dias e já entendi porque ser mãe é padecer no paraíso.

Ariel joga a cabeça para trás e, com a deixa, levo Juliana no quarto do bebê. Faço sinal com o indicador na minha boca para que ela fique quietinha quando nos aproximamos do berço. A bolinha fofa cor-de-rosa dorme profundamente debaixo de um cobertor azul. Juju solta a minha mão e apoia na grade, ficando na ponta dos pés. Seus olhinhos brilham quando Enzo contrai os lábios como se estivesse sorrindo.

— Ele é tão fofinho!

— É sim — respondo com a voz baixa. Deus me livre acordar o pequeno e ter que aturar um ataque dramático de Ariel.

Juliana se aborrece ao tentar, inutilmente, escalar o berço para ter uma visão melhor. Com pena, pego-a no colo, meio descoordenada.

— Ele se chama Enzo.

Ela assente e admira o bebê. Ariel entra no quarto e para no meio do caminho para nos observar. Grande coisa! Uma adulta ajudando uma criança não quer dizer nada. Ignoro sua pose de estátua e volto a namorar o meu sobrinho, só que Juliana tem outro interesse e já não está mais enfeitiçada pelo recém-nascido, seus olhos vagam por cada detalhe da decoração do fundo do mar. Marinheiros, âncoras, timões, polvos, estrelas-do-mar, submarinos e mini navios enfeitam as paredes pintadas com uma tonalidade azul claro. A cômoda e a prateleira combinam com o berço, presente meu e do Vinícius para os papais estreantes.

— A Lili tem um *uisinho* igual aquele.

Meu coração se despedaça quando Juliana estica o dedo, apontando para um urso de pelúcia bege com um chapéu de marinheiro azul-marinho que escolhi para o Enzo assim que ficamos sabendo que seria um menino. A memória me devasta, contorcendo meu estômago. Vinícius gostou tanto do bichinho que deve ter dado um idêntico para a filha que, provavelmente, tinha acabado de nascer quando visitamos a loja de brinquedos.

— É mesmo? E quem é Lili? — Ariel salva a minha pele.

— A minha *imã*. Ela também é neném, mas não é tão pequena como o Enzo.

— Ah, é? Por que não vamos para a cozinha e você me conta tudo sobre ela?

Fazendo um esforço tremendo para não demonstrar minha dor, coloco Juliana no chão. Na mesma hora, ela estende a mãozinha para mim, me levando no encalço de Ariel. Embora esteja exausta, minha prima é uma pilha de energia, enquanto nos acomodamos nas banquetas, ela vai de um lado para o outro pegando coisas para fazer chá.

— Prefiro café.

— Se eu não posso, você também não vai tomar — argumenta sem nenhuma compaixão.

Droga, eu realmente necessitava de cafeína.

— Quer que eu faça o chá?

— Não, parto normal é uma bênção! — Ela deposita três xícaras sobre o balcão.

— Não acredito que estou ouvindo isso. — A imagem de Ariel toda descabelada, irada, chorando e gritando volta para a minha mente com força total. — Impossível, Ariel, esqueceu que eu fui testemunha daquele terror?

— Até parece! Aquilo não foi nada!

Não creio que está fazendo pouco caso do que na prática foi caótico.

— Nada... minha memória diz outra coisa.

— Eu não gosto de chá — Juliana ergue a voz —, tem chocolate?

— Tenho, mas vai demorar um pouquinho pra ficar pronto. Quer ver TV enquanto isso?

Animada, a menina pula da banqueta e corre para a sala. Vou atrás e sintonizo em um canal infantil. Pedindo que fique boazinha, volto para o balcão e sou desafiada pelo olhar calculista da minha prima.

— Como você tá?

— Melhor do que você. — Forço um sorriso que não convence em nada a pessoa que tem sido minha amiga mais próxima desde que nasci.

— Duvido. Eu escolhi passar por esse desastre, o que não foi o seu caso.

— Relaxa, Ariel, não quero te preocupar. Tá tudo bem...

— *Tô* falando sério, meu estresse por falta de sono não chega nem aos pés do que você tem passado. Vai, pode se abrir.

Solto um suspiro carregado de frustração.

— O que você quer ouvir, prima? Que foi maravilhoso descobrir que meu marido levava uma vida dupla? Que é adorável ter que aceitar suas filhas? Que meu coração não dói sempre que olho para as meninas e noto a semelhança física com o Vinícius? Ou que o acidente foi a melhor coisa que podia ter acontecido, porque me faz pensar na minha vida e nos meus verdadeiros sentimentos?

Ela só me observa, sem dizer um pio.

— Não sei o que pensar, nem o que fazer. — Seguro a testa e espio Juliana pela porta, conferindo se continua na sala. — Sabe o que é pior? Ele foi um canalha, pisoteou o meu coração, mas não consigo ignorar as crianças. Eu queria direcionar minha raiva para elas, descontar o rancor espalhado dentro de mim, só que é impossível! Elas são... Elas não têm culpa.

Pauso para respirar e Ariel serve duas xícaras, seguindo para o preparo do achocolatado.

— Não sei o que dizer.

— Não há o que dizer. Nem o que fazer. Elas precisam de mim até que a situação com Jack se resolva. — Assopro o chá e tento bebericar, queimando o lábio.

— Jack?

— É, o irmão da *mãe dela*. Ele terá a guarda depois que a burocracia liberar a papelada. Tenho até que falar com ele sobre isso, tudo foi tão corrido.

Antes de terminar a frase, dou um pulo na sala e pego meu celular. Quando volto, Ariel está me encarando.

— O que foi?

Ao mesmo tempo em que faço a pergunta, cinco mil notificações aparecem na tela. Com a atenção divagando entre as mensagens não lidas e a expressão curiosa de Ariel, não ouço o que ela diz.

— O que você disse?

— Só comentei que nunca te vi longe do celular.

— Ah! Não dá pra cuidar das pequenas com ele tocando o tempo todo. Se não desligar, não faço nada. — Ariel escuta a minha justificativa com as sobrancelhas franzidas. — E além do mais, Oscar não para de me ligar, não sei por que, do nada, ele resolveu que precisa de mim 24 horas por dia.

Sem se contentar, Ariel ri alto, uma gargalhada digna daquelas de plateia de seriado norte-americano.

— Catarina, Oscar sempre foi assim.

— Imagina, eu tinha vida antes de ter duas crianças sob a minha responsabilidade.

— Tem certeza disso? Você nunca deu um passo sem conferir o celular, sempre existia algo superimportante na empresa...

Minha prima me força a pensar em algo que eu não quero assumir. A careta no meu rosto é o suficiente para que ela desista do assunto.

— Tudo bem, não está mais aqui quem falou. — Ela levanta as mãos em sinal de paz. — Vamos deixar o Oscar pra lá e falar de algo mais relevante, como... *Jack*?

— O que tem ele? — Fito seu semblante desconfiado com pouco interesse.

— Humm... deixa eu pensar... ele é o cara que vai tomar conta das meninas.

— Sim. Não há o que pensar.

Espero que deixe o assunto morrer e volto para o celular, acessando as mensagens do meu carma. Óbvio que me mandaria não uma, mas várias! Caramba, ele não sabe fazer nada sozinho?

***Jack - modelo dos seus sonhos*** 😎

*Ei, Cat, o que dou para Alice de almoço? Já pode dar comida?*

*Um São Bernardo? Valeu pela falta de aviso prévio.*

*Tem comida aqui?*

*Procurei no Google e fiz a fórmula. Dizia p/ experimentar no dorso da mão, mas o negócio tem gosto ruim, coloquei um pouco de açúcar. Acho que deu certo. Alice mamou tudo e dormiu. De novo. ;)*

Preciso alterar o nome dele com urgência. E, meu Deus, açúcar?! Digito uma resposta rápida, aproveitando para perguntar se já deu entrada na regularização dos documentos das sobrinhas. Aperto o botão para bloquear o aparelho, mas antes que eu consiga guardá-lo, Ariel surrupia e começa a vasculhar.

— *Cat*?

— Não é nada, Ariel. — Reviro os olhos e tento recuperá-lo.

— Isso aqui não parece nada... Catarina! O cara te mandou milhões de mensagens nas últimas... quantas horas?

— É, eu sei, ele é meio...

Sou interrompida por um resmungo baixinho, quase imperceptível. Ariel me deixa cuidando do chocolate quente e vai correndo para o quarto do Enzo. Levo a caneca para a sala e sento ao lado da pequena, segurando a bebida enquanto ela assiste TV. Não ouso deixar que toque, além de quente, é de louça, não tenho garantia de que não irá espatifar no chão.

— O Enzo *acoidou*?

— Parece que sim.

— Posso ver? — Juliana pula no sofá quase me fazendo derrubar o chocolate.

— Só um minuto.

Deixo a caneca no balcão, junto ao celular e às xícaras de chá que mal foram tocadas, antes de acenar para que ela me acompanhe. Em silêncio, entramos no quarto onde Ariel está amamentando, passando a mão na cabeleira do bebê. Minha prima ergue a cabeça e sorri, um semblante de felicidade contagiante em seu rosto. Isso sim é ser mãe, mesmo cansada, cumpre o seu papel como se não fosse uma obrigação. É uma demonstração crua de um sentimento de plenitude por poder cuidar de seu filho.

Acaricio o cabelo da menina ao meu lado pensando se o vínculo que ela tinha com sua falecida mãe também era assim, puro. O meu era. Não deve ser fácil ver a dedicação de uma mulher por seu bebê logo após ter perdido sua mãe.

Sem refletir nos meus atos, eu me agacho e pego Juliana no colo, abraçando-a com carinho. Ela corresponde, afundando a cabeça em meu ombro e pressionando os braços ao meu redor. Procuro não interpretar o olhar de Ariel fixo em nós duas. A demonstração de empatia não quer dizer nada de mais. Eu só... quero arrancar o sofrimento de seu peito e sinto que posso amenizá-lo, de alguma forma. Não sei como, mas vou descobrir.

# Dezessete

Depois que Enzo mamou, Ariel foi com a gente para a sala e o deitou no carrinho. Na mesma hora, Juliana desceu do meu colo e debruçou na lateral, observando o pequeno.

Quando a abracei, pensei que pudesse estar sofrendo em silêncio e acertei na mosca. Suas lágrimas deixaram uma mancha de umidade em minha blusinha, enquanto eu a afagava com toda ternura que possuo dentro de mim.

Acho que é necessário aceitar que cuidar da filha de Vinícius não é tão ruim. A cada segundo compreendo melhor que existem fatores maiores em jogo. A traição ainda machuca, mas é apenas um peão em uma partida de xadrez em que o objetivo é aliviar a dor de uma criança. Juliana e Alice são prioridade.

Ao ver Enzo mexendo as minúsculas mãozinhas, Juliana seca os vestígios das lágrimas em sua face com a barra da camiseta. Com cuidado, ela estuda meu priminho, curiosa e sorridente.

— Ele é muito pequenininho.

— É, tem três dias de vida.

Ariel apoia os cotovelos nos joelhos, atenta aos movimentos da menina como se fosse uma leoa prestes a entrar em ação.

— Mas é *goidinho*. — Ela enfia a cabeça no espaço entre a capota e o leito do mini veículo. — E cabeludo. Lili não tinha nada de cabelo, *ela caleca*.

— Lili... sua irmã, né? — A postura de Ariel relaxa quando entende que Juliana não é uma ameaça ao seu bebê. — Você disse que ia me contar sobre ela.

— Ela também é um neném.

— E como ela é?

— *Cholona*. — Juju sorri, tirando a cabeça de dentro do carrinho.

— Só isso? — Minha prima faz um gesto para que ela se aproxime. — Qual a cor dos olhos, do cabelo?

— *Cololido*. Mamãe disse que o olho dela *palece* um *aico-ílis*, cada dia de uma cor — ela se encolhe e continua em voz baixa: — A *Catalina* disse que a mamãe foi *plo* céu.

— Fiquei sabendo. — Ariel suspira, nitidamente em dúvida sobre como proceder. Aproveito para entrar na conversa.

— Alice é loira, igual a irmã. E linda. Tenho uma foto no celular, se quiser ver.

Não preciso falar duas vezes, Juliana corre para cozinha, voltando com o aparelho. Ela deve ter prestado atenção mais cedo, quando o peguei na bolsa, o que me faz pensar que também pode ter ouvido a conversa que tive com Ariel. A menina é muito esperta, deve ter compreendido tudo.

Juliana entrega o celular à minha prima, que rapidamente desbloqueia e acessa a galeria. As duas se debruçam sobre o aparelho quando o dedinho esticado da menina aponta para a tela.

— Essa é a Lili e esse é o meu tio Jack. Viu? Ela quase não tem cabelo. — Juju volta para a lateral do carrinho. — Seu Enzo é cabeludo.

— Estou vendo...

E vê por tempo demais, para meu desgosto. Ariel mexe na tela, ampliando o *zoom*, depois ergue as sobrancelhas em questionamento. Ela aponta para a foto e movimenta os lábios "Esse que é o tio?". Concordo, muda, e ela se espanta.

— Puta que pariu! — solta, deixando Juliana com o queixo no chão. — Esse cara é...

*Lá vamos nós.*

— Não pode falar *feiúla*! *Catalina*, ela falou coisa feia. — Juliana me olha indignada, como se eu tivesse pronunciado o palavrão.

— Desculpa, foi sem querer — emenda Ariel, ainda sem conseguir fechar os lábios. Quando a menina volta a atenção para o carrinho, minha prima me fuzila com o olhar. — Não acredito! *Não acredito*! — repete, mexendo no celular. — Espera aí... Ele é muito parecido com...

— Não, Ariel, Jack não é modelo de catálogo de cueca. — Tento pegar o celular de suas mãos, mas ela é mais rápida e se afasta com agilidade.

— Não, não é isso. Eu posso estar ficando louca, mas... — Ela balança a cabeça para os lados e acessa a próxima foto, erguendo o rosto instantaneamente. — Por que você tirou foto do...

Eu me levanto depressa para tapar a boca da minha prima, que começa a rir por trás da minha tentativa de evitar que fale em voz alta o que eu fiz. Nem preciso olhar para o celular para ver o motivo da diversão. Por acaso, e totalmente sem intenção, tirei algumas fotos em ângulos duvidosos do tio das meninas. Assim, só por curiosidade, nada sério. Como explicar as repetidas imagens em alta qualidade? Sem querer, meu dedo disparou o botão e capturou detalhes do rosto, braços, pescoço... até as tatuagens eram nítidas naquela maldita tela retangular.

— Não diga *uma* palavra! — ameaço, arrancando o celular de suas mãos.

— Ah, prima, eu faria a mesma coisa se desse de cara com...

O trinco da porta se mexe e Ariel não termina a frase. Enfio o celular no bolso da calça a tempo de ver tia Janete entrando toda esbaforida, soltando a bolsa no canto do sofá. Ela demora dois segundos para perceber que não está sozinha na sala.

— Oi, Catarina, que bom te ver.

Seus lábios se inclinam para baixo ao notar a presença da miniatura do meu ex em forma de menina. Sua boca abre e fecha algumas vezes antes que consiga dizer alguma coisa.

— É... nossa, Mirna tinha razão, ela é a cara do...

— Pai — completo antes que minha tia bote os pés pelas mãos. É cedo demais para que Juliana saiba da falta de escrúpulos do Vinícius. — Juju, essa é a tia Janete, avó do Enzo. Tia, essa aqui é uma mocinha muito esperta que a senhora precisa conhecer.

O peito da menina se expande com meu elogio e ela levanta a mão para minha tia.

— Estou encantada, querida. — Ela se curva para cumprimentá-la, deixando de lado a surpresa por ter reconhecido logo de cara a semelhança com meu ex. — Você conheceu minha irmã, Mirna, ela me contou tudo sobre vocês.

Enquanto as duas conversam, vejo Pedro passar pela porta, carregando sacolas de supermercado. Preocupado com a esposa e o filho, deixa as compras no canto e vai até Ariel, conferindo se está tudo certo. Depois, olha para o carrinho, sorrindo para o filho que permanece quietinho com um olho aberto e o outro meio fechado.

A aparência de Pedro não está melhor do que a de Ariel. As roupas amassadas e as olheiras ilustram o sufoco dos primeiros dias de um recém-nascido. Um boné vermelho esconde seu cabelo que, provavelmente, nem foi penteado. Saber que ele tem se dedicado tanto quanto minha prima me alegra, eu não confiava plenamente que vestiria a camisa e seria um bom pai.

— E aí, como você tá? — Ele beija minha bochecha.

— Indo.

— Péssima, né? Que pergunta sem noção, Pedro — Ariel rebate e seu marido ergue as duas mãos.

— Ei, calma, eu só fiz uma pergunta básica — com a voz baixa, continua: — E o Vinícius, teve notícia?

Olho séria para ele sem responder, enquanto Ariel se levanta, exasperada.

— Ah, Pedro, se toca! Catarina não quer nem ouvir o nome dele!

Meu padrinho de casamento suspira e a envolve em seus braços, impedindo que saia batendo os pés como uma criança birrenta.

— Eu sei, desculpa, não vou mais tocar no assunto.

— Tudo bem, esses hormônios estão me enlouquecendo.

— Eu entendo.

Ele deposita um beijo casto em sua testa e a cena de perfeição familiar faz com que minha barriga afunde. E pensar que eu acreditei que tinha isso...

— Vocês têm muita sorte, parabéns pelo Enzo, ele está lindo — comento, sentindo que meus olhos estão prestes a me trair. — Podem olhar a Juliana por um segundo, por favor? — Peço licença e sigo para o lavabo.

Levo alguns minutos para me recompor, determinada a não chorar. Vinícius não merece nenhuma lágrima e o relacionamento da minha prima com seu marido nada tem a ver com o drama que estou vivendo. Eu tenho que demonstrar felicidade, pois estou feliz por eles, só me sinto confusa diante de tudo o que tenho passado. Lavo o rosto, seco com a toalha e me encaro no espelho. *Força, Catarina.* Respiro fundo e saio do banheiro, cansei de ficar remoendo, minha vida mudou e ponto.

Encontro tia Janete com Enzo no colo, sentada ao lado de Juliana, que conversa como uma matraca. Seguindo meu sexto sentido, me aproximo da cozinha e escuto vozes abafadas. Sem querer parecer indelicada, viro para o outro lado, sem intenção de atrapalhar Pedro e Ariel. Bem, isso até ouvir "ela vai ficar arrasada". Sabendo que *ela* sou *eu*, entro na cozinha sem cerimônia e fico olhando de um para o outro, ambos parados, lado a lado, com cara de quem foi pego no pulo.

— O que vai me deixar arrasada?

— Nada, Catarina, não é nada.

Ariel lança um olhar para o Pedro indicando que não está de brincadeira.

— Sua prima anda muito preocupada com você. — Pedro tira o boné e deixa os fios amassados à mostra. — Queremos saber se você realmente está bem.

— Tá, mas por que essa preocupação me deixaria arrasada?

— Você entendeu errado, não falávamos de você — Ariel tenta contornar a situação, sem sucesso.

— Sei... então por que essa cara de remorso?

— É que... a gente queria oferecer ajuda — Pedro diz prontamente — com as meninas. Sabemos que não deve ser fácil. Se você quiser, posso ir até a casa da Ana Maria e pegar algumas coisas. Vinícius não deixava faltar nada pra elas...

Sabe quando você leva um tapa na cara? Pois é assim que me sinto. Pedro continua falando, porém, meus ouvidos não registram mais nenhum som. Ariel fecha os olhos sabendo que seu marido escancarou uma ferida que está longe de ser cicatrizada e enfiou um punhal bem no centro do meu peito. Ele "só está querendo ajudar", mas a minha mente interpreta tudo o que foi omitido por trás de suas palavras. Eles sabiam das meninas. Tinham conhecimento da vida dupla do meu marido.

Levanto a mão e viro o rosto para o lado, olhar para o chão é muito mais interessante do que encará-los.

— Catarina... — Ariel dá um passo à frente e me recuso a erguer a cabeça.

— Desde quando? — pergunto com dificuldade.

— O quê? — a voz grave de Pedro questiona, claramente alheio ao seu deslize.

— Desde quando vocês sabem sobre a vida paralela de Vinícius?

O silêncio é ensurdecedor, tanto que me obriga a levantar a cabeça. Por suas expressões faciais, a resposta é esmagadora.

— Inacreditável. — Dou as costas, pronta para me retirar.

— Catarina, espera, por favor — minha prima me chama, me segurando pelo ombro.

— Por favor digo eu! Vocês sabiam de tudo!

Eu queria muito que minha voz soasse firme e resoluta, mas é impossível. Desvencilho-me de seu toque como se ela portasse uma doença infecciosa.

— Não seja imatura, não sabíamos de tudo — intercepta Pedro.

— Imatura? Qual seria a sua reação se fosse com você? Quer saber, não me interessa o que sabiam ou quando ficaram sabendo. O que importa é que escolheram omitir e isso, pra mim, diz muito. — Viro-me para eles sentindo meus olhos lacrimejarem pela milionésima vez. — Conheciam Ana Maria?

Pedro cerra os lábios, nem precisa gastar palavras com resposta.

— *Eu* não a conheci... — Ariel tenta amainar o problema.

— Mas seu marido, sim. De certo, até a visitou quando nasceram as meninas.

O silêncio no ambiente é absoluto, nem uma mosca ousa voar ao nosso redor, o que só serve para comprovar minha suposição.

— Ah, como sou idiota! — Meneio a cabeça, inconformada por todos terem ciência daquele absurdo, enquanto eu fui vendada e enganada por tantos anos. — Agora entendi tudo. Eu trabalhava feito uma condenada, dando o meu sangue para a empresa e para que o meu casamento desse certo, e vocês brincavam de esconde-esconde. Quantas vezes riram pelas minhas costas?

— Não, prima, nunca! Jamais concordamos com as atitudes do Vinícius!

O desespero em sua voz não me impede de me afastar. Quero dar o fora daqui.

— Mas omitiram, o que pra mim basta. Eu era capaz de confiar a minha vida a você, Ariel, como pôde?

Dou as costas para o casal que significa o mundo para mim e sigo para a sala. Tia Janete me observa com os olhos bem abertos, como se quisesse falar alguma coisa, mas não consegue.

— Deixa eu adivinhar, você também sabia de tudo, não é?

Ela simplesmente abaixa a cabeça em um movimento leve, concordando com a minha pergunta.

— Mirna avisou que deveríamos ter te contado antes.

— Tia Mirna tinha razão — assim que as palavras deixam a minha boca, lembro-me de quando chegou na minha casa de prontidão para cuidar das crianças... que ela obviamente sabia da existência.

Juliana corre e abraça a minha perna, percebendo que o clima entre os adultos não é dos melhores.

— Vocês deveriam ter me contado há muito tempo.

Minha prima aparece na sala, suplicando.

— Catarina, por favor, me deixa explicar...

— Poupe-me, Ariel, estou exausta de tanta traição. Meu coração não aguenta mais.

Com a bolsa a tiracolo, pego Juliana nos braços, que parece bem confusa. Coitada, mais uma vez se encontra no meio do caos, tendo somente a mim para confortá-la.

— A gente já vai *embola*?

— Já. — Ajeito a alça da bolsa e a posição da menina no meu colo, arrumando uma mecha de seu cabelo atrás da orelha. — Alice e Jack precisam da gente, você acha que ficaram bem sozinhos? — Tento distraí-la do climão que permeia a minha família, o que funciona, já que ela ri e nega com a cabeça. — É, eu também não. Temos que voltar pra casa e cuidar daqueles dois babões.

— E do Estevão e da Bela! — a pequena me lembra, sorrindo, segurando a boneca pela perna.

— Sim, deles também.

Abro a porta e saio sem me despedir, porém, Juliana acena um tchauzinho rápido. Com peso na consciência, dou meia-volta antes que o elevador chegue no andar. A porta permanece aberta e os quatro continuam estacados no meio do cômodo. O único que merece meu respeito é meu sobrinho, motivo pelo qual voltei.

— O Enzo está lindo, logo vão tirar de letra. Não me procurem.

Eu me retiro, carregando Juliana no colo com um peso muito maior em meu coração. Se eu soubesse que seria assim, não teria vindo. Apesar de que, se eu não tivesse vindo, não descobriria que minha família esconde coisas de mim.

Estou totalmente sozinha, não posso confiar em ninguém.

# Dezoito

A volta para casa foi silenciosa. No rádio tocava uma música antiga e melancólica, combinando perfeitamente com o climão. Eu me orgulhava por não ter sucumbido às lágrimas, mas estranhava que minha mini companhia tagarela estivesse tão quieta. Quando parei no último semáforo do centro, descobri o motivo, ela dormiu. Sua cabeça pendia para frente e o corpo inclinava para a direita. Parecia desconfortável. Se fosse adulta, resultaria em vários dias de torcicolo. Ser criança parece muito mais fácil, entende tudo no sentido literal e não existe malícia. Nem falsidade.

Saber que minha família inteira tinha noção das puladas de cerca do Vinícius é algo que não consigo digerir. Um vazio profundo e irremediável ocupa o lugar do meu coração. Não acredito em mais nada. Não posso levar ninguém a sério, não me resta nenhuma pessoa para conversar.

Eu me considero extrovertida, com muitos contatos e de fácil relacionamento. Por que esconderam? É complexo assimilar que tiveram a capacidade de omitir um fato crucial. Minhas tias, Pedro, Ariel... quem mais?

O carro buzina atrás do meu e dá sinal com luz alta, interrompendo minhas divagações. Não faço ideia de quanto tempo permaneci parada, mas não quero agir assim, alheia ao que acontece ao redor só porque meu interior está tão machucado quanto quem levou uma surra em um torneio de boxe. Sempre soube separar as coisas, por isso sou excelente em meu trabalho, não será agora que vou me deixar levar por sentimentos.

Aciono o portão, porém, antes de entrar, confirmo se não há ninguém no gramado. Manobro o SUV ao lado do meu judiado esportivo, ciente de que o estrago na lataria não é mais tão relevante.

Com a bolsa a tiracolo, desço do veículo, voltando a atenção para o banco traseiro, onde a pequena dorme pesado. Desajeitada, empurro a alça para trás, equilibrando a bolsa nas costas, e solto o cinto de segurança da cadeirinha. Ao passar meus braços por suas axilas, Juliana praticamente se joga em mim, apoiando a cabeça no meu ombro. Sua respiração profunda e espaçada atinge meu pescoço. Fecho o carro com um empurrão de quadril e sigo para a entrada. Dou um jeito de abrir a maçaneta sem me movimentar muito.

A casa está quieta. Quieta demais para um adulto, um bebê, um São Bernardo e uma gata. Jack não seria maluco de sumir levando apenas uma das sobrinhas. Muito menos de sair para passear com Bela, Estevão e Alice juntos.

Eu me esforço para não fazer barulho e, com cautela, espio a sala vazia. Não tento a cozinha nem o quintal, já que o peso de Juliana começa a machucar minha lombar. Subo as escadas lentamente e vou para o quarto de visitas. Deito Juliana sobre as almofadas decorativas e, no mesmo instante, ela se vira para a parede e abraça a boneca, ressonando.

Sigo para minha suíte e paro rente à porta, abismada.

Entre todos os cômodos da casa, Jack tinha que escolher justo o meu quarto para se esbaldar. Deitado de bruços, sem camiseta e com a metade do corpo por baixo do edredom, ele deixa claro que se sente muito à vontade. E quanto a mim? Deveria estar no mínimo irritada pela invasão do meu espaço, mas não, me sinto anestesiada. Fui decepcionada de uma forma tão mesquinha que, no fim das contas, não me importo de encontrar um homem sob meus lençóis.

Procuro não reparar na quantidade de pele à mostra e passo para meu segundo objetivo. Cadê a Alice? Não encontro nenhuma bolinha enrolada ao lado dele.

Quando estou prestes a levantar o edredom, com receio de que tenha rolado para baixo do tecido, avisto o carrinho ao lado da cama e, na ponta dos pés, vejo a bebê tirando uma soneca. Corro os olhos por seu rostinho tranquilo, verificando se tem alguma coisa errada... se seu tio, de alguma forma, poderia ter feito algo insano, como dar álcool para um bebê.

O quê? Nunca ouviu as histórias contadas pelos idosos? Eu ouvi. Antigamente, era comum dar uma dose de pinga para acalmar crianças. Tudo bem, tudo bem. Eu acho que Jack não faria isso, hoje em dia, temos conhecimento para saber que nunca, jamais, deve-se dar álcool para um bebê... Mas, vai saber!

Não me julgue. Se aprendi na marra que não posso confiar na minha família, imagine confiar em um estranho.

Bem, deixando minhas paranoias para outro momento, volto minha atenção para o brutamontes espalhado embaixo do meu edredom.

— Ei, Jack.

Cutuco a lateral de sua cintura, preciso acordá-lo para que ele vá se deitar na cama auxiliar no quarto de visita. Não quero ter que ficar olhando para suas costas, muito menos reparando em suas tatuagens. O apelo é enorme, não vou negar, mas não é certo.

— Jack?

Nada. Desmaiado, não mexe um centímetro sequer. Ele tinha comentado sobre não dormir há algumas horas. Ou seriam dias? E, pensando bem, por que tenho que acordá-lo? Ele dorme tão gostoso – no sentido figurado e literal –, não custa nada deixá-lo como está. Quando acordar, serei bem clara e explicar que deve dormir no outro quarto. Mas agora? Não vejo necessidade.

Descalça, dou um pulo no banheiro e me deparo com a banheira cheia até a borda. A água está fria, foi usada há algum tempo. A pergunta é: quem tomou banho, Jack ou Alice?

Solto a trava para que a água escorra e, psicologicamente esgotada, acomodo-me no lado da cama em que Vinícius dormia. Eu devia me preocupar com o meu trabalho, pegar o celular e responder as mensagens de Oscar, porém, não estou com um pingo de disposição. Começo a pensar em tudo o que aconteceu nas últimas horas e, caramba, não quero ficar remoendo, mereço um descanso!

Sem a menor ideia se vou conseguir pegar no sono ou não, viro o corpo e fico de frente para o Jack. É a primeira vez que um homem dorme ao meu lado — com exceção do meu *ex*-marido. E, sinceramente, não sei como me sentir sobre isso. Na semana passada, acharia ridículo. Hoje, entretanto, não é tão surreal.

A luminosidade permite que eu estude de perto os traços de sua face. As linhas de preocupação na testa sumiram. Suas sobrancelhas são bem delineadas e os cílios longos e espessos, do tipo que mulheres pagam caro para manter. Pequenas rugas, quase imperceptíveis, decoram o redor dos olhos. O nariz apresenta um leve desvio, sinal de que já foi quebrado algum dia. Os lábios estão parcialmente abertos e, se eu me aproximar um pouco mais, aposto que sentirei o sopro de respiração em minha pele.

Melhor manter distância.

Desço o olhar e analiso cada traçado em seu braço. A serpente que desce de seu ombro rumo à mão é impressionante e muito apelativa. Sinto meu rosto corar e, envergonhada, fecho os olhos. É melhor parar de ficar observando o cara dormindo.

— Aiiii!

Pulo da cama num sobressalto, com dificuldade de apoiar o pé esquerdo no chão. Ave Maria! Que dor!

Tento esticar a perna, o que é praticamente impossível. Os músculos da panturrilha se revoltam contra mim e repuxam, contraindo, ativando os neurônios da pior maneira. Mal encosto a ponta do pé no chão quando ouço passos firmes subindo a escada. Ufa! Vinícius vai me ajudar fazendo aquela massagem que só ele sabe…

Jack entra no quarto e quase me mata de susto. Todos os acontecimentos recentes voltam como uma avalanche. É demais para o meu pobre ser. Meio zonza, perco o controle do corpo e me desequilibro, indo de cara com o chão. Só que não sinto a pancada, dois braços fortes me envolvem a tempo. Minha respiração ofegante denuncia meu estado de pânico.

— Tá tudo bem? — a voz profunda indaga perto demais do meu ouvido e não sei como interpretar o arrepio que perpassa minha espinha. Como se eu precisasse de mais uma distração na altura do campeonato.

— Cãibra. Na perna — é o que sou capaz de dizer.

Com cuidado, Jack me leva de volta para a cama, coloca-me sentada com as costas na cabeceira e, sem parar por um segundo, apoia minhas pernas no colo, sobe as barras da calça e começa a passar as mãos em minhas panturrilhas.

— Qual delas? — pergunta ao mesmo tempo em que encontra o ponto dolorido. — Achei.

E, assim, senhoras e senhores, eu conheço o paraíso. O toque de Jack é fenomenal, tanto que minha cabeça pende para trás e fecho os olhos. Para quê serve o pescoço mesmo?

— Caramba, onde você aprendeu a fazer isso? — minha voz sai completamente embriagada. O cara tem mãos espetaculares, sabe com precisão o local e a intensidade a ser aplicada.

Jack ri e uma onda de sensibilidade extra se apossa do meu ser. Não é possível. Aparentemente até sua risada é capaz de me fazer ver estrelas.

— Tenho meus truques.

— Humm… — solto um gemido inadequado, mas não estou nem aí, o toque é tão bom que quero descobrir se tem mais truques debaixo da manga.

— É só pedir — a voz de Jack soa grave e séria, o que me leva a crer que meu último pensamento não ficou preso em minha mente.

Ai, droga.

Abro os olhos e acabo com a palhaçada. Eu mal me reconheço jogada na cama desse jeito, aceitando massagem de um estranho. Escorrego para trás, apoiando a coluna em linha reta contra a cabeceira. O movimento afasta suas mãos e sinto falta do contato instantaneamente, o que não deveria acontecer. Trago os pés para perto do corpo, dobrando os joelhos antes de abraçar as canelas, assumindo uma posição vulnerável e, claramente, defensiva.

— Desculpa. — Jack entrelaça os dedos e apoia os cotovelos nas coxas. — Não devia ter entrado assim e… bem, escutei seu grito, achei que podia ajudar.

— Tudo bem, você ajudou, obrigada. — Ajudou até demais… — Quanto tempo dormi? — O quarto está praticamente sem luz, o que me leva a crer que já anoiteceu.

— Três dias.

— Como? — Arregalo os olhos e solto as pernas, espalmando o peito. Ele não está falando sério.

Não mesmo, uma risada escapa dos lábios curvados.

— Relaxa — Jack dá um tapinha leve em meu pé —, só dormiu algumas horas. As meninas estão na sala — informa ao se levantar e estender a mão para mim. — Vamos, deve estar faminta.

Eu não estou, ou não estava até aquele instante, o que muda assim que ele fala em comida. Sem relutar ou perder tempo com interpretações irrelevantes, aceito sua mão e permito que me guie dentro da minha casa. Com a desculpa da minha perna dolorida, descemos as escadas de mãos dadas, fato que não me incomoda nem me assusta. Parece até natural, o que é bizarro.

Juliana nos encontra no último degrau.

— Boa noite, Bela *Adoimecida*.

— Oi, Juju. — Solto a mão de Jack e me ajoelho diante da menina, trincando os dentes para a alfinetada na panturrilha. — É verdade, dormi bastante.

— A Bela *Adoimecida* só *acoidou* com o beijo do *plíncipe*.

Ah, meu Deus! Por que ela tem essa fixação com princesas?

— É, mas não foi o meu caso e eu não sou princesa.

— Mas o tio Jack *palece* um *plíncipe*.

Bem, aí temos que concordar, mas por motivos muito distintos.

— Humm... — Levo a mão ao queixo e finjo pensar no assunto. — Não sei de onde você tirou essa maluquice, seu tio Jack tem o pé torto, os olhos vesgos, cabelos grudentos, uma cara feia e uma pancinha. É quase um Quasímodo.

Olho de relance para Jack e flagro o momento em que confere a barriga antes de olhar para mim com uma carranca. Com um esforço enorme para não cair na risada, desvio o foco para sua sobrinha, que me encara com as sobrancelhas franzidas, bastante concentrada na imagem que pintei de seu tio.

— Qua... Qua... Quem?

— Quasímodo, um personagem que tem um coração maravilhoso.

*Oh, oh*. Comentário errado.

— É mesmo? — Jack sorri, irônico.

— Mas é muito feio, horroroso — completo, ignorando-o, sem deixar brechas para dupla interpretação.

— Não conheço — Juliana responde.

— Podemos assistir ao filme juntas, o que acha?

Ela assente e sai saltitando para a sala. Espio pelo batente e encontro Alice deitada no chão, babando na nova boneca da irmã.

Sinto a proximidade de Jack atrás de mim e me desvencilho depressa, seguindo para a cozinha. Para minha surpresa, tem uma panela sobre o cooktop.

— Você sabe cozinhar? — Abro a tampa e sou atingida pelo aroma de tomate bem temperado. — Espaguete?

Jack se encosta na moldura da porta e cruza os braços na altura do peito.

— Horroroso?

— O quê? — Finjo desentendimento.

— Vesgo e com pança?

Ele arqueia as sobrancelhas e seguro para não rir, falhando miseravelmente.

— Também não conhece *O Corcunda de Notre-Dame*? — Disfarço, alcançando um prato fundo e um pegador.

— Muito engraçado, Catarina.

— É uma história triste e muito bonita. Você deveria assistir... ou ler.

Sento-me à mesa e levo uma garfada generosa à boca, saboreando uma mistura magnífica de ingredientes.

— Nossa, tem alguma coisa que você não sabe fazer?

Ele se senta à minha frente e apoia o queixo nas mãos.

— Depois de insinuar que sou feio, não sei se acredito no elogio.

— Ah, por favor, isso aqui está divino! Quem liga pra a aparência quando tem a barriga feliz?

Jack solta uma gargalhada e meneia a cabeça, passando a mão no cabelo que, vamos deixar bem claro, não é nada oleoso.

— Você é inacreditável. Não consigo adivinhar como estará o seu humor. Já te vi brava, preocupada, furiosa, irritada, inconformada... Essa versão brincalhona é a mais atraente. Não que as outras não sejam.

Começo a tossir e quase coloco tudo para fora. Encabulada com minha reação, pego um guardanapo e confiro se não escapou nada, aliviada por vê-lo branquinho. Já pensou que vergonha se eu tivesse babado?

— Como te deixei sem palavras com meu romantismo exacerbado, vou aproveitar e responder sua mensagem. Na verdade, já respondi, mas duvido que você pegou o celular — pontua, com uma expressão de tédio. — Dei entrada na documentação das meninas assim que fiquei sabendo do acidente. Lembra que comentei que tenho um contato na Vara da Infância? Conseguirei a liberação mais cedo do que eu pensava.

— Mais cedo quando? — Olho para ele em expectativa. Será um alívio quando eles saírem da minha vida, não é mesmo?

— Em no máximo 48 horas.

E, com poucas palavras, meu coração se aperta e minha garganta trava.

— D-dois dias?

Solto a colher rente ao prato. Eu não tenho que me sentir incomodada. São tantas coisas que preciso resolver, me livrar desse fardo é um bom começo. Então, por que meus pulmões teimam em dificultar a respiração?

— Isso. Em pouco tempo poderá retomar sua rotina sem se preocupar com as minhas sobrinhas. — Jack me lança um meio-sorriso, como se também não se sentisse tão seguro com nosso destino.

— Bom... isso é... ótimo. Exatamente o que eu queria. — Pego a colher e me concentro no macarrão. O problema é que perdi o apetite. — Vai levá-las para Las Vegas?

Confirma, movimentando a cabeça. Que pergunta mais idiota! Ele mora lá, lógico que vai fazer isso.

Jack se levanta e, quando está prestes a sair, lembro-me das compras que fiz com Juliana.

— Jack — chamo e ele se vira em minha direção. Posso estar vendo coisa onde não existe, mas parece tão incomodado quanto eu. — Tem algumas coisas no carro que comprei para as meninas, depois pode me ajudar a trazer para dentro?

— Coisas?

— É... pouca coisa, o básico. Você pode levar quando forem embora.

Ele concorda e se retira, deixando-me sozinha e aturdida.

# DEZENOVE

— Pouca coisa?! — Jack exclama assim que abro o porta-malas lotado com as caixas e sacolas que trouxe da minha aventura com Juliana. — Caralho, se isso é pouco, imagina quando for muito?

— É o básico — argumento, tentando me justificar.

— Uma banheira? — questiona ao pegar a caixa de papelão.

— Já tentou dar banho em bebê numa banheira de adulto?

Levanto as sobrancelhas enfatizando a necessidade do trambolho. Jack apenas ri e sai andando, ao passo que pego algumas sacolas e sigo em seu encalço.

— Dei banho na Alice mais cedo. Apanhei um pouco, mas não foi tão difícil assim — ele diz por cima do ombro ao depositar a caixa no hall.

— Modesto você, não? — Obviamente exagera, vi a banheira cheia d'água, mas posso apostar que também tomou um banho no processo, afinal, estava sem camisa na minha cama.

— Não, Catarina, sou realista.

Ele passa por mim resvalando o indicador em meu nariz.

— Você se acha, isso sim! — ergo a voz, levando as sacolas para a sala.

— Eu não me acho! — escuto seu grito vindo de fora. — Eu sou!

Reviro os olhos e coloco as compras no sofá. Juliana vem correndo me encontrar, perguntando se pode abrir os *plesentes*. Eu deixo, mas me pego pensando em uma forma de poder ajudá-la em sua dicção. Não dá para continuar falando igual ao Cebolinha, por mais fofo que pareça.

Confiro se Alice ainda dorme em segurança no bebê-conforto e volto para o carro, a tempo de ver Jack equilibrando os pacotes colossais de fraldas nos ombros.

— Depois não é exagerada… — resmunga, e eu nem ligo, estou me acostumando com sua personalidade impertinente.

Eu penduro mais algumas coisas nos braços e dou um jeito de fechar o porta-malas.

— Catarina, é sério. Elas já devem ter tudo isso, não precisava se preocupar.

— Olha, tio, o vestido novo da Lili é tão bonito! — Juliana tira uma peça azul de dentro do saquinho e estica na frente do corpo para mostrar, como se servisse.

— Sim, é muito bonito. — Ele se derrete num sorriso ao ver a sobrinha contente.

— Viu? Pode não ser pra você, mas pra mim, o sorriso dela é totalmente necessário — falo bem perto de seu ouvido na esperança de que Juju não ouça.

— Cadê aquela mulher que me enfrentou ontem de manhã no portão? — Ele me analisa com os olhos semicerrados e eu juro por Deus que gostaria que voltasse a usar os óculos escuros. — Você parece outra pessoa...

— Não interprete errado, Jackison — curvo meus lábios numa provocação e tento fazer uma carranca maldosa, sem sucesso —, continuo sendo a mesma madrasta cruel.

— Tem certeza disso?

Não, eu não tenho certeza de mais nada. Nem de quem eu sou ou do que eu quero. Só que ele não precisa saber, por isso, não vou responder.

Disfarço e dou atenção para Juliana, que segue abrindo as compras. Ela mostra item por item para o tio, orgulhosa de ter ajudado a escolher cada um.

Eu estava certa, é possível amenizar o sofrimento. Não tenho a pretensão de acabar totalmente com ele, mas posso sim deixar o momento mais tranquilo. Sei que abusei do material – que Jack tem razão, o que jamais assumirei em voz alta –, no entanto, ver a alegria da menina me deixa satisfeita.

Alice desperta com a nossa agitação e me apresso para pegá-la no colo, aflita por me lembrar que ficou horas sem fórmula.

— Quando foi a última vez que mamou? — Lanço o olhar preocupado para Jack, ciente de que não tinha leite na geladeira.

— Humm... é... então... — Ele se embola e fico em alerta.

Não é possível que minha suposição paranoica virou realidade.

— O que você fez, Jack? — pressiono, ansiosa para que diga logo.

Ele coça a cabeça.

— Vi na internet que nessa idade já pode começar a oferecer fruta. Então amassei uma banana e a baixinha devorou.

Com o peito bem mais leve, respondo com um sorriso e solto o quadril no sofá, feliz por confirmar que Jack está se virando como pode.

Volto a atenção para Alice e começo a conversar com ela. Seus olhinhos curiosos absorvem tudo e suas mãozinhas tentam alcançar um saco colorido que a irmã acabou de descartar na pilha para reciclagem.

— Essa não pode, meu bem. — Ajusto sua posição com as costas na minha barriga, afasto as embalagens e recebo um resmungo contrariado. — Você é muito novinha para teimar. Tem que crescer um pouco para pensar em enfrentar um adulto. Juju, pega o móbile pra vermos se ela gosta.

A pequena atravessa a sala em um segundo e me entrega o pacote. O interesse de Alice pelos desenhos decorativos na caixa é instantâneo, permito que ela manuseie antes de abrir o brinquedo.

— Acho que ela gostou — Jack diz.

— Ela *aaammmaaaa* caixas! Mamãe tinha que esconder *pla* Lili não comer tudo. Ela é gulosa.

Aquele gosto amargo volta a se espalhar pela minha boca, trazendo com ele uma falta de ar incômoda. Será que em algum momento serei capaz de ouvir uma menção à Ana Maria que não seja tão devastadora para o meu psicológico? Tenho minhas dúvidas. Por mais que hoje eu me sinta mais conformada, ainda é muito cedo para aceitar.

A angústia me faz mal e resgata a lembrança das decepções dos últimos dias. A sensação de sufoco é estarrecedora. Jack me fita de soslaio com uma expressão de pesar. Evidente que percebe meu embaraço, mas prefere não dizer nada, o que agradeço forçando um movimento nos lábios. Ele se senta no chão, ao lado da Juliana, e muda de assunto. Também não deve ser fácil para ele recordar que a irmã faleceu.

Com Alice no colo, abro o brinquedo e o entrego em suas mãozinhas afoitas. Ela mal consegue segurá-lo, então, trava uma parte entre as coxas gordinhas e demonstra o quanto amou, escancarando os lábios e abocanhando a borracha. Como é simples agradar um bebê. Barriga cheia, banho tomado, brinquedo babado e fralda seca – o que será garantido daqui a pouco. Só isso que precisam, só isso que querem. Adultos são tão complicados, pudera a vida ser feliz somente com coisas pequenas.

Alice, Juliana e Jack aparentam estar bem e sem preocupações, já eu me contorço internamente, incapaz de me encaixar no cenário típico da rotina de muitas famílias. Mas é claro que não me encaixo! Não tenho função. Jack é tio das meninas, Juliana e Alice pertencem a ele. E quanto a mim? Sou temporária. Não sou ninguém. Três dias atrás eu sabia exatamente qual era o meu propósito no mundo... Agora? Meu mundo ruiu. Certo, ainda tenho um trabalho. Ou acho que tenho. E nele sei que faço falta, as mensagens e ligações de Oscar são a prova disso. Mas aqui, dentro da minha própria casa? Eu me sinto uma estranha.

Com esse pensamento em mente, levanto-me e entrego Alice para Jack. Ele me fita confuso, mas não questiona. Explico, mesmo sem ter necessidade:

— Vou dar uma saidinha.

— Agora? Sabe que horas são? — Ele franze o cenho e aguarda minha resposta, apreensivo.

— Vai na casa da *Aliel*? Posso ir junto?

— Não, não... me expressei mal, não vou sair de casa. Só preciso... — Arfo, exasperada. Preciso de paz, de tempo, de um guindaste para me tirar do buraco onde me encontro. — ...Trabalhar.

A expressão de Jack se suaviza instantaneamente. Será possível entender uma pessoa tão rápido assim? Porque, ao que tudo indica, ele me compreende, juro que posso sentir.

— Vai lá — inclina a cabeça para o lado, apontando para a porta —, tire o tempo que precisar.

Assinto e me viro, justo quando o vazio enfia as garras em meu peito e um desespero me assola, algo que nunca senti antes. É medo, pavor. Estou quase atravessando a porta quando escuto:

— Eu não vou a lugar algum.

Por um segundo, penso ter ouvido coisa, porém, algo me obriga a espiar por cima do ombro e encontrar os olhos de Jack. Não sei explicar direito, mas a forma como ele me observa... A segurança que passa é fundamental para que eu não enlouqueça de vez. É como se uma força incontestável me assegurasse de que não estou sozinha. Maluquice da minha cabeça.

Agradeço e me retiro, tirando o celular da bolsa. Preciso enfrentar Oscar e será agora.

Duas horas e dezessete minutos foi o tempo que levou para que eu me inteirasse do conteúdo dos e-mails, mensagens e de tudo o que aconteceu na empresa nesses três dias. Recusei as ligações e apaguei as mensagens da minha família sem abri-las. Também tirei o interfone do gancho, por precaução. Você pode considerar minha atitude imatura e que o mais sensato seria ouvi-los e tentar compreender o motivo de terem escondido de mim a vida dupla de Vinícius. E eu entendo a sua opinião, mas não concordo. Uma amiga esconder a traição do seu namorado já é difícil de engolir, agora pense nas pessoas que convivem comigo desde que nasci... Que têm intimidade para tocar no assunto e, por mais de quatro anos, não faltou oportunidade. Para mim, é questão de escolha. Ariel, Pedro e minhas tias escolheram omitir, mesmo discordando do meu ex, e isso machuca. Eles não são culpados, porém, foram cúmplices. Talvez um dia eu consiga conversar sem mágoa, mas vai demorar um bocado.

Sem querer me desgastar com o que não pode ser mudado, volto a me concentrar no trabalho. Foi dureza me atualizar com as visitas em casa. Estou acostumada a passar horas concentrada na mesma tarefa sem me distrair com conversas paralelas ou ruídos fora do comum. Mas hoje? Fui interrompida, no mínimo, umas quinze vezes. Quando não era Jack aparecendo no vão da porta para ver se eu estava viva, era Juliana correndo porque precisava de algo urgente que tinha visto no meu banheiro ou Alice se esgoelando. E eu me peguei atenta a cada ruído. Piorou, agora foram para o quintal, e a vontade de ver a reação da Bela e do Estevão foi tanta que espiei pela varanda do meu quarto.

Por mais que pareça um pesadelo, é o contrário. A hiperatividade dos três é a única coisa que me mantém viva. Não se engane, não cogito suicídio, só acho que seria muito pior se eu estivesse sozinha e sem nenhuma distração. Minha mente me levaria a lugares sombrios que não desejo imaginar.

Bem, voltando para a empresa e meu mais novo pesadelo, Oscar, depois de ter sido ignorado por dois dias seguidos, além de me dar uma advertência, me afastou temporariamente do cargo. De acordo com seu e-mail: "Encare como um período de transição ou licença por motivo de saúde. Você e eu sabemos que seu marido está internado e sem previsão de alta, o que te deixou extremamente desestabilizada. Não é uma demissão, apenas uma precaução corporativa, você sabe que sempre visamos o melhor para nossos colaboradores".

A insistência do meu chefe – que quase acabou com a memória do meu celular –, era a necessidade de me entregar o aviso do meu suposto *afastamento*. Afastamento uma ova! Ele fez uso de palavras bonitas para florear a intenção de me mandar para o olho da rua. Qualquer pessoa que Oscar considera competente ocupará o meu lugar, principalmente quem está no mesmo patamar salarial que eu. Ele detestou ser ignorado e não ser atendido por dois dias. Ultrapassei seu limiar de tolerância.

Indignada, liguei para ele na mesma hora, exigindo que me explicasse qual exatamente havia sido o meu erro. Com toda prepotência com a qual estou habituada, Oscar me lembrou que:

1) Eu não estou de férias quando volto para Andradas.
2) Minhas férias vencem somente daqui a sete meses.
3) Nos últimos dias eu não estava de folga.
4) As faltas obviamente serão descontadas do meu salário.

Em resumo, comprei briga com meu chefe e me aventuro na corda bamba do desemprego.

Tentei explicar, contando o tsunami de problemas que me atingiu, mas ele foi categórico. "*Sinto muito, Catarina, a empresa não pode parar devido aos seus problemas pessoais. Já imaginou se parássemos cada vez que um funcionário está em crise? Sugiro que procure um profissional especializado para auxiliá-la a superar essa fase*".

Fase. O escambau!

Oscar é frio e calculista, o que no fundo eu sempre soube, só que fiz o máximo para ser uma colaboradora exemplar, cobrindo cada meta em mim depositada. As expectativas eram elevadas diariamente e correspondidas. Fico com tanta raiva que jogo o celular contra a parede assim que meu chefe desliga na minha cara. Afundo a cabeça no travesseiro e aproveito para gritar contra o algodão, abafando o som esganiçado que sai da minha garganta.

Eu não esperava ser tratada com tanta frieza depois de algo em que me dediquei por completo. Minha frustração é tão grande que nem consigo sentir as batidas do meu coração, muito menos o suor que faz a roupa grudar em minha pele. Meu sangue ferve de ódio acumulado por tudo o que me atropelou. Ainda bem que estou em Andradas, caso contrário, esganaria meu chefe, enfiando-me em uma situação ainda mais complicada. Se bem que, do jeito que as coisas vão, não me surpreenderia se eu fosse presa por algo ridículo, como excesso de ira.

Engraçado como as desgraças sempre acontecem como uma avalanche, um simples floco de neve que vai acumulando até desencadear a tragédia. A discussão com Vinícius, minha volta apressada para São Paulo, o acidente que estraçalhou meu casamento, o aparecimento das filhas bastardas, a descoberta da traição, a decepção com minha família... e, agora, o distanciamento forçado do meu trabalho. Caramba, quando tudo é colocado dessa forma, reclamar de ter a porta do carro amassada por um *playboy* parece até piada.

Dez anos. Dez malditos anos de dedicação exclusiva, vestindo a camisa da empresa... Para ganhar o quê em troca? Um balde de gelo! Uma bandeja de desgosto! Eu não passo de um mero peão no grande tabuleiro empresarial.

*Substituível.*

Eu sou substituível. No trabalho, no casamento, na família... até no que diz respeito às filhas do meu marido! Elas não precisam de mim, têm o tio.

A verdade me assola, esmagando minhas vias respiratórias como uma cobra faz com a presa. Sufocada, ergo a cabeça para respirar e vejo os nós dos meus dedos branquíssimos, privados da circulação pela força que aperto o travesseiro. Jogo-o de qualquer jeito pelo quarto e ele aterrissa na cômoda, o suficiente para me lembrar da falta de Vinícius, ativando mais uma onda de eletricidade paranoica. Em segundos, atravesso o curto espaço e escancaro as gavetas do meu marido. Rasgo, quebro e pisoteio o que encontro pela frente. Tudo o que pertence a ele se torna uma arma em potencial, sendo lançada para todos os lados. Fotos, documentos, gravatas... tudo me irrita.

Não sei se estou gritando, chorando ou se, finalmente, enlouqueci, só sei que não consigo parar. Meus movimentos são frenéticos e minhas mãos tremem a cada peça que retiro da cômoda. O coração que deveria estar disparado no centro do meu peito é ofuscado pelo enorme mamute que marcha sobre meus pulmões. Meus tímpanos pediram demissão, revoltados com um zunido insistente em meus ouvidos, e minha cabeça se transformou em um palco de bandas de *death metal.* Meus olhos perdem o foco, deixando-me desnorteada e desesperada.

Nada faz sentido... *nada*!

Ofegante, cravo as unhas nos bíceps e arranho a pele dos meus braços, deixando marcas vermelho vivo, desejando que o mundo pare de girar. Quando enfio os dedos em meu cabelo e começo a puxar, procurando sentir alguma coisa, *qualquer coisa*, meu corpo é imobilizado por algo tão firme quanto uma placa de aço. Eu me debato por alguns minutos, lutando contra o que me prende, mas meu esforço se mostra inútil.

*Colocaram-me em uma camisa de força.*

Com esse pensamento, fico no aguardo do narcótico que injetarão em meu pescoço, almejando ser nocauteada pelo psicotrópico mais potente já manipulado. Só uma tarja preta poderá me acalmar e me trazer de volta à Terra.

Em vez disso, ouço a voz de uma criança.

— Tio, a *Catalina* tá bem?

A voz... essa voz... me deixa petrificada.

Meu Deus! O que eu fiz?

# VINTE

Bem distante, a voz baixinha e fraca repete a pergunta, ao passo em que as cordas me prendem para valer – ou o que eu penso serem cordas. A preocupação é evidente no tom doce e agudo, ativando meu sistema emocional. Paro de me debater instantaneamente e, como um antídoto contra minha insanidade, consigo enxergar a silhueta da menina. A imagem não é nítida, mas o suficiente para que eu recupere parte da consciência e assimile que acabei de passar por um colapso nervoso. Solto o meu corpo, desistindo de continuar a cena típica de manicômios.

— Acho que sim.

Outra voz, desta vez grave e profunda, ressoa perto de meu ouvido direito.

*Quando foi que chegaram tão perto de mim?*

— Não se assuste, Juju, a Catarina anda muito triste. Pode voltar para o quarto, vai ficar tudo bem.

— Tem *ceiteza*?

— Tenho, pode deitar, vou cuidar dela. Você cuida da Alice?

— Aham.

— Combinado.

A menina sai do quarto sem fazer ruído algum. Acompanho sua saída com a visão meio borrada e muita dificuldade de compreensão.

Aos poucos, volto a sentir meus pés, pernas, abdômen e braços. Em seguida, lembro onde estou, o que fiz e o que me levou a agir feito uma lunática. Não demoro para entender a gravidade dos meus atos e tento me afastar daquela parede de contenção. Sou impedida por dois pedaços de metal, um em minha barriga e outro na altura do meu ombro. Se bem que... não parece ser metal.

— Shhh...

Uma superfície áspera resvala a lateral direita do meu rosto, ao mesmo tempo em que a pressão em meu esterno se esvai, e meu cabelo começa a ser acariciado. Não é metal que me mantém presa, são braços, e o toque da mão resgata minha sanidade.

— Você vai ficar bem.

Meu cérebro leva mais um tempo para interpretar a quem pertence a voz e, quando o faz, emite uma resposta instantânea, arrepiando todos os pelos do meu corpo. Não existe uma *superfície* áspera contra a minha face, há uma barba malfeita de um cara que se acha "o modelo". Com a descoberta, tudo se amplifica. Cada gesto, cada movimento, deixando-me zonza. Posso sentir o vibrar da respiração de Jack nas minhas costas, empurrando meu tórax para cima e para baixo em um ritmo tranquilo e pacífico.

— Relaxa... Tá tudo bem, eu *tô* aqui — reforça, como se eu não o tivesse ouvido antes.

— Jack?

— Isso, sou eu — ele mantém o tom de voz equilibrado, sem alterar o volume. — Acho que você precisa descansar um pouco mais antes de se levantar.

— Tá bom. — Fecho os olhos com a intenção de absorver a calma que ele me proporciona.

Por reflexo, minha respiração passa a acompanhar o ritmo dos movimentos de seu corpo e, lentamente, sou capaz de interpretar onde e como estou. Nos braços de Jack, com as costas colada em seu peito. Uma de suas mãos afaga minha cabeça e meu rosto e a outra se ocupa da minha cintura. O chão congela minhas nádegas, mas suas pernas dão suporte ao meu quadril. Com as solas dos pés no chão e os joelhos dobrados, suas coxas apoiam as laterais do meu corpo. Ele literalmente me abraça por trás, o gesto de carinho tão evidente que acalenta minha alma.

Seu toque suave aquece meu corpo e tranquiliza os disparos sensoriais que me sucumbiram. Lentamente, volto a me sentir dona do meu próprio corpo e a compreender a gravidade dos últimos minutos. Se não fosse a interferência de Jack, não tenho a menor ideia do que eu teria sido capaz de fazer. Serei eternamente grata por ele ter me contido.

— Eu... — tento agradecer, mas minhas cordas vocais estão ásperas e a voz sai com dificuldade. Subo meu braço e seguro sua mão no meu abdômen, mas o contato parece tão vital que entrelaço meus dedos nos dele.

Jack corresponde apertando com suavidade e brincando com uma mecha do meu cabelo.

— O que foi?

— Desculpa, s-sei que pareço uma doida e...

— Relaxa.

Ele afunda o rosto em meu pescoço e sinto seus lábios tocarem levemente aquele ponto de encontro com minha clavícula.

— As meninas? Onde estão? Machuquei alguém? — minha voz sai permeada pelo desespero. Não conseguirei me perdoar se fiz algum mal a elas.

— Não, bem... — Ele faz uma pausa antes de prosseguir. — Ninguém se machucou.

— Ótimo! — Solto o ar de meus pulmões, aliviada. — Juliana?

— O que tem ela?

— Ela esteve aqui, não esteve? Ela viu o que eu fiz. Ela... minha nossa, eu surtei!

— Vamos conversar com ela, não se preocupe com isso.

— Não, eu preciso me explicar... — Tento levantar, mas ele me segura, impedindo que eu me afaste.

— Não agora.

Jack volta a se mexer nas minhas costas e eu fico paralisada. Seus lábios resvalam meu pescoço quando fala:

— O que aconteceu, Cat?

Eu devia me irritar com o apelido sugestivo, principalmente, por saber que trocamos farpas em todas as nossas interações, mas, na velocidade com que as coisas têm acontecido, nem ligo. Depois de ter passado por uma síncope, meus sentidos estão hiper alertas. Faço um esforço descomunal para ignorar as faíscas onde seus lábios acabaram de tocar e, com um suspiro profundo, retomo a fala:

— Vou ser mandada embora.

— Como assim?

Ele mantém a cabeça enfiada na base do meu pescoço e eu continuo fingindo que isso não me afeta.

— Fui afastada do meu cargo, me colocaram na geladeira.

— Eles podem fazer isso?

— Podem. — Balanço a cabeça, exasperada. Um grande erro, pois me encosto ainda mais em Jack. — Meu chefe tem carta branca lá dentro, faz o que quiser.

— Que merda, Cat.

— Eu surtei... — repito ao me encolher, deixando que meu corpo repouse sobre o peito dele. — A minha vida está se despedaçando. Tudo o que planejei, tudo o que batalhei por dez anos, Jack. Meu casamento, meu trabalho, minha família... perdi tudo. Não sei o que fazer.

Ele solta a respiração rente à minha pele e ergue a cabeça. Com um movimento deliberado, ele ajeita nossos corpos para que fiquemos um de frente ao outro, porém, sem perder o contato. Automaticamente, meus olhos procuram os dele e não se decepcionam com a intensidade com a qual são correspondidos. Jack acaricia minha face com o polegar enquanto sua outra mão segura a minha. Hipnotizada, ouço as palavras que, mais uma vez, têm o poder de mudar o curso da minha vida.

— Eu tenho uma proposta pra você.

*Proposta*? Ergo as sobrancelhas e fito aquelas íris cor de mel, interessada em saber o que ele quer. Jack assume uma expressão de seriedade, dando sequência:

— Quero que viaje para Las Vegas comigo.

Eu paro um minuto para pensar. Se eu for definir a última semana da minha vida, um adjetivo basta: imprevisível. Nada me preparou para estar aqui, deitada nos braços de um homem que eu mal conheço. Um homem que, em pouco tempo, mudou da água para o vinho. Ontem mesmo brigávamos pela porta do meu carro, mas, nossas discussões parecem ter sido há dias.

Tal como a raiz de uma árvore centenária, Jack tem se embrenhado em meus pensamentos lentamente, tomando posse de um lugar que eu nem sabia existir. Eu já havia notado que ele consegue me tranquilizar somente com o olhar, o que me assusta na mesma medida que conforta. Não é agradável aceitar a ideia de que, nos anos de casada, raramente Vinícius teve acesso aos meus sentimentos. Eu não gosto de me sentir vulnerável, por isso, abuso dos planejamentos e estratégias, evitando conflitos e discussões.

Hoje, depois de ter vivenciado uma inexplicável crise de nervos, entendo que ter uma vida relativamente fácil e alcançar tudo o que se planeja nem sempre é sinônimo de sucesso. Eu acreditava piamente nisso, que ser bem-sucedida se igualava a possuir bens materiais, um invejável cargo executivo e um relacionamento estável. Talvez, por esse motivo, minha queda tenha sido trágica.

É tão esquisito que mal me reconheço, minha mente parece ter se dividido em duas. De um lado, a Catarina recatada, comprometida com a excelência em todos os aspectos de sua vida. Do outro, surge uma personalidade descontrolada, paranoica e impulsiva, disposta a abraçar o desconhecido e apostar algumas fichas no inesperado.

Tudo é diferente. Meu lado calculista e certinho sofreu um terremoto e caiu por terra. O imprevisto passou a fazer parte da minha rotina, trazendo como efeito colateral algo que eu não aprendi a controlar. Nada mais é programado, medido ou estratégico. E por mais absurdo que pareça, essa nova faceta ganha espaço a cada segundo, principalmente após ouvir a proposta de Jack.

— O quê?

Coloco um pouco de distância entre nossos corpos, é a única maneira de respirar com naturalidade antes de verificar se ouvi direito.

— Vamos para Las Vegas, para minha casa — ele repete com a mesma resolução da primeira vez em que fez a pergunta.

Meneio a cabeça para organizar os pensamentos, o que se mostra muitíssimo complicado por ainda estar *presa* a seus dedos, que acabam escorregando para o meu pescoço.

— Mas…

— Não existe "mas" — argumenta com o olhar fixo em mim, furtando minha habilidade de responder.

*Cadê aqueles malditos óculos de aviador quando se precisa deles?*

— Desculpa-me a franqueza, só que notei muita coisa nesses dois dias. Você não estava bem quando nos conhecemos no hospital, compreensível depois de tudo o que minha irmã e seu marido fizeram pelas suas costas. Depois, pensei que tinha melhorado, a gente até começou a se dar bem… para você voltar da sua prima como se tivesse sido atropelada por uma locomotiva. Eu me segurei para não puxar assunto mais cedo.

Ele pausa por alguns segundos e procura em meu semblante algum tipo de reação ao que acabou de comentar. Eu não respondo pelo simples fato de não conseguir articular palavras. Jack está certo em tudo o que diz, então, aguardo pacientemente que conclua, esperando que sua voz aja como um bálsamo em meus tímpanos recém atormentados.

— Sinceramente, Cat, não sei se o que acabei de testemunhar é normal pra você, mas pra mim não é. Parecia uma crise de… sei lá, angústia? Eu não entendo muito de psicologia, só acho que tirar você daqui, dessa casa, de perto do seu trabalho e do seu marido, é uma excelente ideia.

Ele finaliza abrindo os braços para ilustrar sua justificativa e o gesto faz com que eu olhe à minha volta, vislumbrando a bagunça que fiz no meu quarto. Boquiaberta e com as pálpebras arregaladas, analiso o cenário pós-guerra. O porta-retrato estilhaçado, as fotos lindíssimas do meu casamento rasgadas, o tablet de Vinícius trincado e com um pedaço da tela faltando, as gravatas amassadas jogadas para todo lado, camisetas que tentei rasgar espalhadas ao redor da cama... Não quero nem imaginar o estado em que se encontra o meu celular.

— Ah, meu Deus...

Cubro minha boca com a mão e travo o maxilar. O movimento me faz lembrar do que tentei fazer em minha pele. O vermelho das marcas deixadas por minhas unhas está sensível e nitidamente visível. Estico os braços para avaliar a extensão das feridas autoinfligidas e vejo que quebrei duas unhas no ápice da loucura.

Meu coração dispara pedindo socorro – bom saber que ainda funciona –, mas mal tenho tempo de reagir. Jack se coloca à minha frente, segurando o meu rosto com as duas mãos para que meu foco seja totalmente dele.

— Sobre isso que estou falando — ele diz ao me fitar. — Sei que não começamos bem e que posso ser o cara mais arrogante que você conhece, como você mesma disse, só não quero te deixar aqui, sozinha, quando eu for embora com as meninas. Entende?

Concordo com a cabeça, levando suas mãos para baixo e para cima. *Voz? Aonde você foi parar?*

— Não sou perfeito, Catarina, o que não vai demorar muito para você entender se aceitar minha proposta, mas pode confiar em mim. Se tem uma qualidade da qual me orgulho é a honestidade. Se não der certo e eu acabar te odiando, você será a primeira a saber, e farei questão de despachá-la o quanto antes para o Brasil. Mas, se der, quero poder contar com sua ajuda para cuidar das minhas sobrinhas... Você será bem-vinda em minha casa pelo tempo que quiser.

Eu? Na casa dele? Com as meninas?

Por quanto tempo?

A esperança me preenche diante da perspectiva de fuga que Jack me oferece. Eu quero sair correndo e não olhar para trás. Quero esquecer esse pesadelo que estou vivendo a todo custo. Sei que viajar com ele não é inteligente, porque apenas irá aprofundar o vínculo que iniciei com as meninas e que, por mais que eu não pretenda assumir, comecei a desenvolver por ele. Mas que outra saída tenho?

Fecho os olhos desejando sumir no espaço.

Por que é tão difícil?

Mais importante, o que perco se aceitar?

O que ganho se negar?

Posso inventar todas as desculpas do mundo, mas não existe muito o que ponderar. Não me resta mais nada.

— Bela e Estevão? Eles nunca...

— Podemos levá-los — assegura antes que eu termine. — Seu cachorro é meio que um bezerro, vai dar trabalho para embarcar, mas damos um jeito.

*Eu vou mesmo fazer isso?*

Será inteligente deixar que a minha nova versão assuma a dianteira, desconsiderando todas as restrições que a antiga Catarina levantaria? Confesso que a Catarina 2.0 está altamente inclinada a aceitar a proposta de Jack. E algo me diz que é melhor escutar coração e não o racional.

Ah, que tudo vá para o espaço! Vinícius, Ana Maria, Ariel, Pedro, tia Janete, tia Mirna e Oscar podem ir juntos para o raio que os parta! Não quero mais gastar energia pensando em nenhum deles.

— Quando partimos?

Jack sorri e morde o lábio inferior. No ímpeto, aproxima seus lábios do meu rosto e beija a minha testa. Ainda bem que não beijou outro local, não estou preparada para o que o toque dos seus lábios despertaria. Correspondo com um sorriso tímido e pouco confiante. A sensação de alívio é instantânea, a tonelada que carrego nas costas começa a sumir.

— Você não vai se arrepender — ele diz ao se afastar.

Percebo que sua atenção flutua quando vira o rosto para a porta.

— Acho que ouvi um resmungo.

— Deixa que eu vejo. — Eu me levanto e ele segura a minha mão.

— Não, vou com você. Estamos nessa juntos.

# Vinte e Um

Após o surto, tive muito com o que me ocupar.

Levamos mais de uma hora entre verificar se as meninas estavam bem e fazê-las dormir. Eu e Jack estreamos a banheira de Alice – com ela, por favor, nada de pensar bobagens – e comprovamos que, sim, o trambolho facilita a vida. Enquanto Jack a vestiu e preparou a última mamadeira da noite, aproveitei para conversar com Juliana e explicar o que aconteceu no meu quarto. Respondi todas as perguntas, sendo o mais sincera possível, até porque, eu mesma não compreendo direito como perdi o controle dos meus sentidos.

Com tudo esclarecido, a pequena me abraçou e me deu um beijo, logo depois de dizer que eu sou a pessoa mais legal que ela conhece. Com lágrimas nos olhos por um bom motivo, retribuí o carinho a carregando para o quarto de hóspedes. Jack havia acabado de deitar Alice no carrinho, ao lado da cama. A bebê respirava profundamente quando terminei de contar uma história para sua irmã. Eu me despedi, pedindo que ela me chamasse caso acordasse à noite e fui para o meu quarto.

Encontrei Jack agachado sem camisa, segurando um saco de lixo preto. Se eu não tivesse destruído boa parte dos pertences do Vinícius e espalhado o restante pelo chão, teria sido um esforço descomunal para não ficar encarando seu tórax. Praticamente vacinada, nem percebi que tem uma tatuagem no quadril que some para dentro do jeans. Ignorei a visão e me ajoelhei ao seu lado, botando a mão na massa. Uma hora depois, nos deitamos, cada um em um canto, imitando o que fizemos de tarde, e apagamos de tanta exaustão.

Caímos em uma rotina interessante nos dias que antecederam a viagem. Cuidamos das meninas, assistimos filmes infantis e conversamos sobre futilidades quando elas dormiam. Desliguei o interfone e o telefone. Não recarreguei o que sobrou do meu celular, guardando-o no fundo da gaveta da mesa de cabeceira. Assim, dei um fim às notícias ruins.

Conforme Jack garantiu, a liberação dos documentos não demorou. Com ajuda de um juiz e o pedido de emissão do visto emergencial, após dez dias, lotamos a SUV com a bagagem das meninas, minha única mala e uma mochila. Acomodamos a cadeirinha da Juju, o bebê-desconforto de Alice, Estevão, a cestinha da Bela, e partimos para Guarulhos.

O entusiasmo de Juliana foi divertido. Ela ficou deslumbrada, apontando para as nuvens e inventando histórias sobre quem poderia morar no céu. Era sua primeira viagem de avião e, embora eu esperasse que fosse reclamar ou dar trabalho, aconteceu o oposto. Fez amizade com as aeromoças, com o pessoal que se sentou perto da gente e quis conhecer a cabine do piloto, aonde Jack a levou com um sorriso que não passou despercebido pelas comissárias de voo.

Impressionante como solteirões com crianças chamam a atenção das mulheres. É incrível como vários pares de olhos o acompanharam pelo trajeto do assento à cabine. Incluindo os meus, obviamente! Tenho que pensar no bem-estar da menina, oras! Meu interesse nada tem a ver com a beleza de Jack.

Ah, Alice também serve como isca para mulheres solteiras e interesseiras. O tempo que a bebê cochila no colo dele resulta em diversas piscadelas por quem passa pelo corredor. Vou te contar, da próxima vez, Jack vai sentar do lado da janela e não no corredor, juro que vi a mesma mulher se levantar para ir ao banheiro mais de dez vezes. Agora, diga-me, quem em sã consciência vai ao banheiro desse jeito em plena madrugada? Até uma mulher casada, com uma aliança dourada brilhando no anelar, o fitou furtivamente.

Lição para a vida: melhor manter homens com aparência de modelo bem longe de bebês. Os dois juntos podem causar um acidente aéreo.

Bando de oferecidas. Não veem que o cara está acompanhado de uma mulher e duas crianças? Não importa se não existe nada entre a gente, é um desrespeito.

Falando em bebê, Alice chorou muito na decolagem e ainda mais na aterrissagem. Vivi na pele a aflição das mães com filhos que choram dentro do avião e, encabulada, lembrei das vezes em que julguei famílias que viajavam com crianças, deduzindo que simplesmente não conseguiam controlá-los. Ledo engano. Não é culpa dos pais, nem das crianças, a pressão causada pela altitude machuca o ouvido dos pequenos e eles não têm outra forma de reclamar a não ser chorando. Então, fiz uma carranca para cada um dos infelizes que me olharam torto enquanto Lili se esgoelava com dor.

Após uma conexão no aeroporto de Los Angeles para troca de aeronave, passamos apreensivos pela imigração. Os documentos das meninas foram minuciosamente verificados antes de os agentes federais nos liberarem. Com tudo certo, desembarcamos em Las Vegas com o sol estalando no céu. Desci a escada do avião segurando Alice no colo e de mãos dadas com Juliana, Jack se ocupou das bagagens de mão. Mesmo levando apenas o básico, foi necessário que pegássemos dois carrinhos e a cestinha da Bela para acomodar tudo.

Mais de uma pessoa sorri abertamente em nossa direção quando atravessamos o aeroporto, como se em vez de estarmos na cidade referência mundial da boemia, estivéssemos chegado em Orlando. E faz sentido. Homem, mulher, crianças, um cachorro e uma gata. Precisa de mais algum elemento? Somos o retrato da família tradicional, completa e feliz.

Pensar que sou julgada dessa forma não me incomoda, na verdade, é engraçado, então, sempre que um estranho sorri em nossa direção, retribuo com outro, fingindo ser a mãe e a mulher daquela família. Jack também parece não se importar. Com um boné preto virado para frente, óculos de aviador e a mochila nas costas, caminha entre fileiras de veículos empurrando o carrinho, com a guia de Estevão amarrada em seu pulso e Juliana sentada em cima das malas. Com uma camiseta branca justa, bermuda cargo e, claro, coturnos desamarrados, a cena é um espetáculo à parte. Eu queria ter um celular para registrar isso.

Sabe quando vemos aqueles programas de fofoca e aparece uma gravação amadora de ator famoso andando disfarçadamente por um estacionamento tentando esconder seu apelo por trás de óculos escuros e boné? É semelhante demais! Com um ar de imponência, Jack desfila com segurança pelo amplo estacionamento e eu, que acabo de perceber que estaquei para observá-lo, corro afobada em seu encalço.

Meu estado de espírito não tem justificativa. Jack guia sem dificuldade o carrinho mais pesado, enquanto eu empurro o outro com somente uma mala, o bebê-conforto e a cestinha. Depois do sufoco, Alice cochila confortavelmente no *sling* recém-adquirido, com a cabeça colada no meu ombro direito.

Jack nos guia até a lateral de uma caminhonete preta maravilhosa e meu queixo quase cai quando destrava o automóvel. Os vidros são completamente escuros, quase da mesma tonalidade da lataria. As maçanetas, estribos e o Santo Antônio também são pretos, mas fosco, criando um contraste peculiar e muito cativante. As rodas são enormes e os pneus tão grandes que talvez alcancem a altura da Juliana. O carro é um monstro estiloso e combina com o dono como uma luva.

Amarrando a guia de Estevão no carrinho, Jack abre a porta do banco de trás e acomoda Juju, que escorrega pelo assento, sonolenta de cansaço. Sem dizer uma palavra, pego o bebê-conforto e a caixa de transporte de Bela. Jack me interrompe e tira as duas coisas das minhas mãos, levando tudo para o outro lado daquela monstruosidade de quatro rodas. Eu o sigo e, quanto tudo está nos conformes, Jack me ajuda a tirar Alice do *sling*. Em segundos, como se tivéssemos muita prática, a bebê apoia sua cabeça no estofado e ressoa tranquilamente.

Fico parada esperando que Jack saia do carro para carregarmos as três malas. Ele demora, mexendo nas travas de segurança, com metade do corpo curvado no interior do veículo. A posição levanta a camiseta, revelando parte da lombar, o que eu já tinha visto, mas mesmo assim prende o meu foco.

— Certo, agora…

Jack ajeita a camiseta ao se virar para mim, exibindo o belo abdômen. Se eu fosse escritora, passaria dias criando cenas calientes inspiradas nessa visão. Perdida em devaneios, não escuto o restante de sua fala.

— O quê?

— Perguntei se tá tudo bem. Você está com uma cara…

Jack inclina a cabeça para a esquerda e me fita.

— Eu? Cara de quê? — Eu me faço de boba e levo a mão ao peito.

Como o *sling* continua pendurado, começo a soltá-lo. Jack se aproxima e segura meus braços, me virando para que fique de costas para ele. Meu coração acelera em expectativa.

Opa… o que está acontecendo comigo? Pareço uma boba! Ergo o peito, convencida de que Catarina 2.0 herdará parte do controle que minha última versão possuía. Travo os braços e endureço a postura, posso e vou agir como a mulher que sempre fui. Serei imune ao toque de Jack.

Ele ri e desamarra as tiras, soltando o tecido do meu corpo.

Sem delongas, acalmamos Estevão, que parece uma criança hiperativa, pulando e latindo sem parar. Jack sobe na traseira da caminhonete e organiza as bagagens. Em dois tempos, sento ao lado de Juliana e apoio sua cabeça em meu colo. É bom que continue dormindo, não trouxemos a cadeirinha…

Jack pisca para mim pelo retrovisor e dá a partida. Ao sentir a vibração potente do motor e ouvir o ronco da máquina, inspiro o máximo de oxigênio possível e dou um sorriso com um único pensamento em mente: viver no improviso é desafiador.

# Vinte e Dois

Las Vegas é imponente e movimentada em qualquer período do ano. Comércio e casinos funcionam de segunda a segunda, a cidade nunca dorme. No entanto, tem seus períodos de calma, como é o caso desta manhã.

É a primeira vez que venho aqui sem meu ex-marido. Eu devia me sentir mal ou ter algum outro sentimento negativo, porém, não tive tempo de pensar em Vinícius até Jack fazer a curva e entrar na Las Vegas Boulevard. No momento em que cruzamos o letreiro *Welcome to the Fabulous Las Vegas*, lembro do porta-retratos que ficava na minha mesa de trabalho. Eu gostava da foto, Vinícius me cutucou e fiz careta para a câmera, ficou tão espontânea que era uma das minhas preferidas.

Diferente do álbum de casamento, que foi lindamente estraçalhado e enviado para o lixo, não sei qual o paradeiro da foto. Como não falei mais com Oscar, imagino que alguém limpou meus pertences. Sinceramente? Não tenho interesse nenhum em descobrir para onde despacharam as minhas coisas. Também não pretendo ficar me recordando e comparando essa nova experiência com o que vivi com o canalha do meu ex. Era tudo tão perfeito... e igualmente falso.

O silêncio no carro me incomoda. Jack e eu não trocamos muitas palavras desde que deixamos São Paulo. Será que se arrependeu de ter me convidado? Seria bom puxar assunto... mas sobre o quê? Ainda bem que não preciso quebrar a cabeça por muito tempo, sem saber da minha batalha interna, Jack me socorre:

— Não estava tão quente assim quando embarquei para São Paulo.

Vejo seu sorriso pelo retrovisor enquanto ele, aproveitando que está parado em um semáforo, regula o ar condicionado. Eu me perco entre continuar observando-o pelo espelho ou olhar para sua mão no painel. Não consigo desviar a atenção dos dedos passeando pelo console. *Por que mãos, de repente, são tão interessantes*? Deve ser as tatuagens. Não estou acostumada com tanta pele tatuada, principalmente dedos compridos e...

— Você anda meio aérea.

Seus olhos me examinam pelo espelho e curvo os lábios para cima.

— Jura? Como você é perceptivo! — respondo com ironia, recebendo uma risada como resposta. Sei que sou grossa, mas não consigo evitar, muita coisa em pouco tempo.

— Vejo que não perdeu o sarcasmo.

Jack volta a dirigir quando o semáforo abre, e sua mão some do meu campo de visão, só me restando analisar a linha que desce de seu pescoço para os ombros. E sua nuca. O cabelo amassado na ausência do boné… A hastes dos óculos…

— O que foi? Tem alguma coisa na minha orelha?

Ele esfrega o pescoço e eu me afundo no encosto, pega no flagra! Porcaria. Todo o sangue do meu corpo sobe para minha face em um milésimo de segundo. Devo estar tão corada que combino com o estofado cor de vinho.

— Temos que levar Juliana naquela loja de chocolate.

Disfarço, apontando para a janela e deixando que meu cabelo caia pela lateral do rosto, me escondendo do retrovisor.

— Temos, é? — Jack enfatiza o verbo no plural, procurando por mim no espelho.

Porcaria ao quadrado! Inconscientemente, comecei a usar o plural. A correria com a burocracia não permitiu diálogos elaborados nas últimas vinte e quatro horas, mas dentro da minha cabeça o *nós* aparece com frequência.

— Não "estamos juntos nessa"? — Desvio a atenção da convidativa fachada da loja e arqueio a sobrancelha para a *nossa* troca de olhares.

— Agora você me pegou.

Começo a rir e balanço a cabeça.

— Onde você mora?

— Do outro lado da cidade.

— Não está nos levando para um apartamento de solteirão, está?

Jack se concentra no trânsito, mas não deixa de alterar o tom da voz para debochar da minha pergunta.

— O que vem a ser um *apartamento de solteirão*?

— Ah, você sabe! Móveis escuros, nada de decoração, roupas jogadas, louça debaixo da cama, pôsteres com peitos ou bundas…

— De onde você saiu, Cat? — Ele ri baixinho e eu me sinto mais leve. — Por que eu teria pôster com mulheres nuas?

— Você é mecânico.

— Restaurador.

Ele coça a nuca e eu me esforço para não acompanhar o movimento.

— Não sei de onde você tira essas ideias. Primeiro insinuou que sou feio pra caralho e tenho uma… o que era mesmo? Pança? — Olha para trás, fingindo braveza. — Agora vem com essa de que eu moro em uma república. Caramba, a imagem que tem de mim me assusta.

— Você tem que pensar pelo meu ponto de vista. Você é…

Procuro pelas palavras mais acuradas para descrevê-lo, mas tudo que passa por minha mente não posso falar sem que Jack pressuponha que prestei mais atenção do que deveria. E como ele já se acha por natureza, imagina se eu disser em voz alta?

— Eu sou…? — pressiona ao fazer uma curva para a esquerda, saindo da avenida mais conhecida da área central.

— Todo mundo sabe que em oficinas mecânicas tem cartaz de mulher pelada — tento justificar.

— E você é do tipo de pessoa que julga as outras pela profissão?

Jack não está irritado, o que não altera o desconforto causado por sua pergunta. Será que sempre fui assim? Mensurando e estereotipando, como fiz com ele? Eu nunca parei para pensar nisso, e compreender que pode ter razão não cai muito bem. Eu me enrolo com as palavras quando vou responder. A nova Catarina aboliria esse tipo de comportamento. De agora em diante, vou parar de julgar antes de conhecer, é uma meta.

*Meta*... já estou pensando em metas?

Querendo distância de qualquer atitude clássica da Cataria 1.0, respiro profundamente e me distraio, observando a zona suburbana que não conheci nas outras vezes que visitei Las Vegas.

— Acho que devo um pedido de desculpas — começo, com total conhecimento de que pisei na bola. — Estou fazendo exatamente isso, julgando-o.

— Não acredito no que estou ouvindo! — Jack brinca ao fazer mais uma curva, entrando numa vizinhança com casas maiores e bem espaçadas. — Você, Catarina Albuquerque, gerente de uma empresa mundialmente reconhecida, mulher impecável e, desculpe, mas foi a primeira impressão que tive, com ares de superioridade e prepotência, está me pedindo desculpa? Repete, por favor?

Reviro os olhos pela trigésima vez. Daqui a pouco, minhas órbitas oculares vão pedir demissão do tanto que estão sendo utilizadas.

— Depois eu que julgo pela aparência.

— Não julguei pela aparência, Cat, a forma como você conversou comigo sobre seu carro e sobre cuidar das meninas foi meio... como eu disse, primeira impressão.

— E a primeira impressão é a que fica? — indago bastante interessada.

— Depende. Se você pensa em mim como um gostosão que trabalha sem camisa, com o cinto de ferramentas e a calça pendendo na cintura...

— Você é impossível, Jackison! — Dou risada.

— O quê? Só por que quero que você seja como qualquer mulher normal que sinta uma vontade irrefreável de me agarrar quando estou coberto de graxa?

— Ughhhh — resmungo e abaixo o rosto para que ele não veja meu rubor.

Meus ovários se animam com a ideia, mas sei que a resposta é um grande e enfático *não*. De jeito nenhum. Essa reação biológica tem que sumir, já. Fecho os olhos com força e evito pensar nele sem camisa, limpando a graxa das mãos no pano pendurado no ombro, antes de se agachar na lateral de um carro e... *Ahhhhh*! Por que ele fez isso? Agora a imagem não vai sair tão cedo da minha cabeça!

— Sabia que os catálogos de bombeiros vendem superbem? — Jack insiste no assunto.

Espio Alice, de soslaio, desejando que acorde e chore. Agora. Agorinha.

— Tá sabendo muito. — Deixo de bobeira e retribuo sua provocação pelo espelho, erguendo as sobrancelhas em desafio. — Desde o início suspeitei que posou para um desses.

— *Tsc, tsc…* — Ele balança a cabeça. — Você bem que queria comprar um calendário com uma foto minha.

Eu entendi direito? Jack está insinuando que eu o desejo ou algo assim? A necessidade de responder à altura me toma, tenho que mostrar para o engraçadinho que ele não é a última bolacha do pacote.

— Se eu quisesse alguma coisa com você, Jack, não compraria uma foto.

Lentamente, ele me imita, erguendo as sobrancelhas.

— Não sou do tipo de mulher que sonha acordada. Quando eu quero…

*… corro atrás até conseguir.*

Completo mentalmente ao perceber o que estou fazendo. Onde estou com a cabeça? Nem me considero uma mulher disponível! Não por causa do Vinícius, que não merece nadinha de consideração, mas porque é cedo demais para brincar com meus sentimentos. Preciso me fortalecer, reestruturar, me encontrar. Um homem só atrapalhará tudo.

Estou prestes a esclarecer qualquer mal-entendido quando o carro para. Estico o pescoço para frente, com cuidado para não acordar Juju. Estupefata, vislumbro a entrada de uma casa muito bonita.

— Uau.

Jack se vira para mim e sinto a proximidade me afetar instantaneamente. Não é possível! Será que não posso ficar perto dele sem que meu corpo reaja?

— Gostou?

— É linda — comento ainda com os olhos presos na fachada da casa dele.

Meus lábios se curvam para cima quando volto a encará-lo. Um erro. Um grande erro. Não calculei a distância, o que deixa meu nariz a meros centímetros do dele. Se Jack chegar um pouquinho para frente… serei incapaz de responder racionalmente por meus atos.

— Bem-vinda — fala sem se afastar.

Seu peito sobe e desce no ritmo da respiração e, recuperando o bom senso, chego para trás, repousando as mãos no cabelo de Juliana, contente por mudar o foco.

Jack abre a porta e me fita novamente.

— É bom te ver assim, Cat.

— Assim como?

Quase me jogando para cima dele como ele acabou de sugerir? Transpirando em bicas, ciente de não ser por calor? Com o coração travando uma luta interna contra meus pulmões?

— Sorrindo — Jack resume e me lança uma piscadela ao descer do carro.

Como uma boba, fico parada, ralando para entender o que está acontecendo e onde fui me meter. Uma coisa é certa, Jack exerce algum poder sobre mim, só espero que não o use para destruir o pouco que sobrou da minha sanidade.

# Vinte e Três

A casa do Jack não é nada parecida com o que imaginei. Apartamento básico de solteiro com paredes decoradas com mulheres? Jack acertou quando disse que eu julgava as pessoas. A fachada é esplêndida, com paredes branquíssimas intercaladas a placas imensas de vidro espelhado. Um cercado natural de arbustos espinhosos, típicos da região, delimita a área da propriedade. Pedras de cor creme ocupam toda a extensão da casa à calçada, com a extremidade decorada com blocos vermelho-tijolo. Uma árvore bem alta, similar a um coqueiro, projeta uma sombra fina e escassa no pavimento. Na lateral esquerda, o concreto da calçada se expande em uma rampa com um aclive suave, dando acesso ao portão da garagem.

Levo um tempo para sair do carro. O comentário sobre meu sorriso me afetou mais do que se Jack tivesse me beijado. É complicado explicar como funciona o ser humano e me apavora saber que pode estar ultrapassando minhas defesas sem que eu perceba. Não sou estúpida, após as decepções, esse misto de sentimentos controversos pode ser fruto da minha recente desestabilidade psicológica. Seria uma explicação plausível, da mesma forma que um mais um é dois. Contudo, outros fatos me levam a crer que talvez a chegada de Jack em minha vida tenha um propósito muito maior do que ser apenas um curativo provisório.

Acho que já mencionei que não acredito em destino, porém, confesso que ando pensando nisso mais do que gostaria.

Os pequenos gestos, falas tranquilizadoras e olhares que trocamos indicam alguma coisa profunda. Por que ele traria uma completa estranha para outro país? Sei que estamos vivendo um período de mudança, eu superando um casamento falido e ele aprendendo a fazer papel de pai substituto, mas não justifica. Principalmente quando paro para pensar nas cenas que ele testemunhou, na crise que me viu passando. Mesmo que precise de ajuda com as sobrinhas, não faz sentido envolver uma desconhecida, ainda mais a madrasta traída pelo pai das meninas. Qual é a racionalidade nisso? Entre todas as pessoas do mundo, sou a menos indicada para cuidar delas.

Outra coisa, pelo pouco que vi de seus bens materiais, Jack não é um Zé Ninguém, ele tem plenas condições de contratar uma babá com currículo invejável. Isso se já não tiver alguém com quem pode contar. Enquanto no Brasil seu celular apitava ocasionalmente, levando a crer que Jack era um cara solitário, desde que desembarcamos, o aparelho não para quieto, vibrando a cada minuto. Aposto que não é sua "equipe". A insistência deixa qualquer um maluco. O mais provável é que várias pessoas estão tentando falar com ele, o que corrobora minha hipótese de que Jack tem com quem contar.

Então, por que se importou comigo a ponto de se desdobrar para trazer meus dois animais de estimação?

Embora eu queira continuar analisando suas intenções, Juliana acorda e se remexe no banco, levantando a cabeça do meu colo.

— *Catalina*?

— Oi?

— Tô *molendo* de vontade de fazer xixi.

Certo. Não precisa reclamar duas vezes. De mãos dadas, saímos às pressas do carro e entramos na casa, sem ver direito para aonde estamos indo. Sem a presença de Jack, nos viramos até encontrarmos o lavabo – embaixo da escada para o segundo andar.

Enquanto Juju se alivia, observo o espaço amplo do térreo de Jack. O arquiteto levou muito a sério o "conceito aberto". Nenhuma coluna ou parede se interpõe entre a sala e a cozinha, divididos somente por um balcão de cor creme. O chão, revestido por um tipo de amadeirado, combina com o enorme tapete bege e o sofá cinza, de costas para as imensas paredes de vidro. Almofadas estampadas e três banquetas turquesas – ao redor do balcão – dão um toque de sutileza. Uma mesinha de centro branca completa a harmonia do ambiente.

— *Catalina* — Juliana me chama e meu queixo volta para uma posição mais aceitável. Arrastá-lo no chão não seria bonito.

Eu nem percebi que me afastei da porta do banheiro, portanto, volto para lá, pressupondo que ela precisa de ajuda para se limpar. A tarefa não me assusta mais, não após ter se repetido várias vezes nos últimos dias.

Alguns minutos depois, saímos pela porta da frente. Jack já tirou as malas, a caixinha da Bela e o bebê-conforto, deixando tudo no chão, ao lado do carro. Estevão, quando me vê, pula na caçamba da caminhonete, dando um baile em Jack, que se desequilibra e quase cai pela lateral.

— Tio Jack! — Juju grita e sai correndo para a beirada da caçamba, achando que ele tinha caído.

Assustado, Estevão se agita ainda mais, enquanto Bela, instigada pelo barulho, começa a miar. No mesmo instante, olho para Alice – que não me decepciona – abrindo os olhinhos e produzindo uma careta. Vai chorar em três… dois…

As cordas vocais da pequena trabalham com empenho, mostrando sua potência para a vizinhança inteira. A cena é tão caótica que não sei quem acudir primeiro. Juliana decide por mim, pegando a minha mão e me levando até o bebê-conforto. Solto o cinto de sua irmã e tento fazer com que ela aceite a chupeta, pegando-a no colo.

— Tá tudo bem, foi só um susto — digo baixinho em seu ouvido, balançando a bebê para frente e para trás.

Alice resmunga abafado com a chupeta na boca. Devagar, me aproximo do carro com os olhos presos em Estevão e com certo receio. Viagens longas são cansativas para adultos, não faço ideia de como foi para ele.

— Ei, garotão, o que foi? Por que está tão agitado?

— Eu estou bem, obrigado por perguntar. Seu cachorro tentou me matar — Jack ironiza e se levanta, passando a mão na testa.

— É, cair de cima desse monstro que você chama de carro não seria nada inteligente. — Inclino a cabeça indicando Juju, que tenta ver o que acontece, mas sua baixa estatura não permite. — Alguém está de prontidão para bancar a enfermeira.

— Acho que bati a cabeça — reclama ao notar a determinação da sobrinha que, agora, tenta escalar os pneus para ter uma visão melhor. — Pode ver para mim, Juju?

Com habilidade, Jack salta pela lateral, cravando os pés no chão, como se fizesse isso todos os dias. Exibido.

Enquanto se agacha para que Juliana analise a suposta evidência da tentativa de assassinato, volto a atenção para Estevão, quieto como quem tem culpa no cartório, sentado sobre as patas traseiras. Dou a volta para ficar mais próxima, o que ele parece adorar, chegando o focinho perto do meu rosto. Viro de perfil para que não babe em Alice.

— Calma, grandão, já vamos te tirar daí.

Estevão solta um ganido semelhante a um uivo, porém, rouco e esquisito. Permanecendo no campo de visão do meu bezerro, caminho até a cestinha da Bela. Tal como uma dama, minha bichana sabe que é indelicado ficar miando sem parar e somente me observa através das duas fendas azuladas. Ela roça a cabeça na gradezinha, deixando bem claro que deseja sair do cubículo.

— Você se comportou muito bem, *alteza* — brinco, voltando a balançar Alice, que cospe a chupeta. — O que foi agora, Lili? Fralda, fome?

— Você fica muito fofa, Cat, conversando com bebês.

Disfarçadamente e sem deixar que Jack termine, mostro o dedo do meio pelas costas da bebê. Ele ri alto. *Fofa é a mãe*, gesticulo com os lábios, ciente de que pode me ver, e ouço mais uma gargalhada.

Não me aguento e também caio na risada. Nesta altura do campeonato, sou incapaz de me irritar com Jack. Ele pode me chamar de fofa, desleixada, pode até me comparar à rainha da Inglaterra que não vou me importar.

Minha família e amigos mais próximos chegaram a inventar apelidos para mim, mas nunca vingaram. Eu era totalmente avessa a qualquer tipo de diminutivo do meu nome, sempre discutindo com o engraçadinho que ousasse me contrariar. Com Jack, estranhei da primeira vez que me chamou de Cat, só que eu estava em um momento tão delicado que não quis gastar energia argumentando. Na segunda vez, ignorei. Na terceira, foi agradável e caloroso, tanto que aceitei como uma manifestação de carinho. E o que eu mais preciso atualmente é de um pouco de carinho. Pouco não, um tanto, então, permito que me chame do que quiser e quando quiser e absorvo o som de sua risada com muito prazer. Mais uma coisa que está mudando em mim sem que eu possa controlar.

— Fica *palado*, tio! — Juliana esbraveja interrompendo o clima de diversão, segurando a cabeça dele com as duas mãos. — Acho que tem um galo.

— Oh, não! — Jack exagera, fazendo cara de dor. — E se ele começar a cacarejar? Como vamos dormir?

Juju ri chacoalhando os ombros.

— Seu bobo! Galo de cabeça não ca... ca-ca...

— Cacareja — Jack socorre.

— *Ca-ca-le-ja.* — Juju sorri triunfante. — Não é um galo de *veidade*, é um machucado. *Plecisa* de *culativo*.

— Humm... e você sabe cuidar de um galo de mentirinha, como o meu?

— É *clalo*! Tem que lavar e passar pomada, depois colocar o *culativo*.

— Tá bem, mas antes, posso levar as coisas pra dentro?

Juliana franze as sobrancelhas, como se estivesse analisando a gravidade dos "ferimentos" de Jack, levando muito a sério. Ele aponta para o carro e para a bagagem no chão.

— Não podemos deixar as coisas aqui fora. E preciso te contar um segredo.

Ele se aproxima da menina e cochicha em seu ouvido. Juliana olha para mim com uma nítida expressão de dó e volta para ele, concordando com a cabeça.

— Tá bom — concorda e sai correndo, entrando na casa como um foguete.

— O que disse para ela?

— Nada importante — Jack retruca, colocando a mochila nas costas.

— Ah, não, pode parar com isso! Vocês não vão ficar de segredinho perto de mim — reclamo com uma careta muito mal executada. Eu quero parecer brava, mas não é fácil. A verdade é que meu peito se expande ao ver a interação do tio com a sobrinha.

Jack arqueia apenas uma sobrancelha e não diz nada. Ele pega duas malas, equilibra a caixinha da Bela sobre uma delas, ajeita a alça do bebê-conforto para levar tudo de uma só vez e segue pelo mesmo caminho feito pela sobrinha.

— Que ótimo! Vou ficar plantada aqui fora?

— Estevão te fará companhia — é o que responde antes de sumir porta adentro, me deixando estacada na rampa com Alice no colo e um São Bernardo fungando em minha nuca.

— Aprenda desde já, Lili, homens são imprevisíveis e instáveis — falo para a bebê que se contorce em meus braços. — Não podemos confiar neles.

Estevão escolhe justo essa hora para latir em meu ouvido. Viro o rosto para ele e respondo como se o latido fosse uma manifestação contrária aos aprendizados que eu passava para a pequena:

— E isso também vale pra você, grandão. Tá vendo, Lili, eles se defendem até quando não se conhecem direito.

Alice faz uma careta indicando que não está nada feliz. Tudo bem, terei outros momentos para ensiná-la sobre as verdades da vida. Mudo sua posição, repousando a barriga em meu peito e a cabeça em meu ombro, o que não agrada. Ela força o pescoço para trás contra a palma da minha mão.

— Tudo bem.

Viro seu corpo mais uma vez, deitando a barriga no meu antebraço, como aprendi num tutorial de encantadores de bebês na internet. Nada feito, Alice esperneia, irritadíssima com minha falta de jeito, arma um berreiro. Estevão faz coro com a bebê, latindo sem parar. *De novo, não*!

Frustrada, olho para a porta da casa de Jack, que continua aberta. Estou à sua procura, quando ele aparece correndo até mim.

— Não posso deixar você sozinha por um segundo, Cat?

Ele tirou os óculos e o boné. Eu queria muito poder ficar olhando para o traçado de seu maxilar, mas a menina furiosa está exigindo alguma coisa.

— Acho que precisa trocar a fralda. Ou dar mamadeira. Não sei se…

— Tranquilo, termino aqui, corre lá. — Indica a casa com um movimento de cabeça.

— Cadê a Juju? — tento falar por cima dos latidos e do choro, o que é um desafio.

— No quarto, subindo a escada, à direita. A mala da Alice está perto do sofá — informa ao subir na traseira da caminhonete mais uma vez.

Eu queria brincar e tirar com a cara dele, no entanto, não vou deixar Alice aos prantos por mais nenhum segundo. Eles que se entendam sozinhos, Estevão tem só tamanho, é um paspalhão. Não há como Jack ter problemas com ele… bem, não pela segunda vez.

Ao entrar na sala, sinto-me um pouco deslocada. O choro de Alice piora a cada segundo, sendo assim, não perco tempo. Corro para a bagagem da pequena e procuro a mamadeira com o dosador, seguindo para o balcão. Lembrando que, diferente do Brasil, a água da torneira é potável, encho a garrafinha de água quente, para em seguida temperar com a fria, atingindo uma temperatura aceitável. Tomo cuidado para não esparramar fórmula pela cozinha, rosqueando com perfeição, sacudo a mamadeira. Alice mexe as mãozinhas tentando pegar, então, a acomodo melhor em meu colo e a ajudo para que não engasgue. A força com que suga o bico mostra o quanto está faminta.

— Era isso que estava te matando, né, lindinha?

Sorrindo, faço uma breve análise do ambiente, avaliando qual o local mais confortável para me sentar. Alice não é pesada, mas como não estou acostumada a ficar horas carregando peso, tenho sentido dores no braço. Vou para o sofá e, ajeitando uma almofada como apoio, acomodo Alice. Deixo-a inclinada, quase sentada em minhas pernas.

Ela é linda. Olhos redondos, cabelos claros, bochechas cheias e saudáveis. Com a mão livre seguro seus dedinhos compridos, reparando em cada dobrinha da pele. As unhas afiadas precisam de um corte, coisa que tenho que pesquisar na internet — não, eu não acho que seja uma péssima ideia, obrigada, duvido que Jack saiba como cortar unhas de bebê. A fralda está cheia e pesada, deixando bem claro o que vou fazer logo que terminar de mamar.

Uma movimentação na porta me distrai e ergo a cabeça para ver Jack segurando a guia do Estevão. O grandão está eufórico, com o rabo batendo na perna dele, no meio da sala. *Onde diabos vai colocar o meu cão*? Nos preparativos da saída do Brasil, tanta coisa foi feita na correria que não me lembrei de perguntar. Para mim, bastava poder trazê-los. Jamais viajaria sem previsão de retorno se tivesse que deixá-los para trás.

Posso não saber onde dormirão, mas Jack sabe, visto que pega a caixinha da Bela e atravessa o cômodo em linha reta, sumindo por um armário da cozinha. Estico o pescoço para frente na tentativa de ter um vislumbre do paradeiro dos três, mas desisto. Daqui não tenho como descobrir nada.

Acaricio o cabelo fino e suado de Alice quando ela suspira, revirando os olhinhos, nitidamente saciada. Seus lábios já não sugam com afinco e parte da fórmula escorre pelo canto da boca, molhando minha baby look amarela. Eu não ligo, preciso de um banho. Estou compenetrada em seus últimos goles quando escuto passos descendo os degraus da escada.

— Juliana?

Ela não responde, porém, sinto sua presença às minhas costas.

— Que bom que você desceu, quer me ajudar a trocar sua irmã?

Paro de falar quando dois pés femininos invadem meu campo de visão. Devagar, subo o olhar, acompanhando as pernas torneadas à mostra, até alcançar a extremidade do tecido vermelho de seda amarrado com um cordão na altura da cintura. Respirando profundamente, levanto o rosto mais alguns centímetros e me deparo com mechas loiras volumosas e brilhantes. Por instinto, abraço Alice com mais firmeza, como se a mulher fosse algum tipo de ave de rapina pronta para dar o bote.

— Conheço você? — a voz aguda e infantilizada questiona, em inglês.

# Vinte e Quatro

*Não, querida, não conhece.* É o que tenho vontade de responder, mas me contenho. Seria uma boa ideia fingir que não sou fluente em inglês e tentar despistar a garota. Seus olhos azuis claríssimos combinam com a tonalidade da pele pálida e as sardas que demarcam sua face. Prestando mais atenção, percebo que seu cabelo é um pouco avermelhado, bem suave, se aproximando do loiro morango. Estatura mediana, corpo reto e seios fartos; aparência nitidamente norte-americana. A sobrancelha franzida, do mesmo tom do cabelo, indica a confusão da mulher, como se sofresse de transtorno obsessivo compulsivo e tivesse encontrado algo fora do lugar.

Alice me salva empurrando a mamadeira para longe, forçando-me a desviar o foco. Sem ter lembrado de pegar um paninho apropriado, limpo em volta de sua boca com minha própria roupa e a coloco em pé, apoiada em meu ombro, para que arrote.

— Muito bom, pequenina — digo em português, carinhosamente, quando ouço o ruído de sua traqueia colocando para fora o excesso de ar ingerido durante a mamada, ciente de que tenho plateia e desejando que ela não entenda uma vírgula.

— Brasileira?

A loira enrola a língua ao pronunciar, mas consegue transmitir a mensagem com perfeição. Sabe falar português. Que legal.

— Sim — respondo no meu idioma com um suspiro.

— Qual-é-o-seu-no-me? — diz, pausadamente.

— Catarina.

— Cata…

— Liz!

Jack aparece na cozinha, interrompendo nosso diálogo profundo e inspirador. Ele praticamente corre em direção à mulher e a envolve num abraço para lá de íntimo.

Okay. "Esqueceu" de me contar que tinha uma namorada à espera? Provavelmente, eu e as meninas atrapalhamos seus planos, a roupa dela revela em alto e bom som quais eram suas intenções.

— Senti sua falta! — ela volta a falar em inglês, ainda nos braços dele. — Quem é ela?

Jack se afasta, mas um de seus braços permanece no ombro da mulher. Seus olhos me encaram com certo ar de divertimento ao ver minha carranca. Meu sangue ferve de raiva. É muita falta de consideração! Comigo e com a garota! Como me convida para passar uma temporada em sua casa, sem previsão de retorno, quando tem alguém? Alguém que também não sabia da minha visita? Jack podia, no mínimo, ter me alertado sobre a existência de uma namorada. Não que eu pense em me envolver com ele, nada disso. Minha raiva é pela falta de honestidade que ele tanto se gabou.

— Catarina, essa é Elizabeth. — Ele ainda está sorrindo ao responder.

— Mui-to-pra-zer — a garota se enrola mais uma vez.

Jack ri e cutuca a cintura da moça. Minha paciência começa a se esgotar.

— *Ouch*! Seu idiota! — o xingamento sai em inglês.

— Liz tem dificuldade em falar português, mas estamos resolvendo isso — Jack explica como se não fosse fácil decifrar. — Faz pouco tempo que moramos juntos, desde então comecei a ensiná-la algumas palavras.

— Humm — é só o que consigo resmungar.

Está bem, sei que é infantilidade de minha parte, só que não sou de fingir e essa situação não cai muito bem. Meu coração murcha, como uma bexiga que levou uma alfinetada. Por que Jack omitiu uma...

— Catarina — ele chama —, está tudo bem?

— Você está pálida — Elizabeth emenda, desistindo do idioma latino.

Balanço a cabeça, ponderando a tolice que foi ter aceitado o convite.

— Não, desculpa, está tudo bem — digo em inglês, para o alívio da garota.

— Graças a Deus, você fala a minha língua! É a melhor notícia que tenho desde que chegaram.

Elizabeth coloca mais distância entre ela e Jack e se aproxima de mim, bastante interessada, o que me confunde. Se meu namorado trouxesse uma estranha para dentro de casa, eu ficaria possessa. O comportamento dela parece oposto a isso, seus olhos brilham, maravilhados.

— Essa é a Alice?

— Sim, essa lindinha é nossa pequena Alice — ele informa, recebendo um animado sorriso de Elizabeth.

— Oh, meu Deus! — ela diz ao se sentar no sofá, perto de mim. — Jack, ela é muito linda! — Elizabeth inclina a cabeça para poder ver melhor a bebê que, curiosa, vira o rostinho para todos os lados, estudando a nova casa. — Não acredito que finalmente vou ter companhia!

Além de ser uma namorada com o corpo perfeito, ainda precisa querer ser mãe? É óbvio que ela quer pegar a pequena no colo, o movimento de seu corpo, o tom de voz, tudo indica a intenção.

— Sabia que você ia gostar.

— Desculpa se estou sendo egoísta, a morte de sua irmã foi uma fatalidade, mas eu não aguentava mais ficar aqui sozinha.

— Tudo bem.

Eu fico tensa, escutando o diálogo sem me intrometer, analisando melhor a forma como conversam. Ele não para de sorrir... Elizabeth não parece incomodada por

Jack ter trazido uma mulher adulta para sua casa... Talvez, minha primeira impressão esteja errada e eles não sejam um casal.

— Vocês são... namorados? — Direto ao ponto, não quero ficar me corroendo e pescar informações no ar. Quanto mais direta, melhor.

Elizabeth solta uma gargalhada e leva a mão ao peito.

— Ughh! — Contorce os lábios e o nariz. — De jeito nenhum! Que nojo!

Olho dela para Jack, esperando que esclareçam.

— Liz é minha meia-irmã, por parte de pai.

Ah.

*Ahhhhhh*.

Certo. Isso é uma boa notícia. Solto a respiração devagar e meu peito fica mais leve. É bom saber que Jack não omitiu nada tão relevante quanto um relacionamento amoroso. Não que eu esteja interessada nesse aspecto da vida dele, só acho que é uma informação que deveria ter compartilhado com uma visita.

Prendo o olhar na garota, desta vez, permitindo-me analisar seus traços faciais sem me envergonhar ou bancar a ciumenta.

— Eu nunca adivinharia. Vocês não são nada parecidos.

— Puxei à minha mãe — ela esclarece.

Eu não sabia que ele tinha outra irmã, o que me deixa levemente desconfiada. Por que Vinícius não a mencionou naquela carta maligna?

— Elizabeth é só *minha* meia-irmã. Eu e Ana Maria tínhamos a mesma mãe, brasileira. Meu pai era americano, minha mãe ficou grávida quando ele passou férias no Brasil, um romance rápido. Eu o conheci quando me mudei para cá e, anos mais tarde, descobri sobre a Liz. Ele não foi um bom pai e nunca esteve presente.

Como aconteceu outras vezes, Jack compreende minha dúvida sem que eu fale e essa sintonia entre nós me assusta.

Sabe aquelas coisas de casal que se dá muito bem ao ponto de um saber exatamente o que o outro pensa? Pois é, não tive isso com Vinícius... e considerava um grande mito, coisa de gente que romantiza a realidade.

Tenho um bilhão de perguntas para fazer, mas não consigo, porque Alice se inquieta, lembrando-me de que tenho que trocar sua fralda. Eu me levanto e sigo até a mala, erguendo o indicador.

— Podemos continuar daqui a pouco? Preciso de um minutinho.

É mentira, preciso de quase uma hora. Ainda não dominei totalmente a técnica da troca de fraldas. Como as mães trocam bebês em segundos? Só por mágica!

— Espere, aonde você vai? — Elizabeth me segue, parando ao meu lado.

— Trocar Alice.

Dou um jeito de pegar a fralda, o lenço e estou prestes a alcançar o trocador quando ela tira tudo das minhas mãos. Encaro a garota, estranhando sua atitude, porém, suas palavras me confortam.

— Quero ajudar.

— Tudo bem. Subo, Jack? — questiono antes de tomar a iniciativa, afinal, sou visita, né?

— Pode usar o meu quarto, Juju está lá.

— Deixa que eu levo. — Elizabeth se adianta, mostrando o caminho.

Sei que Jack nos segue pelo baque surdo de seus coturnos no chão.

Eu tinha que estar com pressa e subir os degraus sem me atentar a detalhes, só que minha cabeça não concorda e me pego analisando a tonalidade do largo piso de madeira sob meus pés – da mesma cor do andar inferior. Sinto, logo de cara, que o térreo se trata de uma fachada bem apresentável para visitas, com seu ambiente saído das páginas de uma revista de decoração. As paredes que levam ao andar de cima contam outra história, exibindo diversas fotos de carros novos e antigos, uma ou outra com Jack ao lado do veículo, e alguns desenhos a lápis. Todas respeitam um padrão, protegidas por vidro e moldura branca. Preciso voltar para analisá-las mais tarde.

— Meu Deus... — é o que sai por meus lábios sem que eu perceba.

A escada desemboca em um amplo espaço tão intrigante quanto o anterior. Não é bem um corredor, apesar de permitir acesso às portas que imagino serem quartos. Uma mesa escura de escritório se encontra à esquerda, com diversos papéis espalhados, pastas empilhadas, sem contar os copos com lápis e canetas, tudo diante de uma parede cinza coberta por mais fotos emolduradas. São muitas fotos. Será que ele trabalhou em todos aqueles carros? Não consigo evitar e olho de relance por cima do ombro, me deparando com Jack às minhas costas com as mãos nos bolsos da bermuda e os lábios fechados numa linha reta. Parece preocupado... mas, com o quê? Eu mal vejo a hora de poder explorar cada canto e descobrir mais sobre ele. Quero dizer, não que eu o considere interessante, só por uma questão de entender melhor onde eu me meti ao embarcar nessa maluquice.

— Jack não gosta de se gabar, mas coloca a alma em cada projeto — diz Elizabeth a poucos metros de mim. — E é muito bom no que faz.

— Liz — Jack intervém com a voz séria.

— O quê? — Ela inclina o pescoço para o lado com uma expressão de inocência. — Estou mentindo?

Jack meneia a cabeça e segue rumo a uma porta aberta à direita, indicando com a mão. Ele encerra o assunto, mal levantando a cabeça.

— Vamos?

É impressão minha ou suas bochechas estão coradas? Jack tímido? Por essa eu não esperava.

Respeito seu desejo e deixo minha curiosidade para depois, sem trabalho e nada mais importante para fazer, terei tempo de sobra para analisar cada foto com uma lupa. Não que eu vá realmente fazer isso, é só uma ideia.

Passo por ele e entro no quarto. Juliana balança os pés, na beirada da cama, segurando uma caixinha no colo.

— Oi, Liz. — Juliana acena, sorrindo.

— Olá — a loira responde em português, me confundindo.

Quando foi que se conheceram? Volto para Jack com a pergunta na ponta da língua, mas ele é mais rápido do que eu.

— Que ótimo, Liz achou o kit de primeiros socorros?

— No *banheilo*. — Ela mostra a caixinha em expectativa.

Perdida no diálogo, levo o rosto de um para o outro.

— Juliana conheceu minha irmã quando você ficou com Alice na calçada, lembra?

Sim, realmente, o tempo em que me ocupei com Estevão e, depois, alimentei a Alice bastou para que Juju fizesse uma nova amizade. Mais um motivo para reforçar que não se pode deixar crianças sozinhas com estranhos, meia dúzia de palavras são o suficiente para conquistá-las.

— Sim, claro. — Desvio da paranoia e, por que, não, aproveito para implicar. A cama box é gigantesca e muito alta, coberta por um edredom branco. — *Branco*?

Procuro o olhar de Jack novamente e sou recebida por um semblante "eu bem que avisei".

Começo a rir e me aproximo de Elizabeth, mostrando como posicionar o trocador.

— Tio Jack, tenho que fazer seu *culativo*.

Pelo canto do olho, vejo que vai até a sobrinha, ajoelhando-se à sua frente.

— Aqui está bom?

— Não, tem que deitar. — Juju dá dois tapinhas na cama e Jack obedece, se sentando na beirada e apoiando as costas no edredom. A menina abre o kit e vasculha seu interior. Pegando um chumaço de algodão seco, começa a passar na testa do tio com muito cuidado, como se estivesse limpando litros de sangue inexistente.

— Não mexe!

— Mas eu só ia...

— Fica quietinho — manda, tirando mais um sorriso dos meus lábios.

— Catarina?

O sotaque enrolado de Elizabeth registra em meus ouvidos, lembrando-me que ainda estou com Alice nos braços. Evito olhar para a garota, impedindo que veja meu semblante de... de... mulher que foi pega no flagra encarando um cara bonitão sob os cuidados de uma criança?

Ah, vá! Você tem que concordar comigo, até as sirigaitas do avião se derreteram ao vê-lo com Alice. Se pudessem apreciá-lo deitado, com olhos fechados, enquanto uma menina de quatro anos "cura" suas feridas, aposto que também estariam suspirando. Não é exclusividade minha, é tudo culpa do hormônio idiota que meus ovários insistem em produzir.

Eu me esforço para não prestar atenção na interação dos dois, mas é muito bonitinha para ser desconsiderada. Coloco Alice sobre o trocador e começo a tirar sua roupa. Ela come a mão e tenta pegar o pé, feliz por estar pelada.

— Você é muito fofa, sabia? — digo em voz baixa ao tirar os sapatinhos, a calça e estou prestes a soltar os botões do *body*. Quando seguro seus pezinhos, que mais parecem dois minipães, noto o silêncio ao meu redor.

— O que foi? — pergunto, levantando o rosto.

Passo os olhos de Elizabeth para Juliana e, por último, Jack. As sobrancelhas da garota quase alcançam a linha de seu cabelo, encarando Jack com uma expressão de incredulidade. Juliana, totalmente alheia, está de joelhos ao lado dele, debruçada, tentando grudar uma gaze com esparadrapo em sua pele. E Jack... bem, ele virou o corpo de modo que conseguisse ter uma visão privilegiada do que estou fazendo com sua sobrinha. Seus olhos estão intensos e fixos aos meus movimentos, o que é uma porcaria. Saber que sou observada da mesma forma que fiz há pouco, é perturbador. Meu coração concorda, batucando entre meus pulmões.

Merda.

# VINTE E CINCO

Trocar Alice acaba se revelando um desafio. Sua inquietação tinha um motivo muito sério: o número dois. Quando solto os lacres da fralda descartável, me deparo com algo parecido com uma obra de arte líquida e pastosa.

— Minha Nossa Senhora! Quando você teve tempo pra fazer isso? — pergunto ao averiguar a sujeira.

O cheiro azedo invade meu olfato quando levanto seu bumbum, segurando as pernas para cima. Maravilha. O conteúdo da fralda está tão líquido que vazou pelas costas da bebê. Como não percebi isso antes?

— Eca! A Lili soltou uma bomba! — Juliana diz ao se deitar de bruços do lado da irmã, tapando o nariz com o indicador e o polegar. — Que *fedô*!

— Oh, Meu Deus! Eu não consigo... licença. — Elizabeth some pela porta com a palma da mão na boca.

— É, minha pequenina, você acaba de ser promovida ao cargo de "espalha rodinha" — comento, sorrindo ao ouvir o resultado do sofrimento de Elizabeth em algum cômodo próximo.

Meu corpo congela quando o que saiu dos meus lábios é registrado por meu cérebro. Como posso ter chamado a menina de *minha*?

Tudo é muito confuso. Estamos juntas há uma semana, nesse período, já troquei uma boa quantia de fraldas e, embora não ache mais *tão* complicado, como das primeiras vezes, ainda me sinto um pouco insegura. Claro que é desconfortável, mas não pelo cheiro ou qualquer outra bobagem. Isso são águas passadas. O que me pega é a sensação de estar cuidando de algo que não é meu, e a genética pesa. Não tanto quanto antes, porém, consigo ver semelhanças com Vinícius nas duas, o que procuro não pensar muito. Graças aos céus que não conheci Ana Maria, seria péssimo reconhecer seus traços nas minhas mais novas companheiras.

Porcaria. De novo. *Minhas*.

Inconscientemente, elevei a posição das duas e confesso que tenho medo de onde isso me levará. De miniaturas de seres humanos passaram a *pequenas* e, agora, *minhas*. Sou incapaz de controlar meus sentimentos. Na verdade, não conseguiria nem se fosse racional, o que obviamente não é.

Sei que ao pensar dessa forma estou extrapolando os limites da intimidade. Elas não são minhas. São do Jack. E do Vinícius... se o babaca sobreviver.

— Caprichou, hein, Lili?

A voz grave de Jack me resgata dos pensamentos conturbados, fazendo com que eu volte totalmente a atenção para o conteúdo para lá de nojento em minhas mãos. Literalmente. Enquanto divaguei, Alice se mexeu e meus dedos se tornaram alvo de sua obra.

— Vai ter que tomar um banho — ele emenda.

*Jura, espertinho*? Adiciono o comentário irônico mentalmente, já elaborando um plano para conseguir lavar a lambança de Alice. Olho para ele com zero expectativas.

— Você não teria uma banheira adequada, né?

Ele meneia a cabeça, concentrado na sobrinha.

— Não, mas pode deixar que dou um jeito nisso.

Jack some de minha visão e ouço passos apressados descendo a escada.

— O que vamos fazer com você, criaturinha? — continuo conversando com a bebê, que "come" a lateral da mão com voracidade.

Jack demora para voltar e começo a limpá-la. Dar banho nessa situação será impensável, é lambança na certa. Juliana me ajuda a pegar um chumaço de lenços umedecidos e me entrega um após o outro, enquanto estou focada na tarefa fedorenta. Limpo primeiro o bumbum, descartando a fralda na lateral do trocador, o mais longe possível de Alice. O que menos preciso agora é que ela alcance a bomba de cocô e piore o cenário. Prossigo tirando o restante de sua roupinha com muito cuidado para que o estrago não chegue ao cabelo. Alice tenta conversar o tempo todo, resmungando vogais e olhando de Juliana para mim.

Quando Jack retorna, seus braços estão carregados com roupas de inverno, toalhas, fraldas, sabão de bebê e brinquedos. Ergo as sobrancelhas para ele, me divertindo um bocado.

— Vai levar Alice para esquiar?

— Eu não sabia o que pegar. Nunca sei se vai sentir frio ou calor.

Ele coloca tudo do outro lado da cama, menos a tolha e o sabão, e sai por uma porta que eu não tinha visto antes. Escuto o som de água correndo e, poucos minutos depois, ele se aproxima da gente.

— Vamos, Lili? Tio Jack vai te dar um banhão.

— Eu posso fazer isso — reclamo, olhando para ele.

— Não, deixa comigo. Eu e a pequena Alice vamos nos esbaldar.

Ele estica os braços e pega a sobrinha no colo, sem se importar com a possibilidade de ainda haver resquícios de cocô em sua pele. Sem a menor cerimônia, cola o corpo de Alice no dele e segue para o banheiro. Pego a fralda-bomba e vou atrás, querendo ver de perto. Descalço, Jack não perde tempo e entra na banheira.

Quando foi que ele tirou os coturnos? Mais importante, ele entra completamente vestido. Bermuda cargo e camiseta branca. *Branca*, pelo amor de Deus!

Fico observando-o se sentar na água com Alice em seus braços, apoiando o corpo dela nas pernas. A bebê não perde tempo e bate as mãozinhas alegremente na água.

— Ficou doido?

Ele me fita com um semblante confuso, como se o que estivesse fazendo fosse completamente normal.

— Por quê?

— Entrar na banheira com ela…

— Tem outra sugestão?

— Você podia ter… — começo, pensando em sugerir que ele poderia ter ficado do lado de fora e segurado Alice na água, mas desisto, por me lembrar do desastre que transformei meu banheiro quando fiz exatamente isso. — Esquece.

Com uma sobrancelha arqueada, Jack continua brincando com a sobrinha, batendo uma das mãos na superfície da água. O sorriso de Alice é tão esplêndido que me contagia. Sou incapaz de reprimir sua atitude.

— Relaxa que não é nossa primeira vez, né, Lili? Somos craques nisso!

Não é a primeira vez? Mas nós demos banho na banheira desde o dia em que… *Ah, sim*! Está explicado o que aconteceu naquela tarde em que cheguei da casa de Ariel e encontrei Jack dormindo sem camisa.

— Posso *entlar* também?

Compenetrada na cena, não notei que Juliana nos seguiu.

— Eu não acho que seja uma boa…

— Claro! A banheira é bem grande e cabe nós três — Jack me corta.

— Oba! — Juliana pula de felicidade e corre para borda, passando uma perna de cada vez para dentro.

— O sapato! — aviso tarde demais. Juju já se sentou, seguindo o exemplo do tio, sem retirar uma peça sequer de sua roupa.

— Ixi! — Ela leva a mão na cabeça e faz uma careta, antes de tirar as sapatilhas molhadas e colocá-las sobre o tapetinho branco. — Esqueci.

Eu me perco na cena e fico observando o carinho de Jack com as meninas, dando atenção para as duas ao mesmo tempo. Seus dedos tatuados ensaboam o corpinho de Alice enquanto engaja um bate-papo com Juliana. Meu queixo cai quando muda de posição para enxaguar o sabão da cabeça da bebê. A umidade deixou a camiseta translúcida e ainda mais grudada ao corpo. O esparadrapo com a gaze colados em sua testa dão um toque fofo – fofo demais para o meu gosto.

Isso não é justo. E também não é de Deus.

Através do tecido encharcado, dá para ver nitidamente o contorno definido dos músculos de Jack. Bíceps, peitoral e um pouquinho do abdômen. Não consigo ver tudo, porque Alice está na frente, mas eu tento, inclinando o pescoço para a direita como quem não quer nada.

— Vai guardar de lembrança? — a voz de Jack soa provocativa e com uma leve nuance de divertimento.

— O quê? — Balanço a cabeça para clarear a mente e tomar um pouco de juízo.

*Onde já se viu ficar babando por um cara que está dando banho em duas crianças, Catarina? Isso não é coisa que se faça.*

Jack faz um movimento curto com o queixo, indicando alguma coisa em mim. Seus lábios assumem um sorriso irônico e muito convencido. Ele sabe que me pegou no flagra e tem total ciência de que gostei do que vi. Droga.

Olho para baixo e vejo que ainda seguro a fralda nojenta. Sem uma palavra, vou até o lixinho embaixo da pia e descarto ali mesmo, tirando e amarrando o saquinho.

— O lixo fica na porta dos fundos da cozinha — Jack informa.

— Certo, eu vou...

Aponto com o indicador por cima do meu ombro e me retiro daquele espaço pequeno demais em segundos. Desço a escada correndo, encabulada por minha indiscrição. Não é novidade que eu me sinta atraída por ele. Qualquer mulher solteira ficaria – algumas comprometidas também –, mas esse fato não justifica meu interesse. Não é nada lógico, muito menos racional.

Saí de um relacionamento que eu considerava impecável há uma semana, na verdade, não fui eu que saí, fui forçada a enfrentar uma ofensa imensurável com consequências que jamais sonhei. Posso argumentar que minha reação ao Jack é biológica e fruto do meu estado vulnerável, só que detesto me colocar como uma pessoa passiva em qualquer situação. Se eu fizer isso, será um grande equívoco, pois estarei minimizando a profundidade que ele está atingindo dentro de mim. Tudo vai muito além de tapar a ferida ou uma simples distração momentânea.

Pode ser cedo para chegar a uma conclusão, não me esqueci da arrogância e prepotência de quando nos conhecemos, além de sua capacidade fora do normal de conseguir me tirar do sério, no entanto, já deu para perceber que Jack é uma pessoa muito diferente do que eu esperava.

A imagem que tenho dele está em constante mudança e tem interferência direta da maneira como lida com as sobrinhas e com Bela e Estevão. É um homem carinhoso, apesar de manter a pose de sabe-tudo bonitão. Sem contar que foi o único que ficou do meu lado no espetáculo de horrores que vivi. Tenho ciência de que não foi por livre e espontânea vontade, estava no lugar errado, no momento errado e também enfrentando algo nada fácil de engolir, contudo, ninguém o forçou a tomar uma atitude. Não no que diz respeito a mim.

Jack foi o único que me estendeu a mão e demonstrou ter complacência e empatia. Esse fato, sozinho, pesa horrores no meu coração, como se fosse um tanque de guerra passando por cima de qualquer resquício de racionalidade que eu queira me apegar. E isso pode me destruir, se eu não tiver cuidado.

Localizar a lixeira é simples, mal abro a porta e já encontro o depósito amarelo vivo. Descarto o saquinho fedorento e olho rapidamente o meu redor, inspirando o ar seco e sentindo calor do sol. O céu de Las Vegas é esplêndido e está sem nenhuma nuvem, permitindo que o azul se espalhe pela imensidão. Parte das montanhas que cercam a cidade podem ser vistas de onde estou. É lindo e eu me perderia nisso, se não fosse a visão da piscina e da casinha mais ao fundo.

*Humm, uma bela casa, Jack.*

Embora eu tenha visitado os Estados Unidos inúmeras vezes a trabalho ou turismo, não tive a oportunidade de conhecer ou entrar em uma clássica *pool house*.

Por fora, parece ter três ambientes. Dois fechados, um em cada extremidade, ambos com uma grande fachada de vidro. O reflexo da água e as cortinas fechadas me impedem de ver o interior, aguçando a minha curiosidade. O terceiro fica ao centro e de frente para a piscina, decorado com duas poltronas de madeira rústica e estofado preto e um sofá para duas pessoas. Um lugar convidativo e, aparentemente, confortável, visto que Estevão desmaiou em uma das poltronas pequenas, com as pernas e a cabeça pendendo para fora do estofado, enquanto a madame desfila como uma majestade sobre o assento do sofá. Mal chegaram e já se sentem em casa. Inacreditável.

Dou um passo adiante, com a intenção de ir até eles, mas paro para observar a piscina, simples e retangular. A rampa, numa das extremidades, tem inclinação suave que termina em uma superfície acima do nível de profundidade, um espaço amplo onde eu poderia passar horas sentada com água até a cintura. Principalmente se estiver em boa companhia e com uma taça de vinho. Minha imaginação fértil não falha. Posso me ver passando uma tarde ali, esbaldando-me no clima quente. Ou uma noite, conversando com Jack e me divertindo com seu sarcasmo... A iluminação escassa vinda da casa ou da *pool house* criaria o clima perfeito. Consigo visualizar Juliana brincando – certeza que a altura da plataforma dá pé para ela, enquanto Alice estaria no meu colo, batendo as mãozinhas na água igual fez com o tio na banheira.

Tio. Na. Banheira.

Com as pequenas.

É, o apelo é maior do que me sentar com Bela e ser alvo de seus miados exigentes. A gata nem olhou para mim e, lá em cima, existem duas pessoinhas que precisam do meu auxílio. Como Jack vai fazer para tirar as duas do banho, sendo que está completamente molhado?

Tudo bem, você pode argumentar que Elizabeth está em casa e que ele pode chamá-la se precisar, só que eu quero me sentir útil. Fazer algo que não seja ficar olhando e babando pela casa de Jack. Só por esse motivo, evidente. A ociosidade pode matar uma pessoa!

Volto até as malas e escolho uma troca de roupa para a JuJu. Antes de subir, procuro um armário que possa ser lavanderia e pego duas toalhas limpas. Quando chego no banheiro, Juliana está cantando outra cantiga infantil e Jack a acompanha. Como se não bastasse a beleza e o corpo, também sabe cantar. Muito bom para ele. Péssimo para mim, que mais pareço ter um ímã dentro da cabeça que insiste em me atrair para ele.

Tento ao máximo manter os olhos fixos ao chão e arrumo uma das toalhas em meu ombro, oferecendo os braços para que me entregue Alice. Evito olhar para ele a todo custo, sabendo com o que vou me deparar. Não preciso que meu cérebro registre a imagem de Jack com a roupa toda molhada, em pé, dentro da banheira. Não é hora para isso, eu nem deveria pensar nisso, em primeiro lugar.

Com Alice embrulhada em meus braços, sigo até o quarto para secá-la e trocá-la na cama de Jack.

Elizabeth reaparece na porta.

— Quer ajuda? — oferece em inglês.

— Não precisa, obrigada — agradeço no mesmo idioma, facilitando o diálogo. — Está se sentindo melhor?

— Estou. — Ela ri ao falar. — Desculpe, fiz papel de boba.

— Imagina.

— Não me dou bem com cheiros fortes...

— Não tem problema, nem todo mundo consegue ficar perto de bebês quando estão com a fralda recheada. — Lanço um sorriso. — Eu mesma não sabia o que fazer até pouco tempo atrás.

Elizabeth se aproxima de mim e se senta ao lado de Alice.

— Você tem filhos?

— E-eu? — Quase engasgo, mas me recomponho. — Não! Claro que não.

— Ah... achei que tivesse.

Ela acaricia os cabelos ralos da pequena que se remexe sem parar, tentando comer a gola fofa do casaquinho.

— Por que diz isso? — pergunto como quem não quer nada.

— Você é boa nisso.

— Ah, não. Não, não, não. — Balanço a cabeça para enfatizar a falta de noção da garota. — De jeito nenhum.

Elizabeth desvia o olhar de Alice para mim e inclina o pescoço para o lado, com um semblante irônico no rosto.

— Bem, posso estar errada, mas... o seu rosto, quando você olha para as meninas...

— O que tem meu rosto?

— Se ilumina.

— Não... é uma reação normal... — Tento reverter o assunto.

— Não parece. Você olha para elas como se... — Elizabeth leva um tempo para chegar a uma conclusão, mas quando o faz, me deixa perplexa. — ... como se fosse capaz de fazer de tudo por elas.

*Como uma mãe.* Não é o que diz, mas é exatamente o que quer dizer.

Incapaz de responder, fecho os olhos e solto um suspiro profundo. Meu coração reage, acelerado.

*Mãe...* um papel comum, trivial e indispensável. Tudo o que evitei ser pela vida toda. Nada do que realmente sou.

# Vinte e Seis

Desconcertada, deixo Alice na cama com Elizabeth assim que termino de trocá-la. Embora a bebê siga um padrão, sempre tirando cochilo após o banho, não sei se irá dormir de imediato.

Fico com certo receio quando me afasto, mas ignoro a sensação ridícula. A garota não para de brincar e conversar com Alice, parece ser uma boa pessoa e não fará mal à pequenina. Coloco minha super proteção de lado e pego a toalha. Bobagem, Jack não passa de um espécime do sexo masculino e…

Virgem Santíssima! Por que tirou a camiseta? Ideia de jerico!

— Preciso tirar a roupa para me lavar, não? — Jack responde ao que não era para ter saído da minha boca.

Ouço sua risada e sei que meu rosto exibe vários tons de rosa, o calor em minhas bochechas é inconfundível. Nem preciso olhar para ele para saber que deve estar com aquele sorriso torto que eu não suporto, mas que insisto em admirar.

— O que é *jelico*? — Juliana me salva, requisitando atenção.

— Um jumento.

— E o que é um jumento?

— Um burrinho, sabe? Aquele bicho que parece um cavalo, mas é engraçado e tem a orelha maior? — explico ao ajudá-la a sair da banheira.

— Eu sei o que é um *bulo*! — Ela revira os olhos em tom de indignação. — Tem no filme do *oglo*.

— Desculpa-me, senhorita-entende-tudo-de-filmes-infantis. Jerico é como se fosse um burro. — Volto à questão inicial com a melhor das intenções, só para cair em uma enrascada.

— Por que você chamou o tio Jack de *bulo*?

Juju retira a roupa molhada e a enrolo na toalha, protelando a resposta.

— Porque ele se parece com um.

— Nãaaaoooo, eu não acho que ele *palece* um *jelico*. — Ela balança a cabeça de um lado para o outro, enfática. — As *olelhas* do tio Jack são pequenas.

— Valeu, Juju — ele comenta, mas a menina ignora e continua sua reflexão.

— E é muito mais bonito que um *bulo*.

Sorrio, evitando olhar para o assunto que, por acaso, está em pé aguardando que eu dê o fora do banheiro. Não que eu esteja interessada, minha visão periférica que registra sua sombra no chão.

— Tem certeza? — questiono Juju, sem perder a oportunidade de provocar Jack, me divertindo demais com o rumo do diálogo. — Presta bastante atenção, acho que você está precisando de óculos.

Juliana dá risadinhas e sacode os ombros.

— Ah, alguém tem *prestado muita atenção* — o "assunto" fala e é novamente ignorado por nós duas.

— Já tivemos essa conversa antes, lembra? E, talvez, um tiquinho assim — mostro o polegar e indicador separados por um centímetro —, você esteja certa. Ele não se parece com um jumento, mas é bem semelhante ao ogro do filme. Porco, barrigudo, careca...

— Ele não é *caleca* — ela rebate, rindo.

— Como não? Aquilo ali, que você pensa que é cabelo de verdade, é só uma peruca. — Ajoelho-me diante dela e a ajudo a se secar.

— Mesmo? — Juliana arregala aquelas duas esmeraldas e se vira para ele. — *Veidade*, tio?

Ele não responde, apenas sai da banheira, colocando os pés no tapete. Por Deus, como é possível que até seus pés sejam perfeitos? Cadê a unha encravada que deveria estar ali? Eu não quero, mas meus olhos têm vida própria e sobem lentamente por seus tornozelos, canelas e... porcaria! Por que estou me torturando? Não preciso saber como fica a bermuda grudada às suas coxas.

Jack, intencionalmente, leva os dedos tatuados ao botão da bendita bermuda e ameaça abri-lo. É o suficiente para colocar juízo em minha cabeça. Comprimo os lábios, fechando o cenho, e, em segundos, estou saindo do recinto de mãos dadas com Juliana. Eu não acho que ele ficaria nu perto da sobrinha, mas a provocação foi nítida. E eu não deveria gostar dessa faceta atrevida e insolente de Jack. Seria ideal fingir que ele não me afeta, só que, pelo andar da carruagem, não sei afirmar por quanto tempo ainda serei capaz de manter a linha. Ele me desnorteia no melhor sentido e confesso que adoro detestá-lo.

No quarto, encontramos Elizabeth com Alice no colo, balançando a pequenina para lá e para cá. Pela carinha de felicidade, a bebê aprecia ser o centro da atenção. Não atrapalho o divertimento das duas e levo alguns minutos auxiliando Juliana a se trocar, ouvindo suas reclamações de que não precisa, já é grandinha. O problema é que *eu* preciso, e jamais diria isso a ela. Já pensou as cem mil perguntas que a pequena Einstein faria? Tem hora que é necessário priorizar algumas coisas e a velocidade das batidas do meu coração imploram por clemência, então, a ajudo independentemente de sua objeção.

Esfrego as palmas das mãos uma na outra, como se tivesse acabado de executar uma tarefa árdua.

— Prontinho!

— O que vamos fazer *agola*?

— Não sei... deixa eu ver... a gente podia...

— Curtir a piscina, o sol está ótimo.

A voz de Jack vibra em meus ouvidos e se revela um veneno para meus tímpanos, agindo em *modo destruição-total* com meu pobre coraçãozinho. Justo agora que consegui acalmá-lo! Tenho que parar com isso, está beirando o ridículo.

— Oba! — Juliana se anima e começa a pular. — Vamos? Vamos nadar?

O que eu desejo, na verdade, é tomar banho e me livrar da inhaca das quase vinte horas de viagem. E também não faz sentido ir para a piscina quando elas acabaram de sair da banheira. Estou prestes a argumentar, quando Jack aparece em meu campo de visão com somente uma toalha ao redor do quadril.

— Vamos — respondo e praticamente salto da cama, me prontificando a passar o dia submersa.

Fito o sorriso descomunal de Elizabeth e sei que ela nota meu desconforto. Mulheres sentem esse tipo de coisa.

— Vou descer com as meninas, se estiver tudo bem. — Ela ajeita Alice no colo e também se levanta.

Com um aceno de Jack, Liz sai do quarto com as duas.

— E você, Cat? É melhor se sentar se quiser assistir de camarote.

Antes que sua mão solte a toalha dos infernos, saio correndo do quarto, tropeçando nos coturnos que não vi no chão.

— Precisa de ajuda? — Jack provoca, rindo.

Babaca. Pode morrer de rir do meu embaraço. Nem ligo.

— Quem ri por último ri melhor! — grito a uma distância segura daquele ser irritante.

— Vou pagar pra ver! — retruca e ganha um grunhido como resposta.

Uma coisa que nunca cogitei, mas vivi na pele, é a complexidade da tarefa de se arrumar e passar protetor solar em mim e em duas crianças ao mesmo tempo. Misericórdia! Levamos quase uma hora para ficar prontas para a piscina. Entre encontrar uma roupa adequada para nadar – o que nenhuma de nós três trouxe na mala – e estar protegida para enfrentar o sol, foi uma batalha.

A euforia de Juliana é incontrolável e, mesmo que incomode um pouco, é bonitinha. Ela já pulou de cima do sofá, tentou virar estrela e fuçou em cada canto da sala e da cozinha. Alice se recusou a voltar para o bebê-conforto, endurecendo as pernas e braços quando tentamos colocá-la no assento. Elizabeth evaporou no auge do caos, deixando-me na mão, com Alice praticamente pendurada em meu braço, enquanto eu passava protetor em Juliana.

Não me incomodei, ela é garota e não está acostumada com o ritmo de duas crianças pequenas. Nem eu estou, todavia, estou começando a gostar da dinâmica.

É trabalhoso, mas divertido. E pensar que eu desvalorizava as mulheres que se dedicam à casa e aos filhos por considerá-las passivas. Ledo engano. Possuem a minha admiração total. Merecem um troféu.

Verifico se tudo está nos conformes. Juliana veste um short verde curtinho de tecido leve e uma camisetinha azul. Deixei debaixo dos olhos duas faixas brancas de protetor fator 60, que por algum milagre lembrei de pegar quando fiz a mala. Prendi seu cabelo bem alto, tentando manter os fios longe de sua testa. Não ficou uma beleza, mas funcionou e ela está uma fofura. Tirei a roupinha de Alice e coloquei uma fralda apropriada para água – ainda bem que comprei no meu surto de consumismo desenfreado –, deixando a bebê somente com um *body* de manga longa. Ela se diverte mastigando o chapeuzinho em forma de cuia que arrancou da cabeça. Depois de desvencilhar os dedinhos curiosos e colocar o bendito no lugar mais de quatro vezes, compreendi que seria impossível. Para quê deixar o adorno no lugar certo se, de acordo com Alice, tem um sabor espetacular?

Com tudo pronto, passamos pela porta do armário – para a alegria de Estevão, que acordou do seu sono de princesa e corre em nossa direção feito um doido, babando para todo lado.

— Calminha, grandão — aviso —, estou com um bebê no colo. Aguenta aí!

— Vem cá, seu *ulsinho* fofo!

Juliana corre na minha frente e encontra com ele no meio do caminho, permitindo que a derrube no chão e passe a lamber seu rosto. Meu coração chega à garganta, mas logo volta ao normal quando a menina começa a rir sem parar.

— Cuidado, Juju, ele não sabe que pode te machucar.

— Tá bom — ela grita.

Aproveito a distração e vou para o local que captou meu interesse desde que vi mais cedo. Bela se aproxima e se enrosca em meus pés, demandando atenção.

— Agora quer carinho? — Observo a graciosidade de seus movimentos. — Justo quando estou com as mãos cheias?

— Ah, meu Deus! — a voz animada de Elizabeth ressurge. — Que cachorro mais lindo!

Estevão percebe de imediato a chegada de uma nova pessoa no quintal e sai correndo em direção à novata, liberando Juliana do banho de saliva.

— O que ela disse? — Juju questiona.

— Que ele é lindo, em inglês.

— Ah. Eu não falo inglês — reclama com tristeza.

— Eu te ajudo.

Juliana sorri e vem até mim, espantando Bela. Acho que a realeza ainda não se habituou a ter tanta gente me disputando. Sua postura ereta e o rabo empinado são uma mensagem claríssima de sua petulância.

— A casa do tio Jack é muuuuuiiito legal!

— Também acho.

— Podemos nadar *agola*?

— Você sabe nadar?

— Sei!

Fico na dúvida e encaro seu rosto, avaliando se a informação é verdadeira. Tenho minhas dúvidas. Quatro anos e saber nadar?

— Sabe mesmo?

— Igual um peixinho.

Minha desconfiança não diminui, porém, como expectativas foram criadas, acabo concordando.

— Tudo bem, mas não entre no fundo. Fique só no degrau.

— Ahhhh! — Ela faz careta, só que não pretendo ceder até ter certeza de que ela sabe se virar sem se afogar. Só de pensar nessa possibilidade fico angustiada.

— Desculpa, Juju, sei que estou sendo uma chata, mas você só vai nadar pra valer quando eu estiver junto.

— Tá bom — ela responde e senta na borda, colocando os pezinhos na água.

— Vou ver se Elizabeth fica com Alice quando Estevão acalmar. Aí, entro também.

Mesmo aborrecida, ela me lança um sorriso, e esse é outro aprendizado essencial para o meu dia. Não é fácil dizer não para uma criança. A empolgação da menina diminui setenta por cento, tanto que não entra na piscina, se contentando em bater os pés, insatisfeita. Dói na alma saber que sou a responsável pela cara feia, contudo não há outra opção. Às vezes, o não é fundamental.

— Vai para a oficina? — Elizabeth diz e, no mesmo instante, ergo a cabeça.

Jack para rente à porta dos fundos, mais bonito impossível. Com uma calça preta em jeans desgastado e uma camiseta igualmente escura, ele nos observa de longe. Apesar de estar com os óculos escuros, sei que olha para mim e para as meninas. Na verdade, não sei exatamente se é para mim, mas eu bem que gostaria que fosse o caso.

— Vou.

— Sabia! — diz ao ser abandonada por Estevão que, logicamente, tem um novo alvo.

Jack se agacha para cumprimentá-lo antes que meu bezerro consiga botar as patas dianteiras naquela camiseta que deveria ser proibida. Os fabricantes têm que parar de produzir peças com numeração pequena.

— Tenho muita coisa para colocar em dia, Liz, não posso ficar aqui com vocês, mesmo que eu queira.

— Eu sei — ela concorda, mas sua voz indica o contrário —, fala pro Matt que mandei um beijo.

— Vou te falar pra aonde vou mandar esse beijo!

Lentamente, Jack estende o dedo do meio e mostra para a irmã. Liz cai na gargalhada. Em seguida, com passos largos e confiantes, ele alcança Juliana.

— Se comporte, mocinha.

— Tá bom, tio.

— Ah, quase me esqueci de uma coisa muito importante.

Ele ajoelha ao lado dela e sussurra em seu ouvido.

— De novo? — Sorrio ao fingir indignação. — Quem cochicha o rabo espicha.

Juju olha para trás e responde com um mega sorriso:

— Quem *leclama* o *labo* inflama!

— Você vai ficar bem com as três? — Jack se aproxima de mim e mexe com Alice, fazendo careta para ela.

Ergo as sobrancelhas, *que pergunta boba*!

— Não posso ficar, mas saiba que é exatamente o que eu queria.

— Tudo bem, vá trabalhar, vamos aproveitar a sua casa.

— Sei disso. A Liz é um pouco sem juízo, pode chamar sua atenção se for necessário.

Jack levanta os óculos e me observa com intensidade. Eu prefiro quando as lentes estão no lugar, a tentação de chegar perto e beijá-lo é infinitamente menor do que quando ele me olha desse jeito.

— Sei que não te chamei para vir pra cá para ficar cuidando sozinha das minhas sobrinhas e prometo que vou levá-las comigo amanhã, mas tenho negócios atrasados a resolver. Pretendo agilizar tudo ainda hoje, então, talvez volte tarde. — Ele enfia a mão no bolso e me dá o celular. — Fique com meu telefone, não vou usá-lo no trabalho. Não tem senha, sendo assim, fique à vontade. Se precisar, o nome da oficina é *Incredible Cars*, é só ligar e pedir para falar comigo.

— Certo.

Enfio o aparelho no bolso de trás do meu short. Metade fica para fora, claro, bolsos femininos não são projetados para guardar coisas, servem somente como decoração.

— Tem certeza de que está tudo bem?

Olho dele para Juliana, Liz e Alice, antes de responder:

— Tenho, fica em paz. Prometo que te ligo se a coisa apertar.

Eu não percebi, mas durante nossa curta conversa, Jack se aproximou demais do meu rosto. A proximidade me afeta e a pausa no diálogo eriça todos os pelos do meu corpo.

— O que você está fazendo? — indago em alerta quando ele se inclina para frente.

Meu coração acelera e fico sem ar. É impressão minha ou a temperatura escalou alguns graus em poucos segundos?

— Testando.

Com a respiração aprisionada em meus pulmões, não consigo raciocinar direito. Minha fala sai totalmente travada:

— T-testando o q-quê?

— Nada — balbucia com os lábios bem perto dos meus.

— Jack… — solto em um sussurro.

— Humm… — Ele suspira e eu praticamente absorvo tudinho.

Eu me esforço para manter a postura e não terminar com os lábios colados nos dele.

— Tem uma bebê, uma criança e uma jovem adulta nos encarando.

Jack desvia o rosto e resvala a boca em minha pele, bem no canto dos meus lábios, a poucos centímetros do ponto que causaria um belo estrago. Meus neurônios enlouquecem e disparam em frenesi, despertando todos os meus sentidos. Meu coração corresponde alucinadamente. Tudo muito rápido, mal tenho tempo de reagir.

— Até mais tarde — ele emenda baixinho em meu ouvido e se retira com a mesma confiança de antes, deixando-me como uma boba.

Jack some de vista e pisco repetidamente, tentando me recompor da descarga hormonal que acabei de sofrer. *Ah, eu estou ferrada...* Começo a rir de desespero e alívio, como se fosse possível sentir os dois ao mesmo tempo.

# Vinte e Sete

Encabulada, caminho até a borda da piscina e me sento ao lado de Juliana. Ajeito Alice entre as pernas, de modo que ela encoste e bata os pés na água, mas fico segurando seu corpo para que não escorregue. Empolgada com as gotas d'água que espirram para todo lado, ela esquece a fixação em devorar o chapeuzinho, que finalmente para no lugar. Juliana aproveita e entra na piscina, bem devagar, testando a profundidade. Eu observo atentamente e me tranquilizo ao confirmar que minha percepção foi acurada, o nível da água no degrau alcança o umbigo e ela consegue se locomover sem causar pânico.

— Não saia do degrau — alerto, ainda com receio de ela não saber nadar, principalmente ao notar a cautela em seus passos e braços estendidos.

— Posso ir até ali?

Ela aponta para a rampa e eu assinto. Sem demora, Juliana começa a subir, descendo em seguida, com um belo sorriso no rosto. Ela me olha e retribuo a manifestação de alegria. A aprovação faz com que sorria ainda mais, como se desejasse ser reconhecida por estar se comportando.

— Muito bom, Juju, tá ficando craque — elogio quando ela sobe a rampa pela terceira vez, agora correndo, claramente perdendo o medo.

Elizabeth entra na piscina e se senta ao meu lado com parte do corpo acima da superfície. Ela brinca com as pernas de Alice, que continua se divertindo, batendo os pezinhos na água.

— Ela é uma gracinha.

— Qual delas?

— As duas.

Sei que a garota me analisa, mas mantenho a atenção em Juliana.

— Deve ser tão difícil, né?

Desvio o olhar para ver se entendi sua pergunta. Até que ponto ela conhece da história?

— Perder a mãe na infância… — esclarece. — Jack não me contou os detalhes, somente que perdeu a irmã e ficou com a guarda das sobrinhas… e ele nem as conhecia.

Sem saber o que responder, assinto com um movimento de cabeça.

— Só não compreendo o seu papel nessa bagunça... Pelo que sei, Jack não tem muitos contatos no Brasil. Sei que não é da minha conta, mas...

— Quer saber qual o meu vínculo com as meninas?

— Desculpa, não quero que pense que sou intrometida. Não tem que me contar nada. — Ela exibe um meio-sorriso e estende os braços. — Posso segurá-la?

Passo Alice para Elizabeth, que a senta em seu colo. Alice imediatamente começa a jogar o corpinho para frente, como se soubesse e quisesse sair nadando.

— Cuidado com a cabeça, não deixe que chegue muito perto da água.

— Eu só queria que você soubesse que pode contar comigo — Liz retoma a conversa —, estou de férias e passo a maior parte do tempo em casa, mesmo que meu irmão fique me forçando a sair e "viver a melhor fase da vida".

Alterando a entonação da voz, ela pronuncia as últimas palavras imitando Jack.

Pondero por alguns minutos o que posso compartilhar e se devo fazer isso.

— Quanto anos você tem?

— Dezenove.

— Mora com Jack faz tempo?

— Desde que completei dezoito. Fiquei sabendo que tinha um irmão quando meu pai faleceu. Foi um susto encontrar recortes de jornais e revistas sobre um homem que nunca conheci, além de algumas cartas entre seus documentos. Ele é quase vinte anos mais velho que eu e minha mãe nunca me falou nada, acho que não queria que eu soubesse. Nossa relação já não era boa e fiquei muito brava quando descobri que tinham escondido esse segredo por tantos anos. Minha mãe é muito rigorosa e me proibiu de tentar encontrá-lo.

Ela circula o pé na água antes de continuar:

— Jack foi fruto de um caso. Você pode imaginar a confusão. Quando achei as cartas, ela pegou tudo e queimou. Só que guardei um envelope, através dele, consegui entrar em contato três anos depois.

— Eu entendo a sua mãe. — *E como entendo...*

O relato de Elizabeth me faz pensar no Vinicius e em como seria a minha vida se não tivesse ocorrido o acidente que revelou a sujeira. O que aconteceria se, anos mais tarde, eu descobrisse o caso com Ana Maria? Se as meninas fossem adultas? Ou, pior, se eu nunca ficasse sabendo de nada?

Tento me desvincular das semelhanças do que a mãe dela sofreu com a minha história. Algumas peças do quebra-cabeça se encaixam e consigo visualizar Jack sob outra perspectiva. A história dele e o que aconteceu comigo coincide em vários aspectos. Não foi à toa que ele me trouxe para Las Vegas e isso fica mais evidente a cada segundo. A empatia de Jack é totalmente justificável, o que me conforta.

Embora eu não seja uma pessoa aberta e não tenha o costume de expor minha vida pessoal para qualquer um, dar um voto de confiança à Elizabeth parece razoável. É uma atitude que a Catarina 1.0 jamais teria, então, talvez tenha chegado o momento de provar que eu realmente mudei.

— Estou vivendo na pele o que ela teve que enfrentar.

Suas sobrancelhas se unem quando começo a relatar minha história, sem perder o foco em Juliana, que corre pela rampa chutando a água.

— Como assim?

— Vou resumir. — Solto um suspiro. — As meninas são filhas do meu marido. Descobri há uma semana que ele mantinha uma vida paralela, casado comigo e sustentando uma amante com quem teve Juliana e Alice.

— Meu Deus!

— É, *meu Deus*. Não sei quantas vezes já repeti essa expressão.

— *Catalina*! Olha o que eu sei fazer!

A voz empolgada de Juliana capta minha atenção e olho para ela a tempo de vê-la afundando a cabeça na água, tampando o nariz com a mão e batendo o dorso dos pés por cima da superfície. Ela tira o cabelo do rosto quando ressurge, deixando-o todo desordenado.

— Viu?

— Vi sim, você está imitando um golfinho!

— Não! Você não entendeu nada! Eu sou uma *seleia*!

Ela dá uma risadinha como se fosse óbvio e eu fosse uma anta por não ter decifrado. Juliana volta a correr e me pego com um sorriso bobo nos lábios.

— Mas vocês se davam bem? — Elizabeth questiona. — Como aconteceu? Não consigo nem imaginar.

— Sim, nos dávamos superbem. Não sei explicar, de repente, eu tinha duas vidas em minhas mãos.

— Espera, aí! O cunhado do Jack...

— Ele mesmo. Vinícius é o meu marido, na verdade, era.

— Minha nossa! E o que você...

Ela não consegue terminar a frase, interrompida pelo toque de um celular. Demoro um pouco para notar que o barulho vem do meu bolso e pego o aparelho.

*Chamada sem identificação.*

— É melhor atender, Jack é meio obcecado com isso. Vira um inferno e acaba com a minha memória se não respondo logo.

— Não me diga! — Dou risada relembrando do exagero das mensagens que recebi quando estava no Brasil e ainda me importava com o celular. — Mas não é ele, é chamada internacional. Atendo?

Mostro para Elizabeth e ela assente.

— Melhor, né? Pode ser importante.

— Tá bom. Fica de olho em Alice e na Juju pra mim, por favor.

A garota consente e, com a curiosidade aguçada, afasto-me da piscina, de olho em Juliana ao levar o aparelho ao ouvido.

— Alô?

— Quero falar com Jack — uma voz masculina exige em português.

Não levo mais de dois segundos para reconhecer.

Pondero se devo responder ou simplesmente interromper a ligação. O meu sangue borbulha e solto a respiração carregada de rancor. Minha vontade é de desligar a porcaria e fingir que nunca aconteceu, no entanto, sei que fugir não será definitivo. Melhor acabar logo de uma vez.

Inspiro desejando clarear minha visão e meus pensamentos, tomados pela angústia.

— E o que você quer com ele, Pedro? — falo com desgosto permeando cada palavra.

— Catarina? Onde você está? Ariel está me enlouquecendo! Como você some e não avisa ninguém?

Massageio a ponte do nariz com o indicador e o polegar, sem saber o que responder.

— Pedro...

— Não, Catarina! Não me interessa seu egoísmo, você está sendo injusta! Ariel pode ter depressão pós-parto! Pensou nisso? Duvido que pensou! — a voz enfurecida do cara que eu considerava um amigo de longa data responde do outro lado da linha.

— Olha, eu não quero discutir.

— Então pare de agir como uma criança e converse com ela!

Penso na possibilidade de desligar na cara dele, mas não faço isso. Por mais que esteja apelando ao me ameaçar, usando minha prima como isca, fico dividida. Embora eu ainda esteja chateada com a minha família, o que não vai passar tão cedo, não preciso causar preocupação desnecessária. Além disso, longe de mim querer que Ariel tenha depressão pós-parto por minha culpa.

— Estou em Las Vegas, Pedro. Jack me convidou e aceitei. Não tem com o quê se preocupar.

Pedro fica em silêncio por um momento.

— Sua prima não vai gostar de saber disso — responde com um tom mais baixo e consideravelmente mais calmo.

— Eu também não gostei de saber que vocês ajudaram Vinícius a esconder...

— Ariel não sabia de nada. Pode me culpar se quiser, mas quem errou foi o Vinícius. Não fui eu, nem Ariel...

— Mas omitiram.

— ...muito menos suas tias — ele finaliza o argumento e consigo escutar a respiração acelerada pelo áudio. — Catarina, somos adultos, você está transferindo a raiva que sente por Vinícius para a sua família. Se isso te faz bem, ótimo, pode me culpar o quanto quiser, mas deixe sua prima fora disso.

— Fácil falar, Pedro. Fui eu que me senti traída. Eu me *sinto* traída, não só por ele.

— É, eu sei, mas seja coerente. Ariel só ficou sabendo quando ele foi internado.

— E você sabia desde o início.

Não faço uma pergunta, sei que é verdade.

— Sim, ele me contou. Se vale de alguma coisa, sempre fui contra.

— E teve anos para me alertar.

— Tive, mas era assunto dele, eu não quis me intrometer entre vocês.

Percebo que é inútil manter o diálogo. Pedro tem a sua convicção e não compreende a profundidade da minha mágoa. Ele se apega a fatos superficiais, como se fosse fácil superá-los pelo bem da família. Ora, Pedro quer que eu tenha consideração e aja como se nada tivesse acontecido, o que é impensável. Ele deveria ter pensado nisso antes, e me contado, mesmo sabendo que a notícia seria devastadora para o meu relacionamento. Ele fez uma escolha e não fui eu.

— Ariel está sofrendo, não tanto quanto você, mas está.

Continuo quieta enquanto ele tenta me convencer do contrário.

— Pare de...

— CATARINA! — Elizabeth grita e fico estacada no lugar.

Pedro some quando meu cérebro registra uma cena digna de filme de terror. Meu corpo todo entra em choque e meus dedos tremem tanto que perdem o tônus, soltando o celular. Levo as mãos à boca e meus olhos se enchem de lágrimas. Solto um grito rouco que queima minha garganta. Meu sangue para de circular e eu tenho certeza que meu coração parou de bater. Respirar, então, é algo dolorido e dispendioso.

Tento processar o que vejo, mas o borrado em minha visão oculta parte da imagem. Eu sei o que vi antes de ser atingida por um colapso nervoso, e preciso agir rápido. Minhas pernas se movimentam por instinto e me jogo na água, nadando em direção ao corpo da criança que se debate bem no meio da piscina. Na parte mais profunda, onde Juju não deveria estar.

Chego em Juliana com duas braçadas e a seguro contra mim, com a cabeça fora da água. Seu pescoço pende para o lado e, mais uma vez, meu corpo gela.

— Não! Você não vai fazer isso comigo, Juju!

Com dificuldade e muito nervosa, a carrego para a rampa e a deito. Com as mãos firmes nas laterais do seu rostinho, imploro para que nada de ruim aconteça. Nunca fiz respiração boca-a-boca, mas estou pronta para agir. Forço seus lábios abertos e me agacho, ouvido perto de sua boca, dando um tapinha leve em seu rosto, esperando que reaja.

— Ela está respirando?

Meneio a cabeça e empurro seu peito para baixo, com lágrimas escorrendo.

Nada.

— *Ah, meu Deus*! — Elizabeth se apavora e eu me esforço para manter a racionalidade.

— Não, Juju! Não faz isso comigo — suplico antes de me aproximar de sua boca, com total intenção de trocar a minha vida pela dela.

Quando meus lábios quase tocam os dela, Juliana se contorce e emite um som engasgado. Eu me afasto quando ela cospe uma boa quantidade de água, inspirando logo em seguida.

— Ai, graças a Deus! Você quase me mata de susto, Juju. — Solto meu corpo em cima do dela e a abraço com todo amor que circula em minhas veias.

Alguns espamos me percorrem, o que me faz apertá-la ainda mais. Soluço junto a ela e meu peito demora a desacelerar.

— Ah, Deus! — Elizabeth suspira.

— Eu t-tô bem — Juliana diz com a voz fraca.

— Nunca mais faça isso! — vocifero em seu ouvido. — Ouviu, mocinha? Nunca mais!

Ela assente com a cabeça em meu ombro. Ajeito sua posição e saio da piscina com ela nos braços, seguindo até o sofá. Sento com ela agarrada ao meu pescoço como um bicho-preguiça, sem força nem desejo de afastá-la de mim. As lágrimas saem com força, demarcando um trajeto das minhas pálpebras ao cabelo de Juju. Eu choro com gosto, sem esconder minha aflição.

— D-desculpa — Juliana pede baixinho.

Passo a mão em seu cabelo úmido e balanço nós duas para frente e para trás num ritmo constante. Eu e ela precisamos disso, precisamos de contato físico para garantir que tudo está bem. Que vamos ficar bem.

— Não se preocupe.

— E-eu...

— Tudo bem — asseguro entre um soluço e outro, tentando acalmá-la.

— ... eu só *quelia* ser uma *seleia*.

— E foi — respondo com a voz embargada. — Só que vai me prometer, a partir de hoje, que só vai brincar de sereia quando eu estiver com você dentro da piscina. Tá legal?

— Aham.

— Ótimo.

Beijo seu cabelo e deixo meu rosto descansar sobre sua cabeça, me esforçando para tranquilizar meu coração.

— Eu não posso te perder, Juju. Não posso...

— Você não vai me *peider*. — Ela se desvencilha do meu abraço de tamanduá e limpa os olhos com o dorso da mão. — Eu não *quelo* te *peider*.

— Shhh. — Puxo-a de volta para mim, descansando sua face em meu peito. — Não vai. Estarei sempre aqui, do seu lado.

— *Plomete*? — Ela ergue o punho com o dedinho estendido e o enlaço com o meu.

— Prometo.

Embora eu tenha ciência de que minha promessa não depende apenas de mim, vou fazer o possível para cumpri-la. Ou não me chamo Catarina Albuquerque.

# Vinte e Oito

Um tempo atrás, eu juraria de pés juntos que minha vida era interessante. Ter uma casa espaçosa e bem planejada, carros de vários estilos, viajar para todos os cantos do mundo, trabalhar num alto cargo de uma multinacional e manter um padrão de vida financeiramente confortável sempre esteve no topo das minhas prioridades. O enlace e envolvimento com Vinícius foi algo com o qual não contei, mas, no auge dos meus vinte anos, estava propensa a me aventurar em um relacionamento. Ele me conquistou com sua timidez e carreira bem-sucedida. Era uma via de fácil acesso ao futuro que eu almejava, pois pensávamos da mesma forma, tínhamos os mesmos propósitos e éramos calculistas o suficiente para atingirmos o ápice de nossas metas. E foi o que fizemos.

Nos dez anos que vivemos juntos, Vinícius se tornou a estabilidade emocional que procurei após a morte da minha mãe, o que quase acabou comigo. Nós duas éramos muito próximas e seu falecimento gerou uma grande ferida, o que eu aliviava, de certa forma, com futilidades materiais. Hoje é fácil analisar friamente tudo o que vivi na década passada, inclusive apontar meus erros e falhas quando deveria ter me focado no bem-estar do meu relacionamento conjugal. Aceitar o fracasso é desgastante, no entanto, necessário.

Depois da última meia hora, posso afirmar, sem nenhuma dúvida, que todas as experiências negativas que tive na semana anterior não chegam nem perto do pavor que me tomou ao ver o corpo de Juliana na piscina. Pouco me importa se ela é filha da amante do meu ex-marido moribundo, se é fruto de uma traição, se não é minha filha de sangue. Quando a vi, totalmente vulnerável e incapaz de se defender contra a água mansa que a cercava, senti no meu âmago o quanto ela se tornou indispensável, como um órgão vital. A sensação é muito específica, ela se tornou um dos meus pulmões, sem o qual não respiro.

Com Juliana adormecida em meu colo, penso em tudo o que poderia ter acontecido e meu peito se comprime só de imaginar. Eu não estou preparada para perdê-la, não estou pronta para me afastar. Eu já vinha pensando nisso, porém, o medo, julgamentos e restrições foram desconsiderados no instante em que saí correndo para resgatá-la daquele inferno.

— Aqui. — Elizabeth me tira do transe, oferecendo uma caneca. — Você precisa se acalmar.

Como uma águia, percorro o ambiente com os olhos, mas Alice não está em lugar nenhum. Vejo Estevão se espreguiçando perto da lixeira e Bela se deitou ao meu lado – seu pelo pinica a pele exposta da minha coxa.

— Onde está Alice?

— Calma, Catarina, eu a troquei e ela dormiu. Está no bebê-conforto, na sala. Não achei adequado trazê-la aqui.

— Obrigada. — Pego a caneca com cuidado para que o líquido fumegante não caia em Juliana e analiso seu interior, fazendo uma careta instantânea para o conteúdo marrom avermelhado com cheiro forte. — O que é isso?

— Um *blend* de chá preto com limão. Não é o ideal para relaxar, mas é o único que Jack tem em casa. — Ela se senta no braço da poltrona e me observa com ternura. — Como você está?

Tomo um gole que desce queimando por minha traqueia.

— Melhor. O susto passou.

— Foi horrível — ela fecha as pálpebras e balança a cabeça —, você... nossa, nunca vi nada igual.

Sorvo mais um pouco do chá, devolvo a caneca e volto a acariciar as madeixas quase secas de Juliana. Cada segundo é precioso demais para ser desperdiçado, ela tem que saber que é muito amada.

— Não vou deixar que nada falte a elas.

Elizabeth assente e sorri com os lábios fechados.

— Eu sei, mesmo se você não falasse, está escrito em seu olhar. — Ela se inclina para frente e apoia a mão em meu joelho, apertando com leveza. O contato é reconfortante. — Você ama as meninas. Pode ser difícil aceitar, por elas terem aparecido desse jeito, mas está muito claro para mim.

— Estou começando a acreditar nisso — confesso.

— E faz bem. — Ela fica em pé e me estende o braço. — Vamos, você tem que se trocar. Te ajudo com a menina.

Aceito a sugestão e me levanto com Juju nos braços. Vou atrás dela, rodeando a piscina. Elizabeth pausa no meio do caminho para pegar o celular de Jack no chão, me lembrando do que eu fazia antes do incidente. Pedro, Ariel e Vinícius parecem tão distantes... Como se meu problema com eles fosse ínfimo perto do que acabei de vivenciar.

Enquanto ela procura uma roupa para Juliana, subo em silêncio para o segundo andar, seguindo direto para o quarto do Jack. Elizabeth me auxilia a trocá-la sem que desperte. Fazemos o possível para não molhar a cama de seu irmão. Arrumo os travesseiros ao redor da pequena e a cubro com o edredom. Juliana não deve estar com muito sono, o cansaço se deve apenas ao estresse que sofreu.

Não quero me separar dela, mas também tenho que cuidar de mim, portanto, certifico-me de que está confortável, agradeço Elizabeth e desço. Pego um vestido, uma calcinha qualquer e uma toalha e tomo um banho rápido no banheiro de Jack, deixando a porta entreaberta, para o caso de a menina acordar assustada e me chamar.

Quando estou limpa, seca, decente e muito mais calma, fico meio perdida no que fazer. Alice dorme profundamente no bebê-conforto, Juliana ressoa tranquila cercada por almofadas e Elizabeth sumiu de vista. Com as pequenas desmaiadas, sem um pingo de sono e sem função, estranho a falta de obrigações. Inquieta, sei que preciso gastar minha energia acumulada de alguma forma.

Passo o peso do meu corpo de um pé ao outro, ponderando as alternativas. Geralmente, quando ainda estava na boa, trabalhando, eu pegaria meu celular e leria e-mails ou algum artigo científico, o que obviamente não farei agora.

Eu poderia ficar com Estevão e Bela, garantir que estão bem após a viagem exaustiva, mas não consigo fazer isso depois do que passei há pouco. Dói só de pensar em não estar por perto quando Juliana acordar.

Eu deveria aproveitar e dormir, mas sei que não serei capaz de pregar o olho. E também tinha que estar com fome...

Começo a perambular pelo quarto. Dou um passo para frente, depois outro e mais outro. Quando dou por mim, saí do cômodo e parei diante da mesa de trabalho de Jack. Os papéis pardos, envelopes e pastas empilhados desordenadamente dão um toque charmoso para a madeira escura. Passo a mão sobre o desenho de um caminhão antigo que acredito ser o rascunho de algum projeto. É sensacional, repleto de detalhes e ângulos perfeitos. Eu gostaria muito de ver aquele veículo pronto, talvez eu aceite o convite de Jack de conhecer a oficina no dia seguinte.

Uma maleta escura apoiada aos pés da mesa destoa da decoração, com uma aparência meio antiquada perto dos outros objetos. Curiosa, pego o couro gasto e abro o zíper, surpreendendo-me com a coleção de lápis, grafites e canetas. Incapaz de me controlar, sento na cadeira de *design* moderno e puxo um dos blocos A3 de baixo da pilha de projetos, com uma expectativa enorme.

*Tenha folhas em branco, por favor.*

Com um baita sorriso, escolho um lápis carvão e um 6B, ambos de marcas que não conheço, e testo o traçado no canto do papel. Perfeito. Corro ao banheiro e volto com um punhado de papel higiênico. Sem perceber, meus dedos envolvem o grafite e começo a rabiscar, meu peito expande com a sensação nostálgica e a sobrecarga de sentimentos antigos que me acomete. À medida em que corro o lápis no papel, muita coisa passa por minha mente, porém, uma lembrança antiga, que estava guardada no fundo da memória, me pega de jeito e me faz sorrir: minha mãe e os incontáveis fins de semanas que dedicamos ao desenho.

Mamãe era artista profissional e fez questão de me ensinar o básico desde pequena. O amor pelos lápis percorreu minhas veias até adolescência, época em que descobri mais sobre a vida, a escola tomou outra proporção e me apaixonei pelos números. Quando faleceu, parei de vez e me afastei de tudo o que me fazia recordar de nossas tardes no ateliê. Era doloroso pensar em desenhar sem ela por perto.

Mas agora... não sei explicar o que acontece comigo. Sem perceber, os traços e sombreados vão, aos poucos, transformando o papel em um grande borrão. Trabalho concentrada e sem pausa, só erguendo o rosto quando Juju aparece no canto da porta. Levanto-me na mesma hora, esquecendo por completo meu lapso artístico.

— Oi, Juju, dormiu bem?

— Tive um pesadelo.

Ela mal termina a frase e já estou ajoelhada à sua frente.

— Com o quê?

— A ma-mamãe afogou na piscina do tio Jack.

— Vem cá. — Suspiro em compaixão e puxo a menina ao meu encontro, abraçando-a com carinho. — Vai ficar tudo bem.

Sinto sua cabeça se movimentar para cima e para baixo.

— Mas a mamãe não vai voltar, né? — sua voz sai abafada.

— Não, querida. — Afasto-a de mim e olho fixamente em seus olhos, implorando que retribua a intensidade do meu sentimento. — Mas eu estou aqui, com vocês. Lembra?

Ergo meu dedinho e mostro para ela. Sem titubear, Juliana praticamente agarra meu dedo, apertando o seu mindinho com tanta força que meus olhos lacrimejam.

— Você *plometeu.*

— Prometi.

Com a garantia, ela se joga em meu pescoço num abraço de urso que resulta em nós duas no chão. Começo a rir e a cutucar suas costelas, criando um clima mais descontraído. Chega de tristeza e preocupação por hoje. Ela corresponde gargalhando, tentando se desvencilhar da minha mira apurada. Rolamos pelo chão, nos revezando nas cócegas, quase chorando de rir. Só paramos porque somos interrompidas pelo choro de Alice.

— Vamos, sua irmãzinha está possessa por ter acordado sozinha. — Estico minha mão e Juju aceita instantaneamente.

— O que é possessa?

— Pu… P. da vida — corrijo a tempo de escutar o sermão.

— O quê?

— Ah, você sabe. Brava, irritada, furiosa.

— Ahhh…

A pequena fica ao meu lado enquanto libero sua irmã do cinto de segurança.

— Oi, lindinha, dormiu um tantão! — cumprimento Alice ao pegá-la e apoiá-la em pé, rente a meu ombro. Ela para de chorar no ato, estalando a língua ao devorar o polegar.

— Ei, vocês! — Elizabeth grita de algum lugar da casa. — Estou faminta! Vamos sair para comer alguma coisa?

Eu me viro para a porta assim que ela aparece no alto da escada.

— Vamos! Vai ser bom.

— O que ela falou? — Juliana olha para mim, curiosa.

— Es-tá-com-fo-me? Va-mos-sa-ir? — a garota repete em português enrolado e Juju ri sacudindo os ombros.

— Eu tô molendo de fome!

— Mui-to-bom!

Segurando a bebê, perco alguns minutos arrumando a bolsa com fraldas e roupas extras enquanto Elizabeth vai para a garagem com Juliana. Com tudo pronto, vou com Alice para fora e, de longe, vejo o drama que a menina está fazendo ao lado do *hatch* branco. Cadeirinha de segurança, Jack não tem nenhuma.

É hilário, Liz enrosca no português e Juju se recusa a entrar, batendo o pé, irredutível. Considero observar a dinâmica entre as duas, mas não pretendo ficar parada com Alice na calçada.

— Podemos passar numa loja de departamento no caminho? — Dou a ideia e Juliana me encara com uma carranca, ao passo que a irmã de Jack ergue uma das sobrancelhas em questionamento. — Vamos comprar uma cadeirinha, igual fizemos em Andradas, tudo bem?

Contrariada, a pequena cruza os braços magrelos na altura do peito e infla as bochechas, nada contente com minha intromissão. Apesar da postura petulante, ela balança a cabeça concordando.

— Ótimo! Vamos parar na primeira loja, tá, Juju?

Ajeito o bebê conforto prevendo mais uma briga, dessa vez com Alice, por ter que voltar para o trambolho, só que ela me surpreende e fica sentada, entretida com um chocalho de borracha.

E aqui estou eu, de novo, indo a um supermercado para adquirir artigos infantis. A mesma compra que fiz no Brasil pelos mesmos motivos. Ainda bem que me contenho e pego somente o essencial.

Cinco horas depois, Elizabeth desliga o carro em frente à casa de Jack. O dia já está indo embora e a iluminação começa a dar espaço para a penumbra. O pôr do sol em Las Vegas sempre me cativou, principalmente em dias ensolarados, quando o astro se vai em grande estilo.

Após o passeio cansativo, meu único desejo é deitar na cama e me deixar levar pelo sono. E, pela disposição das meninas, aposto que querem o mesmo que eu. Juliana e Alice estão praticamente desmaiadas, suas cabeças apoiadas na lateral das cadeirinhas, uma em cada canto do banco traseiro.

O interior do carro da Liz é pequeno e encaixar os dois trambolhos de proteção foi um custo. Só não foi mais complicado do que fazer o milagre de caber uma banheira portátil e um carrinho com assento duplo no porta-malas. E algumas sacolas de roupas e acessórios indispensáveis. E elas precisam muito de um carrinho. Comprar um para cada uma seria um gasto desnecessário, então, escolhi um modelo laranja e preto que suporta as duas. É espaçoso, mas uma belezinha. Mal posso esperar para estrear e já estou planejando uma caminhada pelo bairro no alvorecer.

Elizabeth me auxilia a levá-las para dentro, só que dessa vez não vamos para o quarto de Jack, entramos em uma das outras portas que observei de manhã. O quarto é prático e charmoso, com papel de parede esverdeado e decoração com tons pastéis. Alguns quadros com fotos dos hotéis mais famosos da Strip e outras do Grand Canyon foram colocados na parede oposta à cama, dando um toque a mais para o ambiente. Travo a janela e fecho as cortinas, torcendo para que durmam até o dia seguinte. Sei que é pedir demais, principalmente de Alice, que adora despertar em plena madrugada, mas não custa sonhar.

A irmã de Jack some para dentro de uma das outras portas e eu permaneço ali, hipnotizada. É incrível como meu coração mudou o compasso em poucos dias. É como se antes tocasse uma valsa instrumental suave com acordes previsíveis e, agora, um rock pesado com batidas irregulares. É uma experiência única e de difícil compreensão.

Bocejo várias vezes, exausta, porém, não sei para onde ir. Jack não mencionou onde eu dormiria e Elizabeth se retirou antes que eu pudesse questionar. Evidente que neste quarto de visita não há espaço, pois as meninas ocupam as camas. Eu poderia me deitar com Alice, mas sei que tenho um sono agitado quando estou neste nível de cansaço e não quero correr o risco de acordá-la.

Deixo a porta encostada e desço para a sala. No caminho, pego o celular de Jack e verifico as ligações perdidas. Ele me ligou três vezes durante o passeio, nos falamos rapidamente, pois estava ocupado. Na minha antiga vida, eu gostava de ficar sozinha a apreciar o ócio, só que agora, o silêncio é ensurdecedor. Sinto falta de conversar com alguém. Não chegarei ao extremo de dizer que sinto falta de Jack, mas admito que me acostumei com sua impertinência 24h por dia, quando ele não largava do meu pé no Brasil. As piadinhas impróprias e a liberdade inconveniente me distraíam e me pego desejando que ele estivesse aqui comigo, que chegasse da oficina e pudéssemos nos sentar na *pool house,* para papear sobre o que fizemos no dia. Sorrio com a tolice dos meus pensamentos. Jack não é esse tipo de pessoa, nem eu. É só uma ideia vaga.

Mesmo assim, procuro por *Incredible Cars* nos contatos do celular. Sem pensar nas consequências, ligo para Jack e aguardo o toque de espera.

— *Incredible Cars,* a seu dispor? — uma voz feminina me cumprimenta.

— Oi, aqui é a Catarina, queria falar com o Jack. — Mordo o lábio inferior ao finalizar a frase.

— Desculpe, quem? — a voz, agora com um tom de antipatia, indaga.

— Catarina Albuquerque, Jack disse que eu poderia ligar e...

— Ah, sim, claro! É a última conquista dele, né? Deixa-me falar uma coisa, queridinha, você e metade das solteiras dos Estados Unidos querem um segundo encontro com Jack, mas desiste, ele não repete o prato.

Frustrada, afasto o celular do rosto para confirmar se liguei para o número correto. Sim, *Incredible Cars*!

— Não, você está confundindo as coisas — tento de outra forma —, ele pediu que eu ligasse...

— Aham. Sei. — Ouço a atendente bufar do outro lado da linha. — Escuta aqui, Jack não quer sair de novo com você, tá legal? Se você tiver um carro para restaurar, fique à vontade para trazê-lo na oficina para um orçamento. Caso contrário, cai fora.

A ligação é interrompida antes que eu possa responder. Inconformada, começo a rir do absurdo da situação. Virgem Santa! Ariel vai morrer de rir quando eu contar para ela. Suspiro e solto as costas no sofá, consciente de que preciso falar com ela, só não sei se estou preparada para isso.

# Vinte e Nove

Inspiro com vontade antes de abrir os olhos e me deparar com a iluminação que incide diretamente sobre meus olhos. Esfrego o rosto e, devagar, tento abri-los de novo, já sabendo o que me espera. Pisco algumas vezes, habituando-me com os raios que perpassam a cortina de tecido claro. Não demoro para perceber que meu corpo está quentinho, confortavelmente deitado em algo macio e coberto por um edredom cheiroso, numa posição tão agradável que me comprimo antes de me espreguiçar.

Mas não consigo fazer isso, logo que estico as pernas, sinto um peso na cintura que impede o movimento, me segurando exatamente como estou. O gesto age como um disparador de sentidos. Olfato, paladar, visão, audição e, principalmente, tato, soam como um alarme de perigo frenético, despertando minha consciência a uma velocidade acima de mil por hora.

Tudo é absorvido ao mesmo tempo. Meus olhos assimilam que conheço as cortinas e o papel de parede ao redor delas. Meu paladar me recorda que caí no sono sem escovar os dentes e que meu estômago abriga um ser furioso e faminto. Meu olfato me presenteia com um intenso aroma masculino refrescante. Minha audição registra o som da respiração muito próxima à minha nuca. E meu tato... bem, ele sente tanta coisa que não consigo processar adequadamente. O braço forte na minha cintura, a palma da mão segurando minha barriga, o vai e vem do peito colado às minhas costas, os pelos das coxas entrelaçadas às minhas, os pés perto dos meus... O sopro de ar na pele sensível do meu pescoço arrebata minha racionalidade e manda meu bom senso para longe. Desnecessário dizer que minha corrente sanguínea e meu coração entram em combustão.

Eu poderia agir como uma mulher ingênua, encenando surpresa e estar mortificada pela ousadia do homem que eu adoro detestar. Você pode elucidar vários motivos que me fariam pular da cama e para longe dele como um gato escaldado, vou inclusive ajudar na listagem:

1) Nos conhecemos há pouco tempo e seria uma imprudência.
2) Tenho passado por situações totalmente opostas ao que estou acostumada e me encontro emocionalmente vulnerável.
3) Ele é o irmão da falecida amante do meu *ex*-marido que está em coma.

4) Ele é o tio das meninas que estão me ensinando o verdadeiro significado do amor.
5) Ele é convencido, arrogante e teimoso.

*Viu? Só esse tópico já conta com três argumentos importantíssimos! Mas espera que tem mais.*

6) Por último e mais importante, caso tenha se esquecido, ele se parece com o Quasímodo e tem a mentalidade de um jerico.

Eu poderia continuar listando, no entanto sei que tenho contra-argumentos para todos os itens. Por isso, paro de me prender a hipóteses e me permito curtir o momento, agradecendo a invasão da carga extra-sensorial.

— Jack.

— Humm — seu gemido rouco acaricia meus ouvidos.

— Por acaso você está sem camisa?

— Hum-hum.

Preciso confessar que o arrepio em minha coluna não é nada ligado ao murmúrio, porém, tem tudo a ver com a imagem que toma posse da minha imaginação. Nós dois, deitados de conchinha. Mantenho os olhos fechados para que a visão da parede e cortina não interfiram no desenho da perfeição de ter aquele tanquinho grudado a mim.

— Certo. Agora me diz que você fez o favor de não tirar a cueca.

A vibração de seu peito quando ele começa a rir me atinge de jeito. Se ainda não estou, ele vai me deixar maluca. Pode apostar.

— Isso seria um problema, né?

Solto um suspiro totalmente justificável. O som matutino da voz de Jack é melhor do que qualquer melodia já criada.

— Enorme.

— Exatamente. Bem grande e poderoso.

— Não foi isso que eu quis dizer!

— Mas não deixa de ser a mais pura verdade.

Dou uma risada e mudo de posição, ficando de frente a ele.

*Oh-oh.*

Se Jack já é bonito bancando o *top model*, você não imagina o efeito que uma noite bem dormida é capaz de causar. Os fios de cabelo desordenados naturalmente dão um charme a mais para o par de olhos que me encara, analisando as marcas e dobras resultantes do meu sono profundo. As íris castanhas parecem mais claras ao redor da pupila dilatada. O sorriso malandro ilustra o quanto ele está se divertindo, mas não posso negar que minha expressão provavelmente é um reflexo da dele.

— Você é muito convencido.

— Já fui chamado de coisa pior.

Ele sobe a mão que caiu da minha cintura quando me virei e arruma uma mecha do meu cabelo atrás da minha orelha, passeando os dedos por meu lóbulo e clavícula. O toque é delicioso, despertando cada pedacinho da minha pele com seu traçado leve e intencional.

— Ah, disso eu tenho certeza! — Mordo a lateral do meu lábio, sorrindo, lembrando da conversa com a atendente da *Incredible Cars*.

— Por que diz isso? — Ele procura em meu semblante uma justificativa para minha afirmação.

— Sua secretária passou o recado.

— Quem? — Suas sobrancelhas abaixam.

— A moça que atende o telefone da sua oficina.

Ele ri.

— Moça? Andrew vai pirar com o novo apelido.

— Andrew? — Agora quem está confusa sou eu. — Não, Jack, uma mulher atendeu quando liguei.

— Estranho. A única mulher que trabalha lá é a Charlotte, mecânica especializada em restauração de motores, e posso te garantir que ela não chega perto do telefone. — Ele fecha os lábios em concentração e enfia os dedos entre os fios do meu cabelo, acariciando com suavidade a minha cabeça. Fico com uma baita vontade de soltar um gemido, mas me seguro. — Que hora você ligou?

— À noite, não sei direito o horário, tínhamos acabado de chegar da rua.

— Ah, sim! Seu passeio de compras com Liz. Eu vi as sacolas na sala. — Ele sorri de lado.

— Só comprei o básico.

— Já ouvi isso antes.

Sua outra mão, a que está debaixo da coberta, encontra a minha e nossos dedos se entrelaçam.

— É sério!

— Deixa eu pensar... carrinho, cadeirinha, cadeirão de papinha e dúzias de brinquedos e roupas. Pacotes tamanho família de fraldas descartáveis. Potes de fórmula.

— E uma banheira — concluo com o único objeto que ele não citou e mostro todos os meus dentes num sorriso forçado e nada convincente.

— Oh, como pude me esquecer da banheira! — Ele faz uma cara de horror, escancarando a boca fingindo espanto. — Completa, com trocador e suporte?

— Não! — Começo a rir. — Peguei uma portátil e muito moderna. E não foram pacotes gigantes de fraldas. Só um pacotinho e duas latas de fórmula. O carro da sua irmã é minúsculo, quase não coube.

Jack ri e se aproxima do meu rosto, levando os lábios à minha testa, fazendo com que o clima leve evapore. As chamas praticamente queimam a cama, posso sentir.

— Sabe me explicar como eu vim parar na sua cama?

— Eu te carreguei até aqui. Não se lembra? Quantas garrafas de vinho você tomou pra ficar tão bêbada? — Ele arqueia uma sobrancelha como se eu realmente tivesse tomado o porre da minha vida na noite passada e tivesse esquecido. Reviro os olhos.

— A parte que te carreguei é verídica, cheguei tarde e te encontrei cochilando no sofá. Não achei que seria legal permitir que você destruísse seu pescoço, toda torta e quase caindo no chão. Foi um ato de benevolência, deveria me agradecer, ou melhor, me dar um beijo de língua para demonstrar o quanto ficou grata com a minha boa ação.

— Então foi um ato de bom coração? Quer mesmo me convencer de que não me trouxe pra cá com segundas intenções?

— Totalmente, Cat! Você tem uma imagem muito negativa de mim, eu sou um cavalheiro e como tal, te carreguei em meus braços, igual a um príncipe.

— Um príncipe que anda num pangaré. — Caio na gargalhada, mas não dura muito tempo, pois ele me aperta em seus braços me lembrando de onde e como estamos.

— Vem comigo para a oficina, hoje? — pede com o rosto novamente bem perto do meu, dando um baile no meu raciocínio.

— Acho que vou.

— Não se faça de difícil.

— Eu sou difícil.

— Eu sei, durona, mas vamos lá, o que tem de melhor pra fazer?

— Sujar as mãos de graxa não está nos meus planos.

— Nem nos meus, se bem que seria adorável te ver sujinha. Vou gostar mais da parte de ter que te limpar…

Ele resvala os lábios na minha testa e segue quase sem me tocar por minha mandíbula, é tão leve que não sei se o agarro e obrigo a me beijar direito ou fico nessa torturante expectativa. Fecho a boca com medo do hálito terrível fazê-lo desmaiar e acabar com a brincadeira.

Coloco um pouco de espaço entre nós, determinada a esclarecer alguns pontos que se tornaram embaçados pela proximidade.

— Jack, não devíamos.

— Por que não? Você está solteira e eu também. Somos adultos.

Seus dedos descem para o meu pescoço e ombro, brincando com a alça do meu vestido.

— As meninas…

Procuro em seus olhos alguma resistência, algo que me convença de que a ideia de envolvimento seja absurda não somente para mim.

— O que tem elas? Sei que está tão apaixonada quanto eu.

— Como?

Apaixonada? *Eu*?!

— Por elas, Cat.

Ah, sim. Eu estou mesmo apaixonada por elas.

— Essa é a questão. Podemos confundir as coisas.

— Não vamos — ele tenta me assegurar.

— *Eu* posso confundir as coisas.

— E qual seria o problema?

— Na pior das hipóteses, será um desastre, não vai rolar química nenhuma e continuaremos como meros conhecidos, só que vai ter o *climão*.

— Tá, e a melhor das hipóteses?

— Prefiro nem pensar. — Ele está doido se acha que vou assumir que algo sério pode rolar entre a gente. É muito cedo para chegar a essa conclusão.

— Humm... só consigo pensar nela — a voz de Jack diminui algumas oitavas quando ele fala ao pé do meu ouvido: — Pensa, o sexo será um espetáculo. Você pode me contradizer o quanto quiser, mas não finja que não sente as faíscas. Essa história de não rolar química é balela. Vamos ferver, Cat, incendiar a casa.

Prendo a respiração, evitando que a imagem entre em minha mente.

— Quando você ceder, vai sentir tanto prazer que vai ficar com os lábios mais machucados do que estão agora, de tanto mordê-los para não gritar.

Solto o lábio em questão e passo a língua por cima dele, encontrando a marca dos meus dentes. *Droga*, Jack viu que eu mordia e se aproveitou disso. Como contrariá-lo diante da evidência?

Para enfatizar suas palavras, como se precisasse de mais um argumento, ele me puxa ao seu encontro e minha mente registra que não, ele não tirou a cueca. Porém, o pequeno pedaço de pano é tão inútil quanto o tecido do meu vestido que subiu enquanto eu dormia. Posso sentir todas as partes do seu corpo com clareza, em especial a rigidez em minha barriga.

— Admita, Cat, seu corpo implora pelo meu na mesma proporção em que o meu te deseja. Eu *sei* que existe química. E você também sabe. Se não cedermos, logo não vamos conseguir passar ao lado um do outro sem nos queimarmos. A química será tão perfeita que vamos dar um novo significado para a palavra fogo e você vai ficar se perguntando por que não fizemos antes...

Seus dedos chegam em minha nuca e desisto de relutar. É demais. Viro seu rosto e não perco mais um segundo, colando nossos lábios, esquecendo momentaneamente da situação caótica do meu hálito matinal. Jack me aperta em seus braços, segurando o meu pescoço e aumentando a pressão nos meus dedos.

— Isso! — ele sibila.

Subo minha perna em seu quadril e ele desce a mão na minha coxa, nos ajustando em uma posição mais agradável e sensível. O calor é escaldante. Ai, ai. Isso com apenas um simples beijo. *Um beijo*! Meu coração completamente descompassado e minha respiração ofegante não deixam nenhuma dúvida no ar. Incêndio. É o que vai acontecer daqui a alguns segun...

— *Catalina*? — a voz de Juliana funciona melhor do que um balde de água fria, fazendo com que Jack voe para a outra extremidade da cama.

Eu me sento, puxando a borda do edredom até o pescoço como se estivesse nua. Olho de relance para Jack e vejo que ele se esforça para se ajeitar por baixo da coberta sem que a miniatura de pessoa caminhando pelo quarto perceba o que interrompeu. Dureza. Literalmente.

— O que foi, Juju?

— Eu tô cansada de *espelar*. — Os olhinhos sonolentos da menina me encaram dos pés da cama.

— Esperar?

— Você falou que a gente ia passear no *calinho* novo — ela diz num tom acusatório.

— E vamos, quando sua irmã acordar.

— A Lili já *acoidou* faz um tempão! — Ela cruza os braços e eu me esforço para não sorrir. Juliana fica muito bonitinha quando está brava.

— Mas eu não escutei...

— Liz cuidou dela mais cedo, eu pedi — Jack entra na conversa.

E isso me faz lembrar que também não fui acordada trezentas vezes de madrugada.

— E de noite?

— Ela só chorou uma vez, você estava desmaiada. Dei mamadeira, troquei e esperei que dormisse.

Humm.

— *Agola* eu posso *acoidar* a Cat, né, tio Jack?

— Eu já estou acordada. — Sorrio.

— O tio Jack pediu *pla* gente ficar quietinha *poique* você *plecisava doimir*.

— E seu tio tinha razão, eu estava mortinha da Silva. — Ela ri ao aprender mais uma expressão para o seu vocabulário e, com a deixa, tiro o edredom de cima de mim e me levanto. — Obrigada. — Olho para o Jack. — Eu precisava mesmo.

Ele encosta na cabeceira e cruza os braços embaixo do peito tatuado. *Quantas tatuagens ele tem*? Não que eu esteja contabilizando.

— Disponha. — Lança um sorriso torto e emenda, sugestivo: — Mais tarde a gente continua o assunto inacabado...

— Continua o quê? — Juju pega no ar e eu fecho o cenho para Jack.

— Nada.

Segurando suas costas, a conduzo para fora do quarto, consciente de que, se eu ficar mais um minuto lá dentro, posso pular em cima dele e fazer uma demonstração explícita demais para os olhos de uma criança de quatro anos.

*Assunto inacabado.*

Balanço a cabeça, sorrindo. Eu preciso é de uma xícara de café extra forte, isso sim.

# Trinta

— Por que quer tanto que eu vá ao seu trabalho? — Ajeito os óculos escuros depois de ter conseguido passar uns bons minutos com Bela e Estevão.

A manhã foi tumultuada. Saí para dar uma volta no quarteirão com Juliana e Alice, estreando o carrinho duplo, conforme o prometido. Tive que levar Jack a tiracolo, pois, de acordo com suas palavras, queria "ficar pertinho de suas meninas". Não que eu me inclua no pronome possessivo, só permiti por ter achado sua atitude bonitinha. Minha conduta também nada tinha a ver com seu bom humor.

— Eu te convidei pra ficar na minha casa, vou te apresentar a minha vida.

Jack segura Alice no colo e solta a mão de Juliana para acionar o portão da garagem, enquanto morde os lábios. Ele parece um pouco... ansioso?

— Não precisa fazer isso, fiquei bem ontem, só tivemos um episódio na piscina... — Procuro uma forma inteligente de relatar o que ocorreu com Juju, mas sinto o quanto é complicado assumir que a menina passou por um afogamento sob a minha supervisão.

— Eu sei. — Jack fixa os olhos nos meus e volta a pegar a mão de sua sobrinha, ainda estendida em sua direção.

— É por isso, então, que está nos levando para a oficina? — titubeio, um pouco chateada, afastando-me do portão que está subindo. A conclusão faz sentido, claro que ele não quer me levar para seu ambiente de trabalho para me "distrair", quer manter as sobrinhas por perto.

— O quê? — Ele volta a me encarar e, mesmo com os óculos de aviador, sei que me lança um olhar de perplexidade.

— Não tem que fingir, Jack. Me trazer para sua casa foi um engano, não sei cuidar de crianças.

Como uma pedra na garganta, a realidade deixa um rastro dolorido quando me lembro do perigo de ontem. Evito pensar no episódio, pois estraçalha meu coração.

Jack não responde, apenas balança a cabeça e guia Juliana para a caminhonete. Por um milagre, a menina entra sem criar um alvoroço e logo ele segue para o outro lado, com Alice, sumindo para dentro do carro. Alguns segundos depois, fecha a porta e vem até mim, tirando os óculos no caminho.

— Liz me contou sobre o incidente na piscina, não foi sua culpa.

— Lógico que foi! Eu fiquei de cuidar dela... e... quase...

Ele se aproxima e levanta a mão, removendo os meus óculos escuros. Jack alinha seu rosto ao meu e, com o indicador, inclina meu queixo para cima.

— Para com isso. Temos duas vidas sob nossa responsabilidade. Eu jamais as teria deixado com você se não acreditasse em sua capacidade, tá legal? — Suas pupilas analisam meu rosto, especialmente meus olhos. — Foi um acidente, eu ouvi quando Juju disse que sabia nadar, não tínhamos como saber.

— Mas eu estava no telefone com o Pedro. Eu juro, Jack! Foi uma questão de segundos...

— Exatamente, uma questão de segundos. Você agiu sem pestanejar, pelo que Liz me informou, e fez o que era certo. Tirou ela da água, salvou Juliana.

— Podia ter sido muito pior, ela poderia...

— Mas não foi e ela está ótima. Cat, não fica se remoendo. Acidentes acontecem. — Jack esboça um meio sorriso e continua: — E agora descobrimos que ela não sabe nadar e vamos arrumar alguém para ensiná-la.

— Será que não precisa passar por algum médico?

— Por quê? Percebeu algo estranho nela?

Nego com a cabeça.

— Eu também não.

— Eu ficaria mais tranquila se Juju fosse examinada.

— Certo — ele desce a mão do meu rosto e olha para o carro por cima do ombro —, mais tarde, quando sairmos da oficina, levaremos as duas para um *check-up*. Vai te fazer se sentir melhor?

— Vai sim.

— Combinado.

Ele sai andando à minha frente e demoro alguns segundos para internalizar o nosso breve diálogo. Em momentos como esse, percebo como a minha forma de pensar tem se alterado gradativamente. Quando eu imaginaria que estaria em outro país, preocupada com a saúde de uma criança e que essa mesma criança quase me faria morrer de nervosismo só de pensar na possibilidade de ter algum problema?

Ergo as sobrancelhas exageradamente quando Jack abre a porta do passageiro e faz um gesto com o braço para que eu entre.

— Vai ficar aí olhando? Sei que sou bonito, mas não temos o dia todo.

— Desde quando abre porta como um cavalheiro? — comento ao me aproximar do carro.

— Só para quem merece. — Jack se apoia na lataria e aguarda até que eu esteja sentada.

— Então quer dizer que mereço?

— Talvez. — Pisca antes de fechar a porta e dar a volta no carro, recolocando os óculos. Rapidamente se arruma e, com movimentos ágeis, dá a partida.

O ronco do motor é grave e reconfortante. Olho para trás ao descermos a rampa e recebo um sorriso de Juju, presa na cadeirinha, o que explica o porquê de não ter armado um escândalo. Alice está entretida com um chocalho colorido, tentando arrancar um pedaço do plástico com as gengivas.

— Você vai adorar a oficina — Jack comenta, recuperando minha atenção.

— Anda muito convencido.

— O lugar é incrível, mas não é disso que estou falando.

— Eu odeio surpresas — resmungo baixinho, recordando-me de todas as bombas que me surpreenderam nos últimos dez dias. Nunca gostei de ser pega desprevenida. Minha família está cansada de saber disso e sempre me respeitou, com exceção da vez em que esconderam o relacionamento paralelo de Vinícius e as duas vidas que dele surgiram. No trabalho, tudo era previamente planejado e executado, não existia brecha para nada fora do esperado.

Jack parece ter boas intenções e até agora, tirando o que fez com a porta do meu carro, não tenho o que reclamar.

Interessada, fito seu rosto de relance. Ele está aprontando.

— O que tem de tão interessante numa oficina de restauração?

Os desenhos, os projetos e o trabalho vão me fascinar. Já fiquei impressionada com o que vi em sua casa, mas não tem como ele saber disso.

— Carros! — Juliana responde por ele.

— Vários, Juju. — Jack ri ao conferir a sobrinha pelo retrovisor e olha para mim antes de acrescentar com seriedade: — Vi o que fez em minha mesa.

O calor toma conta do meu rosto e eu me afundo no banco de couro. Havia esquecido completamente do esboço que fiz com seu material.

— Não é nada.

— Nada? — retruca, pasmo, ao entrar com o carro numa curva, deixando para trás o bairro residencial. — Cat, se aquilo é nada, não sei o que você considera alguma coisa!

Balanço a cabeça, arfando.

— Fazia muito tempo que eu não desenhava, nem sabia se sairia algo decente.

— Algo decente? Você chama um retrato fidedigno do rosto das minhas sobrinhas de *algo decente*?

Dou de ombros, não é grande coisa, ele está exagerando.

— Eu não tinha ideia de que você desenhava! Aquilo na minha mesa não é um rascunho amador. Sei muito bem que leva tempo e dedicação para chegar naquele resultado. A delicadeza e perfeição de cada traço, cada sombreado…

Desvio o olhar para a janela com a intenção de não levar a sério. Eu gosto de desenhar, quer dizer, gostava, mas há muito tempo não pegava um lápis apropriado e me permitia rabiscar. O que fiz na casa de Jack foi momentâneo, nada digno de se gabar.

— É coisa de adolescente. Aprendi quando era nova e… passou.

— Passou? — a voz dele continua indignada enquanto rodamos pelo cenário de vários filmes boêmios. — De verdade, o que você tem eu chamo de talento.

Dou uma risada contida, o que parece mais um ronco do que uma gargalhada. Talento. Quem me dera.

— Não estou brincando. E olha que já conheci muitos artistas.

Isso sim é interessante.

— Modelos de lingerie? — pergunto mexendo as sobrancelhas e ele morde o lábio inferior. — Coelhinhas?

— Não vem ao caso. E não adianta tentar que não vai me fazer mudar de assunto.

Jack dirige por mais algumas quadras, se afastando da região central. Mexo no painel da caminhonete e ligo o som. Um rock brasileiro ressoa pelo ar, dificultando o diálogo. Melhor assim.

— A gente já tá chegando? — Juliana começa a ficar ansiosa quando paramos na trigésima parada obrigatória.

— Aham — respondo por ele, mesmo sem saber se é verdade.

Jack não me corrige e duas quadras depois vejo que estou certa. Uma placa branca simples com *Incredible Cars* escrito em vermelho, em fonte manuscrita, é contornada por várias lâmpadas redondas piscando em uníssono. A oficina de paredes brancas – ou melhor, barracão – é totalmente térrea e possui vários portões vermelhos. Uma ampla porta de vidro transparente – entrada do local – fica bem abaixo da placa. O estabelecimento não é chamativo e, numa situação normal, eu não olharia duas vezes. Passaria despercebido se não fosse a fila imensa de pessoas à porta, atrás de uma grossa corda preta.

— Mas o quê...? — Olho para Jack em confusão. Nada menos do que umas cinquenta pessoas aguardam para entrar na oficina.

Jack não diz uma palavra e dirige ao redor do barracão, pelo estacionamento, até chegar aos fundos, bem longe da movimentação. Após manobrar, ele me ajuda a descer as meninas, ainda em silêncio.

— Jack? — tento novamente.

*Onde foi parar o cara que prometeu que eu ia gostar do seu local de trabalho?*

Ele acomoda Alice no colo e indica com a cabeça para que eu o siga. Juliana segura a minha mão e, sem entender nada e um pouco impaciente, caminhamos até uma pequena porta de metal escura. Ela abre rangendo, as dobradiças imploram por um pouco de lubrificação.

— Até que enfim! — diz em inglês uma mulher gorducha, com baixa estatura e de cabelo preto curtinho. — Acha que temos todo tempo do mundo? Sebastian está furioso com a janela na programação! Temos três *takes* para hoje, por que atrasou?

Ela agarra o braço de Jack e o puxa porta adentro. Sem saber o que fazer, sigo atrás deles com Juliana. A mulher pega uma prancheta e tenta entregar para ele, mas seus olhos registram a presença de Alice em seus braços. Sua boca abre e fecha como um peixe. Ela inclina a cabeça, pela lateral do corpo de Jack, percebendo que ele e a bebê não estão sozinhos.

— E quem são essas?

— Não se preocupe, Linda, falei mais cedo com Sebastian e está tudo certo. E quanto a *essas*... são minha responsabilidade.

— Ah, mas isso é um fato, garotão! Ninguém aqui vai bancar a babá.

Jack apoia Alice em apenas um dos braços para dar conta de assinar o papel na prancheta estendida por Linda.

— Elas vão se comportar.

A tal Linda nos analisa, as três, como se fôssemos intrusas em um tapete vermelho hollywoodiano. Caramba. E eu achando que Oscar era um chefe difícil.

— Com certeza. Você não vai me fazer perder mais um dia de trabalho. — A baixinha dá um tapinha leve na bochecha de Jack e se afasta apressada.

— Pensei que você era o dono da oficina — comento em voz baixa.

— Eu sou. — Jack me encara através das lentes escuras e me perco olhando para sua expressão apreensiva.

Segundos depois, Linda volta com a mesma prancheta, mas com outros papéis.

— Aqui. Vai precisar assinar.

— Ela não tem que assinar, Linda.

— Ah, tem sim! Todo mundo tem, sua nova namorada não será exceção. Não quero nenhum processo pairando sobre a minha cabeça. Sebastian já pega no meu pé o suficiente.

Ela estende a placa de acrílico para mim e leio o título do documento em voz alta:

— *Non Disclosure Agreement*. Um NDA? Para quê preciso assinar um NDA? — pergunto para Jack, ignorando o "sua nova namorada". Irrelevante, lógico.

— Assine aqui e aqui, por você e suas filhas. — Ela ergue a página e mostra um e mais outro traçado para assinatura.

Contratos de confidencialidade e de Direito de Imagem. Com as sobrancelhas franzidas e uma feição nada convencida, encaro Jack.

— Pode me explicar o que tá acontecendo?

Como aparentemente ele engoliu a língua, corro os olhos ao meu redor à procura de um esclarecimento. Em poucos instantes, assimilo o que me cerca. Uma sala quadrada pequena quase sem móveis. Uma arara repleta de cabides com jalecos pretos de manga curta, com o emblema da oficina na manga, e coletes com o mesmo logo bordado na altura do peito. Uma mesa e um espelho retangular, disposto na horizontal, ocupam o outro canto. Alguns estojos de... maquiagem? A esquisitice não para por aí, embalagens de lenços umedecidos, espelho, luminária e toalhas descartáveis preenchem uma prateleira preta simples. Duas cadeiras de ferro pretas e três tripés enfeitam outro canto, um deles com uma câmera. É, você leu direito. *Câmera*. Enorme e profissional. Do tipo que vemos naquelas gravações dos bastidores de filmes.

A salinha parece tudo, menos fazer parte de uma oficina.

— Não temos tempo a perder! Assine — Linda avisa antes de deixar a prancheta em cima da mesa com uma caneta, empurrando Jack por outra porta, pegando um jaleco no caminho. — Vai filmar com o bebê?

É a última coisa que escuto, mas devo ter ouvido errado.

Balanço a cabeça, sem entender nadinha, e volto a olhar para os papéis.

— Vamos, *Catalina*!

Juju puxa minha mão em direção à porta e, depressa, faço uma rubrica nos papéis. Não sou de assinar sem ler, mas não tenho tempo para isso agora. Guio Juliana em direção à porta, sem ter a menor ideia do que me aguarda do outro lado, com o coração batendo forte em expectativa. Não será algo ruim, eu acho.

# Trinta e Um

— Temos visitas hoje, chefe?

Um protótipo de modelo, alta, magra, com cabelos loiros esvoaçantes e um busto de causar inveja, cumprimenta Jack à distância, caminhando até ele e Alice. Não que eu preste atenção, mas é impossível desviar os olhos da moça esbelta vestindo um dos coletes que vi agorinha mesmo. A roupa, que deveria ser apenas um uniforme neutro, foi estilizado de um jeito que evidencia a cintura fina, quadril estreito e pernas longas da mulher que, claramente, é uma manequim.

*Chefe.*

De perfil, consigo ver que a loira exuberante tem lábios dignos de atrizes de cinema, um nariz empinado perfeito e rosto simétrico. Bem, a não ser que sua outra face revele uma cicatriz gigantesca ou alguma marca de nascença que cause um desequilíbrio em sua beleza. Porque, vamos combinar, é muito injusto que a mulher não carregue uma porcentagem de gordura no quadril, seja quase da altura do Jack, tenha cabelo de comercial de xampu, desfile com um par de seios que eu – e muitas outras – pagaria para ter. Só um defeitinho faria bem para o meu ego.

— Uau! — Juliana exclama ao meu lado com um sorriso enorme. — Que legal!

*Legal mesmo*, é o que invade a minha cabeça quando me distraio com o que me cerca. Com predominância de branco, preto e vermelho, a oficina de Jack é completamente equipada com o que tem de mais novo no meio da restauração. Não que eu entenda bulhufas sobre isso, contudo, a sofisticação e tecnologia dos equipamentos são nítidos até para leigos. Elevadores de veículos, ambientes claramente separados por função, prateleiras e mesas com material que desconheço mostram o cuidado que ele tem com seu trabalho. Noto poucos homens, todos trajando uniforme, trabalhando concentrados em tarefas específicas. Um deles veste equipamento de segurança no rosto e mãos, aplicando um jato de tinta verde limão no que parece ser uma porta. Outro usa uma daquelas proteções contra faíscas e segura um maçarico em pé diante de uma placa de metal pendurada na parede. Não sei precisar com exatidão quantos veículos são restaurados ao mesmo tempo, mas creio que uns quatro, pelas cores diferentes das peças e carcaças devidamente separadas e manipuladas.

Nenhum pôster de mulher seminua.

— Ei, tá perdida aqui? A sessão de visitantes fica do outro lado daquela corda — a voz masculina faz com que eu vire a cabeça instantaneamente para o canto da sala ampla, deparando-me com a mesma corda preta grossa que vi na fachada da oficina.

Por trás do rapaz que me abordou e paralela a uma comprida parede preta, a corda separa uma faixa do ambiente, indo de uma extremidade a outra, formando um corredor. Duas portas servem como entrada e saída. Umas vinte pessoas caminham por lá, criando um burburinho, apontando e observando. Algumas esticam o celular e tiram *selfies* diante da logo da oficina pintada na parede, bem ao centro da área reservada. Outras fotografam carros estacionados perto da divisória, com portas, janelas, porta-malas e capotas abertas para exibição. Entre os carros expostos, reconheço alguns dos projetos e fotos que admirei na casa de Jack.

Começo a sacudir os ombros com uma risada interna e luto contra um sorriso que está morrendo de vontade de dar o ar da graça. Balanço a cabeça, descontraída, confirmando tudo o que pensei sobre Jack desde o primeiro momento em que o vi ao lado da moto de *bad boy* no interior de Minas Gerais.

Ele é um exibicionista.

— Desculpe, senhora, mas não pode ficar aqui. É perigoso para você e sua filha — repete o mocinho que não deve ter nem vinte anos. — Acompanhe-me, por gentileza.

Indica novamente a faixa atrás da corda e, pela primeira vez, presto atenção nele, intrigada com seu "uniforme". Segurando uma prancheta idêntica à de Linda, o rapaz veste o jaleco da *Incredible Cars* por cima de uma camiseta preta de manga comprida, uma bermuda repleta de bolsos e um cinto largo e pesado, com apetrechos técnicos pendurados. Com um *walkie-talkie* na outra mão, ele esconde o cabelo comprido debaixo de um boné vermelho com a aba para trás. O arco preto de metal em cima do boné, com um fone tapando a orelha e um apêndice coberto por uma espuma cinza escura pairando em sua boca é inconfundível. Um *headset* unilateral com microfone.

Somando dois mais dois, inclino a cabeça para o lado, pensando em tudo o que vi e ouvi desde que Jack começou a insistir que eu conhecesse seu trabalho. Seu comportamento esquisito de manhã, que interpretei como apreensão e um tiquinho de ansiedade... A necessidade de que eu viesse à oficina sem que ele me explicasse o motivo... A atitude e fala intempestiva da baixinha morena, quase me obrigando a assinar os contratos de autorização de imagem... Os tripés, a câmera, as "visitas" e a fila na fachada. Tudo se encaixa.

Antes de chegar a uma conclusão errônea, levanto a cabeça à procura de mais indícios que possam refutar minha linha de raciocínio, mas encontro o contrário. Vários pontos sinalizam que não estou louca: a existência de câmeras, *spots*, refletores e duas placas meio ocultas pedem *silêncio durante as filmagens*. Linda, ao fundo, agora com um *headset* idêntico ao do mocinho, gesticula ferozmente com o restaurador que manuseia o maçarico. Ele se agacha por um segundo e o colete se enrosca no movimento, exibindo uma pequena caixa presa ao cós de sua calça. Microfone.

— Jack! Ei, Jack!

Uma garota grita, acenando eufórica por trás da corda. Jack olha por cima do ombro e, sorrindo, pisca para ela, exibindo aquele semblante sedutor que me fisga, alardeando partes que deveriam ficar quietas. A menina quase desmaia de felicidade e se abana com a mão. Ele prende o olhar em mim, antes de voltar a conversar com a loirona, proporcionando tempo suficiente para que a garota e suas amigas tirem fotos com zoom do meu… meu… Nada! De onde saiu isso? Ele não é meu.

Meneio a cabeça enquanto as peças se encaixam.

Inacreditável.

Eu não estou errada. O trabalho de Jack não é uma simples oficina de restauração. Eu já devia ter pensado nisso há muito tempo, mas, obviamente, estava distraída com outras coisas irrelevantes, como a cor de seus olhos, o jogo de seu quadril ou sua postura de prepotência. Está bem, e seu magnetismo enlouquecedor. Eu fui vendada e não interpretei nenhum dos sinais. Jack é famoso, mas não *a la* modelo de catálogo de cuecas.

— Senhora, por favor — o rapaz insiste —, não podemos gravar se continuar aqui.

— Só um segundo. — Levanto o indicador da mão que não está ocupada com Juliana e me viro, caminhando rumo ao Jack.

— Ah, merda! — o rapaz reclama e me segue.

Ainda bem que ele fala inglês, caso contrário suas orelhas estariam vermelhas pelo sermão de Juju.

Aproximo-me das costas do "astro" e interrompo sua conversa com a loira, cutucando seu ombro com o mesmo indicador que ergui para o assistente.

— Vou perder meu emprego. Merda. Caralho. Porra — o mocinho resmunga e me volto para ele com a testa franzida, segurando a vontade de rir. — Desculpe, senhora, Jack, não tenho filtro. — Ele balança a cabeça. — Ela não fez o que pedi, colocou o meu traseiro na…

— Relaxa, Mike, seu traseiro pode sossegar que nada vai acontecer com ele. Deixa que eu cuido dela — Jack dá dois tapinhas nas costas do jovem e pisca para mim —, não é mesmo?

— Sempre convencido.

— A seu dispor. — Ele faz uma semirreverência, mas não exagera no movimento, por estar com Alice no colo. — Qual o problema?

— Por que não me contou?

— Do que está falando?

Abro o braço indicando o salão.

— Do seu trabalho.

— Mas eu falei.

— Não tudo…

Jack sorri de lado e, pela dilatação de suas pupilas, entendo que criou expectativas sobre a minha reação. É claro! Sua apreensão quando desviava o olhar, mesmo contente por eu ter aceitado o convite. Ele estava com medo do que eu poderia pensar. Quem diria.

— Você sabe que não gosto de surpresas.

— Mas foi uma surpresa boa, certo?

Finjo estar em dúvida, mordendo o lábio, apreciando demais o vermelho que sobe em seu pescoço.

— Um *Reality Show*?

Ele dá de ombros.

— Me Diz que estou enganada e que seu programa não é transmitido no Brasil?

Ele levanta ainda mais os ombros.

— Ariel sabia. Ela te reconheceu na foto — penso em voz alta, lembrando da cara de surpresa da minha prima e suas perguntas desconexas quando mostrei a foto das meninas e, óbvio, de Jack.

— Foto? Que foto?

Agito a mão no espaço entre nós, desconsiderando a pergunta. Jamais assumiria que tirei foto dele de propósito e que elas estão armazenadas na nuvem, desnecessário esse tipo de informação. Principalmente, por ter ajustado o ângulo e capturado imagens bem nítidas de várias partes do... deixa para lá.

— *IC Show*. Como não liguei as coisas antes? — Volto ao assunto principal.

— É tarde para pedir desculpas? — A expressão no rosto de Jack é divertida e, ao mesmo tempo, culpada.

Aguardo um segundo para que a raiva e o sentimento de ter sido enganada se aposse do meu corpo e me faça sair do recinto batendo os pés e bufando, como eu fazia todas as vezes em que era pega desprevenida. Mas não sinto nada, nenhuma fagulha de irritação ou decepção. Que estranho. Eu deveria estar brava. Então, por que minha vontade de sorrir é superior ao incômodo?

— Tio Jack. — Juliana solta a minha mão e ergue a cabeça, acho que é a primeira vez que ela fica mais de dez minutos sem falar, muito admirada para agir como a menina que conheço. — Quando vou *apalecer* na TV?

— Juju! — Jack exagera no gesto ao levar a mão à boca, cochichando em voz alta. — É segredo, lembra?

— Ixi, desculpa. — Ela faz uma careta tão bonitinha de quem foi pega no flagra que me contenho para não derreter numa poça de gosma.

— Tá tudo bem, na verdade, acho que agora podemos contar pra Cat.

— Agora confiamos nela?

A pergunta de Juju faz com que meus olhos passeiem entre eles em velocidade máxima. Tenho certeza de que a expressão em meu rosto é hilária pelo sorriso que surge em ambos.

— Então é isso que vocês cochichavam? — Apoio as mãos na cintura, fazendo a minha melhor encenação de indignação, deixando para lá a migalha de desconforto que tentei sentir em vão. Eu não fiquei chateada por Jack ter omitido essa grande parte de seu trabalho, então, para que fingir que me incomodou? Melhor tirá-lo da miséria e manter o clima gostoso que estávamos criando.

— Não acredito que você sabia, Juju!

— O tio Jack falou que ia ser surpresa.

— E foi mesmo! — asseguro à menina, pegando sua mão e olho para Jack, sorrindo, mostrando que não me incomodei, muito pelo contrário, estou me divertindo. — E aí, quando vamos aparecer na TV?

Jack solta uma risada engasgada e morde o lábio inferior.

— Agorinha, Juju. Só preciso do *sling*, mas não posso voltar no carro…

Aquelas bolas castanhas passeiam por meu rosto procurando um sinal de entendimento. Por causa das fãs, lógico. A garota que o chamou já saiu da oficina com as amigas, devem ter espalhado para a fila toda que o *superstar* está aqui dentro. É interessante pensar que passei os últimos dias ao lado de um cara famoso sem ter a menor ideia.

Isso explica muita coisa. As mulheres no avião. Os olhares esquisitos que recebíamos quando estávamos juntos em algum lugar, como nossa corrida ao supermercado em Andradas em que Jack insistiu que seria melhor ficar no carro. Ou seu comportamento reservado, praticamente não saindo da minha casa no tempo que ficou lá. O uso excessivo dos óculos de aviador, inclusive em local fechado.

— Eu pego pra você — ofereço, aliviando sua barra. — Só que preciso que me responda uma coisa… — Faço minha melhor cara de sarcasmo antes de aproximar os lábios de seu ouvido e continuar: — … você, por acaso, já saiu de cueca em revista?

Eu me afasto sorrindo e sou recompensada com a coloração escarlate que surge no rosto de Jack. Ele abre a boca e fecha, sem dizer nada.

— Eu sabia! — Caio na risada, incapaz de me segurar — fala que fez um calendário também, por favor!

Ele balança a cabeça e começa a rir, muito sem graça.

— Jura? Ah, não! Eu preciso ver isso! É uma necessidade vital!

— Cat…

— Não, não. — Balanço o dedo em riste, fechando os lábios para dar ênfase. — Você não vai estourar a minha bolha. Isso é melhor que a encomenda!

Com o corpo todo sacudindo de tanto rir, deixo Juliana com ele e saio pela mesma porta que entrei, correndo até a caminhonete para pegar o *sling*, com uma nova meta: procurar as fotos na internet.

Por que não fiz isso antes? Por que não tive a brilhante ideia de pesquisar o nome de Jack?

Eu estava, literalmente, muito compenetrada em meus problemas pessoais e sofrimento interminável. Não mais… eu não vejo a hora de encontrar essas fotos. Não que eu esteja interessada em vê-lo com pouca roupa. Nada disso, minha animação é simplesmente por motivos idôneos e respeitáveis, como, por exemplo, tirar com a cara dele.

Ah, quem estou querendo enganar?

Eu quero ver as fotos, os episódios e tudo o que encontrar sobre Jack e o *IC Show*. Meu interesse escalou uma montanha maior que o Everest e quero descobrir tudo sobre esse homem que, como a queda de um meteoro, pode deixar um grande buraco em minha vida. E eu sei que deveria estar com receio e impedir a tragédia, mas… e se não for uma tragédia? Até o momento, Jack não fez nada que me desagrada, na verdade, fez o oposto, ajudando-me a recolocar as peças quebradas no lugar, criando uma superfície repleta de cicatrizes, nenhuma delas causada por ele.

Acho que não é somente a minha sanidade mental que ele está mirando, o alvo fica a uns bons centímetros abaixo do meu crânio. Até porque Jack já explode meus neurônios diariamente com seus olhares e falas que respingam duplo sentido. Minha corrente sanguínea ferve e, se eu não for cuidadosa, a alta temperatura vai acabar derretendo aquele órgão desgraçado que ocupa o centro do meu peito. E eu não quero isso, certo?

# Trinta e Dois

— *Take three*! — Linda grita do canto esquerdo da oficina, indicando que a próxima e última tomada vai começar.

Se eu já tinha uma boa impressão de Jack antes de vê-lo trabalhando, observá-lo agora elevou meu nível de admiração a outro patamar. Jack é surreal, lidando com sua equipe, com os clientes e com o pessoal da TV como alguém que nasceu para ser líder. Ele não possui facetas e não veste nenhuma máscara diante das câmeras, é autêntico. O clima das gravações é o mesmo de quando não está gravando. Quando ri, é porque realmente achou graça, não omite quando não gosta, possui tato apurado para lidar com problemas e sabe interpretar as pessoas como se estivesse caminhando pelo parque. Zero de dificuldade. Não é à toa que seu *reality show* é um sucesso. Boa aparência à parte, Jack é um fenômeno.

— Geralmente, não é essa correria — Charlotte, a loira-modelo que, na prática, é a especialista em restauração de motores, me conta enquanto gravam a cena. — Jack atrasou a produção de três episódios enquanto esteve no Brasil.

— Isso explica a pressa dele em voltar.

— O *set* é bem calmo, você precisa vir num dia normal.

— Quem sabe? — replico em voz baixa, pensando no agito que testemunhei na oficina.

Nas primeiras filmagens, o dono de uma caravana antiga foi atendido e a simulação da chegada do carro – conectado ao engate de um caminhão baú que estava no estacionamento – deram sequência a uma série de tomadas curtas, com Jack e sua equipe especializada avaliando cada detalhe da restauração a ser feita. Entrevistas com os técnicos e com o proprietário do veículo foram feitas e, durante todo esse tempo, Jack gravou com Alice pendurada no peito. Um milagre ela não ter chorado. Se bem que esse fato tem tudo a ver com o chaveiro de borracha brilhante que Linda deu para suas mãozinhas quando os resmungos começaram a atrapalhar. Linda bem que tentou, mas Jack foi contra se afastar da sobrinha. *Vai ter que se acostumar com a presença delas*, foi o que ouvi em determinado momento. Nem preciso dizer que meu peito inflou como um balão cheio de gás hélio.

O segundo episódio foi a entrega de uma caminhonete preta e amarela, completamente reconstruída, para uma família do Arizona com oito integrantes.

*Oito integrantes*. Entendeu? *Oito*. E não estou falando de quatro avós, dois pais e dois filhos. Eu juro, o casal, que devia ter no máximo quarenta anos, e os seis filhos – *seis!* – faziam uma escadinha, sendo que o mais novo regulava em idade com Juju. Confesso que me peguei mais de uma vez olhando a barriga da mãe para conferir o resultado de seis gestações. Devia estar destruída... mas não. Meu queixo caiu no chão umas quatro vezes, para a diversão de Mike e Charlotte.

Alice adormeceu entre as tomadas e a deitamos no bebê-conforto para que Jack pudesse gravar com mais liberdade. Para o deleite de Juliana, ele agarrou a mão da menina e desfilou com ela por toda parte, apresentando-a para a família como sua pestinha. Se Linda ficou incomodada, Jack não lhe deu atenção. Na última cena, Juliana havia feito amizade com os dois filhos mais novos do casal, como? Eu não sei, já que não fala inglês.

Depois que foram embora, a pequena se interessou nas pistolas de tinta do Steve, o jovem que vi mais cedo pintando a porta de verde, e ficou um tempão ao lado dele, vestindo um jaleco tão comprido que a barra arrastava no chão e a manga curta se tornou três-quartos em seus braços.

Quanto a mim? Vi tudo de camarote, admirada com o profissionalismo. Alguns visitantes foram escolhidos a dedo por Mike, o assistente de Linda, para ficar passeando dentro do estúdio, na área dos carros expostos, após assinarem contratos idênticos aos que Linda me obrigou a rubricar. A cada nova tomada, novos visitantes eram chamados e a oficina entrava em "pausa". As pessoas que permaneciam na fila não se importavam, era mais relevante saber que Jack estava gravando e que elas teriam a oportunidade de vê-lo "de perto", mesmo que fosse separado por uma corda.

Quando Linda anuncia a última cena do dia, percebo que as horas passaram voando. Com Alice no *sling*, balanço meu corpo para frente e para trás, observando a movimentação da equipe, principalmente, a do dono da oficina. Jack se destaca, deitado de costas no carrinho-esteira com os joelhos dobrados, avaliando o trabalho realizado debaixo de um conversível suspenso.

Juliana, agora com uma máscara transparente protegendo o rosto e com os pés em cima de uma cadeira, tenta equilibrar uma pistola nas mãos com ajuda de Steve, rachando de rir quando aperta o gatilho e espirra um jato de tinta verde bem no centro da porta acinzentada recém pendurada no suporte da parede.

— Cat, vem cá — Jack diz em inglês e fico na dúvida se foi comigo que ele falou.

Olho ao meu redor, esperando que alguém atenda seu chamado, mas ninguém o faz.

— É com você que ele tá falando — Babe, a filha adolescente de Andrew — o recepcionista faz tudo que conheci há poucos minutos —, diz ao meu lado com uma voz antipática.

A garota não gosta nenhum pouco de mim. Foi fácil decifrar que ela tem uma queda violenta por Jack e que, por coincidência, foi quem atendeu o telefone ontem, o que explica as alfinetadas que tive que ouvir gratuitamente.

— Cat? — Jack arrasta o carrinho para o lado de modo que eu consiga vê-lo parcialmente embaixo do veículo. — Pode pegar meu bloco de desenho e vir aqui, por favor?

Ele não espera que eu responda e volta ao trabalho. Com uma rápida conferida, percebo que todo mundo está ocupado. Pego o bloco e vou até ele, conversando baixinho com Alice. Bem, eles podem me cortar da cena depois.

— Ei, aqui. — Jack estende a mão sem sair de onde está e me entrega dois lápis. Levo a mão que segura o bloco para o *sling*, dando um pouco mais de apoio à Alice com meu antebraço, e agacho para pegá-los. — Faz um favor pra mim — ouço sua voz abafada ao me levantar — está vendo o desenho na primeira folha?

Olho para o bloco e analiso o esboço do carro em que ele está trabalhando, mas tem alguma coisa errada, não está tão fiel. Na verdade, os traços assimétricos parecem ter sido feitos na pressa, está mais para uma cópia barata de um dos projetos meticulosos de Jack.

— Sim?

— O que acha dele?

Passo o peso do meu corpo de um pé para o outro, meio confusa com suas intenções. Não sei se devo dizer a verdade ou...

— Cat, seja sincera. Está uma merda, não é?

Seguro a risada, mas ela escapa do mesmo jeito.

— Vamos, estou esperando.

Embora seu rosto esteja fora do meu campo de visão, posso ouvir o sorriso em cada palavra.

— É, está... esquisito.

— Andrew, seu projeto é um desenho de merda — Jack grita e o pai de Babe mostra o dedo do meio. — Pode ensinar para ele como se faz?

— Quem, eu? — Paro de rir instantaneamente. Ele não está falando sério.

— Não tem nenhuma outra pessoa aqui que manja de desenho e como você pode ver, Andrew não serve pra nada e estou um pouquinho ocupado. — Ele mostra uma das mãos totalmente sujas de graxa. — Pode corrigir? Preciso dele decente para a primeira tomada de amanhã.

— É... tá legal — digo sem ter muita certeza do que preciso fazer. Sinto-me enferrujada e nunca esbocei carros.

— Pode usar a minha mesa, lá tem tudo.

Ouço as orientações de Jack, atenta ao que ele quer que seja feito e vou para o canto. Não estou fazendo nada mesmo, que mal há em tentar rascunhar um carro?

— Pequena, vai ter que ficar no carrinho — falo para Alice e brinco com seus pés, depois de colocar o bloco e os lápis sobre a mesa.

Em dois tempos, encontro-me sentada na cadeira do Jack, empurrando o carrinho para lá e para cá com a mão direita, enquanto avalio os rabiscos, pensando se tem como salvar. Impossível, os traços foram feitos com muita pressão no papel, mesmo se tentasse consertar, partes apagadas permaneceriam visíveis.

Ciente da alta probabilidade de estar sob o foco das câmeras, discretamente viro a página, revelando uma em branco. Posiciono o carrinho de Alice com o assento inclinado para a vertical, de forma que ela consiga observar o movimento à nossa volta e se distraia o suficiente para permitir que eu me concentre. Observo o contorno do veículo em que Jack trabalha. Com a mente fixa na ideia do que tem que ser feito, pego dois lápis, um com cada mão, e começo a traçá-los delicadamente. Carros não são a minha especialidade e o resultado tem grande potencial de nem chegar perto da perfeição dos projetos de Jack, mas o que custa tentar?

Depois de meia hora de concentração, algumas pausas para mexer com Alice e ficar de olho em Juliana, Jack vem até mim e fica em pé diante da mesa, limpando as mãos em uma toalha preta, com um sorriso malandro.

— Sabia que você dava conta — comenta e os pelos do meu braço se empolgam eriçados.

Coitados, não conseguem evitar o efeito devastador do tom grave da voz de Jack sobre a minha pobre pessoa. Ou, simplesmente, estou com frio. Prefiro a segunda opção, mas sei que as chances são quase nulas.

— Tá vendo, Andrew? A Cat aqui está te dando um baile!

Escuto Andrew amaldiçoando Jack, reclamando que não é surpresa já que nunca soube desenhar.

Esforço-me para não erguer os olhos ao ajustar o sombreado e as extremidades da traseira do veículo no esboço. Com um leve movimento da mão esquerda, reproduzo o contorno do farol e ajusto, com a direita, uma parte que ficou meio apagada.

— Ambidestra?

Com a cabeça ainda para baixo, ajeito os lápis no canto da mesa e avalio o que fiz antes de responder:

— Só quando desenho.

— *Humm*... Tem certeza? É um talento interessante.

O duplo sentido me faz levantar o olhar e arquear as sobrancelhas, deixando claro que interpretei a insinuação.

— Para quê essa cara? O que eu disse de errado? — Jack se faz de santo, mas a auréola e as asas não existem.

— *Ambiblesta*? — Juliana indaga parada ao lado dele.

— Não! — Começo a rir. — Am-bi-des-tra — explico pausadamente para que consiga repetir. Percebendo sua incompreensão, esclareço resumindo: — Quando uma pessoa escreve com as duas mãos, chamamos de ambidestra.

Ela não parece entender ou, se entende, não liga, mais interessada em sair correndo atrás de Steve, sua nova pessoa preferida. Aproveito para pegar Alice e verificar o estado de sua fralda, apoiando-a no colo. A pequenina não perde tempo e começa a bater as mãos na mesa. Jack dá a volta e para ao meu lado.

Em um movimento rápido, ele se inclina em minha direção e dá um beijo na lateral da minha cabeça, entre a testa e meu cabelo. Sei exatamente o local, porque meu corpo faz questão de registrar, enviando vários micros duendes, serezinhos invisíveis e miseráveis, para movimentarem as engrenagens e fazer com que meu coração quase saia galopando para fora do peito.

— Obrigado — é o que diz e, tão rápido quanto o beijo, se afasta levando o bloco até Linda.

E eu fico aqui, como uma estátua, tentando elaborar. Eu necessito, mesmo, de verdade, pedir à produtora que apague as cenas em que apareci. Já basta me sentir patética por ficar reagindo dessa forma perto dele, o que menos preciso é que minha imagem seja transmitida e assistida em TVs pelo mundo afora. Ariel teria um treco.

Solto a respiração pesada ao lembrar da minha prima e da conversa com Pedro. Os duendes instantaneamente trocam as engrenagens por cubos de gelo, esfregando a água congelada em meu peito.

Não paro para pensar em meus atos, apenas me levanto com Alice nos braços e vou até o Jack – não antes de verificar que as câmeras piscam em vermelho. Ele continua conversando com Linda e não peço licença, enfio a mão no bolso frontal de seu jaleco e pego o celular. Ele não tira os olhos de mim, viro-me e mostro o aparelho por cima do meu ombro. Jack me deu liberdade para usá-lo, certo? E duvido que colocar a mão em seu bolso tenha sido algo que desaprove.

Com Juliana ainda entretida com Steve e Charlotte, eu me retiro da oficina e digito o número de Ariel. Com a ansiedade em alta, escuto o toque de espera, sem saber se desejo que ela atenda ou que recuse a ligação. Talvez a segunda, porém, quero falar com ela e me sinto pronta para isso. Estou quase desligando a chamada quando ouço:

— Alô? — indaga, afobada. — Quem é? Catarina?

Engulo em seco, pronta para enfrentar parte do meu passado mal resolvido.

# Trinta e Três

— Catarina? Por favor, fale alguma coisa!

A voz aflita de Ariel me faz ponderar se eu não fui muito dura quando me afastei. Não… estou certa de que não havia outra forma de reação plausível. Quem em sã consciência aceitaria saber que sua melhor amiga sabia das indiscrições de seu marido e não lhe contou? Pode até existir alguém que passe por cima disso com facilidade, mas não eu.

— É você, não é? Por favor…

— Oi — minha voz sai arrastada e insegura, nada parecida com o meu normal —, sou eu — reitero após tossir, desejando ter forças para enfrentá-la.

Por que é tão difícil? Não sei lidar com isso direito e olha que sou perita em confrontar pessoas; foi como subi na empresa. Mudei tanto a esse ponto?

— Ai, Catarina, graças a Deus! Estou tentando falar com você desde que saiu daqui. Cansei de te ligar! Eu não sabia o que fazer! Até fui na sua casa, chamei a polícia para arrombar o portão e…

— Você arrombou o portão da minha casa? — Esqueço a mágoa e praticamente grito no telefone.

Alice não gosta nada da minha explosão, ou gosta mais do que deveria, já que começa a gritar também.

— *Shhhh* — sibilo em seu ouvido e retomo a conversa com Ariel, um pouco indignada com sua atitude: — Não acredito que fez isso!

— O que você queria que eu fizesse? Pedro me convenceu que era melhor te deixar quieta por uns dias. Mas o tempo foi passando, um dia se tornou três, quatro… com uma semana sem notícias, fiquei com medo de você ter feito uma loucura.

Foi exatamente o caso, mas não a loucura que ela imaginou.

— Achou que eu me mataria? Pelo Vinícius?

— Sim! Não! Quer dizer, eu não sei! Até liguei para seu chefe horroroso, deu o que fazer para conseguir falar com ele, e fiquei sabendo que foi desligada da empresa. Eu não sabia o que pensar!

Rá. Então Oscar oficializou o *afastamento*. Vou começar a me sentir mal em três, dois…

Engraçado, os indícios de angústia já deveriam ter aparecido. Coração desacelerado, suor nas mãos, pés gelados, falha na respiração, vertigem e tontura.

Aonde foram parar? No lugar deles, só desgosto e uma sensação de foda-se. Sei que fiz o meu melhor no meu trabalho, se Oscar quer jogar tudo para o ar, problema dele, que arranje alguém tão competente quanto tenho certeza que fui. E que seja feliz.

— Então agora eu tenho um carro e um portão para consertar?

— E uma porta, tivemos que quebrar a maçaneta da sala.

Abro a boca para responder, mas me contenho. Minha Santa! Ariel realmente elevou o conceito de preocupação a outro nível.

— E tivemos que mexer na porta de vidro que vai para o quintal... — acrescenta com a voz abafada —, mas não se preocupe, prima, o Pedro já deve ter levado alguém lá para consertar. Bem, pelo menos, o estrago no portão foi resolvido. Só vai ter que pintar.

— Jesus!

Balanço a cabeça de um lado para o outro e começo a rir. Uma risada gostosa, daquelas que chacoalha o peito com força.

— Ah, não! Te fiz chorar? Desculpa, Catarina.

— Não. — Continuo rindo. — Não é isso.

Sentindo as vibrações e, provavelmente, a mudança no meu estado de humor, Alice levanta a cabeça do meu ombro e coloca as duas mãozinhas em meu rosto, me dando um sorriso banguela e cheio de baba adorável. A pequena deve estar pensando que a insanidade corre no gene da família.

— Ainda bem que você não é minha filha, já pensou? Nascer nesta família de doidos? — falo olhando para ela, correspondendo à sua alegria momentânea.

— Quê? — Ariel indaga do outro lado da linha.

— Nada, falei com a Alice.

— Alice? Não quero perguntar, mas, a filha do Vinícius?

Solto um suspiro alto, certificando-me de que ela seja capaz de ouvir lá do Brasil.

— Ariel, tem tanta coisa que você não sabe.

— Então me conta — ela suplica. — Perdoa-me, por favor, me de uma chance de esclarecer, eu juro que teria te falado se tivesse ficado sabendo antes. Você me conhece, no fundo, sabe que eu não esconderia nada de você, mesmo que te fizesse sofrer.

Fecho os olhos com força, apoiando todo o meu emocional na bebê que come os dedos e passa no meu rosto, dando-me um banho com cheiro azedo. Limpo a garganta e encaro Alice, preparada para escutar a versão de minha prima.

— Quando?

— No dia em que soubemos do acidente. Pedro ficou transtornado e não falava coisa com coisa, mas o que me deixou alarmada foi que sua preocupação não era com você, mas sim com as *crianças*. Ele repetia sem parar que elas não tinham pra onde ir, enquanto eu sofria por você. Foi horrível. Ele me contou que soube quando Ana Maria engravidou e que não era para ter sido algo sério. Disse que Vinícius não queria as filhas, mas que ela o obrigou a aceitar. Dá para acreditar nisso?

— Na altura do campeonato? Dá sim — respondo com franqueza. — A cada dia que passa, me pego pensando em como fui capaz de me apaixonar por um cara tão... não sei nem como classificá-lo, Ariel.

— Briguei tanto com o Pedro. Quase o coloquei para fora quando ele assumiu que conheceu as meninas. Minha vontade era de triturá-lo. Era não, é! Ele jura de pés juntos que foi a única coisa que escondeu de mim nesses anos, mas você sabe como a confiança funciona, uma vez quebrada...

— Sei bem — replico, pensando não somente em Vinícius, Oscar, Pedro, mas tentando me colocar no lugar de Ariel.

— Se ele escondeu algo tão grande de mim, imagina o que pode...

— Ariel, para. Não permita que o mau-caráter do meu ex-marido se torne um problema no seu casamento. Vocês têm o Enzo para se preocupar, não precisam disso.

— É o que Pedro me fala, mas não consigo! Não acho justo! — Ela respira afobada.

— E não é justo, mas não é um problema de vocês. Quem criou isso tudo foi o *meu marido.*

— Você diz como se fosse fácil de engolir.

— Fácil? — Solto uma risada esganiçada. — Se Vinícius não estivesse em coma, eu o colocaria lá, pode apostar.

— Eu fiquei arrasada, prima, pensei tanto em você... Só não tinha ideia do que fazer. Enzo estava com dois dias e eu me descabelando em casa. O pós-parto, a amamentação. Falando nisso, amamentar é terrível! Meus mamilos estouraram! É como se a gengiva dele fosse cheia de presas, como um tubarão estraçalhando a comida. Dói pra caralho!

— Nem quero imaginar.

— Eu não conseguiria te ver sem contar tudo. Fui muito covarde, prima, por isso, peço perdão. Fiquei morrendo de medo de te ver, principalmente depois que Pedro me contou. Como eu faria para ter uma conversa normal com você? Aí, chamei minha mãe e contei tudo para ela. Nesse ponto, Pedro já tinha ficado sabendo que a vizinha deixou as meninas na sua casa, foi quando mamãe contou para a tia Mirna.

Eu pondero por alguns minutos e acredito que ela esteja falando a verdade. Estou cansada de duvidar de todo mundo e Ariel nunca me deixou na mão. Pedro errou? Talvez, no entanto, tenho maturidade o suficiente para entender que o grande errado nessa história é o Vinícius. Pedro, Ariel e minhas tias foram efeitos colaterais de sua traição. Pedro errou em omitir de Ariel desde o início, porém, sua amizade de infância com Vinícius estava em jogo, é algo que eles terão que resolver juntos, como um casal. Se minha prima se sente enganada, é uma reação aceitável, eu também ficaria furiosa se o papel fosse inverso.

— Tudo bem — digo após um tempo. Meu peito se expande e retrai devagar, a respiração na velocidade normal é um indício de que compreendo sua situação. Alivia parte do estrago e um pedaço do meu coração é recolocado no lugar.

— Não vai brigar comigo?

— Não.

— Você tá doente?

— Não.

Ariel ri.

— Você é uma impostora. Cadê a Catarina? Coloca ela na linha, por favor.

— Sério, prima. Cansei de brigar. Não vou desperdiçar sua amizade por Vinícius. Ele não merece tanta consideração.

— Assim que se fala! *Girl Power*! — ela grita e afasto o celular do ouvido para não ter meu tímpano estourado.

Quando volto o aparelho, Ariel está em silêncio, mas sou capaz de ouvir sua respiração e não parece nada segura. Determinada a restabelecer nosso vínculo de infância, faço algo do qual não sou muito fã, mas sei que vai melhorar seu humor.

— Adivinha onde estou...

Solto a isca e espero que ela pesque, o que não demora nem um milésimo de segundo.

— Em Las Vegas.

— É, mas onde estou neste exato momento?

— Num casino?

— Previsível, Ariel, você consegue fazer melhor.

— Numa boate de *strip*?

— Que clichê! Claro que não! — respondo rindo.

— Na casa do Jack? — Ariel comenta sensualizando a voz.

— Também não.

— Passeando naquela rua famosa, qual o nome mesmo?

— Strip?

— Isso!

— Não.

— Ah, Catarina! Pelo amor de Deus, me tira da miséria!

— Na *Incredible Cars* — informo sorrindo, aguardando a confirmação de que minha prima sempre soube ou, no mínimo, suspeitava, da identidade de Jack.

— Não creio! AhmeuDeusahmeuDeusahmeuDeus!

Dou uma gargalhada, sentindo todos os meus neurônios faiscando de felicidade. É bom saber que nossa amizade não mudou e que ela continua maluquinha como sempre foi. Sei que ainda temos um longo caminho para recuperar a confiança totalmente, mas é um bom começo.

— Pois pode crer.

— Steve! Ele tá aí?

— Aham — assinto com a cabeça, apesar de ela não conseguir me ver.

— Charlotte? Andrew? *Ai*! Dá um abraço nele por mim, é um fofo!

— Caramba, Ariel, achei que você conhecia o programa, não que fosse fanática.

— Eu assisti a todos os episódios! Maratonei nos últimos dias de gestação — ela diz como se minha falta de conhecimento de seus hobbies fosse uma ofensa. — E Jack? É tão gostoso ao vivo quanto na TV? Diz que sim!

— Ariel!

— O quê? Quase não acreditei quando vi a foto dele no seu celular, era muita coincidência. Segurei-me para não falar nada quando você veio aqui com a Juliana. Imagina, um cara lindo da TV na casa da minha prima…

— Falando nisso, você podia ter me avisado.

— E estragar a surpresa? Queria ter visto a sua cara quando descobriu. Deve ter sido impagável. Duvido que o conhecia, nunca te vi assistindo TV.

Sorrio com o peito bem mais leve.

— É incrível, Ariel, você ia adorar.

— O quê?

— Tudo.

— Preciso de detalhes!

Não consigo vê-la, óbvio, mas imagino suas mãos mexendo sem parar, querendo que eu agilize e desembuche o quanto antes.

— A oficina e a dedicação da equipe são fantásticas. Charlotte é a típica mulher que tinha que ser modelo, mas é muito teimosa para isso, o que é bom, porque seu trabalho é indispensável. Andrew é um palhaço! E Steve? Ele leva muito jeito com criança.

— Criança? Espera, vocês levaram as meninas? E o que estão fazendo? Quem cuida delas?

— Sim para a primeira, e nós, para a última.

— Não entendi.

Alice se remexe em meu colo e começo a caminhar tentando acalmá-la, eu a viro de costas para mim para que possa ver que estamos passeando.

— Eu e Jack nos revezamos para dar conta, mas isso é o de menos.

— Como assim, de menos?

— Nos Acostumamos. Eu acho. — Dou os ombros.

— Catarina… Quem diria!

— É. Como eu já estava com a cabeça afundada na jaca, melhor comer, né?

Ariel fica em silêncio por um segundo antes de comentar:

— Você mudou mesmo.

— Para melhor, penso eu…

Deixo no ar a dúvida que permeia meus pensamentos.

— Prima, a conversa está muito profunda e adoro ver como você está se virando, mas, quase me esqueci do mais importante.

— O que é mais importante? — Não sou capaz de pensar em nada que seja superior às meninas.

— Ah, deixa eu ver… — brinca, com voz infantilizada. — … Jack?

— Jack? — meio que engasgo ao responder. É, digamos que ele também seja importante.

— É, Jack.

— Humm… — Como descrever Jack? — Ele é… normal.

— Ah, Catarina, faça-me o favor! Minha curiosidade merece mais!

— Jack é compreensível, inteligente, acho que se tornou um bom amigo.

— Só isso?

Não. Ele faz meu coração bater mais rápido só por estar presente. Faz com que meus pelos se arrepiem quando qualquer parte de seu corpo esbarra na minha pele. É carinhoso, engraçado e lindíssimo. Só que eu jamais vou assumir em voz alta.

— Só. O que você esperava?

— Sei lá, que você não conseguisse parar de olhar para as tatuagens dele ou que ficasse babando pelo corpo escultural, que se derretesse quando ele olha para você…

Seguro o riso para não dar na cara que ela acertou na mosca. Como se adivinhasse que a mãe pisa em território proibido, um berro esganiçado e sofrido chega ao meu ouvido. Enzo.

— Tá tudo bem aí, Ariel?

— O Enzo acordou. Vou ter que desligar.

— Vai lá.

Entendo muito bem como funciona a urgência das mães em atender o grito de um filho.

— Antes que eu desligue, preciso te pedir uma coisa.

Lá vem. Conheço minha prima, coisa boa não vai ser.

— Diga.

— Vá numa boate de strip, leve Jack e faça com que ele tire a roupa.

— Ficou doida?

— Nem um pouco. Quero provas, me mande fotos.

— Não vou convidar Jack para ir a uma boate de strip! Muito menos tirar fotos!
— A ideia em si não é *tão* horrível, só que não vai acontecer.

— Pensa com carinho! Beijo.

Com isso, Ariel finaliza a ligação e eu tento não ficar pensando em Jack em cima de um palco tirando cada peça de roupa e jogando em minha direção. Vou matar a minha prima. Só ela para me fazer pensar nessas coisas.

Sorrindo, guardo o celular no bolso traseiro da calça antes de me virar para voltar à oficina. Não dou nem dois passos e esbarro com o assunto do momento.

— Cuidado por onde anda.

Jack praticamente se materializou à minha frente, com um sorriso muito irônico nos lábios. Irônico demais para o meu gosto. Com as mãos em meus ombros, Jack me ajuda a manter o equilíbrio. Uma pena que não consiga estabilizar as batidas descompassadas do meu coração.

— Nossa, você me assustou.

— Desculpa. — Ele pega Alice e mexe com ela, fazendo-a sorrir. — Você estava demorando, vim conferir se estava tudo bem.

— Tudo perfeito — respondo rapidamente, torcendo para que ele não tenha escutado a conversa. Seria trágico se…

— Então, quando vamos? — Jack interrompe meus pensamentos e franzo as sobrancelhas, olhando de seus olhos para sua boca.

— Vamos? Aonde? — Faço-me de boba. Lógico que ele ouviu. Resta saber o quanto.

— Na boate. Confesso que nunca precisei fazer *strip* para conquistar uma mulher, mas não sou contra a ideia — ele comenta baixinho e o tom rouco me faz virar pudim.

Para completar, Jack pisca e morde o lábio antes de me dar as costas e sair andando com Alice bastante feliz em seu colo.

— Estou ao seu dispor, quando quiser…

Como diria Ariel, *ahmeuDeusahmeuDeusahmeuDeus*.

# Trinta e Quatro

Ariel está morta.

Enforcada.

Esganada.

Pisoteada.

Esquartejada.

Sinceramente, não importa o modo, contanto que tenha sangue e tortura envolvidos. Já pensei em umas vintes formas diferentes de executá-la. Sempre depois de imaginar versões diferentes do Jack rebolando somente de cueca boxer. Não ajuda em nada lembrar que já o vi sem camisa. Também teve aquele episódio com somente uma toalha cobrindo as partes básicas. Sem falar nas tatuagens que somem para dentro da roupa. Preciso de uma ducha congelada. É questão de vida ou morte.

O que me leva, de novo, à minha prima.

Inferno!

No caminho da oficina até a casa, Jack mencionou *meu convite* três vezes. Ignorei todas. Ariel vai me pagar, mal voltei a conversar com ela e já estou encrencada. Quando éramos solteiras, ela era mestre de tentar bancar o cupido. Sei que foi sem querer, não tinha como saber que Jack estava perto. E parte da culpa é minha, admito, afinal eu que repeti sua sugestão em voz alta.

Quando chegamos, o que mais queria fazer era entrar embaixo do chuveiro. Mas não. Levei quase duas horas para organizar as meninas. Alimentei e dei banho em Alice enquanto Jack preparou a janta. Demos banho em Juliana quando sua irmã dormiu e, após jantarmos, permitimos que assistisse a um filme até pegar no sono, o que aconteceu há exatos dez minutos.

Agora sim, me delicio com a água morna do chuveiro de Jack que desce maravilhosamente por minha pele, relaxando-me. Sem pressa, me ensaboo e enxáguo o cabelo, aproveitando o silêncio e a paz que me tomam. Sentindo-me muito mais leve, saio do banho e me troco. Apreensiva, abro a porta, mas Jack não está em seu quarto. Nem no corredor. Espio o quarto das meninas e nada.

— Jackison? — chamo baixinho e aguardo. Nenhum sinal de vida.

Descalça, desço para a sala e, sem vê-lo em lugar nenhum, vou para o quintal. Estou completamente sem sono, mas o cansaço do dia começa a bater. Mesmo assim, quero ficar um pouco com Bela e Estevão, deitar naquele sofá externo convidativo e dar atenção aos meus melhores amigos. Dou um sorriso logo que abro a porta e Estevão corre ao meu encontro.

— Oi, grandão! Como está a nova vida? — Eu agacho para acariciar suas orelhas, pescoço e, em segundos, estou com a abundância de pelo branco e marrom quase totalmente deitado em cima de mim. — É, também sinto a sua falta.

Bela, percebendo que estou sozinha, deixa a timidez de lado e passeia entre minhas pernas, fazendo cócegas com suas garrinhas afiadas.

— Oi, madame! Gostou do novo palácio?

Dou um jeito de me sentar e acomodar os dois em meu colo. Já tentou segurar um São Bernardo adulto e uma gata ao mesmo tempo? Então.

— Não sei quantos dias vamos ficar por aqui, mas é um lugar legal, né?

Bela aninha a cabeça em meu peito e eu a conforto.

— Eu sei, foi repentino, desculpa.

A baba de Estevão molha meu short jeans, resultando em uma bela mancha de alguns centímetros de diâmetro.

— Que beleza, Estevão, acabei de tomar banho!

Ele rosna, nunca gostou de ser repreendido.

Muito compenetrada, quase não percebo quando Jack surge de uma das extremidades da *pool house*. Na verdade, eu não quero perceber, mas meu corpo está tão sincronizado com o dele que sente sua presença na hora. É como se eu tivesse um radar e ele operasse especificamente para sintonizar a frequência de Jack. Chega a ser ridículo, não era assim com Vinícius, o que me confunde e faz questionar a veracidade e profundidade do que eu sentia por meu ex.

O ruído surdo de seus coturnos contra as pedras apaga o passado da minha cabeça e me esforço para não levantar os olhos. Confesso que é um trabalho árduo quando o que mais quero é mensurar cada pedacinho dele. Acaricio a barriga de Estevão – seu ponto fraco – e prego o olhar no chão, muitíssimo interessada no padrão de cores pastéis das pedras pontudas que ocupam boa parcela do quintal.

As botas param a meros centímetros de mim. Dois joelhos se dobram, ficando quase no nível dos meus olhos, que continuam fixos no chão. Não ouso mexer nenhum músculo. Dois cotovelos se apoiam nos joelhos e mãos tatuadas aparecem em meu campo de visão, unidas bem no meio do espaço entre as pernas cobertas por jeans escuro.

— Interessante?

Eu não quero que meu corpo patético reaja à sua voz, mas é impossível. O traidor age independentemente de meus comandos, ativando partes que deveriam ficar adormecidas.

— O quê? — Mantenho a atenção imutável. Jack pode falar com o meu cabelo úmido.

— O que você tanto olha?

Nada sutil. Estou cansada de saber que ele adora me aporrinhar.

— Estou curtindo meus amigos de quatro patas.

— É, mesmo?

Subo o olhar só um pouquinho e encaro suas mãos. Os dedos compridos e másculos... Como posso estar impressionada com dedos? Dedos! *Meu Deus, são apenas dedos normais, Catarina, recomponha-se*! E olhar para eles me deixa com uma visão privilegiada das coxas e do... Nada, dou um tapa imaginário com força na minha cabeça.

Ele ri quando tento disfarçar e abaixo a cabeça. Fios de cabelo escorregam para frente, escondendo meu rosto.

— Vem cá. — Jack estende a mão direita com a palma para cima.

*Vem cá*. Simples, Catarina, você é uma mulher adulta que já foi casada. Pode muito bem *ir lá* com um homem bonito, aonde ele quiser te levar. Engolindo a relutância, mando a insegurança para o espaço e me desvencilho de Estevão e Bela, aceitando sua mão. Jack me ajuda a levantar e me conduz à *pool house*, rumo a um dos ambientes que estavam fechados quando fiquei na piscina. Ignoro as milhões de faíscas que o contato produz em minha pele e adentro a sala com iluminação escassa. Cortinas *blackout* ocultam a transparência do vidro que separa o quintal do interior.

Levo uns minutos para assimilar que Jack me levou para um ateliê. Uma prateleira de madeira rústica ocupa uma das paredes, repleta de materiais de pintura e desenho. Algumas telas em branco estão no chão, apoiadas à parede. Outras penduradas exibem desenhos aleatórios. Uma mulher de perfil, uma paisagem de cachoeira, uma pintura abstrata.

— O que é isso?

— Achei que fosse gostar — Jack responde atrás de mim.

— E gosto. Eu não sabia que você pintava.

— Não mais. Era um *hobby*, trouxe para cá quando me mudei, mas não uso. Deve ter um monte de coisa vencida.

Fecho os lábios em linha reta, sem saber direito o que ele espera de mim. Balançando a cabeça, viro-me.

— Jack, eu... não sei o que dizer.

— Diga que gosta.

Ele sorri e fico esperando seu habitual olhar de sarcasmo.

— Por que está fazendo isso? Trazendo-me para sua casa, levando-me para a oficina, mostrando coisas que não usa, mas que sabe que vou gostar. Posso ir embora a qualquer momento... E não venha com a desculpa de que precisava de mim para ajudar com suas sobrinhas, porque sabemos que foi somente uma desculpa. Você tem a Liz, o que não mencionou no Brasil. Acha que não percebi? Eu deixei quieto quando chegamos, pelas meninas, só que não quero agir assim.

Ele passa a mão no cabelo e dá um passo para frente, parando diante de mim. A proximidade é tanta que meu peito quase encosta no dele. O frio na barriga é imediato.

— Cat, quer que eu seja sincero?

— É o que eu mais quero. Estou farta de mentiras e falsidade.

Jack levanta a mão e seus dedos ornamentados com HOPE colocam meu cabelo atrás da orelha.

— Você pode não gostar da resposta. Não é nada espetacular. — Jack me desafia, com os olhos presos aos meus.

O suor brota nas minhas mãos e meu peito vibra com força, com a pretensão de estourar minha caixa torácica. Torço para que ele não perceba. Ergo as sobrancelhas, indicando que pode continuar.

Com as íris castanhas focadas em mim, passeando por meu rosto, Jack inspira tão profundamente que consigo sentir o movimento.

— Eu vim de uma família desestruturada. Minha mãe foi amante do meu pai, que veio embora para os Estados Unidos e nunca mais voltou. Minha irmã era uma destruidora de lares. Você não foi a primeira esposa que sofreu pelo egoísmo da Ana, quando percebi que sua queda por homem casado se tornou um padrão, tentei fazer com que ela desistisse de novos relacionamentos. Nossa relação ia de mal a pior a cada namorado. Acabei me afastando quando conheci Vinícius e tive que ouvir um discurso sobre poliamor. Foi a gota d'água.

Eu não pretendo chorar, só que é praticamente impossível impedir que as lágrimas apareçam. Meu peito se contorce com a lembrança. Conheço muito bem o argumento fajuto, fui vítima dele. Fecho as pálpebras, o que permite que uma lágrima ingrata escape, marcando minha face. Sinto o toque de Jack resvalar sobre seu rasto e abro os olhos.

— Foi o que ele disse, não? Que amava nós duas ao mesmo tempo? — Jack assente com um semblante apreensivo. — Tinha uma carta com os documentos das meninas. Ele explicava o "poliamor". — Faço as aspas com os dedos.

— É, eu li. Desculpe, sei que não era pra mim, mas vi quando peguei a pasta, no dia em que você foi na sua prima com a Juliana. Ele tentou te convencer da mesma ladainha. Fiquei puto, Cat, eu já não gostava do cara e saber que eles te enganaram… Quando o conheci, ameacei de te procurar e tirar satisfação, você pode imaginar a briga que comprei com Ana Maria. Ela praticamente me expulsou de casa.

— Por isso você não conhecia suas sobrinhas.

— Exato. Recebi fotos de Juliana e a vi quando era recém-nascida, mas nunca pude visitá-la. O que Vinícius alegou não é poliamor. É traição, simples e egoísta. — Jack me encara com empatia. — Charlotte é bissexual e adepta ao poliamor. Ela mantém relacionamentos múltiplos, nenhum deles com pessoas já comprometidas e monogâmicas. Quando mencionei a minha irmã, ela achou um desrespeito. Eles não tinham o direito de ter feito isso com você.

— Eu sei, Jack. Acredito que existam pessoas que vivem assim, quando todos os envolvidos sabem de tudo. Sem segredos, é possível amar duas ou mais pessoas simultaneamente. Só que eu não sou assim, sou monogâmica, eu não aceitaria. — Limpo a garganta como se me livrasse de um caroço de abacate. — Ele sabia disso, conversamos sobre o assunto mais de uma vez. Vinícius me fez acreditar que pensava o mesmo que eu. Fui uma tapada, Jack, esta é a verdade.

Ele meneia a cabeça.

— Não diga isso, Cat, você foi enganada, é diferente.

— Acha mesmo? Minha dedicação ao trabalho botou tudo a perder. Eu amava o Vinícius, só que não sei se era verdadeiro ou apenas uma conveniência. Sou tão culpada quanto ele.

— De jeito nenhum! — Jack se enfurece, fechando o cenho.

— Mas é a verdade. Você não me deve nada, não tem que compensar o que sua irmã fez. Não precisa se compadecer, nem tomar conta de mim por pena.

Jack reage ao ouvir minhas palavras. Suas pupilas dilatam e a respiração quente atinge meu nariz no mesmo instante.

— Acha que é isso que estou fazendo?

Seu tom de voz é outro sinal de indignação.

— Está na cara! — Abro os braços, exasperada, mostrando o que há em meu redor. — Você se identifica com a zona na minha vida e se sente responsável. O que me resta, Jack? Sou a esposa do canalha do seu cunhado! A coitada da mulher traída!

Jack dá mais um passo e cola o corpo no meu, empurrando-me de encontro à parede, incendiando cada milímetro da minha pele em segundos. Com as mãos apoiadas no concreto ao lado da minha cabeça, Jack me cerca, eliminando qualquer chance de escapar. Isso se eu quiser escapar, o que é uma grande mentira.

— No início, pode ter sido mesmo, só que ninguém me avisou que a esposa do canalha do meu cunhado era uma mulher gostosa que ia mexer com a minha cabeça e me enlouquecer ao ponto de convidá-la para ficar na minha casa, cuidar das minhas sobrinhas e dormir na minha cama.

Ele usa o peso do corpo para me prensar e, por instinto, subo as mãos à sua cintura, causando um turbilhão dentro de mim, fervendo meu sangue.

— Pensa que sou assim com qualquer uma?

Alguém sabe onde foi parar a minha língua? Minha mandíbula também parece estar ausente. E o coração? Ah, esse funciona a todo vapor, tentando freneticamente recuperar a lentidão apresentada por seus amigos.

Enquanto me esforço em me manter em pé, Jack continua:

— Acha que eu sinto pena? Que te trouxe pra cá por *pena*? É muito ingênua se pensa assim… — Ele olha para baixo, mirando minha boca. Seu nariz já toca o meu e estou prestes a enfartar. — … E nós dois sabemos que você é inteligente demais para tanta ingenuidade.

Jack não deixa brecha para que eu recupere a capacidade de raciocínio, diminuindo o espaço ínfimo entre nossos lábios, invadindo minha boca com ferocidade. O que eu faço? Ah, eu devoro o que ele me oferece. Não é bonito nem romântico. Não é delicado nem sutil. É arrebatador. Exatamente como imaginei. Do jeitinho que eu quero.

# Trinta e Cinco

Quando aceitei vir para Las Vegas não foi com essa intenção. O mesmo pode ser dito sobre quando permiti que Jack ficasse em casa sem conhecê-lo. Foram decisões impulsivas e que poderiam ter saído pela culatra. Não vou ser extremista e dizer que ele poderia ser um *serial killer*, porque seria idiota, psicopatas são infinitamente mais inteligentes e jamais se exporiam, deixando pistas fáceis de serem rastreadas. Só que foi um risco. Ele poderia ser um babaca, mau-caráter, enfim, um monte de adjetivos que literalmente paguei para ver.

Posso culpar minha vulnerabilidade por ter sido tão imprudente. Ou argumentar que realmente não podia ter agido de outra forma, no entanto, seria mentira. Eu não quero aceitar que ele balançou o meu mundo, mas agora, ao ser invadida por uma tonelada de sensações e sabendo muito bem quais serão as cenas do próximo capítulo, mergulho nas chamas do inferno.

Como um perfeito escape para a raiva, decepção, angústia e ansiedade que armazenei na última semana, aperto os músculos de sua cintura, demonstrando exatamente o quanto ele me desnorteia, intensificando o beijo. É bagunçado. Línguas, dentes e lábios se esfregam com avidez, como se estivessem famintos diante de uma refeição para lá de farta. Jack alinha a cabeça à minha e morde meu lábio inferior, puxando-o com os dentes e voltando para mais, sem dar um segundo para me recuperar da descarga elétrica percorrendo a minha coluna. O beijo da manhã não foi nada comparado a este.

Por mais que eu adore o que está acontecendo, algo fundamental surge em meus pensamentos e me afasto de repente. Não sei se foi uma boa ideia, os lábios vermelhos e os olhos semicerrados de Jack imploram que eu volte e pare de criar empecilhos. Ele me provoca, enfiando os dedos entre os fios ainda úmidos do meu cabelo curto, produzindo uma dorzinha ardida quando os puxa para trás. Jack inclina minha cabeça, expondo meu pescoço e arqueando meus seios contra seu peito. Minha respiração sai ofegante e meus neurônios entram em curto-circuito no local em que ele abocanha com vontade, bem naquele ponto maldito que me faz revirar os olhos e suspirar.

Subo a mão por seu abdômen desejando prolongar o momento e estudar cada centímetro de sua perfeição. Duvido muito que ele tenha algum defeito. Sua camiseta não é a única barreira que me impede de realmente aproveitar o clima.

— Jack — falo entre gemidos. Aperto seus bíceps com a intenção de me afastar novamente e ele me ignora. Com a cabeça jogada para trás, sentindo cada um dos seus dedos, tento mais uma vez: — Jack...

— Quê? — responde a voz baixa e alucinante, sem se mover, dando atenção total à base do meu pescoço.

— As meninas.

— O que tem elas? — Ele muda o ângulo e a pegada, passeando os lábios pelo outro lado do meu pescoço e me arrebata com uma mordida na orelha.

— Podem acordar — digo com a voz fraca. — Não vamos ouvir.

Uma das mãos que segura a lateral da minha cabeça some momentaneamente e ele gira o quadril para o lado, tirando o celular do bolso. Com movimentos ágeis que minha lerdeza jamais conseguiria replicar numa situação como essa, Jack mexe no aparelho e o leva ao ouvido. Sem perder o clima, seus dedos percorrem a pele exposta em meu ombro pela blusa vermelha de alcinha.

— Pirralha, onde você está?

A proximidade permite que eu escute parcialmente a resposta e identifique, pelo palavrão, a voz de Liz.

— Pode ficar com as meninas? — Ele faz uma pausa olhando diretamente para mim. — Dormindo, não vão acordar.

Jack brinca com a minha orelha, inquietando minha imaginação.

— No ateliê. — Ele sorri para o telefone e acaricia meu queixo. — Comigo. — Mais uma pausa antes de soltar um: — Vá se foder. — E desliga, guardando o aparelho e erguendo as sobrancelhas para mim. — Resolvido?

Meneio a cabeça como se fosse possível negar. Jack é ridículo. Tão ridículo que não aguento e avanço para repetir a dose. Agarro a sua nuca e trago seus lábios para os meus, mergulhando em um espiral de sensações. Dispenso a delicadeza e me aperto contra ele, inebriada com a firmeza de seu corpo. Jack aceita minha investida de bom grado, correspondendo a cada aperto, mordida e pressão.

Suas mãos descem por cima do tecido de malha, percorrendo a extensão dos meus ombros ao quadril. Num impulso, me puxa para cima, abrindo espaço entre as minhas pernas com o corpo, segurando minhas nádegas como apoio. Minhas costas são esmagadas na parede e eu nem ligo, cruzo os tornozelos e prendo-o junto a mim. O short jeans é espesso, assim como a calça de Jack, porém, mesmo com as duas peças de roupa, é possível sentir a rigidez em minha virilha. Não é nada exagerado que me faça ver estrelas, muita roupa ainda nos cobre, é apenas um simples pedaço de aço, bastante animado, sendo pressionado entre nós.

Ele cambaleia para trás comigo nos braços e começo a rir.

— Vamos cair. — É um fato, não sou pequena, apesar de não ser tão alta quanto ele.

— *Tsc*, que nada.

Rapidamente, Jack dá um giro e sai pela porta, me carregando no colo. Eu me agarro no seu pescoço, aflita. Ele não vai me jogar no sofá, vai? Ao ar livre, para que

Liz, ou pior, Juliana, possa ver do segundo andar e ficar traumatizada por uma eternidade. Não acho que será saudável para uma criança de quatro anos ver o que estamos prestes a fazer. E também não quero que Elizabeth fique me olhando estranho.

— O que você está fazendo? — falo entredentes.

— Te levando para um local mais confortável.

Ele caminha entre as poltronas, passando direto por elas, o que me intriga. Quando chegamos perto do sofá, uma ideia maluca me atinge. A piscina! Ele não quer…

— Você não ousaria.

Meu comentário faz com que ele pare de andar e me encare com uma expressão divertida.

Jack me analisa devagar, à procura de qualquer sinal de que me oponho a intensificar nosso *vínculo*. Coitado, vai ficar procurando.

— Pensei que tínhamos deixado as inibições de lado.

— Não isso, Jack! Só não quero tomar um banho de piscina.

— Ah… *ahhh*! — Com um semblante engraçado, ele questiona: — E por que eu te jogaria na piscina?

— Não sei, espero qualquer coisa de você.

Vejo com satisfação o sorriso malandro retornar para aquele rosto que me persegue. Ele me leva para a outra parede e me solta perto da porta de vidro, arrastando-a pelo trilho.

— O que tem aí? Um daqueles quartos secretos que estão na moda?

Jack, ainda sorrindo, balança a cabeça e me puxa, envolvendo minha cintura com os braços.

— O que você pensa que eu sou? Um personagem daqueles livros que as mulheres leem às escondidas?

— Tá sabendo muito… qual deles já leu?

— Catarina, por mais que eu goste de suas implicâncias e que você fique linda quando se diverte às minhas custas, tenho algo muito mais interessante para fazer. — Ele mal termina a frase e captura meu lábio inferior em uma mordida leve. Meu suspiro mostra que eu concordo. — Mas, se quiser, podemos adiar…

— Não — nego com ênfase, agitando a cabeça de um lado para o outro.

— Ótimo — diz em meus lábios.

Jack dá um passo para frente, forçando-me a andar para trás, me empurrando cômodo adentro. Sem virar ou afastar o corpo, arrasta a porta de volta ao lugar e verifico, por cima de seu ombro, se a cortina permanece fechada.

— Sabe desde quando eu quero fazer isso?

Ele volta a me empurrar até que minha lombar esbarre em alguma coisa. Eu não respondo. Como vou responder quando estou sofrendo uma overdose de Jack?

— Desde o primeiro dia, quando desceu do carro e começou a me xingar. Minha vontade era de te pegar de jeito no capô, em pleno estacionamento, para que nunca mais levantasse o dedo para mim. Mimada, madame e com uma atitude daquelas? Estava pedindo uma lição.

— Jack, está me convencendo de que não leu só um, mas vários *bestsellers* eróticos. — Não posso deixar passar.

— É disso que estou falando, esse seu jeito me deixa louco.

Solto um grito ao ser erguida, do nada, e colocada numa... mesa? Quando ele falou em conforto não foi isso que tive em mente, mas, quem está reclamando? Não sei exatamente onde estou, porque não acendemos a luz. E quem precisa de iluminação quando Jack é uma invasão sensorial ambulante? Suas mãos encontram meus joelhos e sobem, atiçando o interior da minha coxa ao mantê-las abertas.

Sério, para quê visão se posso enxergar com o tato?

— Sem mencionar as curvas.

Ele aperta a lateral do meu quadril e continua subindo até alcançar a base dos meus seios medianos, local que recebe atenção especial. Devagar, Jack passeia com os polegares contornando-os, sem chegar nos mamilos.

Quem está enlouquecendo quem?

— E aquele *babydoll*... quase me mata quando cheguei na sua casa, abrindo a porta seminua.

A barba por fazer arranha o meu pescoço, arrepiando e me obrigando a me contorcer.

— Jack.

— O quê? — pergunta com os lábios em minha orelha.

— Cale a boca.

Seguro seu rosto com as duas mãos, forçando-o a se virar para mim e acabar logo com a enrolação. Devoro seus lábios como ele fez comigo no ateliê, estupidamente agressivo e delicioso.

É pouco. Puxo sua virilha contra a minha e desço as mãos, agarrando a barra da camiseta. Muita roupa. Quem precisa delas? Enfio os dedos por baixo e subo de uma só vez, forçando-o a levantar os braços e se livrar do tecido. Muito melhor. Pele. Quente e sensível. O arquejo de Jack quando exploro suas costas me estimula a continuar e aproveito para cobrir seu pescoço de beijos. Cravo as unhas em suas omoplatas ao mesmo tempo em que mordo seu trapézio, sugando com gosto. E põe gosto nisso. Jack é viciante.

Arranho suas costelas e tento fazer com que ele chegue mais perto, pressionando sua lombar em minha direção, como se fosse possível nos fundir com o contato. As mãos dele, até então imóveis sob meus seios, sobem os poucos centímetros faltantes para segurar minhas meninas e acariciar com mais fervor. Entre um gemido e outro, Jack chega com a boca na alça da minha blusinha e a prende nos dentes, puxando para o lado. Não é o bastante, impaciente, eu mesma arranco minha blusa. *Pronto.*

Escuto a risada baixa de Jack, mas ele não perde tempo, empurrando-me para trás até que eu esteja com as costas na madeira – ou o que eu acho ser madeira. Meus sentidos se perdem quando ele se inclina e começa a distribuir beijos, estimulando pontos até então adormecidos. Dando uma atenção especial aos meus seios, não economiza nas carícias com a língua e lábios. Meus dedos seguram seu cabelo, bagunçando ainda mais o visual desleixado. Enquanto me distrai com a língua perto do umbigo, tento me levantar e alcançar seu quadril, porém, sou incapaz de medir forças com a palma da sua mão aberta em meu esterno, obrigando-me a permanecer exatamente onde estou.

Ah, meu Deus! Agora quem se sente a protagonista de um romance erótico sou eu, isso que não perco tempo com essas leituras. Só conheço porque Ariel faz questão de me atualizar sobre todos os lançamentos que "deveriam" se tornar filmes. E não sei porque diabos estou pensando em Ariel.

Jeans. Botão. Zíper. Ariel some de meus pensamentos na mesma hora em que assimilo Jack se afastando e suas mãos trabalhando no que restou da minha roupa. Abrindo meu short, descendo o tecido por minhas pernas. Por meus pés.

Quente. Muito quente.

Las Vegas tem uma temperatura escaldante, sabia?

Dedos voltam para minhas pernas, empurrando-as para cima. O contato é de outro mundo, só que está longe de aliviar meus anseios. Arregalo os olhos e tento reprimir um gemido – sem sucesso – quando um sopro atinge minha virilha, seguido de um toque úmido que faz com que eu arqueie a coluna e empurre ombros para baixo, ombros que eu nem sabia que estavam debaixo das minhas coxas. O movimento involuntário quase esmaga a cabeça de Jack e aumenta o atrito da barba, me fazendo cruzar os olhos. Ele segura as minhas pernas enquanto faz mágica com lábios e língua, elevando-me ao ápice sem muito esforço. Em poucos segundos, pareço uma mulher descontrolada, querendo senti-lo dentro de mim por toda lei.

— Jack — sussurro quando ele se afasta novamente.

*Volte já aqui e termine o que começou!*

Não preciso gastar palavras, o som do zíper diz tudo. Tentando acalmar meu coração que bate em frenesi, inspiro e expiro, esforçando-me para recuperar algum controle. É inútil.

Bem, não tão inútil assim. No auge da loucura esqueci de perguntar algo fundamental para o homem que se despe enquanto estou jogada à sua espera.

— Diz que tem preservativo.

— Serve este?

Jack encontra a minha mão no escuro e me entrega uma embalagem vazia, ao mesmo tempo em que sinto a cabeça de seu membro passear por mim. Solto um suspiro de alívio. Apesar do implante subcutâneo em meu braço, nenhum método é cem por cento e sou um tiquinho paranoica com a possibilidade de gestação ou doenças.

Jack não permite que eu pense no assunto por mais nenhum segundo, pressionando contra minha entrada. Ele se curva e encontro seus lábios no meio do caminho, ávida para senti-lo por inteiro. Devagar, querendo me matar com a lentidão proposital, beija-me e abre espaço onde poucos homens já estiveram. Quando sinto suas pernas coladas às minhas, sei que estou completa.

Sem se movimentar, Jack prolonga o beijo lânguido, deixando o clima mais do que sensual. Desço minhas mãos às suas nádegas e aperto com vontade, louca para apressá-lo. A brincadeira é ótima, maravilhosa, mas mereço o final feliz. Ele ri quando levanto o quadril procurando o atrito que sei que me matará em dois tempos. Jack segura a minha cabeça, acariciando cabelo e rosto e, com os braços apoiados na minha lateral, afasta o quadril e volta de uma vez, preenchendo-me novamente. O movimento se repete. Uma. Duas vezes. Não é rápido, é forte, com ritmo firme e agonizante.

Espetacular.

Como tudo o que ele faz.

Sem saber onde está se metendo, Jack penetra não apenas a minha carne, mas cada partícula do meu corpo. O coitado do meu coração não sairá dessa incólume.

Mais depressa do que eu gostaria, começo a ofegar, sabendo que não vou durar muito tempo. Jack entende e acelera, tornando suas investidas mais desleixadas e frequentes. Agarro seus ombros quando minha boca se abre num gemido surdo. *São estrelas esses pontos que surgem atrás das minhas pálpebras*? Aposto que sim. Caíram do céu e vieram me atormentar.

Quase instantaneamente, a cabeça de Jack tomba para frente e ele estremece em meus braços, deixando o peso do tórax cair sobre mim.

— Você está bem? — pergunta pouco depois, com a respiração entrecortada.

— Sim — dou um jeito de responder. — E você?

Ele meneia a cabeça caída em meu ombro.

— Eu tenho um grande problema — a resposta sai mais uma vez entre sopros ofegantes.

Viro meu rosto de encontro ao dele sem entender e me frustro por não conseguir enxergá-lo.

— Qual problema?

Começo a refletir se fiz algo errado, mas não tenho oxigênio suficiente no cérebro para manter o raciocínio.

— Catarina.

— O quê?

— Catarina. Meu problema se chama Catarina — Jack diz com a voz retornando ao timbre normal e resvalando o nariz em meu pescoço.

É cedo demais para querer repetir a dose? Acho que não é somente Jack que está com um problema e sei que só ele poderá sanar.

# Trinta e Seis

— Esquecemos de levar Juliana ao médico.

Com a cabeça deitada no peito de Jack, passo meus dedos sobre seu peitoral, seguindo o traçado de uma de suas vinte e três tatuagens, não que eu tenha contado para saber a quantidade exata.

Tudo bem, contei, não me julgue.

A minha preferida é a fênix no centro do peito com a calda para o lado esquerdo de seu abdômen, que ele disse ter sido feita por um amigo que, adivinhe, tem um estúdio *Reality Show*. Aposto que o episódio em que ele apareceu bateu todos os recordes de audiência.

— Podemos levar amanhã. Ela ficou bem hoje, não acha?

Jack passa a mão em meu cabelo, agora seco, pegando algumas mechas e tentando enrolar entre os dedos. Os fios são curtos demais para que ele consiga, mas repete o processo várias vezes, não que eu me importe.

— Ficou, mas acho que seria bom fazer uma avaliação. Alice também. Não sabemos direito o estado de saúde de nenhuma das duas, tirando os cartões de vacina.

Eu me apoio em um cotovelo e ergo o rosto para poder vê-lo melhor. Tenho a impressão de que não vou me cansar de olhar para ele. Tão perfeito, simétrico, olhar com profundidade... chega a ser falta de educação. Incrível não ter uma ex-namorada maluca.

— E quero saber se é normal que Juliana troque o R pelo L. Se não for, temos que ajudá-la.

Jack assente e se vira, imitando a minha pose, descansando o rosto em uma das mãos.

— Vai ser complicado quando ela entrar na escola.

Eu já tinha pensado nisso, mas não é algo que chegamos a conversar.

— Não é melhor ensiná-la em casa? Aqui é comum *homeschooling*. Pelo menos, até aprender a se virar no inglês, acho que nós podemos tentar.

— Nós? — Jack ergue a sobrancelha atento à minha gafe.

Eu estava começando a acreditar que tinha um lugar permanente na família. Ele fez certo em pontuar, mesmo que isso faça com que meu coração se contraia e queira argumentar o contrário.

— Desculpe, falei sem pensar. — Fecho os lábios e sento no sofá preto ultra confortável. Depois de termos nos divertido mais duas vezes na "mesa", Jack finalmente acendeu a luz, revelando uma sala de jogos aconchegante com uma mesa de bilhar coberta por uma placa de madeira, local que ele escolheu para acabar com a nossa miséria.

Dou as costas para ele, pensativa. Eu não posso depender de Jack, tenho que dar um jeito na minha vida enquanto ainda não estou tão apegada às meninas. Quem sabe eu não consiga alugar uma casa por perto, provisoriamente, para poder vê-las de vez em quando? Um desconforto percorre minha barriga assim que começo a planejar uma possível mudança. Péssimo sinal. Talvez tenha chegado a hora de me despedir e seguir meu caminho. A ideia faz com que meu intestino se revire e afasto as divagações para longe. Por que parece tão difícil aceitar meu destino? Será que posso adiar a decisão por uns dias? O que menos quero é ter dor de barriga na presença de Jack, ainda mais nua!

— Não quero me impor, Jack.

— Quem disse que está fazendo isso?

Ele se senta ao meu lado e meus olhos se prendem às suas coxas, ambas decoradas com desenhos em preto. As pernas dele são definidas, obviamente, ele não seria convidado para posar para um catálogo caso não fosse. E meus olhos têm bom gosto, não vão perder a oportunidade de observá-lo, afinal, não sei quanto tempo me resta.

— Jack, não vou ficar aqui para sempre.

— Não precisamos pensar no para sempre. — Ele me interrompe virando meu rosto para que eu possa voltar a encará-lo. — Um dia de cada vez.

— Como Alcoólatras Anônimos? — Dou um sorriso falso que sei que ele não vai engolir.

— Como Jack e Cat. Como duas pessoas que foram surpreendidas por um total imprevisto e têm encarado juntas uma nova fase. Acredita em destino? Eu achava besteira, mas talvez seja o nosso caso. Sua vida me atropelou e...

— Tecnicamente, foi você que atropelou meu carro.

Jack dá um sorriso torto e cutuca a minha cintura. Por reflexo, meu corpo se comprime e vou parar nos seus braços. Ele me acomoda em seu peito, de novo, só que permanecemos sentados. De costas para ele, Jack me encaixa entre as pernas de modo que os joelhos fiquem dobrados ao meu lado e me abraça, deitando o rosto em meu ombro. Minhas mãos sobem, retribuindo o carinho, dando atenção especial às tatuagens em seus dedos e antebraço.

Tudo bem... Assumo que tenho uma quedinha por elas, okay? Bem pequena. Minúscula. Mas tenho.

— Eu *tô* falando sério, Cat. Quero continuar isso que estamos fazendo desde o primeiro dia. — Resvala a barba e os lábios em meu pescoço, tornando difícil negar.

— Jack, eu sei que você não é um cara que mantém relacionamentos a longo prazo.

— Você parece saber muito sobre mim. Andou pesquisando? — brinca, dando um beijo ou outro em minha pele. Seus dedos não se cansam de subir e descer por meus braços.

— Ainda não, mas não vejo a hora de acessar a internet e ver suas fotos. — Mexo as sobrancelhas para cima e para baixo, olhando para ele.

A vibração de sua risada me descontrai.

— Para quê procurar na *net* se pode ver ao vivo? — Ele solta uma das mãos, indicando seu corpo, sugestivamente. — Garanto que não vai encontrar tudo isso em fotos.

— Exibido. — Começo a rir e pego sua mão no ar, trazendo-a de volta para mim.

— Não dê ouvidos à Babe. Não sei porque Andrew deixou que ela atendesse o telefone. Ela não me conhece o bastante para saber sobre meus relacionamentos ou a falta deles.

— Então é mentira? — desafio, inclinando o pescoço para cima. Sorrio ao ver a cor vermelha que sobe por seu rosto. É adorável. — Não tem que se justificar, Jack, de verdade. Eu sei que sentimos atração. Sei também que isso pode acabar.

— Ela não mentiu. Aproveito a vida e isso inclui mulheres. Muitas mulheres. Vai encontrar essa informação na sua pesquisa. Vai comprovar se assistir aos episódios da IC Show. Nunca foi um segredo. — Ele pressiona os braços ao meu redor, impedindo-me de virar. — Eu disse que seria sincero e minha história faz parte de quem eu sou. Mas, mais do que isso, faz parte de quem eu era. Já faz um tempo que cansei.

— Um tempo? — É bom esclarecer todos os pontos.

— Meu último encontro foi uns meses antes de ir para a convenção no Brasil. Não fazia mais sentido, sabe? Só que eu tinha que manter a fachada pelo personagem. Agora, com as meninas e você aparecendo nas gravações…

— Ah, não! — Eu me desvencilho do seu abraço e fico meio de frente para ele. — Ainda bem que você me lembrou, tem que pedir à Linda para editar e me cortar das cenas.

Ele fecha o cenho.

— De jeito nenhum. Vocês fazem parte da minha vida, vão aparecer no programa. Se quero mudar, vou mostrar para o mundo todo quem me fez tomar essa atitude.

*Vocês fazem parte da minha vida.*

— Jack… — Penso em milhões de coisas que justifiquem a minha resistência, mas nenhuma delas parece relevante perto de tudo que ele está dizendo. E se ele realmente mudou e pretende ter uma vida mais calma com apenas uma mulher? E se *eu* for essa mulher?

Se eu quero? Com certeza, mesmo que seja impensado. Já constatei que nem sempre o ideal é ficar planejando cada detalhe, mas tenho medo. Muito medo. Não quero voltar a ser a Catarina 1.0 e acabar decepcionada.

— Sei que é uma decisão complexa, mas peço que não desconsidere. Até consigo te encaixar no elenco, se quiser. Linda aprovou seu esboço hoje, disse que é quase tão bom quanto os meus.

— Eu não sei. Não quero que você me dê um trabalho.

— Tudo bem, não precisa trabalhar na oficina, foi só uma ideia. Mas pode ser minha companheira, sem pressão. — Ele fica um pouco sem graça.

Realmente, se Jack era um *playboy*, como acabou de admitir, não deve ser fácil ficar pedindo que eu fique ao seu lado. E nem vou mencionar o que ser chamada de *companheira* fez com meu psicológico.

— Só o que estou pedindo é que nos dê uma chance. Não acabe com o que podemos nos tornar antes de tentarmos.

— Eu preciso pensar — respondo com franqueza. — Eu gosto de você, Jack, e adoro as meninas, mas precisa entender o meu receio, principalmente depois do final trágico de meu casamento.

— Eu entendo. — Ele se aproxima e alinha o corpo ao meu, lembrando-me que, embora meu emocional ainda não esteja completamente preparado para embarcar em um novo amor, meu corpo discorda. — Esses dias juntos foram os mais intensos que já vivi. Eu mudei desde que te conheci, mesmo que seja há poucos dias. E não preciso te conhecer há anos para saber que você também mudou. Hoje você está muito melhor do que no primeiro dia, quando me xingava por ter amassado a porta do seu tão querido carro. Pensa, Cat, você dava muito valor ao supérfluo, ficou nítido pela reação na porta do hospital. Sei que estava sofrendo pelo canalha, mas duvido que estou errado. É capaz de olhar nos meus olhos e dizer que não quer ficar na minha casa, comigo e com as meninas? Tem coragem de sair daqui e nunca mais nos ver?

Tento fazer o que ele pede, observando o aumento do tamanho de suas pupilas. As palavras somem. Minha voz se esvai. Aonde foi parar meu cérebro?

— Diga que não tem vontade de dar uma chance para o que estamos vivendo juntos — Jack suplica. — Porque é exatamente o que estamos fazendo, desde o primeiro dia. Não estou disposto a cair fora e vou esperar por você o tempo que for necessário.

Preciso dizer alguma coisa?

Não. E nem consigo, então demonstro abraçando e beijando o homem que vem tumultuando meus pensamentos e modificando a frequência do meu coração, voltando a deitar no sofá para aproveitar mais um pouco da nossa privacidade.

*Rá*!

*Humm.*

*Hummmm...*

Giro o celular em minhas mãos, muitíssimo concentrada na tela, cerrando os olhos, procurando por um melhor ângulo. Alguém me explica por que eu não fiz isso antes? Volto o aparelho para a posição vertical, mas não é o suficiente, já que a imagem encolhe, então, cedendo aos meus impulsos, amplio a foto com o polegar e o indicador, inclinando a cabeça para... você sabe, apreciar a paisagem.

*Meu Deus.*

Levo a mão à boca para me certificar de que não há vestígio de baba. Não duvido que tenha escorrido por meu queixo.

Uma semana depois de ter sentido na pele o que é estar nos braços de Jack, eu não deveria me surpreender com o resultado da pesquisa. Só que essa tarefa é humanamente impossível. Demorei para fazer o que ameaço desde que o conheci e não me arrependo, ao vivo é muito melhor. Mas nada irá apagar da minha memória a silhueta de seu membro na cueca boxer branca. *Branca*! Jack posou de cueca branca! Você não sabe o efeito que a falta de cor tem no corpo dele.

Pegar seu celular furtivamente, para assistir episódios do *IC Show* ou fuçar no arquivo de imagens, se tornou um hábito que considero saudável. Não estou agindo como uma *stalker*, bem, a não ser que assim você interprete o fato de eu aproveitar que é domingo e Jack estar com as meninas na piscina para me enfiar na *nossa* sala de jogos e me afundar no *nosso* sofá preto, a fim de me esbaldar nas poses desse cara que não me deixa sair de sua vida.

Só para constar, Juju iniciou aulas de natação e brinca no colo de Jack com boias nos braços, então, não tenho com o que me preocupar. Alice dorme no carrinho, longe do sol e banhada por protetor solar. Tudo nos conformes. Ah, Elizabeth também está na piscina, posso ouvir as risadas ao ensinarem a Juliana algumas palavras em inglês.

Não preciso dizer que acatei o pedido de Jack e estou vivendo cada dia de uma vez, em família, ao lado de quatro pessoas. Até o momento, não tenho do que reclamar. Não estamos namorando, não oficialmente, nenhum compromisso foi selado. Porém, estamos levando a vida, vendo no que vai dar.

— De novo, Cat?

Dou um pulo no sofá e viro a cabeça para a voz de Jack me repreendendo, parado na porta com os braços cruzados. Os óculos de aviador me fazem sorrir, lembrando das primeiras vezes em que conversamos e o quanto eu odiava as benditas lentes.

— O quê? — Faço-me de desentendida e analiso o modelo ao vivo.

O cabelo úmido e desordenado, os traços quadrados de seu rosto, seus lábios com o sorriso sarcástico. Abaixo os olhos para o peito e abdômen, incapaz de não registrar as gotículas que escorrem pela fênix até alcançarem a sunga. Porque, claro, Jack não usa short para nadar, usa *sunga*, daquelas mais compridas, mas você entende o apelo! Pelo menos não é branca. Preto não é nada desagradável, levando-me a passear por suas pernas. E que pernas! Já disse que tenho uma queda por pernas? Ainda mais quando são grossas, o que, obviamente, ele tem. Sem defeitos, lembra?

Solto um suspiro e Jack ri abertamente.

— No que está babando agora?

— Estou falando com Ariel — respondo no esforço de soar indignada.

— Aham, sei, deixa eu falar com ela. — Ele estende o braço e abre a mão, desafiando-me.

— Ih, que pena! Ela acabou de desligar.

— Assuma, Cat... — Inicia passos lentos, como um predador, sem ligar para o fato de seu corpo respingar pelo chão.

Um arrepio percorre minha espinha. Meus neurônios nunca falham e ficam eufóricos perto dele. Com as mãos apoiadas no encosto do sofá, Jack me encurrala e se aproxima, deixando o rosto a milímetros do meu.

— Qual foto desta vez?

Tento enxergar suas íris através das lentes e me frustro, bufando. Ah, não, quero ver! Tiro seus óculos para realizar meu desejo e lá estão elas, castanhas e brilhantes. Intensas. Prometendo mais.

— Branca, Jack. Boxer branca?

Ele lança o sorriso sacana que detesto amar e meneia a cabeça.

— Quer matar as mulheres do coração?

— Você sabe que não precisa ficar olhando pra foto. Estou bem aqui. — Ele pisca e eu quase desmaio. Eu já deveria ser imune, mas meu corpo não pensa da mesma forma.

— Por acaso, assim, você ainda tem essa cueca? — não custa perguntar, uma mulher pode sonhar.

Jack ri e mergulha em meu pescoço, deixando uma trilha úmida com o nariz gelado.

— Talvez — ele diz e beija aquele ponto debaixo de minha orelha antes de se afastar de repente.

— Não! Aonde pensa que vai?

— Interromper seu momento de paz e te jogar na piscina — ele responde casualmente.

— Quero ver você ten... ahhhhhhh!

Jack se abaixa e me puxa para ele, do nada, lançando-me sobre o ombro e saindo correndo para o quintal. Por um milagre, soltei o celular no sofá antes de cair com tudo no fundo da piscina, nos braços dele.

— Eu vou te matar! — grito na hora que tiro a cabeça da água.

Juliana e Liz racham de rir. Jack também não disfarça e balança a cabeça como um cachorro, fazendo com que várias gotas caiam diretamente em meu rosto.

Não consigo fingir braveza e me junto às risadas. Estou prestes a dizer o quanto ele é um moleque quando ouço o toque do celular. Ariel. Sei porque programei. Jack assente sem que eu diga uma palavra e eu saio depressa da piscina em busca do aparelho. A careta da minha prima me cumprimenta e, sorrindo, desbloqueio a tela, atendendo à chamada.

— Oi! — cumprimento bastante animada ao voltar para o quintal, não vou ficar molhando o chão da sala de jogos. Tenho planos para ela mais tarde, se é que me entende, envolvendo uma certa mesa de sinuca sem a tampa.

— Catarina?

Meu sorriso se desfaz instantaneamente. Um abismo no meu peito ameaça o funcionamento normal do meu coração. Perco a força nos dedos e, por pouco, não deixo o celular espatifar. Com os olhos presos em Jack, assimilo sua cara de preocupação, desejando jamais ter pegado o telefone. Acabou. Tudo acabou.

— Catarina? Está me ouvindo? Precisamos conversar.

Reconhecer a voz de Vinícius estilhaça tudo o que construí em três semanas, transformando-me em um peso morto, bem ali, em pleno domingo, quando me divertia com a minha família de mentirinha.

# Trinta e Sete

Vinte e sete horas depois, paro como uma estátua diante do portão da minha casa. Ainda não sei explicar o porquê, mas assim que Jack pegou o celular da minha mão, corri para dentro e me troquei, sem me preocupar com a água que escorria do meu corpo. Vesti uma calcinha limpa, agarrei a primeira calça jeans e blusinha que encontrei, peguei a bolsa, certificando-me de estar com meus documentos, e pedi que Jack me levasse ao aeroporto. Eu odeio meu ex, porém, tenho que vê-lo respirando para ter certeza de que saiu do coma.

Desde que se vestiu até me deixar na porta de embarque, Jack não falou uma palavra. E o que falaria? É algo que *eu* preciso resolver. Um problema meu. Sua única reação foi quando peguei a alça da bolsa para enfrentar meu destino. Jack segurou meu cotovelo e me puxou para um abraço apertado. Ele me beijou com tanto fervor que sei que, se pudesse, teria me trancafiado dentro da caminhonete e me protegido da pessoa que desordenou a minha vida. Em silêncio, peguei sua mão e apertei, levando-a aos meus lábios. Com um beijo delicado, esperava que ele compreendesse tudo o que não era dito. Que confiei quando pediu, que aceitei o que me propôs, que gostei de tudo o que vivi ao seu lado, só que agora ele tinha que confiar em mim, ter paciência e, só assim, conseguiríamos "ver no que vai dar".

Encontrei o celular de Jack enfiado debaixo da minha carteira, no modo silencioso, quando fui entregar meu passaporte no balcão. Claro que ele não me deixaria sem uma forma de entrar em contato. Típico de Jack, mais uma demonstração de… carinho? Consideração?

Estevão e Bela ficaram com ele, outro entendimento sem diálogo. Fiz questão de me despedir de Juliana e da pequena Alice, escondendo a angústia em meu peito e evitando que lágrimas caíssem na frente delas, com a promessa de que voltaria. Juju me fez cruzar os dedos e jurar com o mindinho. Quando ela chorou, não aguentei e desabei. Saí de lá me sentindo uma grande bagunça. Chorei ainda mais no avião, pensando no que já havia perdido e no que provavelmente perderia com a alta de Vinícius.

Alice e Juliana.

O que será das duas?

E Jack?

Meu casamento?

E... eu e Jack?

Não preguei o olho nem por um minuto, apavorada com a perspectiva de me afastar das três pessoas que ressignificaram os meus dias. Eu não suportaria.

Foram dezessete horas tenebrosas, nas quais o aperto no peito foi a pior das minhas sensações, andando de mãos dadas com a falta de ar, tremedeira e dor de barriga. Meu cérebro não gostou da descarga emocional e me puniu com dor de cabeça. As aeromoças me lançavam olhares preocupados e interpretaram meu sufoco como sintomas de aerofobia, se revezando me oferecendo calmantes, soníferos, até troca de assento. Recusei e notei que, durante todo o voo, elas não pararam de me observar.

Eu precisava, *tinha* que sentir tudo aquilo. Era necessário dar vazão para chegar em Andradas e ficar cara a cara com Vinícius.

Foram horas e horas de reflexão, milhões de minutos, trilhões de segundos que me fizeram concluir que o grande problema que eu enfrentava não era a descoberta de que meu marido sobreviveu. Vinícius foi muito importante. *Foi*. Meu casamento afundou e não há romance que consiga alterar o destino de um navio naufragado. Permaneceria enroscado às rochas e areia, na parte mais funda do oceano ártico, até o fim dos meus dias, sem possibilidade de resgate.

O que sinto por Vinícius, hoje, é um misto de desprezo e pena. Se existisse raiva, eu até pensaria que uma porção de sentimento ainda crepita em meu interior, mas não. Um amor desperdiçado, literalmente jogado no lixo.

Meu medo é pelas meninas. Por Jack. Pelo grande risco de perder o que construímos, mesmo que eu tenha sido teimosa e demorado a acreditar que um dia de cada vez, sem planejamentos e estratégias, é uma excelente opção de viver. *Viver...* e não simplesmente permitir que o tempo passe me dedicando às coisas e pessoas erradas. Não me interessa que sejam filhas do meu ex-marido, pouco me importa a maneira como foram concebidas e não estou nem aí para o fato de ele estar vivo. Vou brigar por elas. Ajudo Jack, mesmo se tiver que vender minha alma.

Embora esteja convencida de que meus sentimentos são escassos e vazios quando penso no meu ex, fico apreensiva. Como não falei com ele, não sei o que me aguarda. Dez anos me ensinaram que Vinícius é tão estrategista quanto eu; justificável a minha falta de coragem em abrir o portão e entrar na minha própria casa.

Agarro a alça da bolsa, única coisa que peguei na correria. Com um casaco fino e chinelos de dedo, tremo com o vento gelado do inverno do sul de Minas Gerais. Respiro fundo pela vigésima vez e largo de covardia. É a minha casa!

Como a maçaneta do portão menor foi trocada – cortesia de Ariel –, aciono o controle da garagem. O metal sobe devagar, revelando meu esportivo com a porta detonada. Um sorriso invade meu rosto apreensivo e balanço a cabeça recordando como o amassado foi parar ali. Cruzo o gramado passando por cima do local em que Jack e as meninas se sentaram, lembrando das fotos que tirei às escondidas. O sorriso se mantém firme até que eu chegue na porta, onde Juju brigou comigo pela cadeirinha de segurança.

Sem permitir que o medo me impeça novamente, noto que a maçaneta também foi substituída e não tenho chave. Irônico. Morei aqui por uma década e me tornei uma estranha. Só para testar a sorte, torço a maçaneta e ela destrava. Engulo em seco antes de dar o primeiro passo.

É agora ou nunca.

Devagar, encosto a porta tentando não fazer ruído, porém, as dobradiças rangem, denunciando minha chegada.

— Quem está aí?

A voz de Vinícius não me atinge como uma facada no peito, como aconteceu em Las Vegas. Eu vim preparada, sabendo que ele estaria em casa. Bem, eu não sabia com certeza, mas suspeitei. Com a amante morta e as filhas em outro país, o que resta para ele?

A esposa.

Eu.

Não respondo e sigo o som, aparentemente vindo da sala. Exausta, percorro o pequeno espaço do hall e me pego pensando em como a casa está fria e distante, nada parecida com o ambiente acolhedor que me empenhei tanto para construir. *Foi sempre assim*? Não... a estrutura de tijolo e cimento continua a mesma, eu que não encontro resquícios de aconchego.

Apareço no portal da sala segurando minha bolsa como se fosse um talismã e fico imóvel, esforçando-me para assimilar o que vejo. Aquele corpo sentado em uma cadeira de rodas não é meu marido. Visivelmente mais magro, o rosto de Vinícius parece ter sido sugado para dentro. A pele amarelada e olheiras profundas contornam o nariz pontudo e os olhos azuis que admirei incontáveis vezes. O cabelo loiro, da mesma cor dos fios de Juliana e Alice, está sem vida e opaco, caído sobre sua testa.

Ao me ver, ele abre e fecha a boca pálida que me jurou fidelidade e respeito até o fim das nossas vidas.

Eu fico esperando que meu coração galope e a temperatura do meu corpo suba alguns graus. Quem sabe o suor dê as caras. Ou, no mínimo, uma leve preocupação por ele nitidamente ter saído do hospital com sequelas. Diante do homem que estraçalhou meus planos e tudo o que conquistamos juntos, não consigo sentir uma migalha do sentimento avassalador que me possui quando estou perto de Jack. Meneio a cabeça, inconformada. Por que vivi com ele por dez anos? Era tudo fachada?

— Catarina — sua voz fraca me cumprimenta.

— Vinícius — respondo com o mesmo interesse de quem vê uma barata morta num canto.

— O que aconteceu com sua calça?

Curto e grosso. Nada de "como vai você?". Nenhuma demonstração de afeto ou interesse em saber como passei as últimas semanas. Quando nosso relacionamento atingiu esse ponto? Mesmo agora, após ter tido tempo suficiente para refletir, não sou capaz de chegar a uma conclusão. *Quanto tempo acreditei em um casamento de aparências*? Jack diz que não sou ingênua, mas começo a pensar que talvez eu tenha sido ingênua demais. Pelo menos no que condiz ao meu relacionamento naufragado.

Pisco algumas vezes antes de olhar para baixo e ver as manchas. É, na correria, não vi que peguei uma calça jeans suja de tinta que usei ontem. Eu e Jack começamos a pintar a parede do ateliê, testando o material que ele tinha armazenado. Fizemos uma bagunça tão grande que até Juliana ficou com o cabelo tingido de roxo. Uma das manchas na minha coxa é a palma de sua mãozinha, "obra de arte" que fez ao ser desafiada por Jack.

— Isto? Chama-se felicidade. — Curvo meus lábios para cima e volto a encará-lo. Eu não tenho motivo para omitir que estava feliz, apesar de tudo o que ele me fez.

— Quando começou a sair em público nesse estado? Nem parece a Catarina que conheço.

— Quando descobri toda a sujeira que você deixou para trás. Já estava nadando em lama, por que não me esbaldar?

Olho bem para ele, medindo sua presença patética. E eu pensando que seria difícil confrontá-lo.

— Sei que leu a carta.

Faço um movimento para baixo e para cima com a cabeça e me encosto na moldura da porta.

— Eu me apaixonei pela…

— Poupe suas cordas vocais. Não tem que se justificar, tudo foi esclarecido.

— Você precisa entender — ele diz, ainda imóvel.

Estranho. Eu já bati o pé, fiz caras e bocas, mexi as mãos e ele nada.

— Eu amo, quer dizer, amava vocês duas.

Pelo menos ele tem a decência de abaixar o olhar ao pronunciar tais palavras.

— E agora é viúvo.

O pomo de Adão de Vinícius sobe e desce.

— E prestes a se tornar um divorciado. Parabéns.

— Não quero o divórcio.

Solto uma gargalhada e passo a mão no caos que se tornou o meu cabelo devido à viagem e o excesso de cloro não lavado.

— Isso está totalmente fora de cogitação.

— Catarina, por favor, não se faça de difícil. Eu te conheço há anos, podemos superar esse imprevisto.

— Imprevisto? *Imprevisto*? Você chama manter uma segunda mulher e ter duas filhas de *imprevisto*? — Solto o ar bufando e o encaro inconformada.

— Era amor! — ele altera o tom da voz, mas não demonstra muita emoção. — Poliamor! Expliquei na carta.

— Ah, claro! Para quem viveu comigo por dez anos, como você mesmo disse, deve me considerar uma burra se pensa que vou engolir sua desculpa. Por favor, Vinícius, poliamor envolve poligamia, sabe? Quando todas as pessoas envolvidas têm conhecimento de outros parceiros, permitem e concordam com a existência de outros vínculos amorosos. É um acordo entre um casal que pretende manter relacionamento com terceiros. Não é escondido, ninguém engana ninguém!

— Não me culpe, Catarina, eu tentei te contar! — ele argumenta e reviro os olhos.

— Quando? Na primeira vez que saíram juntos? No primeiro beijo? Espera, não, foi quando descobriu que seria pai? Da primeira ou segunda vez? Não sou idiota, você teve todas as oportunidades possíveis para ser franco e escolheu não fazer isso.

Ele mexe o nariz como se fosse espirrar e percebo que tem algo o incomodando. Um mosquito minúsculo voa ao redor dele e não perco a ironia. Ele está tão podre que até as moscas começaram a sentir.

— Pode me ajudar? — ele pede com a voz mais baixa.

— Como?

— Pode espantar o mosquito? — Ele começa a mexer o nariz e o rosto, fazendo movimentos bruscos com o pescoço.

— Espante você.

— Eu faria se conseguisse.

A resposta dele me intriga e começo a analisar melhor sua posição na cadeira de rodas. Os pés estão parados. Muito parados. As pernas não se movem. Os braços e mãos também estáticos, como se estivessem paralisados.

— Vinícius?

— Não quero comentários.

— Mas o quê...

— Lesão na medula.

— Meu Deus! — Levo as mãos à boca quando compreendo a gravidade da situação. Vinícius saiu do coma e está consciente, em casa e iludido, mas não está cem por cento saudável. Ficou com sequelas. Graves. — É irreversível?

Ele fecha os olhos.

Uau. Não sei nem o que pensar.

Não me considero uma pessoa vingativa e por mais que tenha desejado a morte dele, confabulando ocasiões em que eu mesma efetuava o crime hediondo, jamais imaginei que ele sairia do coma. Mas saiu e está aqui, à minha frente, sem poder se mover.

Como diz o velho ditado, aqui se faz, aqui se paga.

— Perdeu o movimento das...

— Pernas, braços, mãos. Tudo. Sou um inválido. Ficou feliz?

— Feliz? Não, isso não é ser feliz. Eu não queria isso para a gente, se tivesse sido menos egoísta e pensado além de satisfazer apenas as suas vontades, não estaria nessa situação.

— Você precisa me ajudar.

Solto uma risada sarcástica.

— Preciso? Você não sabe do que eu preciso.

— Catarina, por favor, não tenho ninguém. Só você. E eu te amo.

— Desista, Vinícius. Não há nada que possa dizer que me obrigue ficar aqui.

— É, fiquei sabendo que abriu as pernas pra outro. Sua prima fez questão de me contar. Não teve nem a decência de esperar que eu morresse para sair atrás de outro homem.

Espera aí. Eu ouvi este absurdo?

Meneio a cabeça com desprezo, consternada por tamanha hipocrisia. Quem é esse cara e onde foi parar o Vinícius que eu admirava? Suas palavras, usadas com o puro intuito de me machucar, saem pela culatra. Vou até ele, inclino-me devagar e, agarrando a bolsa com a mão esquerda, aponto o indicador direito bem no meio do seu nariz.

— Não ouse me julgar ou tentar colocar a culpa dos seus erros em mim.

— Acha tão errado o que eu fiz, mas não perdeu a oportunidade de fazer o mesmo. Você. Me. Traiu.

— Traí. — *Depois de descobrir um par de chifres que não sei como não estouraram o teto do nosso quarto*, penso, mas não digo, não quero dar munição para argumentos ridículos. Não vou me perder com discussões irrelevantes. — Se quer saber, não se gabe achando que estou com Jack por pura mesquinharia. Não foi por vingança, foi por mim. — Aponto para o centro do meu peito. — Pensando em mim. Eu mereço mais, mereço ser feliz após você ter pisoteado em tudo que eu acreditava.

— Nós éramos felizes.

— Sim. *Éramos*. No passado, antes de você jogar tudo para o alto e me mandar um belo e memorável foda-se.

Vejo quando seu rosto se contorce e ele trava a mandíbula. A coloração vermelha indica a raiva que sente por dentro.

— Não vou permitir que fiquem com minhas filhas. Podem trepar à vontade, mas elas não ficarão com Jackison.

— Então é isso que te preocupa? Um simples ato físico? É mais importante que suas filhas? — Meneio a cabeça em desgosto. — E agora você lembra delas? Como uma chantagem? — Afasto-me e faço questão de pegar o celular de Jack e conferir o horário, exagerando nos meus movimentos. — Mais de quarenta minutos. Você demorou mais de quarenta minutos para perguntar sobre Alice e Juliana, sabendo que fiquei com elas por todos esses dias. Quarenta minutos! Sabe o que isso me mostra? O quanto você, além de ser um mentiroso, não tem um pingo de consideração pelas próprias filhas. Faz eu dar graças aos céus por não ter tido um filho com você.

Vinícius empalidece e não me responde antes que eu retome a fala.

— Se estivesse tão preocupado com elas, teria sido a sua primeira pergunta. Qualquer pai que se preze teria se lembrado de mencioná-las assim que eu entrei aqui. Ariel me contou que você pediu à Ana Maria que abortasse, só que eu não imaginava que você teria escrúpulos para usá-las desta forma.

E Vinícius explode, gritando em alto e bom som:

— Eu nunca quis ser pai! Você sempre soube disso!

Não contenho meu sorriso maquiavélico.

— Então *isso* era verdade? Como conseguiu mentir para Ana Maria?

— Não menti, ela também sabia, mas se recusou a interromper as gestações.

— E você foi obrigado a engolir o fardo... — comento sem nenhuma emoção.

Exasperado, ele tenta outra abordagem:

— E se colocarmos uma pedra no passado? Eu engulo o seu caso, você esquece que tive amante e começamos do zero? Tínhamos uma vida boa, Catarina, pense com carinho.

— Tá — finjo aceitar aquela loucura. — Está esquecendo de dois detalhes importantíssimos: suas filhas. O que pretende fazer com elas?

— Passo a guarda para o tio. Nunca quis mesmo, não precisamos de duas fedelhas nos incomodando. Bela e Estevão sempre foram nossos filhos e podemos voltar a ser assim. Esquecemos de tudo.

Ah, como sua fala me machuca. Saber que um pai desconsidera as filhas dessa forma... Vinícius somente solidificou a péssima impressão que eu tenho. Ele é um monstro.

Cansada de gastar meus neurônios e farta de dar atenção a um homem que não merece nada, destravo o celular e coloco a tela bem à sua fuça para que ele não tenha dificuldade de compreender o que vê.

— Boa sorte ao tentar convencer um juiz de que tem condições psicológicas para cuidar de suas filhas.

Vinícius franze o cenho ao ver o aplicativo aberto e funcionando na tela do aparelho. Foi uma ideia de última hora. Eu não só estava gravando o áudio, mas também transmitia ao vivo para Jack e Ariel.

— A tecnologia é maravilhosa, não acha? — Sem desligar o aplicativo, volto o aparelho para a bolsa e dou uma batidinha de leve no couro. — Será uma péssima ideia alegar insanidade temporária. Só facilitará para que Jack consiga a guarda permanente.

— Filha da puta — ele vocifera.

— Tive uma década para aprender com o melhor.

— Não autorizei, sabe que não pode usar isso num tribunal!

— Ah, Vinícius... — Sorrio com um pouco de pena dele. Não posso mesmo, mas se ele pretende comprar briga, é o que vai ter. — Não preciso levar ao tribunal, posso aguardar alguns anos e mostrar para suas filhas.

Eu jamais faria isso, só que ele não tem como saber que é blefe.

— Se eu fosse você, ficaria longe do Jack. Eu não tenho nada a perder. Não me provoque — continuo.

— Você armou pra cima de mim!

— Tem certeza disso? — Arqueio as sobrancelhas. — Não te obriguei a dizer nenhuma palavra. Foi tudo você. — Dou as costas e sigo rumo à porta, ansiosa para sair deste inferno.

— Catarina! Volte aqui! Não terminamos!

Espio por cima do ombro antes de respirar profundamente.

— Terminamos há anos, Vinícius, eu só demorei para aceitar. Se tentar ficar com as meninas, teremos problemas, mas, fora isso, estou em paz. E quero que você também fique.

Com um último puxão na alça da bolsa, passo o olho pela casa que tanto amei. É um adeus.

— Seja feliz — desejo ao cruzar a moldura da porta da sala, dando de cara com Pedro entrando no hall, carregando um monte de sacolas.

— Oi, Pedro.

Ele pausa e me encara, como se eu fosse um fantasma.

— Ariel está em casa?

Ele assente e considero informação suficiente.

— Ótimo! Quero vê-la antes de partir.

Aproximo-me e dou um beijo rápido em seu rosto, como uma boa amiga de longa data faria, e caio fora da *minha* casa, batendo a porta na cara do meu passado.

# Trinta e Oito

— Como ele está gordinho!

Equilibro Enzo no meu colo enquanto dorme profundamente. Meu priminho é leve, mas tenho todo o cuidado do mundo. Apesar de já ter me acostumado a carregar Alice para cima e para baixo, um bebê de um mês é como um vaso de cristal.

— Solta esse corpo, Catarina! — Tia Janete contém a risada, mas sei identificar quando está sorrindo. — Até parece que vai deixar o menino cair.

Balanço a cabeça devagar, evitando movimentos bruscos.

— Eu estou bem, está tudo bem.

— Mesmo? — Ela me encara por trás dos óculos redondos.

— Sim, tia, quantas vezes preciso repetir? Tudo resolvido.

Ariel retorna e se senta ao meu lado, colocando a mão em minha perna, quase em cima da mancha da mãozinha de Juliana.

— Você foi muito corajosa.

Assinto em silêncio, meus gestos são automáticos como um robô.

— Eu não tenho maturidade para lidar com ele, ainda mais depois de ter me usado para te ligar — minha prima emenda.

— Como ele fez isso?

— Pedro, né? O idiota do meu marido! Desculpa, filho, mas seu pai é um trouxa. — Ela se aproxima dos cabelos de Enzo e dá um beijinho em sua testa. — Só falta lamber por onde o Vinícius anda.

— Não culpe seu marido, Ariel, eles são amigos de infância. Pedro sabe que Vinícius só tem a ele. — Tia Mirna entra na conversa. — Não deve ser fácil ver o que ele está passando. Pensa, tetraplégico?

— Tá, eu sei, mas usar o meu celular como isca? Ah, não, tia! Eu sinto muito, mas não consigo ficar do lado deles. Não me conformo com a canalhice do Vinícius.

Com os olhos focados em Enzo e a consciência tranquila, digo com franqueza:

— Prima, eu já disse antes e vou repetir, não deixe que o meu problema atrapalhe o seu casamento. Não dê esse poder ao Vinícius.

— Não vou, só que Pedro vai dormir na sala uns dias para aprender a parar de ser capacho.

Enzo sorri por reflexo e é tão bonitinho que parece que concorda com a mãe. Eu sinceramente não sei o que pensar. Duvido que Pedro vá deixar Vinícius desamparado e pouco me importo com o que eles farão daqui para frente.

— E você, Catarina, o que vai fazer agora? — tia Janete pergunta com uma expressão preocupada.

— O que qualquer mulher faria, né, mãe? Trancar o gostoso do Jack num quarto e usá-lo como colchão.

— Ariel! — Tia Janete fica vermelha como um tomate e eu caio na risada.

— Só disse verdades! Pelo amor de Deus, mãe! Não vamos bancar as puritanas e ignorar o fato de que ela está caidinha por ele. Você viu o *IC Show* — ela aponta para a mãe e para tia Mirna — e você também, tia.

— Mas como não veríamos, se é única coisa que você assiste desde que descobriu que ele era o irmão da bruxa?

— Eu daria tudo para usar e abusar daquele homem. — Ariel suspira alto e sua mãe meneia a cabeça.

Meu corpo inteiro vibra, não consigo parar de rir. Lágrimas surgem nos meus olhos inchados – pela falta de sono, excesso de choro e estresse. A crise de riso é tão forte que tia Mirna encaixa os braços entre meu corpo e o de Enzo, levando meu priminho para longe de mim. E com razão, alucinada e exausta como estou, sou um risco para o bebê.

Pensar em exaustão me lembra de que tenho que dormir. Biologia é um porre, sempre nos obrigando a fazer coisas básicas. Só que não quero ficar em Andradas. É perto demais do Vinícius. Abro a boca em um bocejo e, de imediato, uma mão com a pele fina segura a minha. Pisco algumas vezes até conseguir focalizar a visão em tia Janete.

— Está tudo bem entre a gente?

— Sim, tia.

— Mesmo? — tia Mirna indaga ao embalar Enzo perto de seu busto.

— Sim, Vinícius não vai nos separar — garanto com todo o meu coração.

— Mas Jack vai. E muitos quilômetros de distância também — Ariel comenta com uma voz divertida.

— Vai mesmo embora, minha filha? — Tia Janete aperta minha mão.

Inclino a cabeça e assinto.

— Não tenho mais nada aqui.

— Tem sua família — tia Mirna intervém. — Sua mãe iria…

— Não precisa fugir de seus…

Elas tentam argumentar, mas não conseguem.

— Ah, pelo amor de Deus, vocês duas! Deixem a coitada ser feliz! — Ariel se exalta e fuzila minhas tias com um olhar enraivecido. — Se para isso Catarina precisa pegar o próximo avião para Las Vegas, faço questão de levá-la até o aeroporto! Que diferença faz ela ficar aqui ou na Conchinchina?

Um balão parece flutuar em meus pulmões com o tamanho do carinho que sinto. Sorrio para ela, esquecendo-me de todo o cansaço, orgulhosa da prima que escolhi como melhor amiga.

— Obrigada.

— Só não ouse ficar sem me ligar. Todos os dias. E também quero fotos. Muitas. De todos os ângulos possíveis. Se tiver alguma dele nu, também pode me enviar.

— Ariel! — tia Janete repreende.

— De costas, gente! Eu não disse nada sobre foto do pinto dele. Só a bunda tá de bom tamanho.

Sua mãe leva a mão ao rosto e eu volto a rir. Como amo Ariel.

— Vou sentir sua falta. — Tia Mirna ignora minha prima.

— Eu sei. Não vamos perder o contato, tia, confie em mim, desta vez é diferente. E podem me visitar quando eu decidir o que fazer com a minha vida.

— Larga mão de dizer bobagens e passe o resto de seus dias com o Jack — tia Janete comenta, pegando-me de surpresa. — Estou falando sério. Pelo que sei, ele só demonstrou o quanto é um bom homem desde que esteve aqui. O caráter vai além das atribuições físicas — diz olhando torto para Ariel. — Por mim, ele pode ser o homem mais feio do mundo, se te faz feliz, abrace. Depois do sufoco que passou com Vinícius, você merece, Catarina.

— Ainda bem que ele não tem nada de feio e é lindo de morrer, aquele catálogo... *Jesus*! — Ariel levanta e abaixa as sobrancelhas, abanando o rosto com as mãos.

— Ariel, sossegue! — Minha tia tenta pela enésima vez.

E eu bocejo de novo.

— Filha, você precisa dormir — tia Mirna constata o óbvio, mas balanço a cabeça.

— Não, passei aqui só para me despedir de vocês. Vou para a rodoviária.

— Está pensando em pegar um ônibus agora? Neste estado? De jeito nenhum!

— Mas não mesmo! Aqui, segure o Enzo — tia Mirna concorda com a irmã e se levanta, passando meu priminho para os braços da mãe. — Se não quer dormir aqui, o Marcelo está aqui de férias e te leva em Campinas. Vou ficar mais tranquila e você dorme no carro. Tem voo de lá?

— Tem — Ariel responde por mim.

— Então está resolvido. Daqui a uns 15 minutos te pegamos.

Eu deveria argumentar que não precisa obrigar meu primo a me levar a lugar nenhum, mas não, permito que vá atrás dele. Marcelo é gente boa, sei que vai topar.

— Ah, como eu gosto da tia Mirna! — Ariel diz, empolgada. — Vai te ajudar no final feliz.

Vai.

E não é que tudo parece se encaixar?

Contemplo minha prima e tia Janete, as duas com os olhos brilhando. Eu posso ter me decepcionado por um tempo, mas ficou no passado. E quem gosta de viver no passado? Eu não!

— Ei, moça.

Um chacoalhão balança meu ombro, mas me recuso a me incomodar. Não sinto meus pés, minhas mãos, nada, uma plenitude tomou meu ser e me apego à sensação com vigor.

— Moça, você precisa acordar.

— Humm — resmungo, inconformada com a falta de tato da infeliz que tenta falar comigo. — Me Deixa.

— Não posso. Só ficou você no avião.

Meu Deus!

*Avião*!

Levanto o corpo em um pulo, piscando repetidamente. A comissária de bordo ri.

— Desculpa, mas não tenho outra alternativa.

— Você disse que chegamos? — Passo a mão no rosto, livrando-me da baba, e esfrego os olhos.

— Sim. Preciso que saia da aeronave, por favor.

— Claro, claro. Nossa, desculpa. — Limpo a garganta um pouco perdida, por não me lembrar de quase nada das últimas quinze horas. Minha memória começa a falhar no que aconteceu depois de ter embarcado e encaixado o cinto de segurança. — Eu dormi o voo inteiro?

A moça confirma. Caramba. Isso é um recorde.

Dou dois passos no corredor apertado entre os assentos e me desequilibro como uma bêbada.

— A senhora precisa de ajuda?

Senhora.

Encaro meu dedo anelar esquerdo, a marca da aliança está praticamente sumindo. Só tomar mais um pouco de sol na mão e pronto!

— Não, estou bem. Muito bem.

Segurando a bolsa rente ao corpo, sigo pelo corredor e desço a escada acoplada à lateral do avião. O sol está alto e quente, compatível com a roupa que estou usando há... Santo Cristo! Quase três dias!

Procuro meus óculos e pego o celular que, graças aos céus, lembrei de desligar antes de embarcar, o que poupou bateria. O nível está abaixo de dez por cento, mas é o suficiente. Percorrendo o caminho até a fiscalização federal, encontro o contato de Elizabeth e envio uma mensagem rápida. Volto o aparelho na bolsa e esclareço para o oficial os motivos de ter entrado e saído do país três vezes nas últimas semanas. Levo uns dez minutos. O cara sorri e comenta que a história daria um bom livro, antes de me liberar. É, até parece. Toda pessoa acha que sua história dá um livro, mas a minha? Seria uma novela mexicana, isto sim.

Atravesso os diversos caça-níqueis dispostos no interior do aeroporto, barulhentos e iluminados por desenhos e luzes fluorescentes, uma prévia do que tem de sobra na cidade. Passo reto pelo tumulto no setor de bagagens e caminho para a saída, pescando o celular novamente. Depois de ler a resposta da Liz, chamo um táxi e confiro as outras mensagens.

Deliberadamente, não leio as de Jack, porém, um número conhecido me intriga. Com uma carranca digna de vilões, clico no arquivo de áudio e levo à orelha, já aguardando a bomba.

*Olá, Catarina, tentei falar com você em seu número, mas está fora de área. Consegui este contato com sua prima, porque preciso tratar de um assunto de caráter de urgência. Miguel Freire foi demitido na tarde de ontem por incompatibilidade com o cargo. Compreendo que você está passando por uma fase complicada e que talvez seja necessário um período de reajuste à nova rotina. Saber que está nos Estados Unidos facilita o trâmite, pois o projeto em que trabalhávamos acaba de ser implementado na sede americana. Seu empenho foi fundamental para que ele alcançasse essa etapa. Para acompanhar os resultados e o processo de implantação, preciso que vá para Atlanta e confira o…*

Afasto o celular do ouvido para verificar o tempo que ainda falta para o fim da mensagem. Dois minutos. Volto o fone ao lugar e continuo escutando.

*… queremos uma análise detalhada, apontando todos os índices positivos e negativos, assim como um gráfico comparativo com os resultados das hipóteses do arquivo. Anotações sobre o desenvolvimento e interatividade do pessoal é desejável, mas não obrigatório. Os envios deverão ser feitos todos os dias, antes das 17 horas no fuso horário brasileiro. Estimamos que esta etapa dure quarenta e cinco dias, depois será transferida para a central de Portugal, seguida de Austrália e Argentina. Suas férias serão adiadas até a finalização do projeto, o que você já deve ter concluído. Para adiantar o trabalho, estou anexando ao e-mail as instruções. Avise-me assim que chegar em Atlanta para que eu possa lhe enviar os protocolos.*

O aparelho fica mudo.

Então o projeto que elaborei nos últimos três anos será colocado em prática. E Miguel, o pilantra que assumiu a minha posição, foi retirado do cargo.

O deslocamento para Atlanta não seria complicado, voos diretos saem do McCarran com duração de quatro horas. É uma oportunidade de vida. Salário superior, reembolso dos gastos com a viagem e hospedagem, ganhos extras pela execução do projeto. Tudo o que sonhei por anos de dedicação exclusiva. Era o meu maior objetivo, elevaria meu nome na empresa e me colocaria entre os chefões.

Um sonho.

Sempre considerei o trabalho essencial e sei que sinto falta. Passar muito tempo à toa pode acabar me enlouquecendo. Pensando em cada detalhe que desestabilizou a minha vida e nas possibilidades diante de mim, sei que só existe uma coisa a ser feita.

Acesso a câmera do aparelho de Jack e busco por um filtro que valorize a minha falta de maquiagem e o inchaço em minhas faces pelas 15 horas de sono ininterruptos. Faço pose na traseira do táxi, encontrando o melhor ângulo. Vejo que o motorista me observa pelo retrovisor, mas não ligo e continuo testando, com flash, sem flash, com filtro, sem filtro, em escala de cinza, em preto e branco, com iluminação e cor saturada... até definir a melhor combinação.

Afasto os óculos e os faço de tiara, prendendo parcialmente meu cabelo oleoso e fedido que implora por ducha e sabão. Satisfeita, ajusto o celular para que capture meu rosto inteiro e, bem no momento em que vou clicar no disparo, coloco o punho da minha mão esquerda à frente da minha face e, sorrindo como quem não tem nada a perder, estico o dedo do meio. A foto fica fantástica.

Com o aplicativo de mensagens aberto, carrego a imagem e envio para Oscar. Sem acrescentar nenhum texto, a foto é autoexplicativa. Quem mandou subestimar minha importância na empresa? Que se exploda procurando alguém para me substituir, o problema deixou de ser meu quando ele agiu como um cretino sem coração.

# Trinta e Nove

A primeira coisa que eu queria fazer em Las Vegas teve que ser adiada. Em vez de estar nos braços de Jack recuperando minha força ou cobrindo Alice de beijos e ouvindo as histórias mirabolantes de Juju, tive que dar atenção às chatices das necessidades biológicas, como escovar os dentes e tomar banho. A situação estava tão horrenda que joguei a calcinha no lixo e jurei para mim mesma que nunca mais ficarei sem tomar banho por três dias. Nem se for uma emergência. A calça suja de tinta e a blusinha serão lavadas, mas espero que a palma de Juju não suma.

Limpa e devidamente coberta por um vestido leve curtinho, me sinto revigorada. Como é bom ter o cabelo cheiroso.

Desço as escadas da casa vazia e vou à cozinha em busca de algo para comer. De que adianta me arrumar para encontrá-los se corro o risco de desmaiar de barriga vazia? Refeição congelada não está entre as minhas preferidas, mas é o que tem. Almôndega com purê de batata aquecido no micro-ondas não é a melhor das comidas, porém, não está tão ruim. Algumas garfadas desanimadas me satisfazem e descarto a embalagem.

Procuro por alguma fruta dentro da geladeira, uma fatia de abacaxi ou uma laranja seria perfeito. Procuro entre as prateleiras e me lembro de que não estou no Brasil e que será difícil encontrar abacaxi. Um suco de laranja engarrafado soa convidativo, então, sirvo um copo e quase cuspo ao experimentar. Completamente artificial. Devolvo a garrafa na geladeira e me contento em pegar uma maçã. Sem graça, sem sabor, mas fazer o quê? Devoro a fruta e vou para o quintal.

Quando cheguei em casa – é, *em casa*, porque não tenho outro lugar para chamar de meu e Jack, Alice e Juliana são o que considero *meus* – Liz me aguardava na porta, para entregar a chave, avisando que só chegariam após as dezessete horas. Como ainda é meio-dia, tenho a tarde toda só para mim e isso é frustrante.

Bela e Estevão são boas companhias e a meia-hora que passo com eles é intensa, com muita baba, risada, pulos desajeitados e garras afiadas arranhando minhas pernas. Mas não é o suficiente para preencher o silêncio. Impressionante como eu, que sempre gostei de sossego e detestava ser incomodada quando estava de folga, desejo com todo o meu ser que alguém me chame ou comece a chorar demandando atenção. Que me interrompa quando estou concentrada ou que me tire do sério com o falatório desenfreado. Até certos óculos escuros que me desafiam seriam bem-vindos. E, lógico, também não vou reclamar do corpo que acompanha as lentes escuras.

Que loucura foi o último mês. As decepções, traições e mágoas. Fatos que me marcaram e me fizeram movimentar. O momento em que recebi as meninas, o quanto doía olhá-las e a imensa dificuldade em lidar com elas. A notícia do acidente, a perda de um amor e a descoberta da traição. Compreender que nem sempre sua família é honesta e que podem esconder algumas coisas crentes de que fazem o melhor por você. Ser dispensada do trabalho tal como uma mosca impertinente, como se não tivesse dedicado mais de uma década à profissão.

O surto.

O exato instante em que me dei conta de que a vida que eu conhecia fora retirada de mim e que nada me restava. Nenhuma migalha sobrou das minhas convicções. Desesperador ao ponto de aceitar a ajuda de um estranho e literalmente destruir o meu quarto e fugir para outro país.

Uma quebra de padrões.

Um total imprevisto.

Uma reviravolta.

A desconstrução de uma vida acomodada e perfeita que só se importava com status, coisas materiais e designers.

Sorrio sozinha, sentada na poltrona diante da piscina, pensando em como minha vida mudou radicalmente e como eu adoro o resultado. Quero barulho e agitação, a risada de Juliana, os resmungos de Alice na madrugada e as provocações de Jack. Uma taça de vinho na tranquilidade da minha banheira, assim como muitas outras coisas ficaram no passado, e é bom que permaneçam por lá. Ainda não sei o que vou fazer ou com o que vou trabalhar, mas não tenho pressa.

Sem saber exatamente o que me move, caminho até o ateliê. Deslizo a porta e abro as cortinas, permitindo a entrada da iluminação natural. Meu peito se preenche com uma sensação calorosa quando absorvo a parede colorida. Traços desiguais, cores desconexas e disformes que combinam com o que vivi. As mãozinhas de Juliana estampadas como carimbo ao lado das palmas de Jack e das minhas, quando "autografamos" nossa obra, segundos antes de ela fazer o mesmo na minha perna. Uma bagunça desordenada e adorável.

Ainda com o sorriso no rosto, encaro a parede branca e sem vida, oposta à prateleira, e pego duas canetas marcador. Testo para ver se funcionam em uma embalagem de lata de tinta e, contente com o resultado, vou para a parede virgem. Começo a traçar, de lá para cá, dando forma à imagem que surgiu em minha mente, tentando reproduzi-la com o máximo de fidedignidade. Desenhar em paredes não é fácil, mas sinto que preciso colocar para fora o que está dentro de mim e gritar para o mundo o que estou sentindo.

Admiração, reconhecimento e... paz. E só tem uma forma de fazer isso. Nunca fui boa com palavras, não no que se refere a sentimentos. Um desenho pode compensar minha falta de jeito, ou assim espero.

Perco-me nos traçados, andando de um lado ao outro, elevando o corpo nas pontas dos pés e esticando os braços para alcançar uma altura maior do que meus 1,73cm, transmitindo amplitude e profundidade. Agacho para completar, usando as duas mãos de forma coordenada. Sujo-as, incluindo os braços e, com certeza, tenho riscos e marcas pretas no rosto, consequência das vezes em que parei para analisar o andamento e limpei o suor. Passo horas me dedicando à maior demonstração de afeto que fiz na vida, amando cada segundo.

O tempo voa e eu nem percebo, como não trouxe o celular, não sei o horário. A posição do sol não ajuda, porque, além de não ser boa nisso, o pôr do sol no verão de Las Vegas acontece só após às 19h, então não me atenho à iluminação. Mas sei que passou das cinco, pois, justo quando estou esticada como a mulher elástico, finalizando um detalhe no desenho, escuto a voz que significa quase tudo para mim. E ela não está distante. Muito pelo contrário, bem às minhas costas.

— Catarina...

Solto as canetas por reflexo e elas quase causam um estrago na parede antes de atingirem o chão. Viro e encaro o homem que se enfiou em minha vida. Minha frequência cardíaca alcançaria um atleta queniano em uma competição. Meu peito sobe e desce, ofegante. Meus dedos ficam trêmulos e, se eu tentar dar um passo, meus pés e pernas falharão na certa. Meu cérebro sofre uma descarga elétrica e, sem pensar, abro a boca. Meus lábios, mandíbula e cordas vocais praticamente têm vida própria e pronunciam a primeira coisa que passa por minha cabeça.

— Eu te amo.

— O... o quê? — Jack franze as sobrancelhas antes de arqueá-las ao compreender o que acabei de dizer.

Confusa e insegura, desvio meus olhos para a parede, pensando se cometi um erro ao rabiscar e me declarar. Tomada pela covardia e nervosismo, evito voltar a fitá-lo e agacho para pegar as canetas, tampando-as e devolvendo-as ao porta--lápis. Atitude que exige um esforço enorme para não mostrar o quanto estou afetada.

— Nada — digo, ainda de costas para ele. Limpo a garganta e o suor da testa. Meu Deus, o que eu fiz? — Desculpe pela parede, eu...

Muito rápido para que eu consiga processar, Jack caminha pelo ateliê, coloca as mãos em meus ombros e me vira para ele. Foco meus olhos em seu pescoço, por receio do que verei em seu rosto. Insatisfeito com meu comportamento defensivo, ele ergue meu queixo, obrigando-me a enfrentá-lo. Sem dizer uma palavra, Jack sorri e meneia a cabeça ao mesmo tempo. Fico imóvel e travo as mandíbulas.

— Quando chegou?

Um peso enorme se esvai com a mudança de assunto.

— Antes das onze.

— Por que não me mandou uma mensagem? Como entrou? — Seus olhos castanhos estão intensos e passeiam por mim.

— Liz.

Ele ri.

— Ela pediu meu carro. Eu devia ter imaginado.

— E as meninas?

— Estão lá em cima com ela.

Assinto com um suspiro. Meu coração está quase entrando em colapso, mesmo acostumada com a proximidade de Jack, ficamos quase três dias sem nos ver e, na minha vida, três dias podem mudar tudo.

— E isso? — Jack aponta para a parede arqueando as sobrancelhas.

— É, então... fiquei entediada.

— E quando se sente assim, sai desenhando pela casa dos outros?

Embora sua fala me repreenda, o sorriso torto demonstra que não ficou bravo ao voltar do trabalho e dar de cara com uma imagem que representa a dimensão do meu sentimento.

— Não, só na sua. — Ergo os ombros, encabulada.

Vislumbro para a silhueta de Jack que esbocei sobre o branco. Ele está em pé, de costas, com calça e camiseta, descalço. Seu braço direito ao redor da minha cintura. Desenhei-me um pouco mais baixa – fazendo jus aos nossos 10 centímetros de diferença – e colada a ele, com a cabeça apoiada em seu ombro. Short e blusinha, também descalça. Juliana e Alice estão no chão, à nossa frente, deitadas, brincando com Bela e Estevão. No calor do momento, pareceu uma boa ilustração e, para mim, grita em alto e bom som o que desejo para o resto da vida. Porém, começo a ter dúvidas, talvez não seja uma expectativa correspondida.

— Humm... — ele murmura, ainda concentrado em meu desenho.

— Acho que não foi uma boa ideia. Posso pintar de branco e... — Dou um passo para me afastar, mas ele me intercepta.

— Catarina. — Jack me encara e meu corpo todo sente o impacto de sua atenção — Eu ouvi o que disse antes.

*Coração? Ainda está aí? Não me deixe na mão agora!*

Ah, meu Deus. E se ele...

— Tenho duas opções e a escolha vai depender somente de você — informa pausadamente. — Posso ignorar e fingir que nada aconteceu, voltamos ao que éramos antes de você sair voando para o Brasil e me deixar aqui, desnorteado, sem saber se ainda amava Vinícius ou se tínhamos futuro...

Arregalo os olhos com sua confissão. Como ele chegou a pensar nisso? Eu nunca, jamais, teria voltado ao Brasil por ainda amar o babaca do meu ex-marido.

— Ou damos o próximo passo no nosso relacionamento, você me assume de uma vez por todas e esquecemos esse impasse. Você sabe que estou disposto a tentar. Só depende de você. — Jack mantém as mãos longe do meu corpo de propósito, como uma provocação. — Pensa com cuidado. Se sua escolha for a segunda, tem que estar preparada, porque vou te agarrar agora mesmo, prensar-te contra o chão e demonstrar tudo o que precisei omitir nos últimos dias.

Omitir? Do que ele está falando?

Percebo que Jack aguarda uma resposta e, com o coração a mil, pronuncio as palavras que vão marcar uma nova fase, a Catarina 3.0, que não tem medo de expor o que pensa, mesmo quando se trata de uma loucura:

— Eu te amo.

Lentamente, os lábios de Jack se curvam para cima, formando o famoso sorriso malandro. Para completar, ele morde o lábio inferior.

— Eu te amo, Jack, não sei como cheguei a este ponto, mas…

Ele não me deixa terminar, assaltando minha boca com a promessa de realizar o que sugeriu. Só que tem algo errado, algo importante que estou desconsiderando. Abro os olhos no meio do beijo e direciono o olhar para a iluminação que entra pelo vidro, deparando-me com Bela e Estevão de olho em nós dois. Empurro Jack para trás e vejo que ele pisca algumas vezes tentando compreender o porquê agi assim. Sem dizer nada, vou até a cortina e puxo o tecido no lugar, sem me esquecer de fechar e trancar a porta.

Incapaz de me conter, corro para os braços de Jack e me jogo. Cambaleamos e acabamos no chão, comigo por cima, em um emaranhado de mãos, apertos e arrepios. Com pressa e famintos, em dois tempos, meu vestido evapora e a camiseta de Jack é deixada de lado. Não perdemos tempo com cadarços e calça, só tiramos tudo do caminho, permitindo o livre acesso à maravilha que está por vir. Quando minha mão segura seu membro, pronta para direcioná-lo para dentro de mim, Jack me interrompe, ofegante:

— Não tenho preservativo.

— Não tem problema — respondo com a boca na dele.

Ele me afasta para me analisar.

— Eu tenho implante. — Bem, talvez eu esteja realmente doida por não exigir que ele se cubra, mas, depois de tudo o que vivi, pouco me importa se estou me arriscando ou qual a porcentagem de eficácia do contraceptivo. — Você tem alguma doença?

Ele balança a cabeça e não espero mais nenhum minuto, mergulhando em tudo que é o Jack, o cara que entrou na minha vida, limpou o terreno dos entulhos e construiu uma cidade completa com tudo o que eu precisava – sem saber que precisava.

— Eu também te amo. Te amo. Te amo. E te amo.

É o que escuto quando, sorrindo, me deixo levar em seus braços.

Em seu corpo.

Em sua vida.

# QUARENTA

Alguns meses depois...

— *Ca-ta-li-na.*

— Ca-na-na-na-na.

— Não. *Ca-ta-li-na.*

— Ah-na-na-na.

— Nãaaaao! *Argh*! Você não consegue!

Fecho a cara para Jack quando escuto o som abafado de seu esforço para não rir da frustração de Juliana. Desde que Alice emitiu seus primeiros *angus*, Juju tenta, diariamente, ensinar a irmã a falar o meu nome. É tão bonitinho que entendo a vontade de rir de Jack, mas sabemos que interferir só inibirá sua sobrinha, então, ficamos calados, apenas observando.

A pequena, que não é mais banguela, exibe seus quatro dentes de leite e bate as mãos na superfície do cadeirão de papinha, prestando atenção na professora mirim. Ela balbucia algumas coisas, como dada, dede, qué, Li – Elizabeth –, Nãna – quando quer falar com a irmã – e aki, para derreter o coração do tio. Agora, eu? Nada. Quando quer falar comigo solta só um "hum" e espera pacientemente que eu vá solucionar seus problemas. Desnecessário dizer que Juliana tornou sua missão ensinar "Catarina", mesmo Jack insistindo que é mais fácil que ela aprenda primeiro "Cat". No entanto, Juju aprendeu na escola que *cat,* em inglês, significa gato e não acha que o apelido combina comigo. Jack discorda, mas não explica que existe outro contexto no apelido carinhoso, o que causa várias discussões entre tio e sobrinha.

Por fim, decidimos que Juliana frequentaria a escola regular, para que se acostumasse com os dois idiomas. Em casa, falamos em português, na escola e quando estamos na rua, somente em inglês. Divertimo-nos com os diálogos de Elizabeth e Juju – que fazem uma confusão fenomenal com a ordem das palavras – e com as "aulas" de Alice.

A caçula se cansa de repetir meu nome e sai às pressas, embolando-se em cima das perninhas grossas, engatinhando pelo chão da sala. Juliana vai atrás dela, retirando de seu caminho tudo o que pode machucá-la. Seu objetivo é claro, a menininha adora Estevão e ele corresponde ao afeto. Acho que Alice se tornou sua pessoa preferida da casa. Com Juliana o relacionamento não é dos melhores, não por parte dela, que ama agarrá-lo e fazê-lo de boneca, mas por ele, que se desvencilha da menina sempre que pode. Bela, ao contrário, demonstra muito carinho por Juju, o que eu não esperava que acontecesse. Seletiva, minha gata gosta de escolher e possuir pessoas, e a menina mais velha é sua mais nova obsessão, tanto que já a encontrei dormindo na cama da pequena algumas vezes.

— *No*, Lili! *No* pode! Você vai cair! — Juju segue a irmãzinha, reclamando nos dois idiomas, misturando tudo.

É algo que será resolvido no tempo certo, assim como sua pronúncia trocada. A diretora da educação infantil nos explicou que é normal a troca de letras e fonemas até que a criança complete cinco anos e que, se até lá ela não corrigir sozinha, seremos chamados para estudar a conduta adequada. Como o aniversário de Juliana é daqui a duas semanas, estamos nos preparando para ajudá-la com o que for necessário.

Mexo nos fios do cabelo de Jack enquanto assistimos ao impasse das duas meninas. Confortavelmente espalhada no sofá e com os pés apoiados na mesinha, acaricio sua cabeça deitada no meu colo.

— Como pode ela gostar tanto dele? — Jack indaga ao ver Alice se levantar sobre as perninhas bambas e apoiar as mãos na porta que leva para o quintal.

A pequena começou a se levantar há três dias e se desequilibra com frequência, mas é persistente. Ela bate a mão na porta e escutamos o ganido de Estevão do outro lado, como se estivesse chorando por estarem separados.

— É o amor — explico, desviando o olhar das meninas para o rosto de Jack.

Ele se vira para mim e sorri.

— Nós, mulheres, fazemos muita besteira por amor.

Jack ri e me derreto. Idiotice, eu sei, mas é um efeito que espero que ele nunca perca.

— Ah, é? Como o quê?

— Humm... — Finjo pensar. — Permitir que gravem uma demonstração de afeto e que seja exibida na TV.

— Ei! Não foi uma besteira. Foi sensacional! Linda disse que sua invasão à oficina e a minha reação impulsiva elevou a audiência do programa. Já recebi três propostas de novos patrocinadores.

Por "invasão", entenda "emergência". Eu fazia compras em um supermercado quando me deparei com Jack na capa de uma revista acompanhado dos dizeres: *Preparem seus lencinhos, garotas, um dos solteiros mais cobiçados da TV pode subir ao altar a qualquer momento*. Ah, mas aquilo não ficou barato, comprei a revista e entrei na oficina com ela enrolada na mão. Nem lembrei de conferir se estavam gravando, localizei *um dos solteiros mais cobiçados da TV* ao lado de Charlotte e, literalmente, dei uma "revistada" em seu peito, exigindo explicação. Bem, acontece que a notícia foi baseada em uma coletiva de imprensa que ele deu dois dias antes, na qual assumiu estar comprometido, quando perguntaram sobre os rumores de uma "morena".

A "reação impulsiva" foi cortesia de Jack que, para acalmar meu ânimo, calou a minha boca no meio do discurso com um beijo. Como uma tonta, beijei de volta, só parando quando o silêncio foi total. Não ouvia a pistola de tinta do Steve, nem o murmúrio dos visitantes ou o bate-papo de Charlotte. Bem, a não ser o estrondo de uma porta batendo e Andrew chamando por Babe. Quando olhei ao redor, todos nos fitavam. Todos. Mike, Charlotte, Steve, Andrew, os clientes – pois é, eles atendiam um casal que queria restaurar um carro antigo – e, claro, os visitantes que passeavam entre os veículos expostos. Juro que vi umas três mulheres fazendo careta e desejando a minha excomungação, mas nada que abalasse o ânimo de Linda. A produtora do *IC Show* tinha estrelas e cifrões no olhar.

— Bom saber que sou um bom negócio.

— Várias agências especializadas em casamento entraram em contato oferecendo seus serviços sem nenhum custo — ele diz e meus olhos saltam das órbitas. — Linda está pegando no meu pé para escolher e fazer uma simulação.

— Jack! Pelo amor de Deus!

— Relaxa, falei pra ela que quando for a hora, ela será a primeira a ficar sabendo.

Dou um cutucão em sua costela para que ele pare de me importunar. Não é a primeira vez que falamos em casamento, mas tenho sérias restrições a um novo compromisso. Sei que Jack é muito diferente do meu ex-marido em vários aspectos e não duvido da profundidade de seus sentimentos por mim, coisa que faz questão de deixar claro todos os dias. No entanto, não sei se estou preparada para ser esposa de um cara famoso. Irônico, porque já moramos juntos e será só um papel, porém, tenho minhas paranoias e ele compreende.

E por falar no embuste do meu ex-marido, conseguimos nos livrar do processo de recuperação das meninas há uma semana. Após várias ameaças e tentativas de manchar nossa imagem, o caso foi a julgamento e Jack se deslocou até o Brasil. Eu fiquei aqui, com elas, ansiosa por notícias. Vinícius não teve muita chance, além de sua condição física ter se tornado um empecilho que faz com que ele dependa totalmente de alguém 24h por dia, Ariel e Pedro testemunharam em nosso favor. Quer dizer, à favor de Jack. A participação de Pedro foi uma surpresa e, sem dúvida, decisiva. Vinícius foi considerado psicologicamente inapto para ficar com a guarda das filhas e só poderá manter contato se comprovar estar sob acompanhamento psicológico. De acordo com Ariel, ele brigou com Pedro e se mudou para o litoral, levando duas enfermeiras que trabalham em tempo integral. Recebemos ontem, por e-mail, um comunicado de uma psicóloga notificando sobre sua primeira consulta.

Não confio nele e nunca voltarei a confiar, só que Juliana e Alice são suas filhas e poderão vê-lo quando assim o desejarem, contanto que eu não tenha que estar presente nos encontros. Não quero e nem pretendo desenterrar defuntos e, para mim, Vinícius não é mais do que uma inconveniência.

— Não, Lili! — Juliana fica brava e volto a olhar para elas.

Alice não gosta do tom de voz da irmã e começa a fazer cara de choro. Antes que eu possa me levantar, Jack retira a cabeça das minhas pernas e salta do sofá. Ele as alcança e pega a pequenina no colo, ganhando uma careta de Juliana na mesma hora.

— Juju, não precisa ficar brava com sua irmã, ela não entende. — Jack tenta botar panos quentes, mas não compreende que sua interferência só piora o problema.

Juliana sente um amor incondicional pelo tio e morre de ciúmes da atenção que ele dá para a irmã.

Eu entendo, *ô, se entendo.*

— Juliana, vem cá.

Ainda com o cenho fechado, ela vem até mim e se senta no meu colo. Se tem uma coisa que não deveria, mas me deixa muitíssimo satisfeita é ter a noção de que o ciúme que ela sente pelo tio não supera a possessividade que sente por mim. Quando voltei para Las Vegas, fiquei um bom tempo sem saber o que fazer e grande parte das minhas tardes dediquei ao cuidado das duas. Sem mais nenhum receio, o contato fortaleceu nosso vínculo e, com o passar dos dias, o amor apenas cresceu. Juliana parou de perguntar pelos pais e, de vez em quando, conversávamos sobre as estrelas no céu. Uma delas apelidamos de Ana.

Acaricio seu cabelo curtinho, que ela quis cortar igual ao meu, enquanto observo Jack brincando com Alice. Com lágrimas nos olhos, a pequena ri mostrando, orgulhosa, os quatro dentes.

— Lili é uma teimosa — Juju reclama.

— Não diga isso, ela é muito pequena para entender que não pode sair toda hora no quintal.

Ela cruza os braços e me fuzila com o olhar.

— É só tampar a piscina. Aí podemos brincar com o Estevão e a Bela.

Meu coração cessa por um segundo e olho para Jack.

— O que disse?

— Que é só tampar a piscina!

— Não, depois disso.

Fico olhando dela para Jack e de volta para ela, querendo ouvir novamente.

— Que *quelo* brincar com o Estevão e com a Bela.

— Jack?

Ele me escuta e inclina a cabeça.

— Você ouviu isso?

Com cara de bobo, ele assente e vai até a porta do quintal, abrindo-a e ganhando um gritinho de Alice. Ela se contorce para descer de seu colo.

— Acho que podemos ficar um pouco lá fora. O que acha, Cat?

Juliana se levanta e estende a mão, aguardando que eu aceite para sairmos juntas.

— Está todo mundo com casaco? — O inverno em Las Vegas é tenso e já passou das 17h, o sol já se pôs e a temperatura vai cair.

Ninguém me responde, típico.

Ao acender o holofote, vejo Jack colocando Alice no caminho de concreto entre as pedras antes da pequena sair engatinhando atrás de Estevão. Juliana logo os alcança e se deita ao lado da irmã. Infernizando o cachorro que late sem parar. A risada de Alice quase me faz esquecer o vento gelado. Quase. Abraço o meu corpo, subindo e descendo as mãos em meus braços para esquentá-los. Jack se aproxima e me puxa para perto, circulando o braço em minha cintura. Eu agradeço internamente e me aninho a ele, apoiando a cabeça em seu ombro.

— Juliana acertou o R — comento.

— Eu ouvi. — Jack dá um beijo casto em minha têmpora.

— Elas estão crescendo. — E, pelo visto, hoje estou emotiva.

— É. Ainda bem que estamos aqui para acompanhá-las.

Assinto sem tirar a cabeça de onde está. Tão confortável...

— Quem diria, Cat.

— O quê?

— Que um dia estaríamos assim... que eu, *playboy* metido a *bad boy*, como você costumava dizer, conquistaria uma mulher com o coração de pedra que quase me matou por ter batido em seu carro.

Começo a rir.

— E que o sexo teria tanta química que te deixou de joelhos, sem querer desgrudar de mim.

Dou um tapa em sua barriga.

— Ainda é um *playboy*. E continua convencido.

— Só disse verdades.

Meus olhos dão uma volta completa pelas órbitas e volto a deitar a cabeça em seu ombro.

— Tem coisa mais importante que sexo, Jack.

— Como o quê? — ele faz uma voz de indignação.

— Amor.

— Ah, sim! Sexo é muito melhor com amor envolvido.

Dou um beliscão em sua cintura, sorrindo.

Mas Jack tem razão, assim como em muitas outras ocasiões em que teimei em aceitar seu ponto de vista. Aqui, na noite gelada de inverno, com o braço ao meu redor, segurando-me com firmeza junto ao seu corpo, vendo as meninas brincarem deitadas no chão, estou em paz.

A cena me lembra o desenho que fiz na parede do ateliê, meses atrás. Naquela época, era o que eu mais queria, no fundo do meu coração. Hoje é minha realidade e não troco por nada neste mundo. Vivendo um dia de cada vez. Sem controlar tudo e todos. Sem planos e estratégias.

Em paz.

# EPÍLOGO

Um ano depois...

— Sim! — Afirmo subindo e descendo a cabeça. Minhas pálpebras encharcam de lágrimas. A emoção é tanta que não consigo me conter por mais que cinco minutos.

Aquele homem com cinquenta por cento de pele tatuada, olhos castanhos intensos, vestindo terno preto e um pouco mais alto do que eu traz um sorriso safado nos lábios, piscando para mim. Meu futuro marido me fita com um olhar malandro e irônico, exatamente como o cara arrogante que eu amava detestar quando nos conhecemos. Só faltam os óculos.

Se eu tinha ideia de que acabaríamos trocando alianças? Não! E custou para que ele conseguisse me convencer a fazer parte dessa loucura. Sabe, casar é coisa para se fazer uma vez na vida. Uma só. Duas? Não é para mim.

— Muito melhor quando eu fui a mestre de cerimônia, não acha? — Ariel alfineta falando baixinho perto do altar.

Observo, por trás dos cílios postiços cheios de rímel, a decoração exagerada com enfeites volumosos pendurados no interior da capela. Uma abundância de cor de rosa. Na primeira fila, tia Janete, Pedro, tia Mirna e Marcelo acenam para mim. Atrás deles, a equipe de Jack se perde em conversinhas paralelas. Não os julgo, casamentos são uma canseira.

— Ahhhh!

Um grito infantil ressoa do lado esquerdo, atrás do meu noivo. Antes que eu possa sair correndo para verificar qual o problema, tia Janete se levanta, afoita.

— Enzo! — Ela segura a barra do vestido florido enquanto sai atrás do neto entre as fileiras de bancos.

Cabelos loiros voam da cabecinha que eu reconheceria em qualquer lugar. O vestido branco com uma fita vinho na cintura, balança de acordo com os passos da miniatura de ser humano.

— Alice! — Elizabeth repreende em vão.

A menina não está nem aí, se divertindo horrores atrás do capeta do meu priminho. Se existe amor à primeira vista, é o caso dos dois. Ou seria terror à primeira vista? Tenho minhas dúvidas.

Começo a rir quando Juliana se junta aos três, correndo atrás de tia Janete, com seu vestidinho branco bufante de princesa e sapatinhos cor de vinho.

— *CORTA*! — Linda, minha produtora, encara-me. — Você fez de propósito, não foi? Convidou sua família inteira para o casamento só para atrapalhar meus planos.

— Relaxa, Linda, você queria um casamento, não queria? Então será nos nossos termos — Jack interfere, arqueando as sobrancelhas, e Mike aparece, do nada, com uma toalhinha em mãos, pronto para acudi-la.

— Me Deixa, Mike! — Linda dispensa o coitado e volta a me fitar. — Sei que detesta isso, mas precisamos seguir o *script*. — Ela lança um olhar para o câmera e lá vamos nós de novo.

Sei que parece insanidade, mas o *Scratch That* é um sucesso. O projeto do *reality show* idealizado por Jack e aprovadíssimo por Sebastian e Linda, a princípio, me fez gargalhar. Quem perderia tempo assistindo a vida de uma divorciada, com seus trinta e poucos anos, que trabalha em casa e cuida de duas enteadas em um novo país? Pois é, uma piada. Mas… como eu estava à toa, somente fazendo bicos de desenhos quando surgiam, topei. E não é que muitas mulheres me assistem? Recebo uma avalanche de e-mails e mensagens de mães ao redor do mundo, mulheres que se identificam comigo de alguma forma. É surreal.

— Sério, Catarina, precisava mesmo de um cupido adulto usando fraldão? — Ariel interroga perto do meu ouvido, tirando mais uma risada de mim. — E o Elvis? Parece estar com uma ressaca daquelas. Não creio que um bebum será o mestre de cerimônia.

Linda fecha a cara para ela e coloca o indicador na frente dos lábios, fazendo sinal para ficarmos quietas.

— Só porque eu quero muito aparecer na TV, senão, não estaria aqui. — Ariel inclina a cabeça e aumenta o volume da voz para que Jack possa ouvi-la. — Faço um trabalho muito melhor do que esse povo.

Eu não vou ficar pensando no trabalho que ela já fez, porque é deprimente demais e defunto enterrado é defunto morto.

Por um milagre, tia Janete consegue fazer com que as três crianças se sentem em um banco no fundo e o silêncio volta a reinar no interior da capela. Até que é bonitinha, não fossem os enfeites gigantescos, maiores até que meu vestido vinho. É, vinho tinto, com uma longa calda. Eu e Jack decidimos nos casar com cores escuras. A gravata dele é exatamente do mesmo tom do meu vestido e confesso que caiu muito bem. Na verdade, o que não cai bem em Jack?

Bem, não vou entrar nesse quesito, principalmente no dia do meu segundo casamento. Quer dizer, não vamos nos casar, é apenas encenação.

— Tudo certo! A partir do *Sim*. Três, dois, um.

O barulho da claquete indica que estamos no ar. Com nossos convidados em silêncio, Linda dá sequência ao *script* e Elvis pronuncia o juramento que temos que repetir:

— Catarina — diz o topetudo com roupa branca cheia de tachinhas.

Optamos por excluir os sobrenomes, seria um mico enorme para o coitado do Elvis que não fala português. E Jack não queria revelar seu nome como consta na certidão de nascimento...

— Aceita Jack como seu esposo?

Bem, outras formalidades também foram excluídas do discurso.

— Sim.

— Jack. — Elvis se vira para ele — Aceita Catarina como esposa?

— Sim — ele responde me fitando e, por um milésimo de segundo, tudo parece real, como se aquela celebração caótica fosse um casamento verídico.

— Podem assinar aqui, por favor.

Elvis indica o livro à sua frente e Jack se inclina, pegando a caneta e riscando seu nome no papel. Dando um passo para trás, ele me olha de um jeito que faz com que eu me sinta nua.

*Oh-oh*. Conheço esse olhar. Jack está aprontando.

O papel com sua caligrafia é um grande alerta em meu cérebro, mas, seguindo o combinado, levo a caneta à página e escrevo meu nome por extenso, ciente de que a câmera centraliza a imagem em meus dedos. Um calafrio percorre minha coluna.

— Muito bom. Estão casados. Pode beijar a noiva.

Jack me puxa para si sem que eu largue a caneta e me beija com vontade, tirando aplausos dos nossos poucos convidados. Meu "marido" me tem na palma da mão, sabe que faço qualquer coisa por ele, inclusive brincar de me casar.

Descemos os três degraus do altar e seguimos pelo corredor, cumprimentando minhas tias, primos e amigos de Jack. O cupido fica dançando ao som da música, próximo à porta dupla. É ridículo.

As crianças nos encontram na saída e nos cercam, jogando arroz para cima. O problema é que elas são pequenas e temos que fechar os olhos para não sermos atingidos.

Quando paramos diante da fachada da capela para tirar a foto que estampará os tabloides, Jack me abraça e encosta a boca em meu ouvido.

— Você está maravilhosa com esse vestido.

— Você também não está nada mal.

— É mesmo? Nada mal? — Ele me provoca mordendo de leve meu lóbulo. — Meus olhos vesgos, pés tortos e pança não atrapalharam a beleza do terno?

Começo a rir, lembrando de meses atrás, quando falei aquelas atrocidades.

— Sei muito bem o quanto você gosta da minha pança... Pode me mostrar novamente quando embarcarmos para a Lua de Mel.

— Que Lua de Mel? — Meneio a cabeça para colocar as ideias no lugar. — Não me lembro de nenhum *script* com Lua de Mel.

— Não está no *script*.

Vou para trás e o encaro estupefata.

— Você não fez isso.

— Quão encrencado vou estar se te disser que você acabou de se casar... na vida real? — Ele mostra todos os dentes e eu fico com medo, de verdade.

— Você não fez isso. — Sei que pareço um disco riscado, mas como vou engolir essa revelação?

Seu semblante de culpa só piora meu desespero e eu fico possessa.

— Eu sabia! Tinha alguma coisa errada. Você fez questão de trazer a minha família quando mal suporta o Pedro. Não acredito que caí... O livro de registros! Era verdadeiro, não era?

Jack confirma e eu quero esganá-lo. Bem, talvez não seja exatamente essa a minha vontade, ele está muito lindo para morrer.

Não é como se me casar com ele fosse algo tão horrível. Nós já vivemos "casados", só não havíamos oficializado. E não por falta de pedido, meu medo que não me permitia aceitar.

— Cat — ele diz o apelido com tanto carinho que é impossível não fitá-lo —, foi por uma boa causa. Vou dar entrada nos papéis de adoção. No meu e seu nome. Estarmos casados vai agilizar a burocracia e facilitar que você e as meninas consigam o visto permanente.

Boquiaberta, a imagem de Jack instantaneamente fica borrada. Lágrimas idiotas.

— Mas não conversamos sobre isso — é o que sai de meus lábios.

— Não, mas achei que seria uma boa surpresa. Alice já te chama de mãe e sei que Juliana morre de vontade. Só está esperando que você permita. Acho que isso vai ajudar.

Com o peito a mil, limpo o rosto. Alice começou a me chamar de mãe há pouco tempo e, após o susto da primeira vez, tem se tornado mais tranquilo e a vontade de chorar de emoção diminui a cada dia que passa. Ouvir de Juliana...

— *Jack*.

— Vamos. — Ele me guia para a caminhonete cheia de latinhas amarradas na traseira. — Temos que entrar no carro que, como você diz, é grande para compensar coisas menores.

Começo a rir e o acompanho até o veículo.

— Se bem que não tenho a menor ideia ao que você se refere, não tenho nada pequeno.

Com isso, Jack abre a porta do passageiro e espera que eu entre para fechá-la.

— E as meninas? — pergunto quando ele se senta ao meu lado, olhando para nossos amigos acenando na porta da capela. Juliana, Alice e Enzo estão no colo de Pedro, Ariel e tia Mirna.

— Suas tias vão ficar com elas.

— Em casa?

— Onde mais seria? — Jack pega os óculos de aviador e oculta os olhos.

— E para aonde vamos?

— Para aonde você quiser.

Ingênuo. O lugar que eu queria estar é debaixo ou em cima dele. Sem o terno.

— Podemos dar uma paradinha antes? — Ergo as sobrancelhas, sugestiva.

Jack ri e dá a partida no carro. Para aonde vamos, não tenho ideia, mas sei exatamente como quero ficar para o resto da minha vida, bem aqui, ao lado dele, com as nossas meninas.

# Fim

# Agradecimentos

Ufa. Mais um romance finalizado. Criar Catarina foi uma experiência divertida. Diferente dos meus romances anteriores, Cat era a protagonista perfeita e muito feliz, vivendo um relacionamento estável e aparentemente sem defeitos. Para desenvolver sua história, tive que desconstruir sua vida e iniciar do zero, o que foi um belo desafio. As meninas são apaixonantes e Jack... melhor não tecer comentários.

Alguns meses foram dedicados ao enredo e não posso deixar de agradecer a quem me acompanhou nessa jornada, começando pelas "Helozetes", as parceiras e leitoras mais maravilhosas que cruzaram meu caminho. Espécie rara, esse grupo de mulheres se une contra a autora que aqui vos fala, exigindo novidades. Sofrem por antecipação, pedem livro novo, esperam pacientemente por um lançamento, comemoram minhas conquistas e estão comigo em todas. Cada uma tem um cantinho especial no meu coração.

Outras leitoras mais que especiais são aquelas que pegam a primeira versão do texto, como a Stefanni Rilli, que me enviou os mais lindos avatares para servir de inspiração na criação do Jack. E a Jessica Alves? Que devorava os capítulos assim que recebia e enchia meu celular de mensagens? Mas ninguém supera o sufoco da Thalita Kechichian, que leu as 334 páginas do original numa sentada em plena férias de janeiro!

Fora as betas, meu braço direito nessa jornada foi a Lia Christo. Ainda não entendo como essa mulher não se cansa de mim. Haja mensagens de insegurança, de mudança no enredo, de alteração nos projetos... Ela não me deixa desistir de nenhuma ideia maluca. Tem fé, bota pilha e ainda me cobra quando fico quietinha. Meu sucesso é seu sucesso, nunca se esqueça disso.

E o que dizer sobre o apoio da Agência Literação? Eu não estaria aqui se não fosse o esforço da Verônica Sobreira em acertar na escolha da casa editorial.

Falando em editora, minha gratidão à querida Simone Fraga e à equipe da Qualis Editora, que cuidou da edição com tanto carinho – apesar da correria –, acertando em cheio na essência da capa e me ajudando a lapidar a história.

Não posso terminar sem agradecer a paciência do meu marido e dos meus filhos. Sempre que estou no auge de uma escrita, eu me transformo na pessoa mais dispersa da Terra – e eles continuam me aguentando!

Minha família é enorme e não vou me estender citando nomes, apenas deixo meu "sinto muito" por ter desligado a internet e não ter atendido ao telefone quando tocou. E ter esquecido de retornar. Mais de uma vez. Como diz meu filho mais velho, "liga para o meu pai que ela nunca atende". Foi mal. Amo vocês.

No mais, espero que a demora tenha valido a pena!